KB261663

[그때 쓰지 못한 일기 1]

탈출

脫出

[그때 쓰지 못한 일기 1]

북오션

탈출 脫出

이 용 원
장 편 소 설

북오션

　나는, 한꺼번에 몰아 쓰겠다는 생각만 하면서 평소 일기를 쓰지 않았다. 그것은 그때그때 일기를 솔직하게 쓸 수 없었다는 말과도 통한다. 세상을 살아가면서 나 스스로를 드러내 보임으로 한 인간의 삶이 어떤 영향을 받고 어떻게 변해 가는지 널리 알리고 싶다는 충동을 받았다. 절대자에게 직고(直告)하는 죄의 고백이기를 바란 것이고, 이 시대를 함께 살아가고 있는 모든 사람들에게 각자 한번 자기를 돌아보는 기회가 되었으면 좋겠다는 마음이다. 또한 앞으로 태어날 생명이나 어린이들에게 하나의 길잡이가 되고 싶었다.

　한 인간이 세상에 태어나 국가와 사회, 가정 속에서 자라가며 외부의 자극과 또 자기 내부에서 생기는 욕구에 대처해 가는 모습은 생각보다 쉬운 것이 아니기에, 나는 이 소설이 '심리소설'이라고 불려지기를 내심 바라고 있다.

　나를 잘 아는 이들에게 해 주고 싶은 말은 '소설은 소설이다'라는 말이다. 1권『탈출(脫出)』은 북한의 김일성이 읽어 주기를 바랐는데 세상에 없으니 그의 후계자들이라도 읽어 주었으면 좋겠고, 2권『분만도(分娩道)』는 내 자녀들이 읽지 않기를 바라며, 3권『영(靈)과 육(肉)』은 내 아내가 피해 주었으면 싶지만, '소설은 소설이다.'라는 생각을 하면서 마음을 담대하게 먹었다.

한 인간에게는 모든 가능성이 열려 있으면서도 그 인생길에는 커다란 위험들이 곳곳에 숨어 있다. 어떻게 잘 되겠지 하면서 방임하지 말아야 할 것이다. 앞선 세대는 이런 교훈을 후세에 남겨야 할 의무와 책임이 있다고 말하고 싶다.

이것이 그때 쓰지 못한 일기를 내가 한꺼번에 몰아 쓰는 이유라면 이유가 될 것이다. 여섯 살 어린 아이가 해방 직후 우리 민족의 참상과 열한 살 소년이 6·25 동족상잔 비극의 와중에서 볼 것은 다 본 것이다.

끝으로 이 책이 나올 때까지 큰 역할을 해 준 사랑하는 나의 아내에게 고마운 마음을 전한다. 또한 조남진 님과 김초양 시인의 노고가 많았음을 밝힌다.

2012년 4월 1일

뉴욕 스카즈데일(Scarsdale)에서 저자 씀

차 례

일기 (日記)

그때그때 쓰지 못한 일기를 지금에서야 내가 한꺼번에 쓰게 된 데에는 그럴 만한 이유가 있다.

일기라는 것이 무엇인가. 그날그날 일상생활 속에서의 생각과 느낀 것을 기록하여 잘못된 것들을 반성함으로 새롭고 보람된 내일로 정진하는 자기 성찰의 기록이 아닌가.

솔직히 나는 지금까지 일기를 매일매일 써 본 일이 없다. 큰 결심을 하고 새해 첫날부터 일기를 쓰기 시작하다가도, 한 달이 못 가 매번 중단하고 말았다. 제대로 된 일기장이 내게 없었던 것도 내가 일기를 계속 쓰지 못하는 구실이 되었다. 새해 첫날부터 쓸 수 있는 제대로 된 일기장이 있었더라면 달랐을지도 모르겠다. 어린 시절 번듯한 일기장을 살 형편이 못 되었는데, 한 달쯤 지난 일기장을 학교 앞에서 싸게 산 것이 구실이 되기도 했다.

초등학교 시절 방학 때 일기를 써 오라는 숙제는 한 번도 빠뜨린 일이 없었던 것 같다. 공책을 절반 나누어 "○월 ○일, 날씨: 맑음"으로 시작하는 일기 쓰는 일이 나에게는 더 없는 고역이었다. 공책을 절반 나눈 것도 절약을 위해서라기보다는 쓸 것이 별로 없었기 때문이다. 내용도 매일 거의 똑같았다. 몇 시에 일어났고, 아침 먹고 학교 다녀와서 숙제하다가 동네에 나가 동무들과 놀다 집에 와서 씻고, 저녁 먹고 몇 시에 잤다는 이야기가 반복되는 것에 나는 짜증이 났다. 큰 변화를 가져온다는 게 고작 '양치질을 하고'라는 짧은 문구가 더 들어가는 정도였다. 가끔 이놈의 일기를 한꺼번에 등사(謄寫)해 버릴 수는 없을까 생각하기도 했다.

일기의 정의나 중요성을 몰라서가 아니었다. 반성과 느낌, 특별한 일들을 빼놓지 않고 솔직히 써야 한다는 것은 누가 가르쳐 주지 않아도 알고 있었다. 그런데 그런 것들을 어떻게 다 솔직하게 일기장에 기록할 수가 있는가? 이 점이 항상 일기 쓰기에 걸림돌이 되었다. '일기를 제대로 써야지, 언젠가는 꼭 쓰고 말 거야.' 했던 것이 지금까지 쓰지 못하고 만 것이다.

내 일기를 누군가가 본다는 것도 일기를 쓰지 못하게 하는 데 단단히 한몫을 했다. 숙제로 쓴 일기는 담임선생님이 읽는다는 말 아닌가? 내가 쓴 일기를 아무도 안 본다는 보장은 없다. 어떤 일기장은 마치 중세의 정조대(貞操帶)처럼 두꺼운 표지에 열쇠까지 채우도록 잘 만든 것도 있었지만 믿을 수 없었다. "세상에 믿을 놈은 하나도 없다."는 말도 이를 거들었다. 사람의 마음이 하도 이상해서 정조대 찬 여자를 그냥 두지 않으려 하듯이, 열쇠 채워진 일기는 더 그 비밀 유지가 어려울 수밖에 없을 터였다.

일기는 누구 때문에 쓰는 것인가? 누구에게 보이려고 기록으로 남기는가? 누구에게 보이기 위해 쓰면서, 또 누가 볼 것을 두려워하는 것은 내가 가지고 있는 모순이다.

일기는 자기가 읽으려고 쓰는 것이다. 그런데 일기를 읽는 나는 또 누구인가. 내 안에 또 다른 내가 있어 몇 시간 전에 한 일도 잘했다, 잘못했다 평가하고 내가 내게 부끄러워 얼굴 붉히고 또 어떻게 하라고 명령과 지시까지 하는 나는 누구인가? 내 안에 있는 또 다른 나는 웃고 조롱하고 인내하라고 격려하고 용기를 주기도 한다.

한 러시아 작가가 노벨상을 받고 수상소감에서 "내 안의 어린아이가 웃는다"라는 말을 남긴 일이 있다. 일기는 '내 속에 있는 나'에게 보이기 위해 쓴다고 해야 옳다. '내 안의 나'는 내가 아니다. 그는 그다. 그냥 그다. 내가 미안해하고 죄송해하고 부끄러워하고 창피해하는 것도 그에 대한 것이다. 지금 내가 그때 쓰지 못한 일기를 한꺼번에 쓰는 것은 내 속에 있는 그가 보라는 것이다. 어떻게 내가 그를 속일 수 있는가. 천부당만부당 안 될 말이다. 그는 내가 속이려고 하는 속내까지도 알아차리는데 이제 와서 그를 기만할 재간이 내게는 없다.

그러다 보니 내 일기는 어느 때부터인가 어떤 일을 했다는 메모로 바뀌고 있었다. 그것은 일기는 아니었지만, 나의 기억을 환기하는 역할을 했다. 그리고 그 당시 나는 신(神)에게 간구했다. '내가 보고 듣고 행한 모든 일이 잊히지 않고 계속 기억되게 하옵시고, 그것을 다 한꺼번에 쓸 수 있는 날이 오게 하옵소서.' 이런 기도를 나는 70년 동안 반복해 온 것이다.

내 생애의 기억에서 제일 처음 생각나는 일은 한밤중에 날달걀을 먹던 일이다. 내가 세 살 때쯤 한밤중에 아버지와 어머니가 둘이서

만 날달걀을 쪽쪽 빨아먹는 소리를 듣고 일어나 나도 달라고 칭얼거리는 일이다. 두 사람이 달걀 양쪽에 구멍을 내고 쪽쪽 빨아먹는 소리에 내가 잠을 깼고 그 순간 나만 빼놓고 두 사람이 맛있게 달걀을 빨아먹는 것에 외톨이가 된 느낌이 들었었다. 두 사람이 정사를 나누고 쉬면서 피로회복과 영양보충을 위해 날달걀을 먹고 있었던 게 분명하고, 마지막에 노른자가 다 빠져나오게 하려고 힘 있게 빠는 소리가 나를 잠에서 깨운 것이다.

달걀의 양 끝에 구멍 낼 때는 어머니의 긴 U자형 머리핀 끝을 모아 달걀 한쪽 끝을 두드려 깼다. 그 구멍을 입으로 빨면 먼저 흰자가 나오고 노른자가 남아 있다가 마지막에 힘을 주어 쪽쪽 빨면 걸쭉한 것이 목구멍으로 넘어갔다. 알맹이가 다 빠진 달걀에서는 빈 공기가 새어나오는 소리가 났다. 한밤중에 이렇게 달걀 먹는 일은 한두 번이 아니었다. 보채는 나를 위해 엄마가 일어나지 않은 채로 달걀을 준 것으로 보아 달걀 몇 개가 머리맡에 있었던 게 분명했다. 언제부터인가 으레 나도 함께 달걀을 먹게 된 것이다. 지금도 '나쁜 놈, 그냥 잠자듯이 가만히 있지 않고……' 하는 후회가 있다.

내가 참을 수 없었던 것은 그 잘난 소외감 때문이었으리라. 나만 빼놓고 두 사람이 정답게 이야기하며 무엇인가를 맛있게 먹는 일은 지금도 참을 수가 없다. 내가 잠에서 깨어난 것이 정확하게 달걀을 쪽쪽 빠는 소리를 듣고 난 후는 아닌 것 같다. 그 이전에 깨어 있었고 이 생각 저 생각 하며 뒤척이다가 그 쪽쪽 빠는 소리에 더 이상 참지 못하고 알은체했던 것이 더 정확하다. 그렇다면 달걀 먹기 이전의 어느 소리, 어느 시점에서 나는 잠에서 깨어난 것일까? 어쩌면 엄마의 아파하는 소리와 아버지가 엄마를 아프게 하는 데에 대한 분노일 수도 있었다. 나의 잠자리가 아빠와 엄마 사이였다면 또 모른다. 나는 다른 쪽에 내던져진 상태였기에 더 소외감이 있었던 것일 게다. 두꺼운 이불의 솜 무게가 한결 더 무겁게 느껴진 밤이었다.

북만주 호림(虎林). 그리고 때는 일제 말기. 아버지는 만철(滿鐵, 만주철도의 약칭) 기관부(機管部)에서 일하고 있었다. 내가 1939년에 태어난 곳은 만주 동안(東安) 만철 관사(官舍)였다. 야심에 찬 일본이 만주와 중국을 침략하기 위해 조선을 강점했고 내선일치(內鮮一治) 정책을 핑계로 조선 백성을 만주로 이주시키고, 그 자리에 일본 본토의 일본인들을 이주시켜 자리 잡게 하는 정책을 실현하는 시기이기도 했다.

나의 아버지는 1920년대부터 신사상과 현대문명의 물결에 일찍 눈을 떠 시골에서 발동기(發動機)를 가지고 사업을 할 정도였다. 후에 도일(渡日)해서 직장생활을 몇 년 한 일이 있어 일본생활에 익숙해 있을 뿐 아니라 일본을 선호하고 어떤 부분에 대해서는 존경까지 하고 있었다. 일본인들이 깨끗하고 잘 정돈하고 정직하며 친절하고 성실한 점들이 자신의 성격과 일치한 때문이었다.

우리 집 가풍은 엄격했다. 밤에 벗어놓은 옷도 잘 개켜 놓아야만 했다. 아무렇게나 벗어 놓고 자는 것은 용납되지 않았다. 신발도 가지런히 벗어 놓아야 했다. 숟가락과 젓가락도 반드시 자기의 것을 써야만 했다. 그때부터 우리 집은 조선의 수저가 아닌 서양식 수저를 사용했는데 각자 자기의 것이 정해져 있었다. 아빠의 수저에는 손잡이 끝에 벚꽃 모양이 있었다. 식탁의 자리는 물론, 모든 것에 질서와 정돈을 요구한 것은 부모 두 분이 다 똑같았고 나도 그게 자연스러웠다.

긴 빨랫봉틀 옆에 참새 한 마리가 묶여 있었고 주변엔 좁쌀이 뿌려져 있었다. 방안은 언제나 깨끗하게 청소되어 있었고 물건들은 제자리를 지켰다. 만주 호림 마을은 조선인들의 집단촌으로 춥고 눈이 많이 내리는 곳이라 지붕이 가파르고 두껍게 밀짚으로 덮여 있었고, 문은 두 쪽의 긴 문이었다. 문 윗부분에 작은 유리가 붙어 있었고, 쇠갈고리를 올렸다가 옆으로 돌려서 잠그는 것이었다. 문의 제일 윗부분과 아랫부분에 그런 걸개가 있고 가운데 있는 것은 옆으로 거는 큰 것이 있었다. 그래서 문을 열고 잠글 때마다 쇳소리가 철컥하고 났다. 마치 총을 장전했다가 푸는 소리 같았다.

빤질빤질한 돌처럼 다져진 현관 바닥은 검은 흙인데도 참기름 바른 것처럼 윤이 났으며 울퉁불퉁한 것도 그렇게 꾸민 문양인 양 아름답게 보였다. 사람 허리 닿을 만큼의 높은 곳에는 다다미방이 있었다. 방 뒤에 창문이 있었는데 언제나 문이 열려 있었고 바로 그곳은 조그마한 석탄광하고 연결되어 있었다. 그리고 위급한 때에 그 창문은 동네 사람들과 통할 수 있는 유일한 탈출구가 되었다.

이 무렵 여동생이 태어났다. 혼자서 정말 외롭고 힘들었었는데 동생은 내게 위안이었다. 잠을 잘 때에도 동생의 손목을 꼭 잡고 잤다. 동생의 손목이 통통해서 좋았다. 동생이 생기면서 아빠 엄마는 저 멀리 떨어져 있는 것 같았고 자나 깨나 동생과 나는 하나였다. 우리 부모는 위급한 상황이다 싶으면 우리를 석탄광 안에 몰래 피신시키곤 했다. 나는 낮에나 밤에나 동생의 손목을 잡고 있었고 석탄광에 숨어 있을 때에도 동생의 손목을 꼭 잡고 숨을 죽이고 있었다. 이때쯤 나 돌기 시작하던 팔로군, 마적단, 로스케, 니뽄스께, 야뽄스께라는 말들에 나는 익숙해 있었다.

이 시절 나는 밤이 되는 게 무서웠다. 또 언제 석탄광에 들어갈지 모른다는 두려움 때문에 나는 모든 문이 잘 잠긴 것을 직접 확인하고서야 마음이 놓였다. 여동생이 좀 더 자라서 제 발로 걸어 다니자 나는 또 외로움과 심심함을 느끼고 누군가 다른 대상을 찾았다. 어느 날 한 여자아이와 나는 어른들 눈을 피하여 이상한 행동을 하고 있었다. 즐겨 먹던 누룽지를 그 여자아이의 거기에다 찍어 먹고 있었다. 지르르한 냄새가 계속 그 일에 몰입하게 했다. 어디서 배운 짓인가? 누구한테서 배운 짓인가? 그 일로 누구한테서도 크게 야단맞은 기억이 없고 보면 교묘하게 어른들 눈을 피해 혼자서 꽤 오랜 시간 즐겨 온 것일 게다.

여기서 한 여자가 생각나는 것은 웬일인가? 그녀의 별명은 우동집 아줌마였다. 키가 훤칠하고 호걸형의 약간 검은 얼굴에 호탕한 성격을 가진 그 아줌마가 왜 생각나는 것일까? 그녀는 혼자 사는 여자였다. 과부인지 결혼을 하지 못한 노처녀인지 어쨌든 아이도 없이 혼자 살고 있었다. 그녀는 나를 여간 귀여워한 게 아니었다. 언제나 나를 보면 "아이고, 귀여운 나의 다다루!" 하면서 나를 얼싸안고 야단법석을 떨었는데 아직껏 부모에게서 그런 대접을 받아 본 일이 없는 나였다.

이따금 엄마의 허락을 받았는지 나를 자기 집에 데리고 가서 재워 준 일이 있었다. 왜 그 우동 아줌마가 생각나는가? 그녀가 나에게 무슨 일을 했다는 것인가? 혹 그녀가 누룽지 같은 것을 나에게 먹인 것인가? 어찌 되었든 누룽지는 나의 기호식품이 되었다. 누룽지의 그 고소한 맛, 바삭바삭 소리를 내며 씹히는 딱딱한 맛은 언제나 변하지 않는 맛이며 냄새다. 찝찔한 맛을 추억하는가? 이때 내 나이는 대여섯 살이었다. 호들갑을 떨며 귀여워해 주던 그녀가 나는 좋았다.

만주 호림의 조선족 집단촌 이야기를 해 보자. 조선인들이 똘똘 뭉쳐서 사이좋게 살아가고 있었다. 한국인은 어려우면 뭉치고 편해지면 흩어진다. 지금도 미국 같은 곳에서 한국인은 잘 모여 살지 않는다. 한국인이 이웃에 이사 오면 싫어하고 그곳을 떠나려 한다. 백인 속에 숨어들어 조용히 산다. 하지만 조선인들이 어려움을 당하던 일제 말의 만주국 호림성에서는 조선인들이 함께 모여 살지 않으면 그 자체가 죽음이었다. 호림의 조선인 마을은 밖을 향하여 원같이 둘러 있으면서 안으로 통하는 성(城) 같은 모습을 하고 있었다. 밖을 향해서는 문을 굳게 잠그고, 안으로는 문을 열어 가족같이 터놓고 살아가고 있었다.

한 마을, 한 가족, 한 식구였다. 너와 내가 없었고 너는 나고 나는 너였다. 뜨거운 민족애, 서로 나누는 사랑, 그리고 함께 살아가는 즐거움이 넘쳤다. 회식이 빈번했고 웃음과 재미가 있었고 사진사는 열심히 사진을 찍어댔다. 깨끗하게 치우고 사진 찍는 것보다는 주변을 어지럽히면서 사진 찍기를 즐겼다. 어렵고 부족한 것 속에서도 자유와 풍요를 만끽하고들 있었다.

조선인끼리 뭉치지 않으면 죽는 시대였다. 중국인, 일본인, 소련인들 사이에서 조선인은 한없이 약한 민족이었다. 거기에다 중국 마적단의 불법적인 만행이 조선인들을 괴롭히고 있었다. 밖을 향한 문들은 굳게 잠그고 안으로는 문을 활짝 열어 놓고 사는 100여 명의 조선인 마을이었다. 길 건너편에 마차 집이 있었고 마을 뒤편으로 1킬로미터쯤 가면 언덕 너머에 일본인 소학교가 있었다.

일본은 크게 벌인 싸움에서 기진맥진하여 전쟁을 수습하지 못하고 여기저기에서 몰리고 있었다. 미국과 연합군의 반격이 눈에 띄게 조여오고 있었다. 일본은 공동의 적을 많이 가지고 있었다. 중국, 소련, 조선, 미국이 모두 일본의 적이었다. 일본의 패망이 완연하게 드러났다.

여섯 살에 소학교에 입학한 나는 '가타카나'를 배웠으며 일본군 부대에 위문도 갔다. 거기선 처음 보는 사탕과 과자도 얻어먹을 수 있었다. 건빵과 별처럼 생긴 뿔이 난 사탕, 나무로 된 크고 둥근 군대밥통도 봤다.

호림의 중국인 마을은 침침하고 큰 벽돌집들이 많은 번화한 도시였다. 아빠와 함께 갔던 목욕탕은 굉장한 크기였고 사람들로 번잡했다. 뿌연 수증기와 잡다한 소리로 가득했고 먹거리도 많았다. 비누칠을 해서 머리를 감겨 줄 때에는 귀가 멍해지고 눈이 따가웠다. 탕 안에서 목욕하는 사람보다 목욕 후 나무 침상에 누워 휴식하는 사람들이 더 많았다.

엄마는 실 뜨개질이 취미였다. 털실로 나와 여동생의 모든 옷을 만들어 입혔다. 상·하의는 물론, 양말까지도 털실로 짜서 입히고 신겼다.

큰 소용돌이를 앞둔 고요함과 작은 평화가 여기저기에서 배어나고 있었다. 우리 네 식구는 뒤 창문이 있는 벽 쪽에 머리를 두고 잠을 잤다. 개켜 놓은 옷 옆에 내가 누웠고 내 옆에 동생이, 그 옆에 엄마와 아빠가 누워 잤는데, 갑자기 누가 문을 흔들거나 위급한 일이 일어났다 싶으면 나와 동생을 창문 뒤 석탄광 구석에 숨겨 놓은 다음 문을 열어 주었다.

이제부터 아버지 '동욱'의 일기를 쓰려 한다. 나와 우리 가족의 '그때 쓰지 못한 일기'를 이제나마 쓰게 되어 다행이다.

오해와 인연

그 어느 날이었다. 누구한테서 어떤 제보를 받고 왔는지 모르지만, 소련(지금의 러시아) 군인 몇 명이 빈 옆집을 수색하다가 천장에서 일본제 99식 장총이 바닥으로 떨어지면서 그 불똥이 바로 옆집인 동욱(東旭)네에 떨어졌다.

소련 군인들은 동욱을 보자마자 "너 니뽄스께지?" 했다. 아버지 동욱의 모습이 영락없는 일본인 모습이었던 때문이다. 머리를 일본 군인처럼 짧게 깎고 일본 말을 유창하게 하는 데다 금이빨까지 하고 있는 모습이 틀림없는 일본인이라고 오해한 것이다.

아무리 일본인이 아니고 조선 사람이라고 말을 해도 조선 말과 일본 말을 알아듣지 못하던 소련 군인은 이를 믿지 않고 동욱을 수갑 채워 연행해 갔다. 그리고 여러 날이 흘러 동욱이 소련군 감옥에 있는 동안에 조선이 해방되었다.

그러니까 동욱이 1945년 8월 15일 광복을 맞이한 것은 만주 호림에서였다. 일본이 패망하자 소련은 일본에 대한 보복행위를 특히 심하게 했다.

패전한 일본은 비참했다. 평소엔 상상하지 못할 일들이 일어났다. 변소 바닥에 떨어진 미루꾸(milk) 캐러멜을 주워 먹는 아이도 있었다. 얼마 전과는 반대로 중국, 소련, 조선인들로부터 멸시와 천대를 받게 된 일본인들은 생명의 위험을 면하기 위해 일본 옷을 벗어 던지고 조선인이나 중국인 행세를 하거나 이곳저곳에 도움을 청하기도 했다.

해방을 맞은 지 또 몇 날이 지난 어느 날 아침, 동욱이 갇혀 있던 감옥의 분위기가 스산해지면서, 오늘 감옥에 있는 일본인들을 모두 다 사형장에 끌고 가 죽인다는 말이 돌았다. 일본인들은 자기가 일본인이기 때문에 살 희망을 포기하고 있는 듯 별로 놀라지 않았다. 그러나 동욱은 이 원통한 일을 어떻게 모면해야 할 것인가를 고심하며 두 손으로 짧은 머리를 몇 차례 쓸어 올렸다.

동욱은 자신이 일본을 너무 좋아했던 벌을 이렇게 받는다고 생각했다. 하지만 어떻게든 사형장에서 일본인으로 오인 받아 개죽음할 수 없다는 단호한 결심이 솟구쳤다. '내가 고향을 떠나 만주 땅에까지 와서 일본인이라고 오해받은 채 아무도 모르게 개죽음을 당할 수는 없다.'

동욱은 만주에 있는 아들 집을 찾아왔다가 노중(路中)에 돌아가신 아버지 생각이 났다. 그리고 고향에서 아들 가족이 내려오기를 손꼽아 기다리고 계신 어머니가 떠올랐다.

반항하고 부르짖는 절규가 감옥 저쪽에서부터 퍼져 나가기 시작하면서 차츰 가까워지고 있었다. 어떤 일본인은 정육점에 매달려 있는 쇠고기나 돼지고기처럼 매달려 있었다. 그들은 올 것이 왔고 차라리 죽음이 낫다고 체념하고 있었다.

동욱 일행이 갇혀 있는 감방문이 열렸다. 인정사정없이 다루는 것으로 보아 소련군은 전투의 일환으로 일본인들을 취급하고 있음이 분명했다. 짐승처럼 끌려 나가는 일본인들과는 대조적으로 끌고 가는 소련 군인들은 모든 것을 결판낼 표정이었다. 일본인들은 그들의 공적(公敵)이었다. 이미 죽을 놈들의 사정은 들어줄 필요 없다는 눈치였다.

일본인들은 속수무책이었다. 나라가 저지른 잘못의 불똥이 애매한 국민에게 튀고 있었다. 그들은 사상범도 아니고 범법자도 아니었다. 대부분 평범하고 착한 소시민들이었다. 그들은 모든 것을 체념한 듯 순순히 따랐다. 죽음이 다가오는 무거운 대열에 장엄한 표정으로 합류하고 있었다.

동욱은 생각했다.

'나는 이들과 다르다. 나는 일본 사람이 아니다. 내가 왜 억울하게 일본인 취급을 받으면서 이 나이에 먼 이국땅 만주에서 잘못한 일도 없이 죽어야만 하는가? 나는 그럴 수 없다. 나는 살아야 한다. 지금 나는 결코 여기서 이렇게 끌려 나가 죽어서는 안 된다. 인생이 그 언젠가는 한 번 죽는다지만 지금은 결코 아니다. 내가 죽을 곳은 여기가 아니다. 살아야 한다. 일본은 망했고 일본은 조선의 적이다. 그리고 나는 조선 사람이다. 나는 결코 일본인이 아니다. 적국이 망했는데 왜 내가 죽어야 하는가? 왜, 왜 내가 죽어야 하는가?'

검은색 가죽 부츠를 신고 따발총을 어깨에 멘 소련 군인들은 반항하는 기미를 보이는 일본인들에게 발길질했고 총구를 그들 쪽으로 난폭하게 들이밀면서 죽인다고 위협하며 끌고 나갔다.

동욱에게 다가온 소련군은 동욱의 머리와 얼굴을 일별하자마자 이 자도 틀림없는 일본인이라고 단정해 버렸다. 동욱은 생명을 건 항거를 하기로 이미 결심했지만 적절한 시기가 언제인가를 찾고 있었다. 이런 하급 병사에게 반항하다 개죽음을 맞는 것은 바보 같은 일이라고 생각했다. 지위 높은 장교가 있어야 했다. 높을수록 좋았다. 계급 높은 장교가 보는 앞에서 행동에 옮겨야 한다고 생각한 동욱은 순순히 따라나섰다.

여러 날 동안 정들었다면 정든 감방이었다. 감방을 나서기 전 단 하나뿐인 환기창 쇠창살 너머로 손바닥만 한 하늘이 보였다. 저 환기창은 동욱의 유일한 외부와의 통로였고 희망이며 소통이었다. 올려다보아야만 하는 환기창으로 보이는 하늘과 떠다니는 구름이 오직 하나뿐인 대화 상대였다. 하늘이 보이는 창 입구에 있는 쇠창살과 그 창살의 녹까지 아픔으로 기억했다. 환기창에 쳐져 있는 거미줄과 거미 그리고 그곳을 통해 교묘히 들어오는 모기까지도 자유와 부러움의 대상이었다. 얼마나 파리와 거미와 모기의 자유를 부러워했던가.

동욱이 감옥 통로를 지나 환한 바깥세상으로 나왔다. 이 얼마만인가, 햇볕과 바깥 공기를 느껴보는 것이. 가슴이 확 틔면서 눈이 부셨다. 갑자기 다리가 휘청거렸다. 건물 앞을 지나면서 동욱은 높은 지휘관이 어디 있는가부터 살폈다. 큰 군용 트럭이 부릉부릉 시동을 걸어놓은 채 수감자들을 태우고 있었다.

중대장급의 소련 장교가 뒷짐을 지고 트럭에 태워지는 일본인들을 지켜보고 있었다. 동욱이 그 장교를 쳐다보면서 트럭으로 향하고 있었다. '끌려가 죽느니 여기서 죽자! 저 장교 앞에서 죽자! 트럭에 태워지고 나면 끝장이다!' 하는 생각이 들자 동욱이 갑자기 트럭 쪽으로 튀어 나갔다. 그리고 큰 트럭 바퀴에다 머리를 박기 시작했다.

동욱을 끌고 가던 사병들이 갑자기 일어난 일에 동욱을 놓치고 말았다. 굵은 포승에 묶인 채로 동욱은 육중한 트럭의 바퀴에다 몸을 던져 머리를 계속 박아댔다.

'죽자! 죽어야 한다. 여기서 죽자! 저 장교가 보는 앞에서 죽자! 나라와 고향을 빼앗긴 놈, 아비도 빼앗긴 놈, 나라는 해방이 되었는데도 일본놈으로 죽는 놈은 살 가치가 없다. 사형장에 끌려가면 안 된다. 나는 죽어야 한다. 죽자! 죽자! 죽음뿐이다!'

돌발적인 동욱의 이 행동은 너무나도 처절하고도 끔찍했다. 죽기를 각오한 동욱은 겁나는 것도 없었고 아픈 줄도 몰랐다. 그것은 살아 있는 생명의 마지막 절규였고 몸부림이었다. 동욱의 머리에서는 피가 솟구치고 있었고 차츰 시야가 흐려지고 있었다. 시간도 공간도 멈추어 버린 듯 동욱은 '악! 악!' 소리를 지르며 큰 트럭 바퀴에다 머리를 계속 박아댔다.

동욱의 절규와 항거는 계속되었고 그 모습은 너무나 처절했다. 모두들 인간이 저렇게 죽음 앞에서 항거할 수 있는가 싶었다. 동욱은 더 이상 이 세상에서 살 이유가 없는 사람이었다. 더 이상 살 가치도 명분도 없었다. 오직 죽음밖에는 다른 길이 없었다. 죽음이야말로 완전한 자유, 그리고 유일한 최후의 희망이었다.

동욱은 차츰 마음의 평온을 느끼면서도 계속 묶인 몸을 던져 트럭 바퀴에 머리를 박아대고 있었다. 그것은 이 세상에서 해야 할 마지막

남은 사명이었다. 아무것도 생각나지 않는 비움이었다. 허(虛)하고 공(空)한 세계였고, 무(無)였으며, 모든 것을 내려놓음이고, 내어버림이었다.

동욱의 필사적인 행동에 병사들은 당황했고 그를 제지하려고 애썼지만, 죽음을 각오한 동욱을 당해낼 수 없었다. 마침내 겁에 질린 한 병사가 따발총으로 동욱을 즉결처분하려 했다. 그것은 "죄수들을 끌어내는 과정에서 반항하는 자가 있으면 죽여도 좋다."는 사전 명령을 들었던 게 분명한 행동이었다.

지켜보고 있던 지휘 장교가 갑자기 소리를 질렀다.

"야! 이놈아, 죽이지 마! 죽이지 마!"

그 장교가 외친 고함은 "쏘지 마!"가 아니라 "죽이지 마!"였다. 저 놈이 어떤 놈인지는 모르지만 죽여서는 안 될 놈이 분명하다고 느낀 것이다. 몇 명의 군인들이 동욱에게 달려들어 필사적으로 항거하며 피투성이가 된 그를 간신히 저지했다.

마침내 동욱이 기진맥진한 상태로 어느 방에 끌려가자 그 장교가 의자에 앉아 있다가 벌떡 자리에서 일어났다. 그러고는 일본 말 통역을 통해 동욱에게 물었다.

"당신은 도대체 누구요?"

동욱은 순간 망설였다.

'나는 정말 누구인가?'

"나는 조선 사람입니다."

"당신이 조선 사람이라는 것을 어떻게 증명할 수 있소?"

"내가 조선 사람인 것은 어떤 증명으로 되는 것이 아닙니다."

"그렇다면?"

"무슨 일이 있어도 내가 조선 사람인 것만은 사실입니다."

"아무리 사실이라도 증명이 필요한 시대 아니오? 내가 보기에는 당신의 얼굴과 짧은 머리 그리고 금이빨은 일본 사람 그대로입니다."

그날 즉시 소련군 장교가 상처투성인 동욱을 장교 차에 태우고 동욱의 집을 찾아왔다. 가족들은 동욱의 모습에 깜짝 놀랐다. 동욱의 아내 선미(善美)는 피투성이 남편을 붙들고 통곡했다. 동네 사람들이 몰려왔다. 아들 정원은 오랫동안 아버지가 집에 없었던 것이 한편 걱정이 되면서도 영원히 돌아오지 않아도 좋겠다는 생각이 잠시 들기도 했었다.

"우리는 모두 조선 사람이오. 일본 사람이 아닙니다."

조선 옷도 내어 보이고 여행 증명서와 민적(民籍) 등본도 보여 주었다. 모든 상황을 파악한 소련군 장교가 갑자기 동욱 앞에 차렷 자세로 선 다음 거수경례를 했다.

"우리가 대단히 큰 오해를 했소. 우리의 실수와 무례함을 용서하시오. 우리는 당신을 틀림없는 일본인으로 알았고, 또 옆집 천장에서 나온 일본 총을 당신이 숨긴 것으로만 알았소. 잘못했소. 정말 미안하오."

장교의 거수경례 한 손이 한동안 내려오지 않았다. 그의 눈동자에 눈물이 핑 돌고 있었다. 동욱의 눈에서도 눈물이 쏟아지면서 고개를 숙여 답례했다. 그리고 속으로 말했다.

'소련은 당신 같은 장교가 있어서 희망이 있습니다.'

동욱은 더 이상 몸을 지탱하고 서 있을 수가 없어서 그 자리에 주저앉고 말았다. 지난 며칠 동안의 악몽들이 주마등처럼 스쳐 지나갔다.

이튿날 그 장교의 네모난 자동차가 군의관과 함께 동욱의 집 앞에 와 섰다. 장교가 식량과 약품들을 동욱에게 가지고 왔다. 동욱은 자리에 누운 채로 미소를 지으며 장교를 맞았다. 옛 친구를 오랜만에 만난 반가움 같은 것이 밀려왔다.

"한 가지 물어볼 것이 있소. 당신은 왜 트럭에 머리를 찍으면서 그렇게 죽으려고 했소?"

동행한 군의관이 일본 말로 통역했다.

"그것은……, 그것은……, 죽고 싶어서였습니다."

동욱은 왜 그랬었는지 대답할 수 없었다. 잠시 동안 뚫어지게 동욱을 주시하던 장교가 말했다.

"아니오. 당신은 사실 살고 싶었던 게 분명하오."

그 일 후로 동욱과 그 장교는 친구가 되었다. 동욱이 요청하는 일은 가능한 한 거절하지 않았다. 조선의 해방을 축하하는 행사를 하고 싶다 했을 때 소학교 운동장 사용과 시가행진을 기꺼이 허락했고, 두 사람의 소련 병사를 파견하여 격려까지 했다.

정원은 사람들 맨 앞에 서서 조선인들의 해방 기념식을 지켜보았다. 소련군 병사들이 따발총을 거꾸로 메고 있었다. 그들은 위급함이 느껴질 때에는 따발총의 총구가 땅을 향하도록 거꾸로 메고 있었다. 유사시에 총구를 약간만 위로 치켜들면 총구가 사람의 가슴 쪽을 향할 수 있기 때문이었다. 소련군의 경계태세는 총을 어떻게 메고 있는가를 보면 알 수 있었다. 총을 바로 메고 있을 때는 긴장할 필요가 없지만, 총구가 땅을 향하고 있을 때는 개가 꼬리를 내리고 있을 때처럼 살벌했고 조심해야 할 때였다.

소련 병사들이 활짝 웃고 있을 때는 여자들을 희롱할 때였다. 몇몇은 시계를 여러 개 얻게 되어 팔에 차기도 했는데, 정작 그들은 시계를 제대로 볼 줄도 몰랐다. 소련 장교들은 교양과 지식이 있었지만, 사병들은 무식하고 천박한 자들이 많았다. 큰 식빵을 베게 삼아 머리에 베고 자기도 했고, 그러다가 배가 고프면 베고 자던 빵을 손으로 뜯어 먹었다.

소련이 어떤 나라인가? 아시아와 유럽의 최북단에 위치한 소련의 전신인 옛 러시아는 기후가 춥고 사용 불가능한 땅이 많아 자연히 사람들이 집안에 머무는 시간이 많았고 독한 술과 생각이 많아지면서 사상가와 철학자, 음악가 그리고 불후의 예술적인 명작들을 많이 배출해 온 나라 아닌가?

그러나 소련의 정치는 가능성 있는 백성에게 인간다움과 자유 그리고 풍요로움을 주지 못하고, 경제정책의 실패와 공산주의 종주국이 되면서 잘사는 것과는 거리가 먼 독재국가의 길로 접어들었다. 대부분의 사병은 강제 징집되어 나온 자들로, 무식했고 여자와 빵, 돈, 시계 등에 혈안이 되어 있었다.

소련은 원래 가능성의 나라였다. 소련과 미국은 국토와 국력 등에서 비슷했으나 인권 박탈과 공산주의로 말미암은 경제 실패가 소련의 모든 가능성의 문을 닫아걸었고 스탈린의 독재는 남하정책에 한창 열을 올리고 있었다.

중국은 유구한 역사와 많은 인민이 그들이 지닌 가능성이었는데 좋은 지도자가 없어 갈팡질팡 방황하고 있었다. 장개석은 소극적인 인물로 방향 감각이 없었고, 모택동은 야심 있는 개혁자로 그에 맞서는 팔로군(八路軍, 항일 전쟁 때에 화북지방에서 활약한 중국 공산당의 주력군)이 세력을 확대하고 있었다. 이런 혼란기에 밤에는 마적단까지 판을 쳐서 무법천지가 되어 버렸다.

소련 사람들은 개인주의적인데, 중국인은 협동심이 강했다. 중국인들은 느리고 속내를 잘 드러내지 않아 음흉하여 접촉하기 어려우나, 한 번 신뢰하면 변함이 없고 근검절약하는 장점이 있었다. 검은 옷을 좋아하는 것은 때가 덜 드러나기 때문인 듯싶었다. 빨래하지 않은 옷을 하도 오래 입어서 살이 닿는 부분이 빤질빤질하게 되어도 갈아입을 생각을 하지 않았다. 양지 끝에 앉아 옷을 뒤집어놓고 이를 잡는 모습은 어디서나 볼 수 있었다. 심지어 어떤 사람들은 이를 씹어 먹기도 했다.

중국과 소련, 패망한 일본 사이에 조선인들은 이것도 저것도 없었다. 개인과 가정의 생존 외에 보는 시야가 좁았다. 큰 나라들 사이에 새우 등 터지는 형국으로 어느 나라가 잘되고 커지는가를 판단하고 그 나라를 따라 살아남아야 하는 절박함과 사람들의 배고픔만이 남아 있었다.

동욱은 여러 날째 몸져누워 있었다. 고열에다 헛소리가 심했고 이따금 악몽에 시달리는지 비명도 질렀다. 밤낮 없이 땀을 흘리면서 죽은 사람처럼 잠을 잤다.

조선족 마을은 웃음을 잃어갔다. 가끔 모여서 회식을 하고 깔깔대며 사진 찍던 모습은 간 곳 없고 뒤숭숭한 가운데 소문들이 판을 치고 있었다. 38선이 생겼느니, 미군과 소련군이 남쪽과 북쪽을 나누었느니, 고향으로 빨리 내려가지 않으면 내려갈 길이 막히고 다 죽느니 하는 말들이 꼬리를 물었다. 사람들은 밖으로 나오지 않고 스산한 분위기가 온 마을을 감싸고 있었다.

동욱은 아무것도 모른 채 계속 몸이 불덩이인 채 정신을 가누지 못했다. 아내 선미는 남편 동욱이 감옥에서 기적적으로 나와 죽음은 면했으나 설마 이러다가 죽으면 어쩌나 하는 불안함에 밥맛을 잃고 두 남매를 추슬렀다. 모두 조선으로 피란을 가야 산다는데 남편이 저 모양이니, 무슨 일이라도 일어나면 남편을 남겨두고 혼자서라도 두 남매를 데리고 조선으로 피란 갈 준비를 해야 한다고 독하게 마음먹고 있었다. 마을 사람들은 남쪽 고향으로 내려가는 것을 모두 피란이라고 말했다.

조선이 해방된 지도 벌써 한 달이 지나가고 있었다. 많은 동포가 마을 떠날 채비를 끝내고 있으면서도 언제 떠난다는 말을 꺼내지 못하고 있었다. 동욱이 몸져누워 있으니 마을에는 구심점 역할을 할 사람도 없었다. 웃음도, 가능성도, 내일도 없었다. 그러나 우리가 이렇게 헤어질 수는 없다는 의견들이었다. 언제 다시 만날 기약도 없는 이별인 데다 그동안 정들었던 마을을 떠나는데 무엇인가 해야 한다고 말들이 오가던 중, 조선 해방과 독립을 축하하는 잔치를 크게 한 번 열고 각자 고향이든 어디든 떠나가자고 의견이 모아졌다. 해방과 독립을 축하하는 잔치였지만, 사실은 헤어지는 이별잔치인 셈이었다. 소를 한 마리 잡기로 했고 평소 가깝게 지내던 중국인들도 잔치에 부르기로 했다.

이른 아침 동욱이 눈을 떴다.

'여기가 어딘가? 죽어서 저 세상에 와 있는 것은 아닌가?'

고개를 돌려 주변을 살피려는데 몸이 말을 듣지 않았다. 몸을 가눌 수가 없었다. 집인 것만은 분명했다. 그런데 아내 선미와 다다루(아들 정원의 일본식 이름), 교코(딸 정자의 일본식 이름)도 없었다.

'어디들 간 것인가?'

방 한편 구석에 동욱 혼자였다.

'며칠이나 잠을 잔 것인가?'

고향을 떠나 일본과 만주에서 살아온 여러 가지 일들이 주마등처럼 스치고 지나갔다. 동안 만철 기관부 시절. 호림에서의 조선인 마을 생활. 소련군 장교가 갑자기 보고 싶어졌다. '아! 나는 이제 어찌해야 하는가?'

이때 밖에서 웅성거리는 소리가 들려왔다. 여러 사람이 모인 데서 나는 소리였다. 동욱은 일어나고 싶었으나 몸이 천근만근 말을 듣지 않았다.

'오늘이 무슨 날이기에 이른 아침 시간에 저렇게들 밖에 모여 있을까?'

동욱의 궁금증이 더해가고 있었다.

동욱이 있는 힘을 다해서 엉금엉금 기어가 벽에 몸을 기댄 채 창을 열었다. 동네 사람들이 무엇인가를 멀찍이 가운데 두고 둘러서서 웅성거리고 있었다.

'무슨 일인가?'

동욱은 "여보! 여보! 다다루!"를 수없이 불렀으나 소리가 잘 나지를 않았다.

"여보! 여보! 다다루!"

머리는 묵직하고 쪼개질 것 같았고 소리는 개미 소리였다. 동욱은 더 이상 창문에 기대설 수 없었다. 바로 이때였다.

"저기 보세요. 동욱 씨가 일어났어요. 창가에 나와 있어요!"

사진사 동원 씨가 창가에 있는 동욱을 보고 소리쳤다. 역시 사진사는 잘 둘러보는 천리안을 가진 모양이었다. 모두의 눈이 동욱네 집을 향했고 손뼉 치는 이도 있었다. 오늘 잔치를 위해서 소를 잡던 일이 잠시 중단되었고 동욱에게로 우르르 몰려들었다.

"이 벼락 맞아 죽을 놈들, 생사람을 저렇게 잡는 법이 어디 있어?" 하는 이는 원근이 어머니였고, "천우신조이지, 하늘이 도왔어, 그날 소련 감옥에 갇혔던 일본인들은 다 총살당했다는데 동욱 씨 혼자만 살아났다는 거야."라고 말하는 이는 원근이 아버지였다.

동욱은 순간 그 소련군 장교가 동기간처럼 생각되어 다시 보고 싶어졌다. 그는 내 생명의 은인이다. 군의관까지 대동하고 와서 나를 치료해 준 그는 내게 누구인가? 그날 하늘이 그를 만나게 하신 것이 분명하다. 그가 동욱에게 한 말이 생각났다.

"당신은 무서운 사람이오. 그렇게 무서운 사람은 당신이 처음이오. 어떻게 자기 몸을 던져 그렇게 항거할 수 있는지 나는 놀랐소. '저렇게 항거하는 사람에겐 분명히 이유가 있다. 무슨 사연이 있는 거다. 저 사람이 지금 나에게 생명을 내어놓고 항변하고 있는 게 분명하다. 살리자! 그냥 두면 죽는다. 살려야 한다!' 사람이 당신처럼 강할 수도 있다는 것을 나는 그날 깨달았소."

동욱은 선미와 우동집 아줌마의 부축을 받으면서 마당으로 나갔다. 다시 소 잡는 일이 계속되었다. 몇 차례 머리에 도끼를 맞고도 죽지 않은 황소가 두 눈을 껌뻑거리며 머리를 흔들어 댈 때마다 사방으로 피가 튀었다. 황소는 머리를 계속 크게 흔들어 대면서 두 눈을 부릅뜨고 무엇인가 노려보고 있었다.

동욱은 황소를 쳐다볼 수가 없었다. 소가 무서웠다. 그리고 불쌍했다. 어쩌면 저 소는 그날 나의 모습인지도 모른다는 생각이 들었다.

'단번에 도끼로 정통으로 정수리를 쳐서 무릎 꿇고 쓰러져 죽게 해야 하는데 사람들은 왜 저렇게 괴롭히면서 구경까지 할까?'

동욱은 지금 머리에 피를 흘리고 있는 저 황소가 자기 자신인 동시에 조국인 조선처럼 느껴졌다. 5천 년 역사를 가진 민족인데 말없이 태어나서 죽도록 일만 하고 끌려다니다 종내에는 이처럼 고통당하며 죽는 소와 너무나 닮았다. 또 죽은 다음에는 가죽과 뼈와 살, 내장, 꼬리, 발까지 하나도 남김없이 다 내어주는 소가 지금의 조국 조선의 신세 그대로라고 생각되었다.

일본에게 나라를 통째로 빼앗기고 말과 글, 이름까지 빼앗긴 채 고향을 떠나 먼 북만주 호림까지 와 고통당하는 자신과 동포들이, 죽어가는 저 소와 같았다. 중국은 조선을 소국이라며 얕보고 무시했고 일본은 조선을 더럽고 추하고 지저분하며 아무것도 스스로 할 수 없는 조센징이라 멸시하며 약탈했다. 소련은 조선을 적화시켜 자기들의 거점으로 이용하려고 얼마나 많은 도끼질을 해 왔고, 지금도 하고 있는지 몰랐다.

동욱은 더 이상 피투성이가 되어 서 있는 소를 쳐다볼 수 없었다.

"소는 우리에게 보통 동물이 아닙니다. 우리 조선하고 너무나도 닮았습니다. 죽이려면 단번에 정수리를 정통으로 쳐서 죽여야지, 저렇게 피를 흘리며 고통스럽게 하면 안 됩니다. 왜 소를 구경하면서 죽입니까?" 하고 외쳤다.

동욱의 몸은 무겁고 괴로웠다.

"나는 집으로 들어가겠으니 날 좀 부축해 주구려."

한마디를 남기고 그 자리를 떴다.

동욱은 그날 소고깃국에 손도 대지 않았다.

마을은 한 집 두 집 떠나가고 빈집들이 늘어났다. 어찌된 일인지 동욱에게 알리고서 떠나는 집이 없었다. 아침에 빈집인 것을 발견하고서야 밤사이에 떠난 것을 알 수 있었다. 아직도 몸을 추스르지 못하는 동욱네를 그냥 두고 떠나는 것이 미안했던 게 분명했지만, 동욱은 한 가족처럼 지내던 사이인데 인사 한마디 없이 떠난 것이 못내 섭섭했다.

텅 비어가는 조선인 마을을 맨 처음 노린 것은 중국 마적단이었다. 마적단은 해가 어두워지기 시작하면 말을 타고 몰려와서 칼을 마구 휘둘러대며 사정없이 약탈했다. 밤이 되는 것이 무서웠다. 죽지 않고 살기 위해서는 집을 떠나 어디에서든 밤을 지내고 다시 오는 수밖에 없었다.

평소 안면 있는 이웃의 중국인들에게 찾아가 밤에 잠만 좀 자게 해 달라고 간청해 보기도 했지만 "당신들 잠재워 주다가 우리가 무슨 일 당할지 모르니 미안하지만 안 되겠소."라는 거절이 돌아왔다.

고향 땅을 밟기 전에 마적단에게 죽을 수는 없었다. 물건은 빼앗겨도 목숨은 지켜야 한다는 일념뿐이었다. 그것만이 조선인들이 두려움과 어려움을 이겨내는 힘이었다. 조선인들의 이야기 주제는 낮이나 밤이나 피란뿐이었다. 동욱과 선미도 피란 갈 때 어떤 것들을 가져가야 할지 의논하고 물건들을 챙기기 시작했다.

그러나 동욱의 이런 몸 상태로는 피란은 엄두도 낼 수 없는 일이었다. 피란 가다가 도중에 몸이 더 나빠지면 죽기 십상이었다. 어떻게든지 몸이 정상으로 회복되어야만 떠날 수 있었다. 그러나 당장 오늘 밤에라도 마적단을 피해 어디론가 피란을 가야 했다. 넓은 이 만주 벌판에서 어디에 가서 밤을 지내야 할까 생각하다가 좋은 곳이 생각났다. 마을에서 좀 떨어진 옥수수밭이 좋겠다고 생각의 일치를 보고 해가 지기 전에 네 식구가 옥수수밭 한가운데로 헤집고 들어갔다.

만주의 옥수수 줄기는 키가 사람보다 훨씬 커서 그 한가운데 들어가 있으면 완전히 세상과 차단된 별천지였다. 벌써 10월 중순이 지나고 있어 제법 찬바람이 불었으나 옥수수 숲이 바람막이가 되어 주었다.

어린 아들 정원은 옥수수밭으로 피란 가는 것을 공주 할머니 집으로 가는 것으로 잘못 알고 있었다. 실상 할머니 집으로 가는 것도 피란이었고, 옥수수밭에서 하룻밤을 지내는 것도 피란이긴 마찬가지였다.

옥수수밭에 자리를 만들어 주고 누워 자라고 하자 철없는 어린 딸 정자가 자기 베개가 없으니 내놓으라고 계속 칭얼대며 울었다. 밤하늘에는 멀리서 총소리가 끊이지 않는데 옥수수밭에서 자며 한가하게 베개를 찾다니……. 동욱과 선미가 정자에게 핀잔을 주기 전에 오빠 정원이 동생을 나무랐다.

"너 정신이 있냐, 없냐? 지금 여기서 네 베개를 내놓으라고 하면 어떻게 하니? 이 멍청아!"

다행히도 정원은 그 정도의 철은 들어 있었다. 그때 정원의 나이가 만으로 여섯 살이었다.

그 이튿날 아침 집으로 돌아가는데 정원은 거기가 할머니가 계신 공주인 줄 알았다. 그런데 이상하게도 눈에 익은 동네가 가까워지자 '피란 가야 할 공주도 지금까지 살던 호림과 똑같은 동네인가 보다. 모든 도시, 모든 동네가 똑같은 모습을 하고 있는 게로구나. 그것 참 재미있고 편리하겠다.'라고 생각할 정도로 아직은 어린 나이였다.

집에 돌아왔지만 생소하기는 일반이었다. 온통 집안이 난장판으로 어지럽혀져 있어 전에 살던 집 같지가 않았다.

동욱네 가족이 며칠 동안 옥수수밭으로 피란 다닌 것이 어머니가 기다리고 있는 공주를 향해 진짜 피란 가는 일의 준비와 훈련이 되어 가고 있었다. 다행히 동욱의 건강도 한결 좋아졌다. 역시 위기가 사람을 강하게 만든 것 같았다.

이제 더 이상 이곳에 살 수 없었다. 마적단은 몇 차례 다녀간 다음 이 이상 얻을 게 없다고 판단했는지 더는 오지 않았지만, 주민이 거의 떠난 마을은 황량하기만 했다.

11월 하순을 동욱 일행이 피란 떠나는 날로 정하고 동욱과 선미는 큰 배낭에다 필요한 물건을 넣었다. '꼭 필요한 것과 무거운 것은 밑에, 금방 꺼내 쓸 것과 가벼운 물건은 위에'라는 원칙으로 짐을 꾸렸다.

열흘 정도면 고향에 도착할 수 있도록 계획을 세웠다. 평소 기차를 타고 고향에 가는 경우 사흘 정도 걸렸으니 아무리 혼란기라 해도 열흘이면 넉넉할 것으로 생각한 것이었다. 그 열흘 동안 건강을 지키는 것이 제일 중요했다. 따라서 그동안 먹을 것을 넉넉하게 마련하는 것과 추운 겨울에 혹한을 견디며 만주를 횡단하는 일이 제일 큰일이고 걱정거리였다.

선미는 네 식구의 방한복을 준비하기에 바빴다. 동욱의 방한복 안에는 그동안 모아 놓았던 일본 돈과 만주 돈을 넣고 재봉질로 누볐다. 마적단이 큰 발재봉틀을 가져가지 못하고 내팽개쳐 놓은 게 다행이었다. 가지고 가기에는 무겁고 컸거나 아니면 무엇에 쓰는 것인지 몰랐는지도 몰랐다. 남매에게도 두터운 솜을 넣은 누비옷에 마스크까지 달린 털 방한모자를 마련해줬다.

“여보, 우리 오늘 입고 가는 이 옷을 공주에 도착할 때까지 벗어서는 안 되니 그리 아세요.”

“알았어, 열흘 동안 이 깨나 득실거리겠군.”

동욱은 이 말을 하면서 몇 년 전에 만주를 다녀가시다가 돌아가신 아버지를 생각했다. 길 잃은 노인으로 취급받아 일본 경찰의 보호를 받던 중 몇 달이 지난 후에야 연락을 받은 동욱이 아버지를 보호소에서 만났을 때 아버지의 옷 안팎에 기어 다니던 수많은 이 떼들이 생각났다. 그 일이 있은 얼마 후에 아버지는 세상을 떠나셨고, 그 일이 자기 때문이라고 동욱은 지금까지 자책하며 괴로워하고 있었다.

선미는 방한복이 다 완성되자 열흘 동안 먹을 쌀과 당장 먹을 김밥을 준비했고, 반찬으로 중국 암시장에 가서 소고기를 사다 장조림도 만들었다. 양재기와 필요한 그릇 몇 개, 수저들도 챙겼다. 아들 정원도 피란 준비를 했다. 책과 공책, 학용품, 장난감을 챙겨 가방에 넣고 있는 것을 보고 동욱이 큰 소리를 질렀다.

"다다루! 너 지금 어디 소풍 가는 줄 아느냐? 일본 책 다 버려라. 이제 소용없어졌다. 그리고 장난감을 어디라고 가져가!"

동욱이 장난감을 밖으로 내던져 버렸다. 정원의 눈에서 눈물이 핑 돌았다. 정원이 그렇게 좋아하던 목마(木馬)였는데 '그러면 대체 무엇을 가져가야 하나요?' 정원은 그렇게 묻는 듯한 표정을 지었다.

동욱과 선미는 그동안 만주에서 찍은 사진 중 꽤 많은 것을 배낭 안에 넣었다. 그들은 추억을 오래 간직하고 싶었고 그것들을 고향 사람들에게 보여주고 싶었다.

동욱이 선미와 함께 피란 가는 여정을 정했다. 철도를 최대한 이용하기로 하고 그때그때 대처해 가기로 한 것은 동욱이 만철에 근무한 적이 있었을 뿐 아니라 철도 외에는 막상 뾰족한 다른 길이 없었던 때문이다. 그렇게 하려면 호림 역에서 기차를 타고 만철 동부선을 따라 흑룡강 성으로 가서, 다시 기차로 하얼빈과 목단강(牧丹江)을 거쳐 두만강을 건너야 했다. 두만강만 건너가면 거기는 우리 땅이니 모든 것이 잘될 터였다.

1945년 11월 하순의 만주 벌판에는 혹독한 추위가 왔다. 입김이 흰 서리가 되어 방한모에 얼어붙어 떼어내지 않으면 안 될 지경이었다.

호림역으로 갔다. 2년 전까지 이곳에서 일하면서 정들었던 역이었는데, 지금은 너무나 생소했다. 옛날 그대로일 것이라고 생각한 것은 착각이었다. 기차역이라기보다는 소련 군부대 주둔지 같았다. 일본 만철 사람은 한 사람도 없었고 소련 군인들이 철도를 완전히 장악하고 있었다.

전에는 역 광장 큰 시계 밑에 일본 천황의 큰 사진이 걸려 있었는데 지금은 스탈린 사진으로 대치되어 있었다. 동욱은 가족들과 짐을 역 광장 한구석에 두고 역 안으로 들어가 우선 사태파악을 하는 게 순서일 것 같았다. 역 안으로 들어가 보니 기차표를 판매하고 있었지만, 그것이 자유롭지 못했다. 많은 사람이 무질서하게 창구 앞에 모여 있었고 그 주변에는 소련 군인들이 총구를 밑으로 향한 채 지키고 서 있었다.

무질서와 무법과 혼돈이 판치고 있었다. 기차 시간표 역시 전에 있던 것은 떼어져 없어졌고 임시 열차가 부정기적으로 운행되고 있었다. 그때마다 벽보 광고로 써 붙이는 것 같았다. 동욱은 당황스러웠다. 처음부터 순조롭지 못한 것이 불안하고 초조했다. 어떻게 일을 풀어가야 할지 난감했다.

그때 밖이 소란해지면서 사람들의 시선이 밖을 향했다. 소련 군대가 광장 한복판에서 대열을 정비하고 있었다. 소대장들이 책임 지휘관에게 보고하려는 것 같았다. 동욱은 밖에서 자기를 기다리는 가족과 짐들을 생각하고 얼른 밖으로 나갔다.

동욱은 지나다가 지휘관을 힐끗 쳐다보는 순간 깜짝 놀라 눈을 비볐다. 야빈스키 바로 그 사람이었다. 호림역 주둔 소련군 부대의 책임자가 바로 동욱을 살려 주고 치료까지 해 준 그 야빈스키라니…….

동욱의 가슴이 쿵쿵 뛰었다. 부대의식이 끝나기를 기다렸다. 인원

점검이 끝나고 오늘의 부대별 임무를 부여하는 것 같았다. 야빈스키는 지휘관으로서 한 치의 허점도 보이지 않고 모든 것을 잘 처리하고 있었다.

부대가 소대별로 임무에 따라 흩어지고 있을 때 동욱이 광장을 가로질러 야빈스키에게 다가갔다. 동욱을 본 야빈스키가 깜짝 놀라는 표정을 지었다.

"아, 이거 이동욱 씨 아니오? 몸은 이젠 다 나았소? 그런데 여기는 웬일이시오?"

"우리 가족이 조선의 고향으로 피란 가기 위해 역에 왔는데 기차가 없습니다."

동욱이 이전에 조금 배워 둔 러시아 말로 더듬더듬 말했다.

동욱의 말을 듣던 야빈스키가 동욱의 주변을 살폈다. 가족은 어디 가서 없고 혼자냐는 것 같았다. 동욱이 저쪽 구석에 있는 아내와 남매를 가리켰다. 야빈스키가 동욱 가족이 있는 쪽으로 발걸음을 옮겼다. 주변의 많은 사람이 이 광경을 보고 놀라고 있었다. 저렇게 권력을 가진 높은 소련 장교가 한 동양 사람을 친구처럼 대하는 모습이 의외로 느껴진 것이었다.

동욱의 아내와 남매를 본 야빈스키는 피란을 떠나는 그들의 모습을 확인하고 입가에 미소를 띠며 말했다.

"이곳 호림이 지긋지긋하겠습니다."

"아닙니다. 좋았습니다. 사실은 더 오래 살고 싶은 곳인데 그럴 수 없는 시국입니다."

야빈스키가 두 남매의 머리를 쓰다듬어 주고는 동욱을 향해 자기를 따라오라고 손짓했다. 역 사무실로 들어간 야빈스키가 차렷 자세로 경례하는 부하 사병에게 무엇인가를 지시했다.

잠시 후 서류 한 장을 받아 든 야빈스키가 서류에 고무도장을 두 개 찍은 다음 그 밑에 러시아 글로 몇 자 적어서 동욱에게 내주었다. 그것은 여행증명서였다. 도장 두 개는 관인과 자기 서명을 찍은 것이었다.

『이 가족이 통행하는 일에 협조하기 바란다.
1945. 11. 20. 소련 동부지구대장 대위 야빈스키』

동욱은 마치 천하를 얻은 것 같았다. 소련군 장교 중에 야빈스키 같은 멋쟁이가 있다니 정말 믿어지지 않았다. 죽음에서 살려 주었고 피란길에 증명서까지 만들어 주니 너무나도 고마웠다. 이미 고향에 다 간 것이나 진배없다고 생각하였다. 포옹으로 작별인사를 나누고 가족을 향해 가는 동욱의 발걸음이 가벼워 구름 위를 걷는 것 같았다.

"여보, 이제 우린 살았소. 야빈스키 대위가 우리에게 여행증명서를 만들어 주었소."

선미도 너무나 좋아 두 남매를 품에 꼬옥 안았다. 동욱은 식구들과 함께 짐을 들고 역 안으로 들어갔다. 혼잡한 사람들을 헤치고 제지하는 사병 앞에 가서 여행증명서를 보였더니 선뜻 길을 터 주었다. 그 여행증명서를 창구에 있는 군인에게 내밀었다. 군인은 증명서와 거기에 적혀 있는 메모를 보더니 식구가 몇 명이냐고 물었다.

"우리 식구는 네 명입니다. 우리 부부와 어린 남매 둘입니다."

"어디까지 가시오?" 창구의 군인이 또 물었다.

동욱은 어디라고 말을 해야 할지 몰라 당황했다. 충청도 공주까지 가지만 그렇게 말할 수는 없었다. 우선 목단강역까지만 가면 싶었다.

"목단강역까지입니다."

공손하게 목례를 하면서 대답했다.

"기차 시간은 저기 있는 벽보를 보시오."

동욱은 너무나 고마워 주머니에서 돈을 꺼내면서 물었다.

"얼마입니까?"

군인은 그냥 가라고 크게 손사래를 쳤다.

도대체 이게 웬일인가? 기차 삯도 받지 않다니……. 야빈스키의 위력이 정말 대단하다고 생각했다. 동욱이 기차표를 발급받자 주변 사람들이 너도나도 서로 밀치며 창구로 몰려들었다.

벽에 붙어 있는 기차 시간표로는 두 시간 후면 출발하는 것으로 되어 있었으나 네 시간이 지나도 개찰할 생각을 하지 않았다. 날씨는 춥고 게다가 밤이었다. 동욱의 네 식구는 역 한구석에 자리 잡고 앉아 차디찬 김밥으로 저녁을 먹었다. 결국, 집을 떠난 지 거의 한나절이 다 되어가는데 한 걸음도 움직이지 못한 것이다.

기차가 호림역을 떠난 것은 밤 11시가 지나서였다. 호림역을 잘 아는 동욱이 간신히 자리 둘을 구해서 아이들을 앉혔다. 정자가 칭얼댔다. 두꺼운 방한복에 털 달린 방한모에 마스크까지 쓰고, 밤이 늦었으니 졸리고 괴로울 수밖에 없었다. 주위 사람들은 정자가 크게 칭얼대는 소리에 짜증을 냈다. 그나마 정자가 장난감과 베개를 찾지 않는 것을 보면 상황이 심각한 것을 눈치는 채고 있는 듯했다.

갑자기 가까운 곳에서 따발총이 불을 뿜어대는 소리가 요란했다. 역 질서가 무너져 버리자 경비병들이 총을 발포한 것이다. 기차표를 더 이상 판매하지 않자 군중이 역사 밖으로 튀어 나가서 곧장 열차가 있는 쪽을 향해 뛰어가니 그들을 향해 발포한 것이었다.

기차 안은 발 하나 들여놓을 공간이 없었다. 기차 안은 말이 기차였지 아비규환이었다. 통로는 말할 것도 없고 짐을 올려놓는 선반에까지 올라간 사람들, 기차의 지붕은 물론 기관차에까지 올라간 사람들도 있었다. 기차 지붕에까지 올라탄 사람들 때문에 기차가 등이 울퉁불퉁한 괴물처럼 보였다.

기차 안에는 중국 사람이 대부분이었고 소련인 그리고 조선 사람인지 일본 사람인지 구분이 잘 안 되는 사람들로 꽉 차 있어 고약한 냄새가 코를 찔렀다. 기차 어딘가에 변소가 있었지만, 거기에 가서 변을 볼 엄두를 내는 사람은 아무도 없었다. 기차 안은 사람 냄새, 대소변 냄새가 코를 찔렀고 깨진 창으로 들어오는 찬바람이 아니었으면 모두 질식할 상황이었다.

그리고 기차는 왜 이렇게 한없이 느리게 가는지 몰랐다. 달구지가 가는 것처럼 느리게 가고 있었다. 마치 빨리 달리면 지붕과 기관차에 매달려 가는 사람들이 떨어져 죽을 것 같아서 조심스럽게 가는 것처럼 말이다. 창문으로 사람의 다리가 보이기도 했고 이따금 "악!" 하며 기차에서 떨어지는 사람의 비명이 들려오기도 했다.

'칠흑같이 어둡고 추운 북만주 벌판을 달리는 이 기차는 지금 어디를 향해 가고 있을까?'

동욱은 일의 사태가 보통 심각하지 않다는 예감이 들어 불안했다.

'어쩌다 나는 조선과 고향땅을 떠나 이 먼 이국땅, 모든 것이 생소한 곳에 던져졌는가? 지금 우리 식구는 어디로 가고 있는가?'

정자가 울었다. 오줌을 싼 것이다. 두꺼운 옷을 너무 많이 껴입었기 때문에 옷을 미처 내리지 못해서 싼 것이다. 선미는 발을 동동 굴렀다.

"이 추운 날 갈아입을 옷도 없는데 오줌을 싸다니. 그리고 피란을 가려면 좀 일찍 갔어야지. 이 엄동설한에 길에서 얼어 죽는 길밖에 더 있어?"

동욱이 더러 들으라는 선미의 불평이었다.

"오줌, 똥이 마려우면 미리미리 말해!"

선미는 어린 남매에게 다짐하고 또 다짐했다.

사람들은 신문지 같은 것을 깔고 대변을 본 다음 그걸 싸서 깨진 창밖으로 내던졌다. 이따금 찬바람과 함께 물기 같은 게 얼굴에 와 닿는 것은 필경 그런 배설물의 일부였을 게 틀림없었다.

선미는 목욕탕에 갈 때 비누와 수건을 넣고 다니던 좀 기다란 후꾸로(휴대용 목욕통)에다 대소변을 받았다. 네 식구가 긴 여정에 꼭 필요한 것, 가지고 가야 할 것들이 많았을 텐데 목욕용 후꾸로까지 챙긴 것을 보면 선미의 준비가 주도면밀한 셈이었다.

누가 용변을 본다는 신호를 보내면 주변의 이웃들이 뒤로 돌아 둘러앉아 울타리 역할을 해주었다. 창피도 부끄러움도 없는 상부상조였다. 선미는 이 일이 죽음보다 괴로운 듯 몸을 비틀면서 참고 참았다.

동욱이 곁눈질로 힐끗 창으로 내다보자 기차선로가 나란히 여러 개가 보였다. 기차가 어느 역으로 진입하고 있는 게 분명했다.

'덜커덩' 하며 거칠게 기차가 서자 여기저기서 "악!" 하는 비명들이 들려왔다. 만철 기관부에 있었던 동욱은 지금 이 기차를 운전하는 기관사가 숙련된 기관사가 아니라서 정거 시에 이런 일들이 일어나고 있다는 걸 알아차렸다.

기차 안 통제가 불가능해지고 무법천지가 된 것을 보고받았는지 소련 군인들이 두 줄로 에워싸고 있는 곳으로 기차가 들어가 섰다. 소련군은 공중에다 대고 따발총을 쏘아댔다. 그리고 기차 안으로 들어와 차표 검사를 시작했다. 기차표 없이 무임승차한 사람은 이유를 묻지 않고 끌어내렸다. 항거하면 죽였고 '돈을 내겠다. 한 번만 살려달라.'라고 애원해도 사정없이 끌어내렸다. 소련군은 기관차에 매달려 있는 사람들과 지붕에 올라가 있는 사람들은 거들떠보지 않고 기차 안의 치안 확보에만 주력했다.

마침내 기차 안에 공간이 생기기 시작하면서 숨통이 트였다. 통로에서 사람이 움직일 수 있었다. 찬바람이 몰아쳤다. 그러나 기차는 좀처럼 움직일 기미가 없었다. 호림을 떠난 지 벌써 네다섯 시간이 지나 새벽이 밝아오고 있는데도 몇 정거장 온 것 같지가 않았다. 총소리가 계속 가까운 곳에서 그리고 멀리서 들려왔다. 이따금 '쿵쿵' 하는 대포 소리도 들려왔다.

동욱이 깨진 창틈으로 밖을 보니 이게 웬일인가? 소련 군인들이 철로를 뜯어내고 있었다. 철로를 뜯어내면 이 기차는 어찌 되는가? 큰일이었다.

얼마 후 갑자기 기차가 후진하기 시작하더니 다른 선로로 바꾸어 가서 섰다. 그리고 다시 기차가 움직이기 시작했다.

'아니, 이 기차가 선로를 바꾸어 도대체 어디로 가는 것인가?'

목단강으로 가는 기차가 다른 선로를 타고 있으니 큰일이었다.

"여보, 큰일 났소. 이 기차가 선로를 바꾸어 가고 있는데 어디로 가는지 모르겠소. 어떻게 하면 좋겠소?"

선미는 꾸벅꾸벅 졸고 있었다. 집을 떠난 지 만 하루도 안 되었는데 수년째 피란 중에 있는 사람처럼 얼굴이 초췌해 있었다. 동욱은 자기 때문에 11월의 북만주 벌판에서 고생하고 있는 가족에게 미안한 마음이 들었다. 열흘이면 고향에 갈 것으로 생각했던 계획은 엉뚱한 곳으로 달려가는 기차처럼 점점 멀어져가고 있었다.

철도의 이음새를 넘어가면서 내는 기차의 덜커덩거리는 소리가 빨라질수록 동욱은 더 불안해졌다. 지금 이 기차가 어디로 향해 가는지 아무도 모르고 있었다. 기차 안의 사람들은 어디로 가든 관계없다는 듯 무표정했고 그것이 동욱을 더욱 초조하게 만들었다.

동네 사람들의 얼굴이 떠올랐다. 늘 농담하며 남을 웃기던 사진사 동원 씨는 어디로 갔을까? 항상 모자를 쓰고 다니는 우동집 아줌마는 끝까지 우리와 함께 간다고 하더니 어디로 갔을까? 함경도에 산다는 오라버니를 찾아갔을까? 원근네는 벌써 고향 조치원으로 갔을까?

다시 두 사람의 로스케 소련군이 총구를 아래로 내린 채 들어섰다. 기차표를 점검하기 시작했다. 그런데 이상한 것은 기차표를 확인한 다음 다시 돌려줘야 하는데 군복 주머니에 집어넣는 것이었다.

동욱은 걱정이 됐다. 야빈스키가 써준 여행증명서를 먼저 내밀었다. 소련군은 본체만체 관심 없다는 듯 기차표를 내놓으라고 다그쳤다. 동욱이 기차표를 보여주며 빼앗길 수 없다는 완강한 표정을 지었다. 소련군은 잽싸게 기차표를 손에서 낚아챘다. 동욱이 달라고 항의하자 따발총 멜빵을 확 끌어당겼다. 벌집 같은 구멍이 난 따발총의 총구가 동욱의 콧등에 와 닿았다. 방아쇠를 당기기만 하면 죽는 순간이었다.

동욱은 등에 식은땀이 흐르면서 현기증이 났다. 선미는 소련군의 손을 붙들고 제발 살려달라고 애원했다.

"우리는 야빈스키 대장이 여행증명서를 써 주었소. 이것 보시오."

동욱이 더듬거리는 러시아 말로 증명서를 내밀며 말했다. 그러나 소련군은 들은 체 만 체했다. 그 소련군들은 글을 읽을 수 없는 게 분명했다. 잘못하다가는 창피당하고 무안해진 소련군이 홧김에 방아쇠를 당길 수도 있겠다는 직감이 들자 동욱은 모든 것을 포기했다.

동욱이 나이 들고 교양이 있어 보이는 중국인에게 물었다.

"선생님, 이 기차가 지금 어디로 가고 있는지 알고 있습니까?"

"이 기차는 지금 북쪽으로 가고 있어요. 목단강으로 가는 동부선 철로가 폐쇄됐답니다."

동욱의 생각대로였다. 목단강으로 가려면 남쪽으로 내려가야 하는데 북쪽이라면 지금 기차가 정 반대방향으로 가는 것이었다.

"우리는 지금 조선으로 가야 하는데 큰일입니다."

동욱의 말에 중국인은 대답하지 않고 고개를 차창으로 돌렸다. 북만주 11월의 매서운 바람이 몸을 움츠리게 했다.

다른 소련군 사병 둘이 총구를 아래로 내린 채 또다시 나타났다.

얼마 전에 다른 놈들이 기차표를 모두 수거해 갔는데 기차표를 점검하고 있으니 큰일이었다. 동욱은 될 대로 되라는 체념이 들면서 두 눈을 감아버렸다.

놈들은 모든 사람을 다 검문하지 않고 몇 사람을 선별하여 기차표를 보자고 했다. 돈이 없어 보이거나 나이가 든 중국인들은 제외했다. 동욱은 그들이 조용히 지나쳐 가기를 바라며 두 눈을 감고 자는 체했다. 아이들과 선미는 아까부터 졸음을 견디다 못해 흔들리는 기차의 소음에 몸을 맡기고 깊은 잠에 빠져 있었다.

그들의 발걸음이 동욱 옆에 와 있는 게 느껴졌다. 동욱은 깊은 잠에 빠진 사람처럼 행동하며 그들이 떠나가기를 기다렸다. 시간이 흘렀다. 그리고 침묵이 흘렀다. 이 침묵은 무엇을 의미하는가? 동욱은 눈을 뜨고 확인하고 싶었으나 꾹 참고 눈을 뜨지 않았다.

동욱의 얼굴에 차가운 쇠가 와 닿는 느낌이 들었지만, 모른 체 했다. 한 소련군이 동욱의 상체를 툭 치고는 "너 니뽄스께지?" 하며 동욱의 방한모를 벗겼다. 짧은 머리가 드러나자 소련군은 회심의 미소를 머금으며 두 손으로 동욱의 입을 크게 벌렸다. 양쪽 어금니에 한 금이빨이 드러났다.

"너는 틀림없는 니뽄스께다."

한 건 잡았다는 듯 호들갑을 떨며 큰소리쳤다.

동욱은 다시 일본 사람 취급받는 것이 치욕스러웠다. 동욱은 니뽄스께가 절대 아니라고 손사래를 쳤다. 그리고 야빈스키가 만들어 준 여행증명서와 그의 필적을 내보였다. 소련군이 옆에 있는 동료에게 그걸 건네주었다. 여행증명서를 받아 든 소련군이 잠시 들여다보더

니 "야, 이거 우리 소련 글이다. 니뽄스께라 하더라도 봐줘라."라고
말했다.

동욱은 기가 막혔다. 그리고 자신이 일본 사람으로 몇 차례나 오해
를 받고 있다니 한심했다. 소련군들은 '짧은 머리에다 금이빨을 한 동
양인은 일본인'이라고 교육받은 것이 분명하다고 생각했다. 그도 그
럴 것이 일본 군인들은 위생상 장교든 사병이든 머리를 짧게 깎았고,
치아 치료도 하고 금이빨까지 했다. 중국인이나 조선인은 금이빨을
거의 할 수 없던 때였다.

선잠을 자다 깬 선미가 더 이상 용변을 참을 수 없다는 듯 동욱에
게 목욕통을 가리키면서 벽을 쳐 주기를 요구했다. 선미도 참는 데
한계를 느낀 것이다. 옷으로 밑을 가리고 목욕통을 밑에 깔고 앉으니
무엇을 하는지 아무도 알 수 없었다. 선미는 아무 일도 없다는 듯 창
너머를 응시하며 볼일을 봤다.

기차가 굴속을 지날 때 나는 냄새가 고약했다. 삶은 계란의 노른자
썩는 냄새 같았다. 긴 터널 속은 어둡고 깔깔하고 텁텁했다. 여행증
명서 덕분에 가까스로 위기를 모면한 동욱은 야빈스키가 새삼스럽게
고마웠다.

아침 해가 떴는지 벌판을 달리는 기차 안팎이 환해졌다. 기차 밖을
내다보자 끝없는 불모지 벌판에 눈이 흩날리고 있었다. 기차는 달리
고 또 달렸다. 똑같은 모습들이 계속 이어졌다.

방한모를 눌러쓴 선미는 얼핏 보면 남자인지 여자인지 구분이 안
되는 몰골을 하고 있었다. 여자를 찾아다니는 소련군을 피하려고 벌
써 집을 떠나기 전부터 화장은 고사하고 얼굴도 씻지 않았다. 얼굴에

껌정을 칠하고 머리도 빗지 않는 것을 생활화하고 있었다. 여자와 시계만 보면 사족을 못 쓰는 소련군들인지라 그들의 눈을 피하려면 더럽고 추하게 보일 수밖에 없었다.

잠이 깬 정자는 똥이 마렵다고 칭얼댔다. 정원도 벌써 깨어났다. 정원은 배도 고프고 오줌도 마렵고 몸을 움직일 수 없어 갑갑했지만, 자신까지 그런 불평을 할 처지가 아니라서 참고 있었다.

갑자기 어찌나 강하게 눈보라가 치는지 전혀 아무것도 보이질 않았다. 북만주에 폭풍과 폭설이 불어오기 시작한 것이다. 마스크 달린 방한모자는 온통 얼음 투성이가 되었다. 입김이 서리가 되고 서리가 곧 얼음이 되어 이따금 털어내지 않으면 안 되었다.

어느덧 온 세상이 온통 흰 눈으로 가득 덮였다. 불어 닥치는 눈보라밖에는 보이는 게 없었다. 북만주 벌판에서 기차는 폭설을 헤치며 달리고 또 달렸다.

방황과 생존

"**여보,** 아무래도 안 되겠소. 우리가 목단강으로 가려면 남쪽으로 내려가는 기차를 타야 하는데 지금 이 기차는 북쪽으로 간다고 하지 않소? 소련 쪽으로 가고 있는 모양인데 아무래도 빨리 내려야만 할 것 같소."

그동안 참아오던 말을 동욱이 마침내 털어놓았다.

"당신도 참, 어디로 가는 기차인지도 모르고 타고 가면 어쩌자는 거예요? 이제 우린 눈보라 치는 북만주에서 아무도 모르게 얼어 죽게 되었네……."

선미가 눈을 흘기며 말꼬리를 흐렸다.

"당신도 알지만 내가 그러려고 해서 이렇게 된 거요?"

동욱도 더 이상 아내의 잔소리를 막기 위해 할 말은 한다는 투로 말했다. 동욱과 선미는 아이들을 추스른 다음 짐을 챙겨 문 쪽으로 옮겨갔다. 기차는 어디선가 서게 될 테고 더 이상 반대방향으로 가기 전에 그 기차에서 내릴 심산이었다. 기차가 얼마 동안이나 정거장에서 있을지 모르는데 아이들과 무거운 짐 때문에 꾸물대다가 내리지 못하면 큰일이라는 급박한 마음에 사로잡혀 급히 서둘렀다.

선미가 목욕통 가득히 찬 오물을 창밖으로 쏟아 버렸다. 오물들이 내던져지면서 바로 얼어버렸다. 혹독한 추위였다.

기차가 속력을 줄이고 있었다. 정거장에 설 모양이었다. 그러고 보니 이 기차는 지금까지 기적을 한 번도 울리지 않았다는 생각이 갑자기 스쳐 갔다. 왜 기적을 한 번도 울리지 않았을까? 간다는 알림도, 선다는 알림도 없이 갑자기 떠났다가 갑자기 선 것은 난폭한 기관사이거나 기차 운전에 서툴러 기적 울리는 것을 모르거나 자기 마음대로 운전하는 것이 분명했다.

동욱과 선미는 내릴 준비를 했다. 기차가 온통 얼어 있어 바닥이 미끄러워 움직이기가 매우 조심스러웠다.

덜커덩 덜커덩, 앞 열차와 뒷 열차가 심하게 충격을 주고받으며 정거했다. 일본의 노련한 기관사라면 충격 없이 떠나고 정거했을 터인데 엉성한 소련군이 운전하고 있는 게 분명했다. 가서 기관사 얼굴을 확인해 보고 싶은 충동이 일었으나 엄두가 나지 않는 상황이었다.

이게 웬일인가? 내려서 보니 이것은 기차가 아니라 길고 긴 공룡 같은 괴물이었다. 기관차와 지붕에 올라가 있던 사람들이 상당수 없어졌고 지금까지 남아 있는 사람들은 미동도 하지 않은 채 기관차와 지붕에 그냥 붙어 있었다. 얼어붙은 것이다. 기차가 정거를 했는데도 모두 죽었는지 아직 살아있는지 꼼짝도 하지 않고 있었다. 가까이서 보니 오버코트와 담요 같은 것을 두른 위에 눈이 쌓이고 얼음이 얼어붙어 사람이 기차의 일부 같았다. 기관차에 얼어붙은 이들은 기관차에 몸을 묶고 있었고 검은 기차 연기에 얼굴이 검둥이가 되어 있었으며 단지 눈동자를 천천히 움직이는 것으로 살아 있다는 걸 증명하고 있었다.

기차가 간이역에 선 것은 물과 석탄을 공급받기 위해서였다. 이 역은 여객이 타고 내리는 곳이 아니었고 탄광이 가까운 곳이라 석탄을 공급받고 물을 채우면 떠나는 간이역이었다. 기관차에서 내린 소련 군들이 석탄을 퍼 날랐다. 그리고 물 대신으로 눈을 퍼 실었다.

석탄과 물을 실은 기차가 움직이기 시작했다. 동욱네 네 식구 외에 이 역에 내린 사람은 아무도 없었다.

쌓인 눈은 벌써 허리에 찰 정도였다. 어린 남매를 걸릴 수 없었던 동욱과 선미는 배낭 위에다 아이들을 올려놓았다.

해가 지기 전에 사람을 찾아야 했다. 아무리 간이역이라 하더라도 사람 하나는 있겠지 싶었다. 쌓인 눈에 길은 없어졌고 철로만 길처럼 흔적이 남아있을 뿐이었다. 온 세상을 하얗게 덮어버리고 말듯이 눈은 내리고 또 내렸다.

집을 떠난 지 한 달은 된 것 같았다. 갈수록 태산이라더니 고향으로 가는 길이 점점 험난해지고 있었다. 눈은 무섭게 쌓이고 인기척은 전혀 없고 이러다 해가 지면 영락없이 아무도 모르게 눈에 파묻혀 동사할 수밖에 없을 터였다.

동욱이 조선 말로 소리를 지르기 시작했다. 급하면 나오는 게 모국어였다. 지금 여기서 조선 말을 알아들을 사람은 하나도 없겠지만, 조선 말밖에 할 수가 없었다.

"여보세요! 여보세요."

“여보세요! 여보세요.”

동욱의 외침은 차라리 울분이었다.

“여보세요!”가 어느덧 “사람 살려요! 사람 살려요!”로 바뀌었다. 있는 힘을 다해 “여보세요! 사람 살려요!”를 한없이 외쳐 댔다.

“아까 기차에 석탄 실었던 곳으로 가 봐요. 혹 사람이 석탄 더미 있는 데로 올지도 모르잖아요.”

동욱에게 선미가 맥없이 넋두리하듯 말했다.

맞는 말이라고 동욱은 생각했다. 기차가 석탄을 실어간 것을 확인하는 사람이 있을 것이고 또 여기에 사람이 살고 있다면 자기들 집에도 석탄이 필요할 것 아닌가.

동욱과 선미가 한 발자국 한 발자국 석탄 더미를 향해 나아갔다. 죽어도 석탄 더미 위에서 죽어야 한다. 석탄 더미가 여기에서 제일 높은 곳이니 사람을 찾아도 석탄 더미 위에서 찾고 소리를 질러도 석탄 더미에서 외쳐야 했다.

“여보세요! 살려 주세요! 여보세요!”

선미도 동욱과 함께 석탄 더미에 올라가 한목소리로 외쳤다. 그것은 목숨을 건 절규였다. 온통 눈이 쌓인 북만주 허허벌판에서 소리만 있었다.

어느덧 눈은 멎어 있었고 하늘과 땅이 맞닿아 있었다. 온통 하얗고 평평한 땅, 그 위에 고요와 침묵이 이불처럼 내려 덮여 있었다. 천하없는 절경이었지만, 동욱의 네 식구는 거기서 죽음을 보고 있었다.

‘아무리 간이역이라 하더라도 몇 사람은 내릴 줄 알았는데……, 집 몇 채는 있어야 하는 게 아닌가! 어떻게 달랑 우리 네 식구만 여기 이

렇게 있는가?'

동욱이 생각하고 있는데 선미가 말했다.

"그냥 기차 타고 어디든 갈 데까지 가볼 걸 그랬어요. 아무도 없는 눈구덩이에서 속절없이 죽는 것보다는 어디로든 사람들과 함께 가는 것이 낫지. 억울해서 어쩌나 불쌍한 저것들이……."

선미가 남매를 끌어안고 흐느꼈다. 남매는 피란 보따리들 사이에 웅크리고 앉아 미동도 않고 있었다. 동욱은 할 말을 잃었다. 선미 말대로 어디로 가든 그것이 땅 끝이든 하늘 끝이든 그냥 기차 안에만 있었더라면 어떻게 되어도 죽지는 않을 거라는 생각이 들면서 지옥 같았던 기차 안이 천당처럼 그리워지기 시작했다.

석탄 더미 위의 눈을 밟아 조그만 터를 만들었다. 아이들과 짐을 내려놓고 동서남북 사방을 둘러보았다. 아무리 둘러보아도 눈에 걸리는 것이라고는 아무것도 없는 허허벌판이었다.

어느덧 해가 지고 주위가 어둑어둑해지기 시작했다. 선미는 배낭을 열고 먹을 것을 꺼냈다. 김밥은 꽁꽁 얼어 있었고 장조림도 덩어리째 얼어 있었다. 얼음이라도 요기하고 살아야 했다. 얼어 죽을 때 죽더라도 먹을 것은 먹어야 했다.

동욱은 얼음 같은 김밥을 녹여 먹으면서 어떤 일을 하는 것이 최선인가를 생각하고 또 생각했다. '이미 지나간 일은 후회해도 소용없는 일, 지금이 중요하고 헤쳐나갈 방도만 생각나면 어떻게 되겠지.' 하는 마음이 일었다. 이제 용변은 자유로웠고 처리도 쉬웠다. 눈으로 덮어 버리면 그만이었다. 선미는 눈으로 목욕통을 닦고 또 닦아냈다.

산처럼 많은 석탄 더미 위에 앉아 있는데도 불이 없어 얼어 죽는다는 건 모순이었고 그게 또 더 허망하기도 했다.

동욱은 소련군 감옥이 떠올랐다. 조그만 방에 무작정 갇혀 있을 때도 죽음을 생각했고, 손바닥만 한 환기구 쇠창살 밖으로 보이는 하늘과 구름을 보면서도 죽음을 생각했다. 쇠창살 사이로 거미가 오가며 거미줄 치는 것을 보면서도 죽음이 떠올랐고, 날아다니는 파리의 자유를 보면서도 죽음을 생각하지 않았던가?

'그날 차라리 조용히 끌려가 죽었더라면 나 한 몸 죽고 이 세 식구는 어떻게든 생존해 있을 터인데, 함께 살자고 떠난 피란살이 때문에 결국 함께 죽게 되다니…….'

불을 지펴 이 석탄이 탄다면 그것은 얼마나 뜨거운 행복일까를 생각하던 동욱은 '불'이라는 단어에서 어떤 생각이 불현듯 떠올랐다. 어딘가 사람이 있다면 소리는 못 들어도 불은 볼 수 있을 것 같았고 불을 보면 불을 확인하러 올 것 아닌가?

"여보! 불, 불을 만들어 봅시다. 불이 타오르면 누군가에게 멀리서도 보일 게 아니요?"

"마침 이 배낭 안에 성냥이 있어요."

선미도 그것 참 좋은 생각이라는 듯 대답했다.

동욱과 선미는 옷 하나를 배낭에서 꺼내 아깝지만 불을 붙였다.

'불아, 살아 올라라. 이 옷이 다 타 없어지기 전에 누가 볼 수 있도록 살아 올라라. 불아! 천천히 살아 올라라. 오래오래 꺼지지 말고 살아 올라라.'

그리고 동욱은 '이 옷이 다 타 버리면 내 옷도 하나하나 벗어 태워야지. 모든 옷을 불살라 태워 버리면 옷에 붙어 있는 이(蝨)들도 다 타 죽어 버리겠지.’ 하는 엉뚱한 생각도 해 보았다.

‘다 태워 버리고 죽자. 다 태워 버린다면 죽어도 좋다. 다 태워 버리고 이 언 몸도 태워 버렸으면……’

“여보세요! 살려 주세요!”

옷을 태우며 외치는 동욱과 선미의 외침은 몇 발자국 나아가지 않고 사라지고 말았다. 서로 얼굴을 보니 온통 얼음 투성이었다. 방한모에는 고드름이 매달렸고 눈과 눈썹에도 흰 서리가 얼어붙어 눈도 제대로 뜰 수 없는 데다 새까만 눈동자만 유독 힘없이 움직이고 있었다.

고향에서의 봄날, 아지랑이와 아침 이슬에 젖어있는 풀숲을 헤치며 책보를 허리에 매고 십 리 길 소학교에 다니던 어린 시절, 일본에 건너가 이국 풍물에 깜짝 놀라 정신없이 살던 젊은 시절, 만철의 기관부 시절, 소련 여자와 함께 운영했던 솜틀 공장, 그리고 조선인 마을생활이 동욱은 한없이 그리웠다. 그때가 그렇게 좋았고 즐거웠고 행복했었는데 그때는 그것을 몰랐다. 지금 여기에선 그때 그것들이 평화롭고 행복하게 느껴졌다. 동욱은 자기 때문에 어려움을 겪는 식구들이 애처롭고 불쌍하고 가여웠다. 동욱은 자기 혼자 죽었으면 얼마나 좋았을까를 생각하고 또 생각했다.

옷 하나가 거의 타 없어져 갔다.

“여보! 저기, 저기 보세요! 무언가 움직이는 게 있어요!”

갑자기 선미가 동욱의 생각을 깨우기라도 하려는 듯 소리쳤다.

“뭐라고? 움직이는 게 있다고? 어디?”

큰 벙어리장갑을 낀 손으로 선미가 한 곳을 가리키고 있었다. 무엇인가 분명히 철로 위에서 움직이고 있는 게 보였다. 조그만 버러지 같은 것이 꿈틀대는 것 같았다.

"여보! 저거, 움직이고 있는 저게 무얼까요?"

선미가 급하게 물었다.

"나도 모르겠소. 분명히 무언가 시꺼먼 게 꿈틀대고 있어."

차츰 이리로 오고 있는 그것은 철도용 끌개였다. 한 사람이 눈이 쌓여 있는 철로 위에서 끌개 손잡이를 노를 젓듯 힘겹게 위에서 아래로 휘젓고 있었다.

사람이 오고 있었다. 아, 분명히 그것은 사람이었다. 사람이 이렇게 반가움과 기쁨과 희망일 수 있다니……. 동욱은 온몸에 긴장이 풀리고 기운이 다 빠져나가는 것을 느꼈다. '이제 살았다.'는 생각에 지금까지의 모든 긴장과 불안이 순식간에 달아나고 안도하였다. 어느 나라 사람이든 관계없었다. 사람이면 된다. 사람이어야 한다. 사람만 만나면 살 길이 열린다.

아! 드디어 사람이 나타났다. 사람이 신(神)처럼 느껴졌다

철도용 끌개가 석탄 더미 앞에 와 섰다. 60대의 중국 노인이 타고 있었다. 동욱과 선미는 아이들과 짐을 챙겨 눈 속에 빠지기도 하고 눈 위로 뒹굴며 한숨에 내려갔다. 동욱은 너무나 고마워 노인 앞에 엎드려 절을 했다. 하얀 머리와 하얀 수염의 노인은 눈 위의 신령(神靈) 같았다.

"어떻게 당신들이 여기에 있습니까?"

"기차를 잘못 타고 가다가 기차가 여기 섰을 때 내렸습니다."

"여기는 기관차에 석탄과 물만 싣는 곳이지 사람이 내리는 곳이 아

닙니다. 하여튼 엄동설한에 날이 저물었으니 우리 집으로 가십시다.”

철도 끌개 위에 짐을 싣고 동욱네 네 식구와 노인이 올라앉으니 하나 가득 찬 느낌이었다. 동욱이 노인을 대신해 끌개를 저어갔다. 철로에 이미 길이 나 있었고 만철에 있을 때 자주 저어 본 것이라 생소하지 않았다.

“당신들은 어디서 어디로 가는 길입니까?”

“저희는 호림을 떠나 목단강을 거쳐 조선으로 가는 피란민입니다.”

“그래요? 당신들이 타고 온 기차가 북으로 올라갔다가 목단강으로 내려가는 마지막 기차였는데…….”

동욱은 아차 싶었다.

‘돌아서 가기는 해도 목단강으로 가는 기차를 중간에 내려버렸으니……. 그래서 기차에 탔던 사람들이 가만히 있었구나!’

동욱은 그동안 어느덧 덥수룩하게 자란 머리를 쥐어뜯었다.

노인은 어디서 무슨 소리가 나는 것 같은 느낌이 들어 밖으로 나와 사방을 두리번거렸으나 아무것도 보이지 않아 방으로 들어가려 하다가, 얼핏 석탄 더미에서 불빛을 보았다는 것이다.

중국 노인은 오두막 같은 집에서 혼자 살고 있었다. 몇 년 전에 부인이 세상을 떠났다고 하며 걸려 있는 사진을 가리켰다. 자녀도 없고 아무런 친척도 없다면서 여기서 함께 살고 싶으면 언제까지든 있어도 좋다고 하며 사람 좋게 웃었다. 집 떠난 며칠 사이에 가장 마음이 편한 곳이었다. 오랜만에 옷을 벗고 얼굴과 발도 씻고 배낭의 물건들을 다시 정리하기도 했다.

노인은 얼마든지 널려 있는 벌판에서 밭을 일구고, 땔감은 나무와 석탄이 있어 부족함이 없으며 여기서 살아온 지가 20년도 넘었다고 했다.

노인이 사는 이곳은 소만(蘇滿) 국경으로, 40리쯤 가면 다른 기차역이 있으니 그리로 가면 남쪽으로 내려가는 기차를 탈 수 있을 것이라고 했다. 그런데 여기서부터 40리를 어떻게 갈 수 있는가가 문제였다. 눈이 많이 쌓여 있어 눈이 녹기를 기다리든지 아니면 썰매를 만들어 갈 수밖에 없다는 결론을 내렸다.

이튿날부터 동욱은 노인과 함께 썰매를 만들었고 선미는 눈을 녹여 물을 끓이고 음식을 만들었다. 송판을 이어 붙여 널판을 만들고 대나무를 불에 달구어서 널판 밑에 달았다. 훌륭한 썰매가 만들어져 갔다.

노인은 남매를 여간 귀여워하지 않았다. 자기 무릎 위에 앉혀놓고 머리를 쓰다듬어 주며 예쁘다고 했다.

동욱은 썰매가 완성되는 대로 이곳을 떠나기로 했다. 이곳이 편하긴 했지만, 열흘이면 고향에 갈 것으로 생각했는데 열흘이 거의 되어가는 데도 고향은 더 멀어졌고, 어디로 가야 할지 더 막연해진 것이 불안해서 오래 머물 수 없었다.

이틀 후 아침 일찍 동욱은 떠날 채비를 서둘렀다. 썰매 위에다 짐과 함께 남매들을 올려놓고 동욱이 앞에서 썰매를 끌고 선미는 뒤에서 밀기로 했다. 밀다 힘들면 썰매 위에 오르기로 했다.

노인에게 작별인사를 하고 잠시 정들었던 곳을 떠났다. 동욱은 고향 어른 같은 생명의 은인에게 작별인사로 큰절을 올렸다.

쌓인 눈이 언 곳에서는 썰매가 빨리 나아갔지만, 아직 얼지 않은 곳에서는 잘 미끄러지지 않아 힘이 들었다. 노인이 가르쳐 준 방향을 향해 낮은 평지를 찾아서 가야만 했다. 가는 길에 호수나 강은 없다고 했지만, 넓은 평지가 나오면 이곳이 호수나 강은 아닌가 하는 염려가 떠나질 않았다. 썰매가 얼어있는 눈 위를 지날 때는 아내를 태우고도 빨리 미끄러져 한결 쉬웠다.

눈은 내리지 않았지만, 바람은 매서웠고 바람에 휘날리는 눈이 마치 눈이 오는 것 같았다. 방한모의 털에는 흰 서리가 얼어 하얗게 되었고 눈썹은 어른 아이 할 것 없이 흰 눈썹이 되었으며, 마스크는 입김이 얼어붙어 무거웠다.

사람이 없어 위험은 없었으나 사람이 그리웠다. 야빈스키, 중국 노인 같은 사람이 있어 인간은 외롭지 않고 힘들지 않게 살아갈 수 있고, 그런 사람이 없어 세상은 힘들고 외롭고 괴로웠다.

어디로 가야 사람을 만나나, 더럽고 느리고 답답하다고 했던 중국 사람, 여자나 시계만 보면 눈이 돌아가는 소련군, 깨끗하고 깔끔하고 지나칠 정도로 굽실거리면서도 사람 깔보는 일본인, 그리고 고향 사람……. 정말로 사람이 그리웠다. 동욱은 지금 사람이 그리워 사람들이 모여 사는 곳을 찾아가는 것이었다. 그리고 조선 말을 해 본 게 도대체 언제였는가?

언덕 위에서 내려갈 때는 동욱도 썰매에 올라타고 내려갔다. 짐을 가운데 두고 네 식구가 꼭 붙들고 떨어지지 말아야 했다. 그러나 썰매에서 굴러 떨어져 짐과 사람이 여기저기 눈에 파묻히기를 수없이 했다.

기차역을 찾아가야 산다는 일념뿐이었다. 기차에 크게 시달리다 내렸는데 지금은 기차가 그리웠다. 기차만 타면 그리운 고향 땅에 단번에 갈 수 있을 것 같았다. 해가 저물기 전에 역을 찾아야 했다. 날이 어두워지면 방향도 모르고 무서운 혹한 속에서 다 얼어 죽을 수밖에 없었다.

동욱의 몸에서 땀이 흘렀다.

'빨리 가야 한다. 가자! 힘이 들어도 가야 하고, 쓰러져도 가야 하고, 넘어져도 가야 한다!'

눈이 얼어 굳어진 곳을 찾아 썰매를 끌고 가던 동욱은 머리에 피를 흘리며 눈을 끔뻑이던 소가 갑자기 생각났다.

'가다 죽으면 죽자! 가자! 가자! 가다 죽자!'

"여보, 천천히 좀 쉬면서 가요. 당신 그러다 쓰러지겠어요."

선미가 걱정스럽게 말했다. 선미는 짐을 가운데 두고 아이들을 꼭 끌어안고 썰매에서 떨어지지 않으려고 엎드린 채 몸을 이리저리 틀어댔다.

북만주 소만 국경에 내리는 눈은 조선 고향 땅에 내리는 눈과 사뭇 달랐다. 고향의 눈이 햇솜 같다면 이곳의 눈은 얼음덩이 같았다. 냉혹한 추위와 바람 때문이리라. 눈이 내리면서 곧 얼어버렸다. 그것이 오히려 썰매 굴러가기에는 한결 수월했다. 내린 눈이 굳어서 썰매에서 달가닥거리는 소리가 철로에서 나는 소리처럼 들렸다.

하얀 눈이 온 천지에 내려 덮여 하늘과 땅이 맞닿아 있는 이 벌판에서 썰매를 끌고 가는 이 모습을 사진사 동원 씨가 보았다면 눌러 쓴 벙거지를 썼다 벗었다 하고 우스갯소리를 몇 마디하며 사진을 찍지 않았을까 싶었다. 그 동원 씨와 우동집 아줌마와 원근네가 보고 싶었다.

'유일한 고향 사람이었던 원근네는 벌써 조치원으로 갔을까?'

동욱네 네 식구의 썰매가 다른 간이역에 도착한 것은 오후 늦게였다. 동욱의 몸에서는 땀이 흘렀고 머리에서는 김이 나고 있었다. 역 주변이라고 해야 가옥 몇 채가 전부였다. 이제 살았다는 안도감에 동욱의 다리는 얼얼하고 후들거렸다.

썰매를 세워놓고 먼저 기차 사정을 알아보았다. 정기적으로 기차가 있는 게 아니었다. 언제 어떤 기차가 지나갈 지 알 수 없다는 대답이었다. 역 가까운 곳에 있다가 기차가 오면 무조건 타는 길 밖에 다른 방도가 없다는 거였다.

동욱이 한 집을 찾아가 민박을 요청했다. 터무니없이 큰돈을 요구하기에 그 집을 나와 옆집으로 찾아갔다.

"여보세요. 기차를 타려고 하는 사람인데 잠만 재워주시면 고맙겠습니다. 돈은 드리겠습니다."

빤질거리는 검정 중국 옷을 입고 있는 주인 남자가 실눈을 치켜뜨면서 동욱의 행색을 살펴본 다음 고개를 끄덕였다. 방에 짐과 아이들을 옮겨 놓았다. 아이들은 꼼짝하지 않고 굳어 있었다.

'혹 죽은 게 아닐까?'

"다다루! 교코!"

겁이 난 선미가 아이들을 흔들어 깨웠다. 두 아이는 자는 게 아니라 눈과 입, 온몸이 얼어 굳어 있었다. 선미가 손을 대는 대로 힘없이 쓰러졌다.

"너희 똥, 오줌 마렵잖니?"

선미가 물었으나 대답이 없었다.

"여보, 아이들이 이상해요. 움직이질 않아요."

선미의 말에 동욱이 체념 섞인 말을 했다.

"불 가까이 데려가. 몸을 녹이면 괜찮겠지."

난롯불에서 몸이 녹기 시작하자 정원이 기침을 콜록대기 시작했다. 한번 기침이 시작되면 끊이질 않고 계속 콜록거렸다. 기침이 끝났는가 싶으면 목이 간질거리다면서 또 기침을 해 대고, 한번 시작하면 끊이질 않았다.

"저놈이 기침을 일부러 해 대는 거 아냐? 이놈아, 듣기 싫어!"

아들 정원이 기침을 계속해 대자 동욱이 안쓰러운 마음을 감추며 신경질을 냈다.

사실 정원은 동욱에 대한 항변으로 더 기침을 해 댔다. 친구들과 떨어지게 했고, 그렇게도 좋아하던 강아지도 없어졌고, 장난감도 내다 버린 아버지에 대한 원망, 그리고 이게 무슨 고생인가에 대한 항변이었다. 오빠가 콜록콜록 기침을 계속해 대면 동생인 정자는 따라 울기 시작했다.

그날 밤이었다. 깊은 잠에 빠져들었는데 문을 "쾅!" 하고 심하게 흔드는 소리가 꿈속에서 들리는가 싶었는데 그것이 현실로 나타났다. 발로 심하게 차는 듯 문이 부서질 정도로 흔들렸고 집주인이 잠에서 덜 깬 듯이 "누구요?" 소리를 내며 신을 질질 끌고 대문으로 나가고 있었다.

문이 열리자마자 칼을 들고 들이닥친 자들이 있었다. 그들은 그 유명한 만주의 마적단이었다. 팔로군이나 소련군보다 더 무서운 게 마적단이었다. 여러 명이 말을 타고 칼을 휘두르고 다니면서 약탈을 하고는 연기처럼 사라져 버리는 자들이었다. 아무도 막지 못하는 무법의 마적단이었지만, 재산만 빼앗고 사람의 목숨은 해치지 않는 것이 그들의 특징이었다.

그들은 말이나 나귀를 타고 총과 칼로 무장한 15~20여 명이 한패로 몰려다니는 대륙낭인(大陸浪人)들의 무장 자위집단으로, 미국의 서부 활극에 나오는 무법자들과 비슷했다. 마적들은 만주의 사회적 특징에서 생긴 직능집단(職能集團)이랄 수 있었다.

마적들은 방에 들어와 자고 있던 사람들을 다 깨워 놓고 돈을 내놓으라고 윽박질렀다.

"너희는 누구냐?"

일행 중 한 명이 동욱네 일행을 보고 물었다.

"우리는 조선으로 피란 가는 사람들입니다."

"뭐? 조선이라고?"

"그렇습니다. 우리는 조선 사람입니다."

"조선으로 가는 놈들이 왜 여기에 있어?"

그러면서 돈만 내놓으면 살려준다고 호통을 쳤다. 동욱과 선미는 배낭을 풀어 보이면서 돈이 없다고 말했다. 마적단은 배낭을 뒤집어 쏟으며 돈을 찾았으나 돈이 나올 리 없었다. 선미가 모든 중국 돈과 일본 돈을 옷 속에 넣고 재봉으로 누빈 때문이었는데 그건 보통 지혜가 아니었다.

그런데 이게 웬일인가? 마적단들이 선미를 힐끗힐끗 예사롭지 않은 눈으로 쳐다보고 있었다. 모처럼 편안한 잠자리에 들면서 얼굴을 깨끗이 씻은 선미는 아차 싶었다. 동욱은 심상치 않은 일이 벌어질 것 같은 불안한 예감이 들었다. 정원의 기침이 또 시작되었다.

이때다 싶어 동욱이 아내에게 조선 말로 말했다.

"여보, 다다루와 교코를 데리고 빨리 다른 방으로 가. 이놈들이 당신을 이상한 눈초리로 보고 있어."

선미가 눈치를 채고 아이들을 들어 안고 다른 방으로 가려고 일어섰다.

"누가 너희 마음대로 가라고 했나?"

우락부락하게 생긴 자가 눈을 부릅뜬 채 칼로 바닥을 치며 호통을 쳤다. 그들 중 두목처럼 보이는 자가 동욱에게 가까이 다가오더니 말했다.

"우리 보고 '이놈들'이라고 했소?"

좀 어색했지만 분명히 조선 말이었다. 동욱은 깜짝 놀랐다. 여기서 조선 말을 듣다니! 동욱은 무조건 그 사람을 붙들고 매달릴 수밖에 없었다.

"제가 잘못했습니다. 우리는 조선으로 내려가는 피란민입니다. 고향에서는 노모님이 우리를 눈이 빠지게 기다리고 계십니다. 제발 살려 주세요. 이 은혜는 잊지 않겠습니다."

돈도 못 구했으니 여자나 데리고 가 재미나 보자는 묵계가 이루어진 듯, 일행이 선미가 나간 쪽을 힐끔거리며 방을 나가려고 했다. 동욱은 낭떠러지로 떨어지는 듯 가슴이 철렁했다.

"야! 이놈들아. 그냥 가자! 다른 데 갈 데가 있다. 여기서 시간 보낼 때가 아니다.”

이렇게 말한 자는 조선 말을 했던 두목이었다. 두목의 말에 다른 놈들은 아무 소리 못하고 아쉬운 듯 밖으로 따라 나갔다. 동욱은 한숨을 길게 내쉬었다. 하늘이 무너져도 솟아날 구멍은 있다더니, 정말 위험천만한 위기를 넘긴 것이다. 그의 조선 말이 완전하지 않은 것으로 보아 그의 어미가 조선 사람인 게 분명했다. 아버지가 중국인이고 어머니는 조선 사람이어서인지 그도 조선 사람을 만나면 몸 안에서 조선 사람의 피가 이렇게 나타나고 있었던 게 틀림없었다.

힘들고 피곤하고 지친 하루였지만 잠이 오지 않는 밤은 깊어만 갔다. 밖에서 이따금 들려오는 강아지의 멍멍 짖는 소리와 정원의 콜록거리는 기침 소리가 어우러지는 밤이었다.

선미도 잠이 오지 않는지 몸을 뒤척이고 있었다. 동욱과 선미는 몸 섞은 지도 오래되었지만 전혀 성욕이 일지 않았다. 목숨을 건 절박함이 연속되는 피란길인 데다 두꺼운 솜옷을 껴입은 채 잤기 때문이었다.

동욱이 선미의 손을 더듬어 잡았다. 선미의 손이 찼다.

“여보, 마적단들이 어떻게 알고 우리에게 돈을 내놓으라고 왔을까?”

“글쎄요.”

“내 생각에는 이 집주인이 우리가 돈이 있다는 말을 한 것 같아. 아까 우리가 집주인에게 돈을 줄 때 돈을 많이 가지고 있는 줄 알고 마적단을 불렀는지도 몰라.”

“설마?”

"하여튼 조선 말 하는 두목 때문에 우리가 오늘 살았어."

한참 후에 두 사람은 잠에 깊이 빠져 들어갔다.

언제 올지 모른다는 기차는 이틀이 지났는데도 오지 않았다. 동욱은 자고 나면 역으로 나가 기차가 언제 오는지 기다리는 것이 일과였다. 가족들도 언제 올지 모르는 기차를 놓치지 않기 위해 짐을 꾸려 놓은 채 기다리고만 있었다. 집주인은 미안했는지 우리 식구에게 먹을 것까지 챙겨 주는 친절을 베풀었다.

기차가 온다는 소식을 듣고 동욱이 급히 달려가 가족을 데리고 역으로 나갔다. 어디에 있었는지 수십 명의 사람이 역으로 몰려들었다. 기차표를 파는 창구는 문이 내려져 있었고 기차가 어디로 가는지는 아무도 몰랐다. 기차가 들어오는 것을 보고 동욱은 실망했다. 객차가 아닌 화물차였다. 화물칸 뒤에 객차가 달려 있겠지 했는데 끝내 없었다. 한참 만에 화물칸의 문이 몇 개 열려 사람들이 몰려갔는데 그 속에 화물 대신 사람들만 있었다. 어떤 화물칸의 문이 열리고 또 한참 있다가 다른 문이 열리는 것을 동욱은 뒤늦게 알게 됐다. 화물칸의 문이 얼어 잘 열리지 않았던 거였다.

가까스로 바닥이 높은 화물차에 올라 자리를 잡았다. 이 화물차가 어디로 가는 것인지 물었지만, 이상하게 아무도 아는 사람이 없었다. 소련과 중국 사람이 거의 반반이었다.

덜커덩거리는 소리와 충격이 앞쪽에서 연쇄적으로 들려오기 시작하더니 동욱네가 탄 화물칸이 크게 흔들렸고 천천히 움직이기 시작했다. 남쪽으로 내려가기만 한다면 어디라도 상관없었다. 동욱은 썰매를 끌고 가지 않고 기차에 탄 것만도 감지덕지했다.

‘세상 어디든 가자! 남쪽으로 내려가기만 하자. 가다 보면 어딘가에 닿겠지.’

죽을 고비를 여러 번 겪은 후에 터득한 배짱이었다.

“덜커덩, 덜커덩.”

철로의 이음새에서 나는 마찰음이 한결같았다. 정원의 기침이 또 발작처럼 시작되었다. 선미가 정원의 이마를 짚어보니 열이 있었다. 화물칸에 실려 정처 없이 가고 있는데 몸이 아프다니 큰일이었다. 정자도 칭얼대며 집으로 가자고 떼를 썼다. 호림 집으로 가자는 것인데, 호림 집이 정말 집인가? 선미는 지쳤는지 누워 버렸다.

이 화물차는 어디서 설 것인가? 정차하는 곳이 어딘지 알아야 내릴 것 아닌가? 밖은 보이지 않고 섣불리 내렸다간 지난번처럼 또 엉뚱한 곳에 내릴 수 있다는 생각에, 동욱은 내리지 않고 끝까지 가야 한다고 마음을 굳히고 눕기 위해 자리를 잡았다. 선미가 화물열차 바닥에 길게 누운 것은 동욱이 전처럼 가는 도중에 또 촐랑대며 내릴 생각은 아예 하지 말라는 무언의 항변 같았다.

정원은 기침하다가 목이 쉬어 지쳐버렸고 정자는 집으로 가자고 칭얼대다가 어느덧 “기차 싫어! 기차 싫어!”로 바꿔서 외치고 있었다.

정원도 기차가 끔찍스럽기는 마찬가지였다. 정자가 오빠의 속마음을 어찌 알고 기차가 싫다고 말하는지 신통하다고 생각했다. 기차가 싫어 콜록거렸고 기차가 짜증이 나 몸에 열이 나는지도 몰랐다.

기차가 싫은 것은 선미도 마찬가지였다. 기차가 고맙고 좋은 건 동욱 뿐이었다. 기차가 좋아 만철에 들어가 몇 년 기차와 함께 살기도 했었지만, 썰매 끄는 것에 비교할 수는 없었던 것이다.

'너희가 몰라서 그렇지, 지금 기차가 싫으면 무엇을 타고 가겠느냐. 기차보다 더 빠른 게 또 어디 있다고. 기차가 싫어도 우리는 기차를 타고 남쪽으로, 남쪽으로 가야 한다. 두만강만 넘으면 우리 조선 고향 땅이다. 한 발자국이라도 남쪽으로 가야만 우리는 산다.'

삶은 계란 노른자 썩은 것 같은 냄새와 기차의 연기 냄새가 뒤섞여 빈속을 뒤집었다. 기차 안의 모든 사람에게서도 그 냄새가 풍겼다. 기차가 터널로 들어갈 때 이런 냄새는 더욱 심했다. 정원과 정자 그리고 선미가 기차를 싫어하는 이유도 사실 이 냄새 때문이었다.

선미가 일어나 앉으면서 동욱의 옆구리를 찔렀다. 용변을 보겠다는 신호였다. 동욱이 다가가서 울타리를 쳐 주었다. 목욕통에 그동안 모인 소변이 많아 그 위에 대변 덩어리가 떨어지자 오줌이 선미의 엉덩이에 튀었다. 제대로 된 휴지 같은 게 있을 리 없어 대충 헝겊 조각으로 뒤를 닦을 수밖에 없었다.

화차의 문이 열려야 그때마다 모인 대소변을 내버릴 터인데 문은 열리지 않았다. 기차가 정거할 때마다 문이 열려야 하는데 내리는 사람이 없으니 문을 열 필요가 없었다. 처음 쇠문을 열기 위해 부은 물과 소변이 누렇게 얼음으로 엉겨 붙어 꼼짝도 하지 않아 문을 열 수도 없었다. 냄새와 고통을 가득 실은 채 기차는 덜커덩거리며 하염없이 가고 있었다.

동욱은 기차 안에 있는 사람들 때문에 화가 났다. 며칠 전에 기차가 북쪽으로 가고 있을 때도 아무 말도 않고 그냥 기차가 가는대로 간다는 듯이 무표정이었는데 지금도 역시 가는 데까지 가 보자는 식의 무표정한 모습이었다. 그런데 지금 동욱의 표정 역시 그들을 닮아 가는 것에 스스로 놀랐다. 오랜 전쟁과 배고픔과 수많은 죽음의 문턱에서 얻은 체념인가? 될 대로 되라는 자포자기인가?

그들의 시선은 옆과 먼 앞을 보지 않았다. 자기 앞만 물끄러미 주시하는 듯 눈동자가 고정되어 있었다. 지금 동욱과 선미도 그러하기는 매한가지였다. 그것은 한 치 앞을 내다볼 수 없는 삶에 지친 모습이고 모든 것에 대한 체념 때문이기도 했다.

덜커덩거리는 소리를 내며 기차는 달리고 있었다. 아무도 어디로 가는 기차인지 몰랐지만, 알려고도 하지 않았다.

화물칸 안에서는 밖이 보이지도 않았고 밤낮도 없는 어둠 속에서 희끄무레한 윤곽만 보였다. 예의 계란 노른자 썩는 냄새와 기관차에서 내뿜는 매연, 쾌쾌한 사람 냄새와 용변 냄새도 이제 이골이 났다.

웅크리고 있는 사람들의 얼굴도 사람의 얼굴이 아니었다. 움직이지 않는 괴물 같았다. 기차가 어디로 가는지 궁금하지도 않는지 아무도 알려고 하지 않았다. 옆에 있는 사람과 말도 하지 않았다. 말을 할 수 있는 기력도 없었고 아무런 관심도 느낌도 없는 무거운 침묵과 무관심의 연속이었다. 가족 간에도 말이 없었다.

이 무관심 때문에 모두가 어려움을 견디고 있었다. 옆에서 누가 용변을 보든, 아프든, 무엇을 먹든, 먹지 않든, 이 무관심 때문에 견디며 살아가고 있었다. 심한 기침을 하던 정원과 "기차 싫어!"를 반복하며 울던 정자도 누운 채 미동도 하지 않았다.

음식을 먹은 게 언제였나? 그냥 어둠과 한결같은 흔들림 속에서 시간은 멈추어 버렸고 배도 고프지 않았다. 그리고 먹을 것도 없었다. 먹을 음식이 있을 때 아침, 점심, 저녁이 있고 배가 고픈 것이지, 어두운 화물칸 안은 시간이라는 게 없어서 좋았다. 먹은 것이 없으니 용변도 뜸했다. 정원과 정자는 종일 용변 본다는 말도 없이 신통하게 누워만 있었다.

이 화물열차는 서지 않는 기차인가 싶었다. 서야 할 정거장이 없는지, 내려야 할 사람이나 새로 탈 사람도 없는지 기차는 느리게 덜커덩 소리를 내며 무심하게 달려가고만 있었다.

기차가 느린 속도를 더 줄이는 것으로 보아 멈추는 모양이었다. 동욱은 여기가 어딘가 알고 싶었다. 옆에 있는 중국 사람에게 물었으나 고개를 흔들었다. 화물차가 정거하면서 앞차와 뒤차가 부딪치는 마찰음이 차츰 다가오면서 기차가 심하게 흔들렸다. 그 흔들림이 사람들을 깨웠다.

"목단강역! 목단강역!" 하는 확성기 소리가 신기하게 들려왔다. 이 얼마 만에 들어보는 기차역 알리는 소리인가! 죽은 듯 누워 있던 사람들이 목단강역이라는 방송 소리를 듣더니 벌떡 일어났다. 급히 서둘러 내리려고 몸과 짐을 챙기고 화물차 문을 열려고 했으나 문이 꿈쩍도 하지 않았다. 여러 사람이 힘을 모아 철문을 열려고 해도 움직일 생각을 하지 않았다. 문에는 얼음이 굳게 얼어 있었다. 어떤 사람들은 발을 동동 구르며 빨리 내려야 한다고 소란이었지만 모두 감옥에 갇힌 신세였다.

얼음을 떼어내는 작업이 계속 이어졌다. 더운 물이 있을 리 없었지만 뜨거운 물을 찾았고 누군가 언 곳에 소변을 보면 녹을 것이라는 소리를 했다가 빈축만 샀다. 소변은 누는 즉시 얼어 버리기 때문이었다.

　얼음을 발로 깨는 사람, 수저나 칼로 긁는 사람, 온갖 방법을 동원했으나 문은 움직이지 않았다.

　'화물칸의 문이 채 열리지 않은 상태에서 기차가 떠나버리면 어쩌나?'

　엉뚱한 곳에 또 가 있을 거로 생각하니 겁이 덜컹 났다.

　밖에서 화물차 문을 큰 망치로 두드리는 소리가 났다. 화차에 화물을 싣기 위해서 밖에서 문을 열려는 것 같았다. 드디어 화차의 문이 열리면서 사람들이 쏟아져 내렸다. 찬바람이 싱그러웠고 어둠이 내려오고 있었다.

　목단강역은 동욱이 조선을 오갈 때 자주 이용하던 역이었다. 목단강역에 내리면 이제 고향에 반은 간 것이나 진배없을 터였다.

　오랜만에 동욱의 네 식구는 목단강 역전에 있는 일본식 여관에 들었다. 몸을 대강 씻고 더운 우동에다 밥으로 저녁을 먹은 후 아이들의 옷을 벗기는데 보리 같이 통통한 이(虱)들이 툭툭 떨어졌다. 어린 것들이 얼마나 괴로웠을까를 생각하니 선미는 가슴이 미어졌다.

　동욱과 선미는 짐 정리를 대강 끝내고 아이들의 옷을 벗기고 이불 속에 누인 다음 옷에서 이를 잡았다. 너무 많은 이들을 처리하기 어려워진 선미가 옷을 편 채로 동욱과 마주 잡고 화롯불 위에다 털자 이들이 툭툭 소리를 내며 불 위로 떨어졌고 타는 냄새가 고소했다. 동욱과 아내는 아이들 옷의 이를 대강 털어 낸 다음 자기들 옷도 밤 늦게까지 불 위에다 대고 털어댔다.

　동욱은 호림의 중국 목욕탕에서 뜨거운 탕 속에 몸을 오래 담근 다음 때를 밀어내고 비누로 머리와 몸을 깨끗이 씻고 깨끗한 옷으로 갈아입고서 목욕탕 골목을 나오던 그때를 추억했다. 그때의 가벼운 몸과 마음이 그리웠다. 그런 행복한 날이 다시 올 수 있을까 싶었다.

조선 땅! 두만강만 넘으면 그런 날이 올 것이었다. 아이들은 깊은 잠에 빠져들었고 동욱과 선미는 어설프게 오랜만에 회포를 풀었다. 선미는 동욱 품에 안겨 흐느껴 울었다. 하고 싶은 말이 많았으나 다 하지 못했다. 무슨 말을 하더라도 대책 없는 괴로운 현실 속에서 서로 말을 아꼈다. 동욱은 선미의 어깨를 끌어안으며 미안한 마음에 할 말이 없었다.

목단강 시는 큰 도시였다. 만주 중부의 중심지였다. 패전 후 일본으로 돌아가지 못한 일본인들이 상당수 있었다. 일본인이 적은 변두리 도시에서는 기모노를 벗어버리고 변장하여 중국인이나 조선인 행세를 하며 신분을 감추었는데, 목단강 시에서는 아직도 기모노를 당당하게 입고 다니는 일본 사람들이 상당수 있었다.

목단강역은 많은 사람으로 북적거렸다. 돈 바꾸라는 환전상의 목소리가 컸고 자기 여관으로 가자고 옷소매를 잡아끄는 소년들도 여럿 있었다. 사람 사는 곳다웠다. 동욱은 목단강 시가 생소한 곳이 아니어서 숨통이 트였다. 정원이와 정자는 여기가 피란 가야 할 목적지 고향인 줄 알고 안도하는 것 같았다.

목단강역은 겉으로는 아직 일본 만철의 옛 모습이 남아 있었다. 그러나 역의 운영에는 큰 변화가 있는 듯했다. 기차 시간표는 옛날 것이 그냥 걸려 있었지만 지켜지지 않았다. 소련이 철도와 공공기관을 새로 장악하고 있어 혼란이 극심한 모습이었다. 목단강역에서 무조건 남쪽으로 내려가는 남부선 기차를 타야 하는데 사람은 많은데도 기차는 없었다. 어느덧 12월의 만주벌판의 찬바람이 역 광장에 먼지를 일으키고 있었다.

언제 내려가는 기차가 있을지 모르는 동욱은 아침 일찍 짐과 가족을 데리고 여관을 떠나 온종일 역대합실에서 지낼 수밖에 다른 길이 없었다. 음식은 사서 먹고 역 변소를 이용하면서, 가족이 흩어지면 영영 다시 만날 수 없기에 함께 행동하며 무작정 기다릴 수밖에 없었다.

어둠이 짙어질 때였다. 오늘도 기차를 타지 못할 것 같다는 생각이 들면서 싼 여관을 찾아 밤을 지내고 내일 또 역에 나와야겠다는 생각을 하고 있던 동욱이 남부선 선로로 기관차 하나가 연기를 뿜으며 이동하는 것을 발견하고 선미와 아이들을 데리고 선로 가까이 접근했다.

"여보, 저 기관차가 밤에 이곳을 떠날 것 같아. 빨리 갑시다."

수많은 사람이 벌써 눈치를 채고 몰려들었다. 패망 후 아직 돌아가지 못한 일본인들이 상당수였다. 서로 밀치며 기차에 먼저 타려는 사람들로 혼란 그 자체였다. 동욱과 선미는 아이들 때문에 늦어지면 큰일이다 싶어 동욱의 배낭 위에다 정원을 겹쳐 업고, 아내는 정자를 업은 채 뛰어갔다.

"여보, 조심해! 어두운 데서 넘어지면 큰일이야!"

동욱이 큰 소리로 뒤에서 따라오고 있는 선미를 걱정하면서 뛰었다.

기관차가 열차가 있는 곳으로 연결 짓기 위해 선로를 바꾸어 후진

해서 들어오고 있었다. 선로에 사람들이 많이 보이자 기적을 크게 한 번 울렸다. 그런데 이상한 것은 조금 더 뒤로 가야만 열차와 이음새로 연결될 수 있는데 한 칸 정도의 간격을 유지한 채 서서 석탄과 물을 공급받고 있었다. 기관차에서 나오는 연기와 수증기가 추운 날씨에 얼어 가랑비 오는 것처럼 주변에 흩어져 얼굴에 차갑게 떨어졌다.

기관차가 석탄과 물을 다 채운 다음 뒤로 더 가서 서 있는 세 칸의 객차와 연결되는 것으로 알고 많은 사람이 이미 객차에 올라가 자리를 잡고 있었다. 기차 안에 미처 들어가지 못한 사람들은 열차의 지붕으로 짐과 사람을 올리느라 야단이었다.

동욱은 짐과 아이들 때문에 늦기도 했지만 어쩌면 이 기관차가 객차를 뒤에 달지 않고 갈지도 모른다는 직감이 들어서 그냥 기관차 옆에 서서 되어가는 사태를 지켜보고 있었다.

"여보! 우리도 저 열차에 빨리 올라타지 않고 여기 그냥 서 있으면 어떻게 해요?"

선미가 열차 쪽을 쳐다보며 안타깝게 재촉하듯 말했다.

"가만있어 봐! 아무래도 이 기관차가 객차를 달고 가지 않을 것 같아."

동욱이 3년간의 만철 기관부 시절의 경험을 가지고 말했다.

석탄과 물을 다 공급받은 기관차가 후진하여 객차와 연결을 꾀하지 않고 길게 기적을 울리며 앞으로 전진을 시도했다. 객차에 먼저 타고 있던 사람 중 일부가 이 기관차의 의도를 눈치채고 급히 내려오기 시작했다.

동욱은 자기 생각이 맞은 것을 흡족해하며 기관사에게 더 알아보기 위해 앞쪽으로 달려갔다. 그때 고개를 내밀고 후미 쪽을 보고 있던 기관사가 동욱을 먼저 알아보았다.

"자네, 어디 가는 길인가?"

기관사가 말했다. 전에 동욱이 만철에 근무할 때 안면이 있던 일본인 기관사였다.

"아, 우리는 조선으로 내려가고 있어. 좀 태워주면 고맙겠네."

기관사가 빨리 타라고 손짓을 했다. 그리고 손을 내밀어 어린 남매와 선미 그리고 동욱의 순서로 기관차에 오르게 했다. 동욱 가족은 기관사의 특별 배려로 석탄 적재소에 올라 남쪽으로 갈 수 있게 되었다. 기관사는 소련군에 강제 징발되어 일본으로 돌아가지 못하고 일하고 있는 게 분명했다.

기관차가 천천히 움직이자 기관차로 오르려는 많은 사람이 있었다. 몇 사람의 일본인들이 끝까지 사력을 다해 기관차에 오르는 것을 본 석탄 운반하던 소련 군인들이 "야! 이 니뽄스께 놈들아!" 하며 발길질을 했다. 오르다 떨어지는 사람들의 비명소리, 휘몰아치는 바람소리가 흉흉한 밤하늘을 가르고 있었다. 그러나 일본인들 몇은 결사적으로 올라탔다. 조선을 속국으로 만든 다음 만주와 중국을 점령하고 세계를 호령하던 일본이 패망했지만, 조선과 만주와 중국에서 재산을 크게 모은 일본인들이 재산을 버리고 귀국하는 일은 결코 쉬운 일이 아니었다. 재산에 미련을 갖고 건지려다 미처 귀국하지 못하고 뒤에 처진 일본인들은 여러 사람으로부터 멸시와 천대를 받았고 모질게 생명의 위협을 받았다.

기관차에서 나오는 검은 연기와 불똥이 얼굴에 튀었고 주위는 칠흑 같은 어둠뿐이었다. 정자는 또 기차가 싫다고 울어댔고 정원은 기관차의 매연 탓에 더 심하게 콜록대며 기차가 지겹다는 항의를 하고 있었다.

기관차는 추운 밤하늘에 검은 연기와 불똥을 휘날리며 달리고 달렸다. 기관차에서 뿜어내는 연기로 눈을 뜰 수 없었다. 동욱은 특별대우를 받으며 석탄 더미 위에 앉아가고 있었으나 이따금 어둠 속에서 비명을 지르며 추락하는 소리가 차가운 밤하늘을 더욱 괴괴하게 했다.

동욱의 경험으로는 이 기관차가 멀리 가는 것은 아닌 듯했다. 분명히 어디로 징발되어 가는 것일 게다. 아무것도 달지 않고 가는 기관차가 얼마나 멀리 가겠는가?

새벽이 밝아오면서 기관차가 한 역으로 진입해 들어갔다. 기관차에 함께 타고 가던 소련군들이 그제야 선미를 발견하고는 힐끔거리며 저희끼리 웃음을 지었다. 그러고 보니 이 기관차에 여자는 선미 혼자뿐이었다. 동욱은 빨리 소련군들을 떠나야겠다고 생각하고 부리나케 기관사를 찾아 인사를 했다.

"고마웠네. 그런데 당신 언제까지 기관차 몰고 다닐 건가?"

"가족은 이미 부산을 거쳐 관부(關釜)연락선을 타고 일본으로 건너갔고, 나 혼자 남아 부역하고 있는데 못할 노릇이네. 자네도 보았지만, 로스께 놈들이 일본 사람을 사람 취급도 하지 않고 있잖나? 기회를 봐서 탈출해 일본으로 갈 것일세."

그러고는 머리에 쓴 일본 도리우찌 모자를 벗어 바지에다 털었다.

"당신이 목단강에서 산다면 내가 살던 이층집을 줄 수 있는데, 그럴 수는 없겠지?"

동욱은 고개를 저었다.

"그리고 여기서 기차는 당분간 더는 탈 수 없을 걸세. 내가 오늘 마지막으로 열차를 끌고 가려고 왔으니까."

사실 일본 기관사는 동욱과 안면이 있을 뿐인 사이인데, 이층집까지 그냥 준다고 할 정도로 친근감을 보인 것은 그가 겪은 위기감과 박탈감의 크기를 말해 주었다. 그는 일본 사람처럼 말 잘하는 동욱에게 자기 동족처럼 계속 호감을 보였다.

"자네 식구가 가는 곳 끝까지 내가 편의를 봐 주어야 하는 건데……."

기관사의 말이 채 끝나기 전에 소련군이 기관사를 부르는 큰 소리가 났다. 기관사는 아쉬운 듯 손을 흔들며 황급히 떠나갔다.

당분간 기차가 없다는데 한없이 기다릴 필요는 없었다. 한 걸음이라도 더 내려가야만 했다. 길도 없는 눈 위로 썰매를 끌고 간 적도 있는데 길이 있으니 얼마나 다행인가 싶었다.

동욱네 식구는 처음으로 걸어가기로 마음을 정하고 가다가 먹을 음식을 마련한 다음 길을 떠났다. 다행히 길을 따라가고 있는 사람들이 많이 있었다. 호림 집을 떠나온 지 어느덧 보름이 넘었는데 아직도 만주 벌판 한가운데 있다는 게 슬펐다. 기차가 없다는데 다른 방도가 없었다. 쌓인 눈 사이로 사람이 다니는 길이 있었고 그 양옆으로는 한 길이 넘게 눈이 벽을 이루고 있었다.

동욱과 선미는 배낭 위에다 아이들을 올려놓아 발걸음이 여간 더디지 않았다. 한겨울인데도 몸에서는 땀이 났다. 끝없는 길을 한 걸음 한 걸음 가는 게 한심하기만 했다. 언제 이 지긋지긋한 피란살이가 끝날 것인가 싶다가도, 두만강만 건너가면 조선 땅이고 조선 땅에만 들어가면 내 동포가 있어 모든 게 끝난다는 생각에 힘을 얻었다.

선미가 잘 따라오지 못하고 걷다가 쉬고 자꾸 뒤에 처지고 있었다. 동욱이 선미에게 힘내라고 독촉하면, 선미는 한숨을 쉬며 "이 지긋지긋한 피란길 당신이나 먼저 가. 나는 가다가 죽어 버리고 말 테니까." 하며 말 같지도 않은 말을 했다.

날씨가 흐려지며 불어오는 바람에 눈이 날리는가 싶더니 정말 하늘에서 눈이 내리고 있었다. 눈이 내리기 시작하면 큰 눈이 올 터인데 큰 낭패였다.

정자를 배낭 위에 업은 선미가 너무 힘들어했다. 할 수 없이 정자를 동욱의 배낭에 올려놓고 정원을 걸렸다. 언 털신이 옆으로 굽어진 정원은 제 깐에는 걷는다고 하지만 자꾸만 눈 위에 넘어졌다.

일본 기관사가 목단강에서 산다면 이층집을 그냥 준다고 할 때 그를 따라가 살걸 그랬나 하는 후회가 일었다. 선미는 계속 뒤처졌고 정원은 걷다가 비틀거리며 쓰러졌다. 눈이 하늘이 보이지 않을 만큼 휘날렸고 최악의 사태를 맞았다. 할 수 없이 동욱은 짐과 정자를 저만큼 가져다 놓고 다시 돌아와서 아내의 짐과 정원을 데리고 짐 있는 데까지 데려가는 일을 반복하곤 했다. 그러니 다른 사람들보다 자꾸만 뒤처질 수밖에 없었다.

정원의 기침이 더 심해졌다. 어린것이 계속 이렇게 콜록대니 폐나 기관지에 문제가 생긴 것이 분명한데 어쩔 수가 없었다.

"다다루, 너 기침 좀 안 할 수 없니?"

큰소리를 쳤지만 아무 소용없었다.

"여보, 더 이상 걸어가지 못하겠어. 발에 물집이 터진 것 같아."

선미가 길가에 주저앉아 울상을 지었다. 오도 가도 못할 위기에 처했다. 목단강 시에서 머물러 살다 내년 봄에 고향에 내려갈걸 그랬나 하는 후회가 또 일었다. 갈수록 태산이라더니 정말 큰 위기였다.

동욱 역시 나도 모르겠다고 주저앉고 싶은 심정이었다. 그러나 가족들이 자기 때문에 이 고생을 하고 있으니 누구를 탓할 입장이 아니었다. 이러다 고향에 내려가기도 전에 가족들을 생으로 죽이고 말겠다는 생각이 동욱을 괴롭혔다.

정자가 칭얼대고 정원의 기침하는 소리만 들릴 뿐 침묵이 이어졌다. 그냥 말없이 타성에 의해 몸을 움직이고 있을 뿐 서로가 말이 없었다. 누가 누구를 위로하고 용기를 불어줄 기력도 남아 있지 않았다. 살아있는 목숨이 사치스럽게 느껴질 뿐이었다. 선미의 배낭 위에 아이 하나를 올려놓는 일은 이제 불가능했다. 정원을 더는 걸릴 수도 없는 일이고 동욱의 배낭 위에 올려놓을 수밖에 다른 길이 없었다.

동욱은 아무 말 없이 앞으로 갔다가 되돌아와서 짐과 아이들을 옮겨 가는 일을 되풀이하다가 선미를 쳐다보고 무거운 입을 열었다.

"여보, 이대로는 아무래도 안 되겠어. 이러다 아이들을 둘 다 죽이고 말겠어."

동욱은 더 이상 말을 이을 수 없어 말끝을 흐렸다.

"당신이 무슨 생각을 하고 있는지 내가 아는데, 그게 말이나 돼요?"

선미가 동욱을 쏘아보면서 눈 위에 털썩 주저앉았다. 동욱은 선미의 눈을 피해 허공을 바라보다가 퉁명스럽게 내뱉었다.

"이러다가 아이들 둘 다 잃게 되면 당신 어떻게 할 거야? 하나라도 살려야지."

선미는 아무 말 없이 고개를 떨어뜨리고 눈물을 흘렸다. 동욱의 눈에서도 눈물이 흘렀다. 차라리 호림을 떠나지 말 것을 그랬다는 후회가 일었다. 일찍 떠나지 못할 바에는 한겨울은 피했어야 했다. 동욱은 아이 하나를 없애야 한다고 생각하는 잔인한 자신이 한없이 미웠다.

동욱은 선미와 정원, 그리고 짐을 저만큼 앞에다 데려다 놓은 다음 정자를 남겨둔 곳으로 갔다. 잘못되면 두 아이 모두 죽게 할 수밖에 없다는 생각에다 선미까지 잘 걷지 못하니 무서운 결단을 내릴 수밖에 없었다.

동욱이 주위를 살폈다. 온통 눈으로 덮여 있었다. 그러다 푹 패여 있는 구덩이에 눈길이 갔다. 선미와 정원이 보지 않는 지금이 정자를 눈에 파묻어 버리기에 적당한 때라고 생각했다. 주변에 보이는 사람도 없었다.

동욱은 자기를 등에 업고 가라는 듯 멍하니 눈 위에 서 있는 정자를 바로 바라볼 수 없어 뒤에서 끌어안았다.

'미안하다. 용서해라. 내가 너를 눈 속에 파묻다니…….'

앞에 가고 있는 선미와 정원은 계속 움직이고 있어서 가물가물 잘 보이지 않을 만큼 멀어져 있었다. 동욱은 정자를 눈구덩이 안에 내려 놓았다. 영문을 모르는 정자가 두 눈을 껌벅이며 동욱을 물끄러미 쳐다보았다. 동욱은 정자의 눈을 피했다. 그리고 급히 눈으로 구덩이를 메웠다.

 ‘용서해라. 교코야, 너는 시대를 잘못 만났고 아비를 잘못 만났다. 이 못난 아비를 용서해라.’

 동욱은 흑흑 흐느끼면서 정신없이 구덩이를 눈으로 덮었다. 빨리 끝내야만 했다. 손이 시린 줄도 몰랐다. 등에서는 땀이 흘렀다. 순식간에 정자가 눈 속에 파묻혔다. 동욱은 짐을 등에 지고 뒤도 돌아보지 않고 뛰었다.

 ‘빨리 멀어져야 한다. 잊어버려야 한다. 나는 내 딸을 죽인 살인자다. 내가 내 딸을 내 손으로 죽인 살인자라니……. 저 어린것을 저 추운 눈 속에 파묻고 얼어 죽게 하다니……. 내가 소련군 트럭에 머리를 박고 항거했을 때 죽었어야만 했는데……. 피 흘리던 소가 죽어가듯이 내가 그때 죽었어야만 했는데……. 내가 살고 딸을 눈 속에 파묻어 죽이다니…….’

 동욱은 눈물을 흘리며 계속 뛰어갔다. 뒤에서 무슨 소리가 나는 것 같았다. 정자의 우는 소리인가? 그러나 동욱은 뒤돌아보지 않고 계속 뛰었다.

 동욱은 순간 갑자기 정자가 어찌 되었는지 궁금해졌다. 눈구덩이에 그냥 파묻혀 있을까? 그렇지 않으면 눈구덩이에서 기어 나왔을까? 동욱은 배낭을 내팽개친 채 미친 사람처럼 반대방향으로 다시 뛰어갔다. 뛰면서 동욱이 생각했다.

 ‘눈구덩이 속에 교코가 그냥 그대로 있으면 그대로 두고 가고, 기어 나와 있으면 다시 데리고 가자.’

 “교코야! 교코야!”

동욱이 울부짖으며 뛰어갔다.

정자가 어떻게 했는지는 모르지만, 머리가 눈 위로 나와 있고 울고 있었다. 동욱은 눈 속에서 정자를 들어 올려 부둥켜안은 채 한동안 엉엉 소리를 내어 울었다.

'교코야, 아비를 용서해다오. 내가 잘못했다, 내가 잘못했어. 내가 살자고 너를 죽이려 하다니……'

정자의 옷에 묻어 있는 눈을 대충 털어낸 다음 정자를 등에 업었다. 앞에 있는 선미와 정원을 향해 달려가면서 동욱은 울고 또 울었다.

'교코야, 이 아비를 용서해라. 내가 잘못했다. 내가 죽일 놈이다.'

"여보! 여보! 거기에 서 있어."

동욱이 큰소리로 외치며 달려갔다. 동욱이 정자를 등에 업고 달려오는 것을 본 선미의 두 눈에서도 눈물이 하염없이 흘러내렸다. 무슨 일이 있었는지 짐작하고 있었다. 선미는 동욱에게서 정자를 받자마자 끌어당겨 가슴에 꼭 품었다. 하염없이 흐르는 눈물이 정자의 얼굴과 어깨를 적셨다.

동욱과 선미는 속으로 꼭 같은 다짐을 했다.

'무슨 일이 있어도 우리는 함께 살고 함께 죽는 거다. 누구도 우리 네 식구를 떼어놓거나 갈라놓을 수 없다.'

갑자기 발걸음이 한결 가벼워진 것 같았다. 모든 일이 잘될 거라는 희망도 생겼다. 날씨는 차갑고 해는 저물어 갔지만 그들의 마음은 뜨거웠고 하나가 됐다.

동욱이 배낭 위에 정원을 올려놓고 저만치 먼저 간 다음 뒤에 와서 아내의 짐과 정자를 등에 지고 짐이 있는 곳까지 가는 일을 다시 수 없이 반복했다.

선미는 동욱이 애쓰는 모습에 더 이상 불평을 자제하고 다리가 아픈 것도 애써 참아가며 걸었다. 그들의 몰골을 보면 차마 사람 같지가 않았다. 두꺼운 옷을 껴입어 행동이 굼뜨고 머리에 쓴 방한모에 입마개까지 한 데다 눈과 서리와 입김이 얼어서 얼굴 전체가 하얗게 되어 두 눈만 보였다.

눈 위에다 소변을 보면 순간 얼어버리는 강추위가 계속됐다.

동욱과 선미는 신발에 새끼줄을 감아 미끄러지는 걸 막았다. 날은 어두워지고 눈은 멈추었지만 몰아치는 바람에 눈이 흩날리는 게 마치 눈이 오는 것 같았다.

'가는 데까지 가자! 우리 네 식구의 운명은 하늘에 맡기자. 떨어지지 않고 죽지 않으면 좋은 날이 오겠지. 두만강만 건너가면 조국이 우리를 기다린다.'

이런 생각이 동욱의 발걸음을 가볍게 했다.

저 멀리 하얀 눈밭 위로 별처럼 희미한 불빛이 보였다. 마을이 가까워져 오는 게 분명했다. 사람이 살다 보면 죽으라는 법이 없다던 어른들 말이 생각났다.

작은 마을은 지나가던 사람들로 북적이고 있었다. 먹을 것과 잠자는 데 터무니없이 큰돈을 요구했다. 대부분의 사람이 집안에 들어가지 못하고 추녀 밑에 짐을 등진 채 밤샐 준비를 하고 있었다. 한참 앞서 가던 사람들도 결국 다 여기서 다시 만나게 된 것이었다.

동욱과 선미는 돈에 여유가 있어 음식을 사 먹은 후 다른 사람들과 함께 방에 들어갈 수 있었다. 방에 들어가자 정원이 또 콜록거렸다. 찬바람 속에 있다가 갑자기 훈기 있는 방에 들어오자 기관지도 놀랐는지 기침을 계속해 댔다.

동욱은 정자의 얼굴을 차마 바라볼 수 없어 얼굴을 돌렸다. 자기를 죽이려고 했던 걸 아는지 모르는지 천진스럽고 맑은 눈동자로 자기를 쳐다보며 웃는 정자를 차마 똑바로 바라볼 수가 없었다.

방이라고 해야 여러 사람한테서 돈을 받고 한 군데에 집어넣어 편하게 다리 펴고 잘 형편이 못되었다. 짐은 방에 들여놓지 않았는데도 간신히 쪼그리고 앉을 정도였다. 찬바람을 막아주고 온기가 있는 것만도 고마운 일이었다. 동욱은 선미가 싫다는 것을 뿌리치고 양말을 벗기고 발을 보았다. 물집이 터져 빨간 살이 드러나 있었다.

'얼마나 아팠을까?'

발을 씻을 물은 없었지만, 내일을 위해 동욱과 선미는 자기들의 양말에 비누를 발랐다. 정원과 정자를 겨우 눕히고 동욱과 선미는 앉은 채 잠을 잘 수밖에 없었다. 내일은 어떻게 해야 하나 생각하니 막연하고 겁부터 났다. 오늘과 같이 끝이 안 보이는 눈벌판을 걸어가는 일은 없어야 할 터인데 정말 큰일이었다.

동욱이 방한모를 벗었지만 선미는 방한모를 벗지 않았다. 그 이유가 여자로 보이지 않게 하려는 심산임을 동욱은 알고 있었기에 내버려두었다. 훈기 있는 방에 여러 사람이 앉자 온갖 안 좋은 냄새가 코를 찔렀고 보리 같은 이가 몸에서 스멀스멀 기어 다니는 것이 느껴졌지만 어쩔 수 없었다.

동욱은 손을 넣어 가려운 곳을 긁었다. 두만강만 건너가면 조선 땅이니 옷을 다 벗고 목욕도 하고 몸을 깨끗이 한 다음 새 옷을 갈아입어야지 생각하니 견딜 수 있었다. 선미는 깊은 잠에 곯아떨어져 버린 듯 동욱에게 몸을 기대어 왔다.

이튿날 이른 아침, 사람들이 떠들어대는 소리에 잠을 깼다. 밖에 놓은 자기 짐이 없어졌다는 사람, 신발이 없어졌다는 사람, 신발을 신고 자야지 왜 벗고 잤느냐는 핀잔들로 시끄러웠다. 자는 아이들을 깨워 대강 요기를 하고 일찍이 길 떠날 채비를 하는 동욱에게 중국식 모자를 쓴 한 뚱뚱한 중국인이 다가왔다.

"돈만 내면 역마차로 기차역 있는 데까지 태워다 줄 수 있는데 타겠소?"

"얼마면 됩니까?"

묻고 있는데 선미가 옆구리를 쿡 찌르며 조선 말로 말했다.

"여보, 돈 있는 것같이 보이면 안 돼요. 돈 없다고 하세요."

"우리에겐 그런 돈이 없습니다."

동욱이 고개를 저으며 말했다.

어제처럼 동욱 일행은 다시 걸어서 길을 떠났다. 정원을 동욱의 짐 위에 올려놓고 정자는 선미의 짐 위에 올려놓고 앞만 보고 한 걸음 한 걸음 천천히 움직여 나아갔다.

오정쯤 되어 역마차 하나가 다가왔다. 동욱이 길을 피해 주려고 옆으로 비켜서서 지나가는 역마차를 쳐다보았다. 그때 아침에 타고 가겠느냐고 물었던 뚱뚱한 중국인이 동욱의 옆에다 마차를 세우며 말했다.

"아까 달라던 돈의 절반만 내면 네 식구를 기차역까지 데려다 주겠소.”

동욱이 선미를 쳐다보았다. 선미가 선뜻 고개를 끄덕였다.

역마차 안에는 이미 몇 사람이 타고 있었다. 호마(胡馬)가 끄는 역마차는 휘장이 쳐 있어 한결 아늑한 분위기였다. 불어오는 바람에 휘장이 펄럭거렸다. 우락부락하게 생긴 사람들 몇이 있어 덜컥 겁이 났다. ‘이놈들이 한패가 되어 돈 있는 줄 알고 후미진 곳으로 데리고 가 모두 빼앗지는 않을까?’ 하는 생각이 들었으나 동욱과 선미는 내색하지 않았다. 겁먹은 눈치를 보이면 정말 무슨 일을 어떻게 할지 알 수 없는 일이었다. 역마차는 흔들리고 기우뚱거리며 삐걱거리는 소리를 내면서도 용하게 굴러갔다.

동욱은 우선 이 사람들이 한 패인지 아닌지 알아보기 위해 마차에 타고 있는 사람들에게 친근감을 가지고 접근했다.

“아! 오늘 이 마차를 타게 된 건 행운이네요. 어디까지 가십니까?”

“…….”

“나는 조선으로 가는 조선 사람입니다. 당신들은 어디로 가십니까?”

“…….”

“아! 이렇게 추운 날에는 뜨거운 물에 목욕하고 술이나 한잔하고 싶은데, 어디까지 가십니까?”

동욱이 탐색한 바로는 모두 한패는 아닌 것 같았다. 그들도 서로 믿지 못하는 듯 경계하는 표정이 완연하여 우선 안심이 되었다.

정자는 흔들리는 마차를 기차로 착각하고 있는지 “기차 싫어! 기차 싫어!” 하며 계속 칭얼댔고 정원의 기침은 좀 뜸해진 것 같았다. 정원은 나름대로 생각이 있어 일체 말은 하지 않았지만 큰 눈으로 이것저 것 눈여겨보고 있었다.

동욱은 언제부터인가 가족이 두려웠다. 방한모를 깊이 눌러쓰고 말이 없는 선미에게 미안하고, 정원의 침묵이 두렵고, 정자에게는 모진 짓을 했던 죄책감 때문에 똑바로 바라볼 수가 없었다.

'내가 이 가족들을 데리고 어디를 가고 있는가? 호림을 떠나 온 지 벌써 스무날 가까이 지났는데 우리는 아직도 만주 한복판에 있으 니……. 열흘이면 고향에 갈 것이라는 계획이 허망한 것이 되고 말았 구나.'

역마차를 몰고 가던 마부가 소변을 보고 싶으면 마차가 가던 길에 멈춰 섰다. 그때는 마차 안의 일행도 함께 내려 소변을 보아야 했다. 선미는 정원과 정자의 옷을 벗기고 억지로라도 용변을 보게 한 다음 자신도 좀 후미진 곳을 찾아가 볼일을 보았다. 눈 위에서 용변을 처 리하기는 쉽고 깨끗했다. 소변은 나오기 무섭게 얼어버렸지만, 대변 은 본 다음 눈을 한주먹 움켜 밑을 닦고, 눈을 비벼 손을 닦으면 되었 고 대변 위에 눈을 덮으면 흔적도 없이 좋았다.

역마차 안에 있는 사람들은 여전히 말이 없었다. 말을 하면 기운이 빠져나가 버린다고 생각하는 것 같기도 했지만, 주어진 환경에 대한 체념이 더 강했기 때문이었다.

본의 아니게 이야기를 시작한 동욱이 계속 말을 이어갔다. 유창한 중국어는 아니었지만, 분위기를 잡아가고 있었다. 동욱이 하는 어색 한 발음의 중국어가 차츰 사람들의 웃음을 자아냈다. 표정 없이 굳어 있던 사람들의 얼굴이 풀어졌고 미소가 얼굴에 조금씩 나타났다. 선미도 깜짝 놀랐다. 자신의 남편 동욱에게 저런 면도 있었는가 싶었다.

"내가 지금 가장 하고 싶은 게 무언지 아십니까? 뜨거운 목욕탕 물 속에 들어가 때를 불려 깨끗이 밀어낸 다음 비누로 머리를 깨끗이 감고 새 옷으로 갈아입고 나서는, 따뜻한 밥 한 그릇 먹고 나서 여자를 끼고 자는 겁니다."

역마차 안에 있는 사람들이 동욱의 말에 고개를 끄덕인 것은 그들의 소원도 다르지 않았기 때문이었다. 동욱의 넋두리가 이어졌다.

"또 내 소원이 뭔지 아세요? 양지바른 곳에 앉아 내 몸을 종횡무진 기어 다니며 피를 빨아먹고 있는 이(虱)들을 이 손톱으로 다 죽이는 겁니다."

동욱은 두 손의 엄지손톱으로 이를 으깨 죽이는 모습을 해 보이면서 말했다. 사람들이 깔깔대고 웃었다. 이제 역마차 안에 있는 사람들을 걱정할 필요는 완전히 없어졌다. 사람들은 동욱과 선미 그리고 두 아이를 위해 최대의 호의를 베풀기 시작했다.

사람 사는 것이 어디서나 똑같았다. 배고프면 먹는 게 생각났고 추우면 따뜻한 곳이 그리웠고 피곤하면 눕고 싶은 것이 사람의 기본적인 욕구였다. 어쩌다가 만주까지 흘러와 소련군과 중국인들 사이에 끼어 생사를 넘나들며 이 고생인가 생각하면서 선미와 아이들을 돌아보며 이건 또 무슨 인생인가 싶었다.

삐걱거리며 흔들리는 마차 안의 인생은 꿈이 아닌 현실이었다. 동욱은 꿈과 현실 중간을 넘나들고 있는 자신을 보면서 고개를 흔들었다. 역마차 휘장 틈새로 얼핏 집들이 보이기 시작했다. 동욱은 기차역이 있는 도시가 가까운 것을 알았다. 역마차 안에서 그런대로 정들었던 얼굴들과 헤어지는 것이 서운했다.

얼마를 더 간 다음 역마차가 멈춘 곳은 역이 보이지 않는 조그만 시골 어느 집 앞이었다. 둥근 짱꼴라 모자를 눌러 쓴 중국 마부가 말했다.

"모두 여기서 내려야 하오. 한 오 리쯤 가면 역이 있으니 걸어가면 되오."

이렇게 말하곤 내려서 마차 지붕 위에 있는 눈을 흔들어 털어낸 후 흰 입김을 내뿜는 말 잔등을 쓸어냈다. 그리고 집안으로 들어가더니 말 먹이로 건초를 한 아름 안고 나와 말에게 던져주곤, 동욱을 가리키면서 말했다.

"당신네 식구는 오늘 우리 집에서 묵은 다음 내일 내가 역까지 데려다 줄 터이니 가지 마시오."

동욱은 웬일인가 싶었다. 마차에서 내린 사람들은 아쉬운 듯 서로 인사하며 헤어졌다. 투덜대는 사람도 있었다.

"역까지 데려다 준다고 해 놓고 여기서 내려 주면 우리는 어떻게 하라는 거야?"

동욱은 짐과 아이들을 땅에 내려놓고 엉거주춤 서서 중국인의 눈치를 살폈다. 사람들이 다 떠난 것을 확인한 중국인이 얼굴에 웃음을 띠며 말했다.

"자, 오늘 밤 우리 집에서 푹 쉬고 내일 역까지 내가 데려다 줄 테니 들어갑시다."

선미는 동욱을 쳐다보며 의심스럽다는 표정을 지었다.

"저 마부가 왜 우리만 남게 해서 자기 집으로 들이려는지 아무래도 수상해요. 혹시 우리가 돈을 가지고 있는 걸 눈치채고 뺏으려는 건지도 모르잖아요?”

“저 사람이 우리에게 친절을 베푸는 것이 다른 생각이 있는 것 같지는 않소. 우리에게 호의를 베풀려는 것 같으니 어쩌나 두고 봅시다.”

동욱은 아이들과 짐을 집 안으로 들이고 있었다. 선미도 할 수 없이 이내 따라 들어갔다. 마부는 노모와 단 두 식구가 살고 있었고 얼핏 보기에 구차하게 사는 것 같지는 않았다. 그는 노모에게 목욕탕 물을 많이 끓여 놓고 음식을 준비하라며 돈을 건네주었다. 동욱은 얼떨떨했다.

“오늘 당신들을 내 집에 들인 것은 아까 당신이 말한 뜨거운 물에 목욕하고 더운 음식 배불리 먹는 것이 소원이라고 한 것을 내가 들어주고 싶어서이니 아무 걱정하지 말고 하루 편안하게 쉬고 가기 바라오.”

동욱은 깜짝 놀랐다. 이게 웬 호강인가 싶었으나 경계를 풀지 말아야 한다고 속으로 다짐하며 선미를 바라보았다. 선미도 고개를 끄덕였다.

목욕탕의 뜨거운 물이 다 준비되었다는 말을 듣고 선미가 먼저 정원과 정자를 목욕시켰다. 일본식 목욕탕이었다. 물 덥히는 큰 솥이 있었고 바닥에 나무로 된 깔판이 있었으며 더운물과 섞어 쓸 찬물이 옆에 있었다.

오랜만에 뜨거운 물을 본 선미는 뛸 듯이 기뻤다. 20여 일이나 몸을 씻지 못해 더러워진 아이들을 비누칠 해서 머리를 감기고, 온몸을 씻어 묵었던 때를 다 밀어낼 때 선미는 날듯이 가벼움을 느꼈다. 생각 같아서는 입던 옷을 모두 내버리고 새 옷으로 갈아입히고 싶었지만, 그럴 수 없었다. 이 옷들은 고향에 갈 때까지는 벗고 자서도 안 되는 옷이었다.

아이들 목욕을 다 끝낸 다음 동욱과 선미는 함께 목욕했다. 벗어놓은 옷을 밖에 둘 수 없어서 목욕탕 안에 벗어놓았다. 아내는 머리부터 비누로 두 번이나 감았다. 동욱도 머리를 감았다. 서로 등의 때를 밀어주며 온몸 구석구석 깨끗이 닦았다. 모처럼 보는 아내의 알몸은 역시 아름다웠다. 정말 오랜만에 욕망이 일었다. 동욱과 선미는 목욕 중에 객고를 풀었다. 천금을 주고도 사지 못할 천재일우의 기회를 놓칠 수 없다는 계산을 동시에 했다.

깨끗이 목욕을 끝내고 더러운 옷을 다시 입는다는 게 정말 싫었지만, 어쩔 수 없었다. 다른 옷도 없었지만, 이 옷들 속에 상당한 만주 돈과 일본 돈이 들어 있었기 때문이었다.

진수성찬 같은 저녁이 나왔다. 흰 대파 줄기와 중국 된장에다 돼지고기와 빵, 그리고 뜨거운 국수가 나왔다.

"소원이 이루어졌소?"

마부가 웃으면서 물었다.

"정말 감사합니다. 이 은혜는 결코 잊을 수 없습니다. 정말 고맙습니다."

동욱은 이 말을 반복할 뿐이었다.

아이들은 목욕하고 음식을 먹자 곯아떨어져 버렸다. 동욱과 선미도 스르르 졸음이 몰려왔다.

"여보, 너무 고마운데 내일 떠날 때 돈을 얼마 주고 갑시다."

"그래요. 정말 고마운 모자(母子) 분들이에요."

잠은 몰려오는데 몸에서 이들이 스멀스멀 기어 다니는 게 느껴졌다. 동욱이 몸을 긁적거리면서 말했다.

"여보, 나는 고향에 도착하면 우리 식구 모든 옷을 벗어 몽땅 불태워 버릴 거요. 이놈들이 목욕까지 한 내 몸을 신 나게 기어 다니며 뜯어먹고 있는데 이렇게 많은 이를 일일이 잡을 수도 없고, 옷을 태워 버리면 이놈들이 다 불에 타 죽을 거 아니오. 이놈들이 불에 타 죽을 걸 생각하면 신 나는군. 그나저나 빨리 고향에 가야 하는데……."

"잠이나 자요, 어서……."

선미의 말끝이 흐려졌다.

눈이 얼마나 쌓이려는지 밖에서 눈 내리는 소리가 들려왔다.

이튿날 아침, 온 세상이 하얀 눈으로 덮여 거리 감각이 없어져 버렸다. 아침까지 융숭한 대접을 받은 동욱이 만주 돈 얼마를 마부에게 내밀었다.

"너무나도 큰 고마움을 갚을 길 없어 적은 것이나마 드립니다."

동욱이 크게 허리 굽혀 절을 하면서 주었다.

"이것은 받으면 안 됩니다. 내가 베푼 것이 장사처럼 되어서는 의미가 없지 않겠소? 장사는 장사이고 내가 좋아 베푼 것은 돈 때문이 아닙니다."

사양하며 결코 받지 않았다.

어젯밤에 내린 눈을 헤치며 역까지 가는 일은 쉬운 일이 아니었다. 말의 정강이까지 눈이 덮여 있어 말이 헉헉거렸다. 마부는 어제

그 마차에 동욱 식구를 태우고 역까지 데려다 주고 아쉬워하며 돌아
갔다.

동욱은 너무나 고마워 정든 친척과 이별하듯 여러 번이나 허리를
굽혀 고맙다는 인사를 하고 손을 흔들었다. 세상에 전혀 모르는 사람
에게 이런 친절을 베푸는 중국 사람도 있는가 싶었다.

역에는 어제 마차에서 헤어졌던 사람들이 그대로 모여 있었다. 그
들은 동욱을 보자 너무나 반가워했다. 동욱은 그들과 떨어져 자기 식
구들만 받은 환대가 죄송스러운 생각이 들어 몸 둘 바를 몰랐다.

그들의 말을 들어 보니 기차가 언제 올지 모르는 상황이었다.

그들은 어느새 동욱을 지도자로 여기고 있었다. 그래서 동욱의 말
에 따랐다. 동욱은 우선 그들이 어디까지 가는 사람들인가 물었다.
놀라운 것은 그들이 분명한 목적지가 없다고 대답하는 것이었다. 남
쪽으로 내려가다가 춥지 않고 인심 좋고 환경 좋은 곳이 있으면 거기
서 살겠다는 대답이었다.

그들은 장개석의 국부군과 모택동이 이끄는 인민해방군 사이의 싸
움에 재산을 빼앗기고 자식까지 잃었으며 가까스로 여비를 마련해
고향 땅을 떠난 사람들이었다. 모택동 공산당은 지주(地主)들의 땅과
재산과 자식들을 강제 몰수하고 횡포를 부려 더 이상 견딜 수 없었다
는 이야기였다. 그들이 동욱을 따라 조선으로 갈 수도 있다는 말에
깜짝 놀랐다. 그들은 조선이 어디에 있으며 어떤 곳인가 알고 싶어
했다.

모택동 공산당의 횡포가 미치지 않는 남쪽 땅으로 가겠다는 것은
동욱과 일치하고 있으니 가는 데까지 함께 가 보자는 심사였다. 옷깃

만 스쳐도 인연이라 했는데 역마차를 같이 타고 여기까지 함께 온 것
은 인연치고는 강한 인연이라는 생각이 들었다.

동욱은 조선이 남쪽 끝에 있으며 인심 좋고 땅이 기름져 농사가 잘
되고 평화로운 곳이라고 말하면서, 한편으로는 너무 좋게 말하여 따
라가겠다고 나서면 큰일이라는 염려도 생겼다.

중국인들은 험하게 생겼어도 마음은 한없이 여리고 순진했다. 마
치 유치원 아이가 선생님을 졸졸 따라다니듯 그들은 진정한 지도자
를 흠모하고 있었다. 중국이 넓은 땅에 많은 인구를 가지고 있으면서
도 일본에 패하고 일본의 지배를 받게 된 것은 좋은 지도자를 중심으
로 한 구심점이 없어서였다. 제2차 세계대전이 끝나고 일본이 패망했
지만, 소련이 연합군으로 등장하여 새로운 패권 국가로 등장하는 동
안 중국에선 혼란과 무질서가 판을 치고 있었다.

좋은 지도자가 나타나면 중국 땅과 중국 백성은 놀라운 힘으로 크
게 될 가능성이 있음을 동욱은 보았다. 몇 년 중국에 살면서 느낀 것
몇 가지는 중국인들은 결코 서두르거나 쉽게 움직이지 않는다는 것,
느리고 게으르게 보이지만 한번 마음만 먹으면 놀라운 힘을 발휘했
고 처음 사귀는 게 어렵지 신용만 있으면 끝까지 믿어주는 좋은 국민
성을 가지고 있었다.

내 나라가 아닌 중국인들도 이렇게 친절하고 좋은 사람이 많은데
내 조국 조선 땅만 들어가면 모든 시름이 다 없어질 것으로 생각하며
동욱은 그날을 참고 기다리기로 다짐했다.

동욱이 중국인들에게 말했다.

"남쪽 따스한 곳을 찾아간다고 하지만 그런 땅은 없을지 모릅니

다. 내가 생각하기에는 이곳도 살기 좋은 땅이며 인심 좋은 사람들이 사는 곳으로 생각되니 여기서 자리 잡고 사는 것을 생각해 보기 바랍니다."

그러나 그들은 남쪽 멀리 가지 않으면 공산당의 착취에서 벗어날 수 없다는 생각들을 하고 있었다. 멀리 가지 않으면 고향과 집을 등지고 떠난 의미가 없어진다고 생각하는 것이었다.

언제 올지 모른다던 기차가 의외로 빨리 왔다. 긴 기적소리를 내며 서서히 들어온 기차는 또 화물차였다. 사람들이 몰려가 어디로 가는 기차인가 확인하는 사람, 무조건 타고 보자는 사람들이 수십 명이나 몰려들었다. 동욱은 중국인들에게 자기의 거취를 분명히 했다.

"우리는 이 화물차를 타고 갈 겁니다. 내 생각은 여러분은 이곳에 남아 자리 잡는 것이 좋다고 생각합니다. 우리를 이곳까지 데리고 왔던 마부를 찾아가 의논하면 살 집과 농사 지을 땅도 살 수 있을 겁니다. 나는 내 나라를 찾아 조국으로 내려가지만, 여러분은 여기가 여러분의 나라이고 여러분의 땅 아닙니까? 여기서 나와 여러분은 헤어지는 것이 좋습니다. 여러분이 다 건강하고 잘되기를 빌겠습니다."

동욱이 이 말을 할 때 마부 모자(母子)에 대한 고마움이 되살아났다. 동욱의 조리 있는 말에 그들은 고개를 끄덕였다. 동욱이 자기들을 위해서 사심 없는 충고를 하고 있다고 생각했다. 동욱은 선미와 아이들을 데리고 화물열차를 향해 뛰어갔다.

"기차 타기 싫어! 기차 타기 싫어!"

정자는 떼를 쓰고 정원은 덩달아 예의 그 기침을 하며 콜록대기 시작했다.

화물열차의 문은 내린 눈에 얼어서 잘 열리지 않았다. 여러 사람이 문에 매달려 얼음을 떼어내고 있었다. 화물차가 높아 얼음 떼어내는 작업이 수월치 않았다.

동욱은 선미와 아이들과 짐을 놔둔 채 그들을 거들었다. 둔탁한 소리를 내며 화물차 문이 하나 열리고 또 다른 문도 열렸다. 사람들은 높은 화물차에 오르기 위해 발돋움을 했고 먼저 올라간 사람이 손을 잡아끌어 올렸다.

화물차 안에 올라와 자리를 잡으니 바람을 확실히 막아주어 안방 같은 느낌이 들었다. 기차가 언제 떠날 것인지는 아무도 모른 채 무작정 자리 잡고 누워 기다릴 수밖에 없었다.

얼마간을 잠들었는지 모른다. 기차가 떠나면서 덜컹거리는 충격과 마찰음 소리에 동욱은 잠이 깼다. 모두 누워 곤하게 자고 있었다. 낮인지 밤인지 분간이 되지 않는 화물열차 안이었다. 기차는 아주 느리게 가고 있었다.

동욱은 얼핏 신음 소리를 들은 듯한 느낌이 들었다. 어디서 나는 소리인가 싶어 윗몸을 일으켜 아이들을 살폈더니 조용히 자고 있었다. 선미를 보니 입술을 바르르 떨며 신음 소리를 내고 있었다.

동욱은 벌떡 일어나 선미의 이마를 짚었다. 이마가 뜨거웠다. 가슴이 철렁 내려앉았다. 선미는 이 추위에 열이 끓고 이마에 땀까지 촉촉이 배어 있었다.

몸살인가? 동욱은 선미가 몸살이 날 때도 되었다고 생각했다. 생사를 넘나드는 극한 상황에서 지금까지 잘 견디어 온 것만도 대견했다. 두 아이는 기차만 보면 싫다고 울어대다 죽은 듯이 누워 있었고 선미가 열이 펄펄 끓으면서 신음 소리를 내고 있는데도 동욱은 당장 이를 헤쳐 나갈 방도가 도무지 생각나지 않았다.

동욱은 선미의 상체를 무릎 위에 올려놓고 이마를 연신 짚어가며 안타까워 어쩔 줄 몰라 당황하면서 화물칸 안에서 무슨 일이 일어나면 어쩌나 하는 생각이 들자 몹시 불안했다.

기차 안에서 시체가 생기면 모두가 끔찍해 했고 문이 열리면 제일 먼저 시체를 밖에 던져서 내버리는 것을 수없이 보아 온 터였다.

어떤 때는 기차 안에서 움직이지 않고 누워있는 사람이 시체는 아닌가 싶을 때도 잦았다. 기차에 시체가 생기면 먼저 시체를 내던져 버리고 난 다음에야 오물을 버렸다. 죽은 사람을 더러운 오물보다 더 싫어하는 게 산 사람들이었다. 조금 전까지도 같이 먹고 이야기하던 가장 가까운 가족이었더라도 숨이 끊어지면 그 순간부터 무서워지고 멀리 내다 버리려고 하는 비정한 인간들이었다.

선미는 아프고 아이들은 지쳐서 짜증내는 이런 삶을 그래도 더 살아야 할 필요가 있는지 동욱은 생각해 보았다. 차라리 온 식구가 달리는 기차에서 뛰어내려 죽어 버리는 것이 낫겠다는 생각도 잠시 했다. 동욱은 지나온 일들이 주마등처럼 스쳐 지나갔다.

'시골 고향의 양지 바른 언덕배기와 느티나무 밑 정자, 안개 낀 새벽, 책과 주먹밥이 든 책보를 허리에 동이고 십 리 길을 걸어 소학교 다니던 어린 시절, 처음 나온 발동기로 돈을 벌어 보겠다고 하던 젊은 시절, 그리고 일본에서의 몇 년, 만주로 이주하여 살던 만철 생활, 호림에서의 조선족 마을 생활, 사형 당할 처지에서 극적으로 살아난 일, 모진 눈 속에서 좋은 은인들을 만난 일, 그런데 지금 이 화물칸의

고통은 또 무엇인가?'

동욱은 자신에게 물었다.

덜커덩거리며 화물열차가 느린 속도로 계속 어디론가 달려가고 있었다. 낮인지 밤인지 시간 구분도 되지 않았다.

'인간은 왜 세상에 태어나는가? 왜 결혼을 하고 가족이 생기는가? 나라는 또 무엇인가? 인간은 왜 살아야 하는가? 운명은 무엇이고 내일은 있는가? 행복은 있는가?'

동욱은 자신이 미웠고 조국도 미웠고 사람도 싫었다. 현실의 고통 속에서 삶의 존재와 가치와 의미도 사라져 가고 있었다.

만일 도중에 선미를 잃는다면 두 아이와 내가 살아갈 의미는 없어지는 거라고 동욱은 결론지었다. 무슨 좋은 일을 보겠다고 또 살아가겠는가?

그때 옆에 있던 나이 든 중국 여자가 동욱의 팔을 흔들며 안쓰럽다는 듯이 말했다.

"그냥 넋만 놓고 있지 말고 얼음덩이를 이마에 얹어놓고 열을 좀 내리게 해보지 그러슈?"

동욱이 화차 문에 얼어붙어 있는 얼음을 깨어 선미의 이마에 대고 문질렀다. 몇 차례 문질렀더니 선미가 눈을 겨우 떴다.

동욱은 선미의 얼굴을 바라볼 수가 없었다. 약관 20세에 일본으로 건너가 외롭고 힘겹게 몇 년을 지내던 어느 날 오사카에서 만난 동포 간의 반가움이 연인 사이로 이어져서 함께 동거하는 부부가 되어 정원과 정자를 낳았고, 지금까지 7년을 자기 하나만 바라보고 가족을 위해 희생하며 살아온 여인이었다.

　동욱은 고향 집을 도망쳐 일본으로 건너간 그날이 부끄러움과 미안함으로 남아 있었다. 무조건 혼사를 서두르는 부모에게 더 이상 반대할 수 없어 도대체 혼인할 상대가 누구인가 보기나 하자 생각하고 찾아갔던 날, 냇가에서 빨래하는 여자가 혼인해서 평생 같이 살아야 할 여자인 것을 알고 실망하고 돌아와 계속 혼인을 거부했었다.

　하지만 양가의 합의로 더 이상 혼인을 미룰 수 없게 되자 초례를 건성으로 치르고 첫날밤에 고향 땅을 등지고 도망쳐 떠나온 그날 그 일로 동욱은 여러 사람에게 미안했다. 부모, 그 여자, 그리고 선미와 모두에게 미안했다.

　뒤늦게 아우 동민을 통해 들은 소식은 그 여자가 남편 없는 시집에서 얼마간 살다 친정으로 돌아갔지만, 호적에는 그 여자와 동욱이 부부로 되어 있다는 것이었다. 그리고 정원과 정자의 출생신고도 그 여자 이름 밑으로 되어 있으니 호적을 빨리 정리하여 바로잡아야 한다는 충고를 수없이 들었다. 그러나 이런저런 핑계를 대 가며 차일피일 실행으로 옮기지 못했고, 이 호적 문제가 그대로인 채 고향으로 내려가는 자신이 부끄러웠다. 특히 선미에게는 얼굴을 바로 볼 수도 없을 만큼 더 부끄럽고 미안했다.

　동욱은 선미의 손을 꼭 잡았다. 그리고 한 손으로 그녀의 이마를 짚었다. 열이 한층 식어 있었다. 선미는 무슨 일이 있었는지 모른 채 혼미한 상태로 자고 있었다.

　기차는 여전히 흔들리며 느리게 가고 있었고 옆에 두 아이는 두꺼운 옷 때문에 몸을 움직일 수 없어 처음 누인 자세대로 그냥 누워 자고 있었다. 화물칸 안은 무거운 침묵이 그대로 흐르고 있었다. 추운

데다 먹은 것이 없어 그런지 용변 보는 이도 별로 없었다.

기차가 정거하려는지 속도가 완연히 줄어들고 있었다. 앞에서부터 부딪쳐오는 기차의 마찰음이 가까워지면서 크게 흔들렸다. 여기가 어디인지 모르지만, 꽤 많은 시간을 내려왔으니 이제 내려야 한다고 모두 생각했다.

다른 사람들도 짐을 꾸리며 내릴 준비를 서둘렀다. 그런데 큰일이었다. 기차의 철문이 또 꼼짝하지 않았다. 여러 사람이 문을 열려고 여러 가지 방법으로 시도해 보았지만 움직이지 않았다. 기차는 정거했는데 사람들은 기차 안에 갇혀 나오지 못하고 발을 동동 굴렀다.

기차가 정거할 줄 알았더라면 미리부터 여유를 가지고 문을 열었을 터인데 갑자기 기차가 서서 그제야 문을 열려니 힘겨울 수밖에 없었다. 여럿이 문에 매달려 애쓰고 힘썼으나 문은 열리지 않았다. 모두 문 여는 것을 포기하고 있는데 기차가 다시 움직이기 시작했다.

모두 소리를 질렀으나 아랑곳없이 기차는 속도를 내고 있었다. 간이역에서 석탄과 물을 공급받은 것이었다면 다행이지만 꼭 내려야 할 역을 그냥 지나쳤다면 큰 낭패가 아닐 수 없었다.

정자는 또 다른 기차를 옮겨 탄 줄 아는지 "기차 싫어! 기차 싫어!" 하며 울었고 정원은 덩달아 콜록거리며 기침을 시작했다.

"너희들 조용히 하지 못해!"

동욱이 애꿎게 아이들에게 소리를 질렀다.

사람들이 말했다. 어디서 갑자기 기차가 또 설지 모르니 문 여는 일을 멈추지 말고 연 문은 아예 닫지 말고 가야 한다는 거였다. 그 말이 옳다 생각하고 번갈아가며 철문 여는 일을 계속했다.

　　동욱과 선미도 말은 하지는 않았지만 다시는 기차를 타지 않겠다는 다짐을 수없이 했다. 기차에서 내뿜는 연기 냄새와 삶은 계란 노른자 썩는 냄새가 춥고 배고픈 빈속을 계속 흔들어대며 기차는 가고 있었다.

　　드디어 화물차의 철문이 열렸다. 차가운 바람이 확 들이쳤다. 바깥은 칠흑같이 어두웠다. 멀리 보이는 별이 하늘을 가리키고 있을 뿐 하늘과 땅이 맞닿아 있었다. 문쪽에 있던 사람들이 안쪽으로 다가오면서 자리가 비좁아졌다. 휑하니 열려있는 문을 대강이라도 막아야 할 터인데 막을 만한 물건이 아무것도 없었다. 가마니와 담요가 좋은데 가마니는 밑에 깔고 앉아 내놓지 않았고 담요는 추위를 막아 주는 유일한 것이어서 머리까지 뒤집어쓴 채 자기 것을 내놓는 사람이 아무도 없었다.

　　"여보, 아무도 자기 것을 내놓지 않고 있으니 우리 담요로라도 저 문을 막아야 하지 않겠소?"

　　동욱이 선미의 눈치를 살피며 말했다. 선미는 반으로 접어 밑에 깔고 반으로는 아이들을 덮고 있던 소련제 담요를 동욱에게 내주면서 눈을 흘겼다. 그렇게 말할 줄 알았다는 눈치였다.

기대와 실망

넷.

찬바람이 한데처럼 불어와 춥기는 했지만, 얼어있던 화차 문 때문에 걱정할 일은 없어졌으니 모두 안심하는 모양이었다. 동욱은 선미가 내어준 담요로 휘장을 쳤다. 사람들은 동욱이 하는 일을 바라보며 고개를 끄덕이고 있었다.

사람 사는 게 어디나 똑같았다. 나라와 인종이 다르고 말이 달라도 남을 위해 베푸는 생활을 하면 곧바로 좋아졌고 친근감을 느끼고 친구가 되었다. 담요 한 장 내건 것 때문에 동욱은 그 화물칸에서 은연 중 무시 못할 사람이 되었다.

사람이 자기 자신만 살피며 살아가면 평범한 인생으로 살아가지만, 별것 아닌 작은 것이라도 남을 위해 베푸는 삶을 살면 특별해지는 건 어디서나 같았다. 금세 사람들이 동욱 식구를 위해 최대한 자리를 넓혀주려고 애썼고 아는 체하며 말을 건네기도 했다.

"아이들이 신통하게도 조용히 잘 있네요." 선미에게 말을 거는 중국 여인도 있었고 "어디까지 가시오?" 동욱에게 묻는 중국 남자도 있었다.

　동욱은 본의 아니게 만주 벌판을 기차로 지나면서 한 가지 이상하게 느끼는 게 있었다. 사람이 배고파지면 먹는 음식 이야기를 하듯 말없이 웅크리고 있던 사람들이 한두 마디씩 어느 지역 이야기를 시작하면 영락없이 그 지역 부근을 지나고 있는 거였다. 낮과 밤도 가릴 수 없는 화물열차 안에서 보이는 것도 없고 누가 알려 주는 것도 아닌데 신통한 일이 아닐 수 없었다.

　"나는 조선 사람입니다. 만주 생활을 7년 하다가 조국이 해방되어 고향을 찾아가고 있습니다."

　동욱이 이야기하자 조선 사람 이야기를 한마디씩 했다.

　"조선 사람들은 이상합니다. 같은 조선 사람끼리 믿지 못하고 서로 잘 싸워요."

　"그래서 조선 사람은 한 사람 한 사람은 똑똑한데 모아 놓으면 힘을 못 쓴다고 하지 않습니까?"

　"조선 사람은 착하긴 한데 자기밖에 몰라요. 그런데 당신은 좀 다르네."

　"내가 10년 전에 아편을 가지고 두만강 변에 있는 조선족들에게 가서 장사를 한 일이 있는데 조선 사람들은 술과 노름과 아편에 빠지면 마누라까지 팔아버린다고 하더구먼."

　한 중늙은이가 거들었다.

　동욱은 두만강이 가까워지고 있구나 싶어 좋으면서도 한편, 왜 조선 사람들에 대한 좋지 못한 말들이 계속 이어지는가를 생각하며 마음이 언짢아졌다.

사람들의 말이라는 게 누구 한 사람이 어떤 이야기를 처음에 시작하느냐가 중요하고 또 그에 이어 이야기가 이어지는 경향이 있었다. 별 의도 없이 나누는 대화 속에도 큰 의미가 담겨있는 게 아닌가 싶었다.

동욱은 사람이나 민족이 다양해서 어느 것 하나로 성격이 규정되었다고 단정할 수 없고 어떤 환경에서 어떤 행동이 많이 나타나느냐에 따라 성격을 판단하는데, 조선 사람은 평안할 때보다는 어려운 위기에 더 강하게 단결하고 좋은 민족성이 나타난다고 생각했다. 좋은 지도자가 나오면 얼마든지 좋은 민족성이 드러나리라는 것을 믿고 있었다.

두만강이 가까워지는 것을 동욱은 느낌으로 알 수 있었다. 가슴이 뛰고 이제 고생은 다 끝났다는 안도의 한숨이 절로 나왔다. 그동안 타향에서 당한 고생과 괴로움도 이제 내 나라에 오면서 옛말이 되어 버릴 것을 생각하니 가벼운 미소가 동욱의 얼굴에 가득 넘치고 있었다.

"당신 나라가 가까워지면서 웃음이 얼굴에 가득해지고 있구면요."

중국 사람이 어느새 알아차렸다. 동욱은 선미를 바라보며 이제 고생은 다 끝났다는 뜻으로 눈을 껌벅였다. 기차가 역에서 멎었다. 중국 사람들이 모두 내렸다. 중국의 끝이었다.

조선이 가까워 오면서 중국 사람들이 확 줄어들었다. 어디 있다가 모여들었는지 일본인들이 눈에 많이 띄었고 조선 사람들도 많았다. 동욱은 한결 마음이 편해졌다. 소련군은 거의 보이지 않았고 조선 사람과 일본 사람들은 거의 같은 종족 같다는 느낌이 들었다. 일본이 조선을 침략하여 속국을 삼은 시절에 동욱은 일본 소학교와 중학교를 졸업해서 일본 말에 익숙한 데다 일본에서 몇 년간의 생활 때문에 남들은 동욱을 조선 사람인지 일본 사람인지 구분하기 어려웠다.

동욱은 머리를 크게 흔들며 정신을 고쳐먹어야 한다고 생각했다. 이제 일본은 망했고 조선은 독립되었으며 거기에다 일본인으로 오해받고 죽음 일보 직전까지 가지 않았던가. 일본은 조선의 철천지원수이고 개인적으로도 끔찍한 일본을 이제는 정말로 마음으로부터 미워하고 증오해야 한다고 수없이 다짐하고 있는데도 그것이 그렇게 쉽지가 않았다.

거기에는 이유가 있었다. 동욱은 조선인들보다 깨끗하고 인사성 바르고 정직한 일본인들을 오랫동안 좋아하고 있었을 뿐 아니라 존경까지 하고 있었기 때문이었다. 솔직히 동욱은 조선 사람들이 한 동포이지만 일본인들보다 지저분하고 청소와 정돈도 잘 하지 않을 뿐만 아니라 인사성과 친절도 일본인을 따라갈 수 없다고 생각하고 있었다.

동욱은 성격상 상투보다는 삭발이 좋았고, 한복보다는 양복이 편했다. '조선인이 되겠느냐? 일본 사람이 되겠느냐?' 선택하라면 언제나 일본 쪽이었다. 그만큼 일본의 침략은 정략적이었고 어느 정도 성공적이었다. 국토뿐 아니라 언어, 문자, 문화 그리고 정신과 종교까지 깊이 들어와 있었다. 일본의 내선일치는 치밀했고 내구성을 가지고 있었다.

그랬던 일본이 패망하자 그렇게 당당하던 일본인들이 조선인들 앞에서 비굴할 정도로 굽실거리고 아부까지 하는 게 여간 고소한 일이 아닐 수 없었다.

사실 그동안 동욱이 겪은 일본인들의 자만과 타민족 무시는 보통이 아니었다. 조선이 못살고 미개한 시절, 동욱이 처음 일본에 건너갔을 때의 충격은 엄청난 것이었다.

동욱은 잔뜩 주눅이 든 상태에서 모든 멸시와 천대를 참고 적응하는 일에만 몰두했었다. 일본인은 조선인을 '조센징'이라 부르며 사람취급을 하지 않았다. 더럽고 추하고 게으르고 정직하지 않다고 믿었다. 일본이 아시아와 세계로 뻗어 나가려는 길목에 조선이 있었고 조선은 일본이 세계에 진출하는 데 교량 역할을 하기 위해 존재한다고 생각하고 식민지로 만들어 버렸다. 힘이 없던 조선은 꼼짝없이 일본의 속국이 되었고 일본은 조선을 일본의 일부로 알고 치밀하게 일본으로 만들어 갔다. 말과 글을 빼앗고 이름까지 창씨개명(創氏改名)의 미명하에 일본화하였고, 철도를 깔고 관공서 건물도 일본과 똑같이 만들어 갔다.

만주와 중국 그리고 동남아시아로 뻗어 나가는 일본 제국의 확장은 파죽지세였고 조선은 일본의 도구로 철저히 이용되었다. 젊은 남자는 징용되어 탄광이나 군대에 끌려가 죽고, 젊은 여자들은 일본 군대의 성 노리갯감이 되거나 정신대에 끌려갔으며, 농사지은 것은 공출로 빼앗기고 쇠붙이란 쇠붙이는 모두 강탈당하는 수모를 겪어온 지 36년 만에 마침내 조선이 해방된 것이다.

두만강이 가까워지면서 소련인과 중국인의 숫자는 확실하게 적어졌고 조선인의 힘과 숫자가 도처에서 나타나고 있었다. 일본 사람들은 그 당당하던 기세가 꺾이고 조선 사람의 눈치를 보며 몸을 잔뜩 사리고 있었다. 만주와 중국에서 큰 재산을 굴리던 일본인들은 모든 재산을 버려두고 일본으로 돌아가는 것이 너무나 가슴 아파서, 가족들을 먼저 보내놓고 재산 정리를 하다 보니 귀국이 늦어졌고 그만큼 위험을 피부로 느끼고 있었다.

움츠러들었던 동욱의 어깨도 펴졌고 주변을 바라보는 눈매에도 힘이 실려 있었다. '두만강만 넘어 봐라. 우리의 조국이 나를 기다리고 있다.'라는 자부심이 솜처럼 불어나고 있었다.

그러나 웬일인지 선미의 마음은 두만강이 가까워지면서 한층 더 불안과 초조가 밀려들었다. 동욱이 생각하는 것처럼 과연 동포들이 따스하게 맞아 줄 것인지도 불분명한 데다 호적 문제와 남편 고향 사람들의 눈초리도 여간 신경 쓰이는 게 아니었다.

일본에서 가까운 친구와 친지들 앞에서 결혼식은 올렸지만, 고향 부모나 친척들이 본 것도 아니고, 아이들 삼촌 말에 의하면 호적에 전(前) 부인의 이름이 그냥 남아 있고 정원과 정자가 그 여자의 이름 밑에 자녀로 등록되어 있다는데 그게 수월하게 고쳐질 것인가도 걱정되었다. 만주에서야 그럭저럭 모든 것을 잊고 살아갈 수 있었고 또 누구 한 사람 이상하게 생각하지도 않았지만, 고향에 당도하면 사소한 것까지도 마음 써야 할 게 많을 것 같았다.

두만강 도강은 한밤에 떠나는 기관차로 결정이 났다. 소련군이 운전하는 기관차에서 뿜어내는 연기가 찬바람과 함께 얼굴을 때렸고 눈을 못 뜨게 했다. 기관차에서 뿜는 수증기의 차가워진 물이 얼굴에 와 닿으면 깜짝깜짝 놀랐다.

기관차가 움직이기 시작할 때 미처 오르지 못한 일본 사람들이 기관차에 매달리고 기어오르는 것을 보고 소련군들이 "니뽄스께! 니뽄스께!" 하며 긴 가죽 구둣발로 발길질하면 "으악!" 소리를 내며 철로 위로 떨어지는 무서운 밤 풍경이 벌어졌다. 동욱은 특별 대우 받는 것을 당연시했고, 선미는 괴로운 표정에 벙어리장갑 낀 두 손으로 얼굴을 가렸다.

검은 연기를 내뿜으며 기관차가 두만강 철교 위로 국경을 넘어 조국 땅에 들어서고 있었다. 두만강 철교의 교각이 어둠 속에서 더욱 차가운 흉물처럼 보였고 이따금 들려오는 비명이 칠흑 같은 어둠 속에서 더욱 슬픔을 자아냈다.

두만강이 어디인가? 김정구가 부른 노래도 있지만, 고국을 등진 이의 슬픔과 아픔이 어려 있는 곳이고 굽이쳐 흐르는 강이 중국과 국경을 이루고 있으며 떠나온 자의 아쉬움과 바라보는 이의 그리움을 자아내는 두만강이었다.

두만강은 만주 벌판에서 독립운동 하던 독립군들의 희망이었고 넘어가야 할 내일이며, 조국이며, 지켜야 할 고향이었다. 김정구는 두만강의 물이 푸르다고 노래했지만, 지금 철교 밑 두만강은 검은 유액 같은 물이 흐르고 있었다. 찬 어둠이 사위(四圍)를 덮고 있는데 기관차의 석탄만이 뜨거운 불길을 내고 있었다.

선미는 불길을 유심히 바라보았다. 어둠은 크고 불길은 작지만, 불길은 큰 힘이었고 어둠을 이기는 희망이라는 생각이 들었다.

시집에 내려가는 길이 다 불길하지만은 않다는 생각이 들었다. 몇 년 전에 시아버지가 만주를 다녀간 것은 이미 결혼을 인정한 것이었고 얼마나 첫 손주 정원을 귀여워하시며 업어 주셨던가? 그리고 아직 한 번도 본 일은 없지만, 시어머니 박 씨가 집을 사 놓고 기다리는 곳이 남편의 고향인 공주군 의당면 용암리 시골이 아닌 공주읍 중동 대처(大處)이니 그것 또한 다행이라는 생각과 희망이 뜨거운 불길처럼 솟아 일고 있었다.

선미는 일본과 만주에서의 십여 년 타향 생활을 이제 접고 고국의 품 안으로 마침내 들어가고 있다는 설렘에 조그만 불꽃이지만 크게 느껴졌다. 선미는 동욱을 바라보면서 오랜만에 웃는 얼굴을 하고 있었다.

그리 긴 철교가 아니었는데도 동욱과 선미에게는 무척 길게 느껴졌다. 정자는 눈이 매워 선미의 품에 얼굴을 파묻고 자는지 미동도 없었다. 정원이 예의 그 기침을 콜록대기 시작했는데, 이런 기차 타는 게 지겹고 이제 제발 어딘가에 들어가 쉬고 싶다는 항변이기도 했다.

동욱의 가슴이 뜨겁게 부풀고 있었다. 몇 년 전에 공주 시내 한복판에 번듯한 한옥 기와집 한 채 사 놓기를 얼마나 잘했는지, 집까지 없었다면 지금 어디로 갈 수 있었겠나 생각하니 백번 잘한 일이 아닐 수 없었다.

아우 동민은 지금 어떤 생활을 하고 있을까 궁금했다. 머리가 좋고 글 솜씨가 있으니 어디든지 일할 곳은 많을 것이었다. 부친이 세상을 떠나고 그래도 아우가 어머니를 모시고 있어 다행이었다. 내려가면 동생의 결혼을 서둘러야겠다는 생각을 하며 선미를 보고 웃었다.

기관차는 멀리 가지 않고 멎었다. 두만강 철교를 지나 조선 땅에 들어서면서 기차가 설 자리도 아닌데 모두 하차시켰다. 마침내 조국 땅을 밟게 된 것이다.

소련군들의 태도가 만주와 전혀 달라진 것도 재미있었다. 만주 같았으면 선미를 보고 저희끼리 눈길을 주고받으며 어떤 수작도 마다하지 않았을 텐데 조선 땅에 들어서면서부터는 눈길조차 던지지 않고 태연한 듯 꾸미고 있었다. 조선 땅에서 조선 여자를 잘못 건드렸다가는 어떤 봉변을 당할지 모른다는 두려움 때문이었을 것이다.

아이와 짐을 땅에 내려놓는 동욱의 다리가 휘청거렸다. 정거장도 아니고 밤도 깊었는데 장이 선 것같이 붐비고 있었다. 조선 말, 그렇게 듣고 싶던 조선 말이 수없이 오가고 있는 땅이었다. 동욱은 아무나 붙들고 말을 하고 싶었다.

'우리가 조국을 찾아오기 위해 얼마나 힘들었는지 아십니까? 반갑습니다. 정말 반갑습니다.'

그때 동욱의 옆구리를 툭 치는 사람이 있었다. 동욱이 반가워서 "안녕하세요?" 하며 얼른 인사를 했는데 그 사람은 멀뚱히 쳐다보면서 엉뚱한 말을 했다.

"돈 바꿀 것 없어요? 만주 돈이나 일본 돈 바꿔요!"

그러고 보니 크게 들리는 소리는 "환전! 환전!"이라는 말뿐이었다. 동욱은 환영한다는 현수막까지는 기대하지 않았지만 '어서 오세요. 그동안 이국땅에서 얼마나 수고 많으셨습니까? 여기는 내 나라 내 땅, 우리는 해방되었으니 안심하십시오.'라는 말 한마디는 듣고 싶었다.

여자나 남자나 '환전! 환전! 만주 돈이나 일본 돈이나 환전! 환전!' 하는 소리만 있었다. 동욱이 실망한 채 옆에 지나가는 사람을 보고

"여보세요. 정거장까지 가려면 여기서 얼마나 가야 합니까? 우리

는 만주에서 지금 막 왔습니다.”

반갑게 길을 물었는데도 아무런 대꾸도 없었다.

“돈 바꿀 것 있어요? 내가 잘 쳐 주리다.”

무표정하게 퉁명스런 말만 남기고 휙 지나가 버렸다.

동욱은 정말 실망했다. 십수 년 만에 그 고생 고생해 가며 죽을 고비를 넘고 넘어 찾아온 고국 땅, 내 민족인데 반갑다는 인사 하나 없이 환전에만 관심이 있고 남 보듯 했다.

동욱은 가족 보기가 미안하고 안쓰러웠다. 소련인, 만주인, 중국인, 일본인들에게서도 이런 대우를 받은 적은 없었다. 가족들에게 “두만강만 넘으면 우리 땅이다. 그때까지만 참고 견디자.”라고 해온 말이 부끄러워 식구들 볼 면목이 없었다.

여러 사람에게 동욱이 같은 질문을 하며 길을 물었는데 들려오는 대답은 한결같았다.

“환전!”

“여관!”

“김밥!”

그 외에는 관심이 없다는 퉁명스런 표정들이었다.

동욱은 벌써 만주가 그리워졌다. 중국 사람들과 소련 사람들, 일본 사람들은 적어도 묻는 말에 엉뚱한 태도를 취하지는 않았다. 동욱은 자기 자신에게 짜증이 났다. 두만강만 건너가면 고국이고 같은 동포들이 쌍수 들어 환영해 줄 것으로 알았는데 환영은 고사하고 묻는 말에 대답도 하지 않는 동포들을 보며 동욱은 자신이 미웠다.

‘나의 조국, 조선이라는 나라는 아직도 이러한가?’

자기밖에 모르고 다른 사람에 대한 배려나 친절에는 관심이 없는 나라였으니 통째로 나라를 빼앗길 수밖에 없었다는 생각이 들었다. 더불어 사는 이웃이 없고 세계를 모르는 우물 안 개구리 같다고나 할까?

두만강만 건너가면 목욕과 이발을 하고 옷도 사서 갈아입고 쉽게 고향에 갈 줄 알았는데 더 어려워지는 것을 몸으로 느끼고 있었다.

동욱은 한 아이에게서 김밥을 산 다음에야 역까지 가는 길을 겨우 얻어들을 수 있었다. 갈수록 태산이라더니 갈 길이 멀어 보이고 온몸에서 힘이 다 빠져나가는 것만 같았다. 더 긴장해야 하고 더 마음이 편치 않았다. 기대를 많이 한 것에 대한 실망이 이제는 분노로 바뀌고 있었다. 동욱은 작은 일에도 화를 냈고 신경이 날카로워졌다. 정원에게도 괜히 짜증을 내며 말했다.

"너 그 기침 좀 그만 하지 않을 수 없니? 사람이 기침소리에 살 수가 있어야지."

"피란길 객지에서 징징거리고 울면 날보고 어쩌라는 거냐?"

이것은 정자에게 한 말이었고 선미에게도 한마디 했다.

"당신도 그렇게 못마땅한 얼굴로 짜증만 내지 말고 나를 좀 편안하게 해 줄 수 없어? 사람이 하루이틀도 아니고 허구한 날 피곤해서 살 수 있어야지, 원……."

동욱은 그동안에 하지 못한 말, 하고 싶었던 말들을 다 한꺼번에 쏟아 놓고 있었다.

호림을 떠난 지 한 달 가까이 지나 겨우 두만강을 건너 고국이라고 들어왔는데 다시 나라 밖으로 나가고 싶은 생각이 굴뚝같았다. 다시

한 번 차라리 목단강에서 일본 기관사가 이층집을 그냥 준다고 했을 때 들어가 살 것을 그랬는가 싶기도 했다. 동욱은 모든 것에 짜증이 났다. 만사가 귀찮아졌고 사람 만나는 것도 싫었다. 선미가 무슨 말을 하든 대답도 안 했다. 선미는 조선에 대한 기대가 없었기에 실망도 없었으나 동욱은 사뭇 달랐다.

어느 여관이라도 찾아 들어가 잠을 자야 하는데 길가에 짐과 아이들을 앉혀놓고 멍하니 서 있기만 했다. 선미가 보다 못해 한마디 했다.

"여보! 정신 차려요. 조선에 오면 누가 '당신 그동안 외국에 나가 얼마나 수고했느냐?'라고 하면서 맞아줄 줄 알았어요? '나라 버리고 멀리 떠나갔다가 이제야 기어들어 온다.'고 못마땅해 하는 거 당신은 몰라요? 어린애도 아니고 맘 굳게 먹고 아이들하고 살길을 찾아 가야지 넋 놓고 있으면 누가 우리를 불쌍하게 생각해 준답디까?"

선미의 말이 백번 맞는데도 그 말이 동욱의 부아를 돋우었다.

"그럼 이제 당신 마음대로 해 봐! 나도 더 이상 모르니까."

화가 난 선미가 짐 보따리와 아이들을 데리고 뒤도 돌아보지 않고 떠나갔다. 아무 데나 가까운 여관에 들어가 아이들을 씻기고 재우는 게 우선이라고 생각했다. 남편이 따라오려면 오고 말라면 말라는 오기였다. 정원은 제대로 걸으려 하다가도 다리가 굽어졌다. 긴 털신이 굽어진 채로 얼어버려 발걸음이 제대로 옮겨지지 않았다. 다행히도 정자는 아장아장 당당하게 걸었다.

선미와 아이들이 한 여관에 들어섰을 때 동욱도 뒤따라 들어오면서 멋쩍어했다. 마루가 길게 놓인 여관에서 오랜만에 조선 밥상을 받았다. 조그마한 네모진 밥상에 밥과 국, 그리고 김치가 전부였지만 제대로 된 밥상이 얼마 만인가 싶었다.

동욱과 선미는 조선에 온 걸 밥상에서 비로소 처음 실감했다. 얼마나 정감 어린 밥상인가! 온 가족이 밥상에 둘러앉아 김치를 길게 찢어 밥숟가락에 얹어 먹던 정겹던 모습이 눈에 선했다. 이런 밥상 받아 보기를 얼마나 바랐던가! 동욱의 마음이 밥상을 보면서 한결 풀렸다.

선미는 오랜만에 머리를 감고 얼굴과 발을 씻었다. 지금까지 만주에서 소련 군인, 중국 마적단들에게 얼굴을 가리기 위해 세수도 하지 않고 머리도 빗지 않았는데 이제 내 나라에 왔으니 그런 걱정할 필요가 없어 좋았다. '어느 놈이 감히 조선 땅에서 여인을 희롱하고 겁탈할 것인가?' 생각하니 그것만으로도 기분이 좋았다. 선미는 머리를 빗고 나서 말했다.

"여보, 조선에 오니까 살 것 같아요. 역시 내 나라 내 땅은 이런저런 신경 안 쓰니까 좋군요. 만주 돈 여기서 바꾸는 게 좋지 않을까 싶은데 당신 생각은 어때요?"

동욱은 선미가 자기의 잘못을 탓하지 않고 말을 걸어온 것이 고마웠다.

"경성에 있는 은행에 가서 바꾸는 것과 여기서 바꾸는 것 중 어느 것이 우리에게 더 좋을지 나도 지금 생각 중인데 어떨까 몰라."

"그러면 얼마는 여기서 바꾸고 나머지는 경성에 가서 바꾸는 게 좋겠어요. 경성까지 가려면 돈이 필요하고 조선에서는 돈 떨어져 무일푼 되면 꼼짝달싹 못할 것 같아요."

"나도 그럴 생각이오. 아까 김밥을 사고 역까지 가는 길을 물으니 그제야 가르쳐 주는 인심이더라고. 돈 없으면 사람 취급도 못 받겠어."

정원과 정자는 잠들었고 오랜만에 부부 사이에 대화가 통했다.

이튿날 아침, 선미의 옷에 누벼 숨겼던 만주 돈을 모두 꺼내어 환전하고 동욱의 옷에 있는 돈은 그냥 경성까지 가지고 가기로 했다. 만주에서는 몸으로 모든 것을 때워 돈이 별로 들지 않았는데 조선 땅에 들어서면서부터는 돈이 없으면 아무것도 되는 게 없었다.

동욱은 두만강에서 경성까지는 어림잡아 닷새면 넉넉할 것으로 생각했다. 만주 땅에서야 스무날이 훨씬 넘는 고행 길이었지만, 조국 땅에서는 닷새 정도면 공주에 도착할 수 있을 것이었다.

해방된 지 벌써 넉 달이 지난 조선 땅은 무법천지였다. 해방과 자유라는 개념을 뭐든지 자기 마음대로 할 수 있는 것으로 착각하고 있는 것 같았다. 36년 동안 마음대로 할 수 없도록 일본 제국주의가 강압적으로 다스렸는데 그것으로부터 해방과 자유를 얻었으니 이제 나를 간섭하고 제재할 놈은 아무도 없다는 식의 자유와 해방이었다. 거기에다가 스스로 싸워서 얻은 해방이라기보다는 남의 나라에 의해 갑자기 찾아온 해방이어서 질서를 잡고 국민을 다스릴 세력이 아직 준비되어 있지 않았다.

조선 땅인데도 이상하게도 소련 군인들의 비스듬하게 쓴 모자와 따발총을 어깨에 걸친 낯익은 모습을 도처에서 볼 수 있었다. 이 땅에서 또 소련 군인들의 따발총을 보며 심상치 않은 일들이 앞으로 일어날 것 같은 느낌이 들었다. 해방된 조국에서 왜 소련군들이 활개치고 있는 것인가 의문이었다. 그런데 만주에서 보던 소련군 모습과 이 곳 함경도에서 보는 소련군 모습이 사뭇 달랐다. 훨씬 수준이 높아졌 다고나 할까? 더 교육 받고 교양이 있는 것처럼 보였다.

동욱은 교양 있는 소련 장교 야빈스키의 얼굴이 떠올랐다.

'혹 그가 조선에 내려오지는 않았을까? 아직도 만주에 남아 있어 치안유지에 바쁜가?'

그가 보고 싶었다. 그런 장교가 있는 군대라면 얼마든지 믿고 따를 수 있을 것이었다.

회령(會寧)이나 청진(淸津)에서 기차를 타면 곧장 원산(元山), 경성(京城)으로 이어지는 경원선이 있었지만, 남양(南陽)에서 웅기(雄基) 쪽으로 해서 나진(羅津)으로 내려갈 수밖에 없었다. 그리고 기차는 나진에서 끊어졌기 때문에 청진까지는 걸어갈 수밖에 없었다. 그래도 청진에서 원산까지 가는 기차만 있다면 경성까지 가는 일은 수월할 것이었다.

동욱은 처음 호림을 떠날 때의 마음으로 돌아가 길 떠날 준비와 다짐을 새롭게 했다. 그때는 이국땅, 여러 민족 사이에서 어떻게든 죽지 않고 살아남아야 한다는 게 목표였다면, 지금은 혼란스럽기는 하지만 같은 민족 내 땅에서 지혜롭게 대처하며 어려움을 헤쳐나가는 것이 목표였다. 동포와 조국에 너무 기대할 것도 없고 그렇다고 실망할 필요도 없었다. 그냥 모든 것을 그대로 인정하고 받아들이는 지혜가 필요한 때였다. 동욱은 선미가 어제 한 말이 계속 머리에서 지워지지 않고 맴돌았다.

'누가 당신 밖에 나가 얼마나 수고했느냐고 맞아줄 줄 알았어요?

어려운 때 나라 버리고 멀리 떠났다가 이제 해방이 되니 기어들어 온
다고 못마땅해 하는 걸 당신은 몰라요?'

　일본과 만주에서 보낸 10여 년을 수고했다고 좋게 보는 것이 아니
라 밖으로 피해 나갔다가 다시 기어들어 오는 걸로 생각하고 못마땅
한 눈길로 보는 동포들. 그들을 인정하지 않으면 자기 자신이 먼저
견딜 수 없다는 것을 동욱은 시인하기로 했다. 동포들이 배낭과 아이
들을 업고 피란 아닌 고향 길로 돌아가는 네 식구를 차가운 눈초리로
본다는 것을 잊고 큰일이나 이루고 오는 양 당당한 태도와 말씨를 보
였으니, 돌아오는 건 수모와 냉대밖에 없다는 것을 뒤늦게나마 깨달
은 것이다.

　돌이켜 보면 우리 동포들은 불쌍해 보이는 사람은 가엾다고 하여
돌보아 주는 경향이 강하다. 그러나 거만해 보이고 거드름 피우는 자
는 싫어하고 경원시한다. 약하고 없는 자, 겸손한 자를 불쌍하게 생
각하고 작은 것이라도 나누어 주려는 도움의 팔을 폈던 것이 우리 백
성이었다.

　거지같이 보여야 산다. 그런데 사실 지금 동욱의 네 식구는 거지
중에 상거지 꼴이었다. 한 달 가까이 갈아입지 못한 두꺼운 방한복에
다 마스크가 달린 방한모를 눌러쓰고 무거운 짐을 짊어지고 그 위에
아이까지 올려놓고 어기적거리며 걸어가는 모습이 영락없는 상거지
모습이었다. 몸을 씻은 게 얼마 전인지도 모르고 온몸에서 퀴퀴한 냄
새가 풍기는 틀림없는 거지 모습인데도 이제 동욱에게서 알 수 없는
당당함이 배어 나왔다.

　만주에서는 거지처럼 행세할 수밖에 없었다. 중국 사람과 소련 사

람들 앞에 힘없는 약자였기에, 그리고 말도 서툴렀기에, 살아남기 위해 비굴할 정도로 몸을 굽실거렸던 것이다. 그런데 두만강을 건너오면서 동욱의 어깨가 펴졌고 당당해진 것은 자기 나라에 들어왔기 때문이었다.

그러다가 이제는 호림을 떠날 때의 초심으로 돌아가 약자, 불쌍한 자의 모습으로 보여야 살아날 수 있다는 결론을 얻었다. 적어도 무사히 고향에 내려갈 때까지, 아니 평생을 그렇게 살아야 외롭지 않고 사람들을 얻을 수 있다는 지혜가 섬광처럼 동욱의 머리를 스쳤다.

우선 웅기(雄基)까지 걸어갈 수밖에 없었다. 웅기에서 기차가 있으면 다행이고 없으면 나진까지도 걸어가야만 했다. 동욱은 타고 가야 할 기차를 만나야 하므로 철길을 따라 걸어갈 수밖에 없었다.

이따금 덮개 없는 긴 화물차가 지나가고 있었는데 그 위에는 탱크와 대포가 실려 있었다. 소련에서 탱크와 대포가 조선으로 들어오고 있었다.

동욱은 어느 나라와 또 전쟁을 하려고 무기를 반입하고 있는가 하는 의문이 생겼지만 지금 그것이 문제가 아니었다. 동욱은 급하게 서두르지 않고 걸어가기로 마음먹었다. 가다가 밤이 되면 아무 데서나 자고 먹을 것도 구해 먹기로 했다.

국경지역을 벗어나자 조선의 옛날 인심이 살아 있었다. 점심을 얻어먹었던 집에서는 할머니가 안됐다는 듯 혀를 쯧쯧 차며 안쓰러워하며 물었다.

"어디 갈 데는 정해놓고 가는 거여? 아니면 무작정 가는 거여?"

"네. 충남 공주(公州)에서 어머니와 동생이 기다리고 있습니다."

저녁밥을 사 먹겠다는데도 그냥 주었던 중년 여자는 "먼 길을 온 것 같은데 어디까지 가려는지?" 하며 걱정해 주기도 했다.

어디서부터 오는 사람들인지 두만강 국경을 넘어 남으로 남으로 내려가는 사람들이 심심찮게 있었다. 그들을 만나면 만주 이야기로 꽃을 피웠고 금방 친해졌다. 여기저기 사는 곳은 달랐어도 몇 마디 이야기를 나누다 보면 비슷한 애환(哀歡)이 있었던 것을 금세 알 수 있었다.

가는 곳도 다 제각각으로, 경상도로 가는 사람, 전라도로 내려가는 사람, 그래도 충청도는 가깝다고 생각하며 위안을 삼았다. 모두가 이구동성으로 말하는 중간 목표는 경성이었다. 경성까지만 가면 누가 맞아주는 것도 아니고 어떤 것이 생길 것도 없는데도 경성이 목표가 되었다.

경성, 일본 제국주의가 조선 전체를 자기들의 나라로 영구히 만들기 위해 동경(東京)을 본떠 도시를 건설하고 지배해 왔던 중심지가 경성이었다. 중앙청, 시청, 경성역사(驛舍)를 보면 일본이 조선을 완전히 지배하려는 의도가 완연히 드러나 있었다.

'일본이 패망한 지금 경성의 모습은 어떻게 변했을까?'

동욱은 자못 궁금했다. 일본이 만주와 중국 그리고 동남아시아 여러 나라로 침략해 먹어 들어가는 관문과 교량 역할을 한 곳이 조선 땅이었다. 조선 땅과 조선인을 일본 땅, 일본 사람으로 완전히 만들려고 한 것이 하루아침에 수포로 돌아갔으니 일본이 받은 충격도 보통은 아닐 것이다.

성(姓)과 이름을 일본식으로 바꾸는 창씨개명, 한글과 조선 말을 못하게 하고 가타카나와 일본어만 쓰도록 초등학교에서부터 강요했다. 젊은 조선 남자들을 징용하여 총알받이로 썼고, 젊은 여자들은 위안부로 끌고 가 정조를 유린했다. 나이 든 남자들은 보국대로 끌고 가 마음대로 써먹었다. 농사지은 곡물을 공출(供出)로 빼앗아 갔고, 쇠붙이라는 쇠붙이는 모두, 심지어 수저와 놋 밥그릇까지 빼앗아 갔다. 조선 땅에 일본 사람들이 들어와 자리 잡기를 36년이나 했으니 사실 내용상으로 조선이 일본화가 거반 다 되어가고 있을 때 해방이 온 것이었다.

경성에서 일본 사람들이 다 물러가고 어떤 사람들이 정치, 경제, 교육, 치안을 맡고 있는지 궁금한 일이었으나 동욱 자신의 코가 석 자인 지금 그런 것을 걱정할 때가 아니었다.

어떻게든 나라는 굴러가고 있을 터였다. 지금 북에서는 김일성이라는 청년이 미남자에, 신출귀몰한 독립군 대장이었다는 말이 나돌고, 남에서는 이승만 박사가 미국에서 미군들을 데리고 들어와 큰소리치고 있다는 이야기도 있었으며, '공산당'이라거나 '민주주의'라는 생소한 말들이 오가고 있었지만 동욱에게는 관심 밖의 일이었다.

동욱의 가장 다급한 소망은 어서 공주 집에 도착해서 지금 가족들이 입고 있는 입성들을 다 벗어 불살라버리고 목욕탕에 가서 더러운 때를 다 밀어낸 다음 이발과 면도를 하고 새 옷으로 갈아입는 것이었다. 그 후에 하얀 쌀밥과 고깃국을 배불리 먹은 다음 며칠이고 잠을 자는 것이었다. 가부간 모든 일이 일차적으로 경성에 가면 다 해결될 일이었다.

호림에서 처음 떠날 때는 목단강이 목표였고, 그 후에는 두만강,

이제는 경성이 동욱의 머리에 가득 차 있었다. 무슨 일이 있어도 경성까지 네 식구가 죽지 않고 건강하게 살아가야만 한다는 일념에서 한 걸음 한 걸음 남으로 남으로 내려가고 있었다. 발을 내디딜 때마다 그만큼 경성이 가까워질 게 분명했다.

다섯. 의문의 사나이

그때 한 남자가 아무런 짐도 없이 걸어가는 것을 선미가 먼저 발견하고 동욱의 눈치를 보며 말했다.

"여보, 저 사람은 어떻게 아무런 짐도 없이 혼자서 가고 있대요? 괜찮다면 우리 짐을 지고 같이 좀 갔으면 좋겠는데……."

동욱이 선미가 가리키는 사람을 힐끗 쳐다보고는 말했다.

"내 생각 같아서는 형무소에서 막 나온 전중이(전과자) 같은데. 틀림없이 머리를 빡빡 깎았을 거요. 어떤 사람인 줄 알고 우리 짐을 그에게 맡겨요. 큰일 나려고."

벙거지를 내려쓰고 있었으나 머리카락이 짧은 게 틀림없어 보였고 키가 크고 힘깨나 쓸 사람 같았다. 지금까지 너무 힘이 들었던 선미는 그가 홀몸으로 가는 게 부러운지 동욱에게 다시 말했다.

"여보, 우선 어디까지 가는 사람이며 왜 가족과 짐이 없는지만이라도 알아보기라도 하세요."

동욱이 그 사람의 발걸음을 따라갈 수 없어 "여보! 젊은 양반!" 하고 가는 사람을 불러 세운 다음 뒤돌아보는 그에게 다가갔다.

"미안하지만, 한 가지 묻겠는데 어디까지 가시는 길입니까?"

"나는 경성까지 갑네다. 왜 그러슈?"

"같이 가는 식구나 짐은 없습니까?"

"나, 그런 거 없습네다. 왜 그러슈?"

"미안한 말이지만 짐이 없으면 우리도 경성까지 가는데 같이 가시면 어떨까 해서 그럽니다만."

동욱은 말끝을 흐렸다.

"그렇다면 좋수다. 짐을 나에게 주슈. 내가 경성까지 가는 동안에 먹을 것을 책임져 주면 그렇게 하리다."

동욱은 그가 선뜻 그렇게 하겠다는 말을 하자 도리어 망설여졌다. 그리고는 뒤따라오던 선미에게 돌아와 말했다.

"여보, 짐을 그에게 맡기는 건 위험한 일이니 그 대신 다다루를 업고 경성까지 가자고 합시다."

그래서 갑자기 식구 하나가 늘어났다. 동욱이 지고 가는 무거운 짐을 자기가 지고 가겠다는 것을 끝까지 좋은 말로 사양하고 대신 정원을 업고 가는 걸로 합의했다.

정원을 등에 업은 사나이는 어떤 때는 훌쩍 저만큼 앞서 가 보이지 않을 때가 있다가도 무슨 바람이 불면 이번에는 뒤에 처져 보이지 않을 때가 잦았다. 짐을 자기에게 맡기지 않고 아이만 업고 가라고 하는 것에 대한 부아가 발동한 게 분명한 듯싶었다.

정원은 생소한 사람의 등에 업혀 가는 게 불안했다. 이러다가 식구를 잃어버릴지 모른다는 불안이 생기면 예의 그 기침을 하며 콜록거렸다. 동욱의 배낭 위에 정자를 올려놓으니 선미는 짐이 한결 가벼워져서 좋았으나 동욱은 신경 써야 할 일행이 한 사람 더 생겨서 어려움이 많았다. 전 같으면 아무데서나 어떤 음식이든지 먹고 자는 걸 가리지 않았지만, 그 남자가 함께한 후에는 맘 내키는 대로 먹고 잘 수가 없어 신경이 쓰였다. 잠자리도 여간 불편한 게 아니었다. 좁은 방에서 다섯 사람이 자는 일이 많았기 때문이다.

선미도 처음에는 짐이 가벼워져 좋다고 생각했는데 갈수록 오히려 더 불편해했다. 선미는 자연히 그 사람 앞에서 행동거지에 신경이 쓰였다. 그 사람이 있는 데서는 말하는 것도 가려졌고 마음대로 옷을 벗거나 갈아입을 수도 없었다. 용변을 보는 일도 될 수 있으면 참아야 했다.

동욱이 말한 대로 그는 전과자였던 게 분명한 것처럼 보였다. 짧게 깎은 머리를 가리려고 밤에 잠을 잘 때에도 벙거지를 벗지 않고 쓰고 있었으나 자기도 모르게 모자를 벗을 때가 있었다. 무슨 죄를 얼마나 저지르고 몇 년이나 형무소에서 징역을 살다 어떻게 풀려났는지는 모르지만, 그의 얼굴을 보면 예삿일은 아닌 듯싶었다.

경성까지 얼마나 걸릴지 모르는 상황에서 하루 이틀도 아니고 여러 날을 이런저런 신경 쓸 것을 생각하면 선미는 머리가 지끈거렸지만, 이미 때는 늦었다. 좋던 싫든 간에 경성까지는 함께 갈 수밖에 없었다. 경성까지 하루라도 빨리 가는 수밖에 없었다.

동욱은 밤에 잠잘 때에도 보통 신경이 쓰이지 않았다. 짐은 선미 안쪽에 놓았고 그 옆에 정자와 정원 그리고 자신이 누웠다. 그리고 그 옆에 그 남자를 재웠다. 한밤중에 그 남자가 변소에 가려고 일어나면 동욱도 같이 잠에서 깨어났다. 잠든 사이에 짐을 가지고 달아날지도 모른다는 두려움 때문이었다.

두만강만 건너면 이가 득실거리는 냄새 나는 방한복을 벗고 잘 수 있을 것으로 생각했는데, 그럴 수 없을 뿐 아니라 더욱 신경 써서 옷을 챙기지 않으면 안 되었다. 동욱은 자기가 먼저 말해놓고 지금은 자기가 더 언짢아하는 선미의 모습에 웃음이 나왔다. 그러나 어쨌든 간에 그가 일행이 된 다음부터 발걸음이 훨씬 빨라진 것은 사실이었다.

얼마 가지 않아 나진이 된다고들 했다. 나진에서 기차만 타면 청진까지는 쉽게 갈 수 있을 것이었다. 나진 역은 꽤 컸으나 일본이 물러간 다음 철도 운영에 큰 차질이 생긴 게 눈에 띄었다. 중요한 일은 일본인들이 다 맡아 하고 조선인은 허드렛일만 시켜온 결과이기도 한데다 철도 치안이 엉망이었다. 일관성 있는 사회 치안 확보가 아직 이루어지지 않은 상태의 북한 현실이었다. 나진에서 청진 가는 기차는 배정되지 않았고 기차가 오면 떠난다는 소식은 만주에서와 비슷했다.

청진으로 떠나는 기차를 무한정 기다릴 수밖에 없었다. 그리고 들리는 소식은 북에 민적(民籍)을 두고 있는 사람의 기차 이동은 원칙적으로 금지하고 있다는 것이었다. 북에서 다수의 인구가 남으로 이동하는 것을 원천적으로 막겠다는 의도 같았다. 그래서 기차표를 살 때 자기 민적이 있는 곳임을 나타내는 증명을 보여야 표를 살 수 있었다.

동욱은 다행히 여행증명이 있었고 민적에 원적지가 충남 공주로 되어 있었다. 그 사람과 함께 한 가족으로 해서 표를 다섯 장 구매하고 기다렸다. 오후 늦게 떠나는 기차는 객차였으나 만주의 만철에 비해서 낡은 것이었다. 만철의 아시아 특급 열차가 가장 호화열차였고, 조선에서는 경부선과 경의선에 먼저 좋은 기차를 배정했으며 나진, 청진만 해도 외진 곳이라는 표가 나타났다.

며칠 만에 타는 기차인데도 그렇게 반가울 수 없었다. 그런데 정원과 정자는 또 기차를 탄다고 칭얼대며 짜증을 냈다.

막 기차에 올라 자리 잡고 앉았는데 한 청년이 주머니에서 주머니칼을 꺼내더니 갑자기 기차 의자의 비로드 천을 칼로 찢었다. 동욱과 주변 사람들은 깜짝 놀랐다. 그런데 비로드 천을 길게 자른 그 청년은 만면에 웃음을 띤 채 의기양양하게 엉뚱한 말을 했다.

"이것으로 구두를 닦으면 윤이 반짝반짝 납니다. 이제 해방되었으니 자유입니다."

동욱은 얼굴이 붉어지며 분노를 감출 수 없었다. 그 청년의 따귀를 한 대 올려치고 싶었으나 눈을 감고 참았다. 여러 사람이 사용하는 기차의 의자 천을 자기 구두 때깔을 내기 위해 칼로 자르면서 자랑하는 자유와 해방이라면 조선은 아직도 해방될 자격이 없다고 할 수밖에 없는 광경을 본 것이다.

동욱의 가슴이 벌렁벌렁 뛰었다. 꿈에도 생각하지 못했던 고국의 모습이었다. 얼굴을 들 수 없었고 누구도 보아서는 안 될 일이 공공연히 대낮에 일어난 것이었다. 그만큼 사회에 치안과 질서가 엉망이었다. 그 청년은 모두가 놀란 눈을 의식했는지 슬그머니 자리를 피했다. 일본은 말할 것도 없고 만주나 중국, 소련 어디에서도 없던 일이 해방된 고국 땅에서 동포의 손에 의해 백주에 일어나고 있는 이 현실

126

이 동욱은 한없이 슬펐다.

동욱은 갑자기 앞으로 이 땅에서 살아갈 자신이 없어졌다. 오늘 이 일은 비단 여기에서만 어쩌다가 일어난 일이 아니라는 것을 알았다. 이 땅 어디서나, 언제나 일어나고 있는 것 중 하나라면 이 땅에서 살아가야 할 자신도, 의미도, 가치도 없었다. 고향이든 어디든 내려갈 의욕이 온몸에서 쭉 빠지고 있었다.

우리 민족은 바탕은 착하고 가능성도 많은데 제대로 바른 삶을 사는 방법을 배울 기회가 없었다. 올바른 일에 강제성을 띠지 않으면 교훈을 받아들이지 않는 단점이 있었다. 그래서 사심 없는 강한 지도자가 나와 강하게 잘만 다스리면 우리 민족은 차츰 변할 것이고, 큰 민족을 이룰 수도 있다고 자위하면서 동욱은 그 일은 여기서 그만 접기로 했다.

동욱이 한 가지 또 놀란 것은 북에 사는 사람들이 은연중에 "기회만 되면 남쪽으로 내려가 살아야 잘살 수 있다."고 이구동성으로 말한다는 사실이었다. 자기들이 지금까지 살아온 경험으로도 북은 춥고 농사지을 땅이 많지도 않은 데다가 비옥하지도 않아 아무리 애써도 잘살 수 없을 것 같다 했다. 그런데 거기에다가 또 공산주의라는 것이 들어왔는데 말은 그럴듯해서 좋아 보여도 개인 재산을 모두 빼앗아 가니 무섭고 나쁜 것이라 했다. 그러나 민주주의는 신사적이고 좋은 것이라면서 할 수만 있으면 기회를 보아 남쪽으로 내려가야 잘살 수 있다고 말했다.

동욱이 또 처음 들은 말은 '38선'이라는 것이었다. 38선으로 남과 북을 나누어 놓고 북은 소련이, 남은 미국이 지배하는데 소련은 가난

하고 미국은 부자라는 말이었다. 동욱은 모두 처음 듣는 생소한 말이라 무슨 뜻인지 잘 몰랐지만, 사람들이 말하는 것들이 터무니없는 것이 아니라 어떤 큰 의미가 있을 것으로 생각했다.

동욱은 주변을 둘러보았다. 객차의 유리는 많이 훼손되어 있었고 의자의 시트도 찢어진 곳이 많았다. 뜯어낼 수 있는 것들은 다 뜯어내 가져간 것 같은 황량한 모습이었다. 창밖으로 지나가는 들과 산을 바라보았다. 얼마 만에 보는 조국의 산과 들인가? 만주에서는 볼 수 없는 아기자기한 산과 들 그리고 논과 밭의 모습들이었다.

그런데 멀리 바라다보이는 산에는 나무가 거의 없었다. 전에는 산에 나무가 울창하여 땅이 잘 보이지 않았는데 해방된 지 겨우 넉 달이 지나면서 민둥산이 되어 황토색의 땅이 보였다.

먼 산을 쳐다보며 속으로 한숨을 쉬고 있는데 동행하던 사나이가 혼잣말처럼 말을 걸어왔다.

"해방되어 자유라고 너 나 없이 땔감 찾아 산에 오르더니 저 꼴이 되어 버렸습네다."

처음으로 들어 보는 그의 생각이었는데 동욱의 생각을 정곡으로 꿰뚫고 있었다. 동욱은 그 사람의 얼굴을 처음으로 자세히 바라보았다. 그냥 막 된 사람은 아니라는 생각이 들었다.

"우리는 아직 댁의 이름도 제대로 모르고 있는데 성함이 어떻게 되십니까?"

동욱의 호감 어린 질문에 그 사람은 입가에 웃음을 겨우 보이며 북쪽 말투로 대답했다.

"박이라고 합네다."

"박 씨는 아까 시트를 칼로 찢어간 청년과 산에 나무가 없어진 것을 어떻게 생각하십니까?"

"한마디로 해방될 자격이 없는 거지요."

"해방되는 데도 무슨 자격이 있고 없고 하나요?"

"해방은 싸워서 쟁취해야 그것을 가질 자격이 있는 거지, 그냥 얻어진 해방은 가질 자격도 없고 준비도 아직 안 되어 있는 거지요."

동욱은 박 씨가 보통 사람 이상의 수준을 갖추고 있는 것에 놀랐다. 쟁취라는 말과 해방이 준비되어야 한다는 말이 동욱에게 감동을 줬다. 동욱은 박 씨를 함부로 전과자로 여겼던 게 미안했다.

"가시는 곳이 어디십니까?"

"저 남쪽 끝입네다."

두 사람의 대화는 여기서 끊어져 버렸다. 동욱은 북쪽 사투리를 쓰면서 남쪽 끝까지 간다는 그의 말이 수상했으나 더 묻지 않았다. 동욱은 박 씨가 어쩌면 독립운동 하다 사상범으로 일본 형무소에 수감됐다 풀려났는지도 모른다는 생각이 들었으나 이것도 묻지 않았다. 박 씨는 더 이상 이야기할 마음이 없다는 듯 고개를 돌리고 먼 산을 바라보았다.

객차 안의 모습은 만주보다 훨씬 여유가 있었다. 만주에서의 기차 안은 입고 있는 입성의 색깔이 거의 검은색이거나 아니면 국방색 소련제 외투였는데 조선의 객차 안 입성은 백의민족답게 흰색이 많았다.

기차는 덜컹대며 조국의 산하를 달리고 있었다. 정원과 정자는 어디서나 내려놓기만 하면 쓰러져 잤다. 그렇게 많이 잤는데도 잠이 쏟아지는 것은 세상이 귀찮고 기차가 지겨워서인지도 몰랐다. 선미도 마찬가지였다. 주변의 것들에 눈길을 주지 않고 눈을 감는 버릇이 생겼다. 동욱이 소련군 감옥에 갇혔을 때부터 생긴 체념 같았다. 동욱은 선미의 그런 태도가 남편을 잘못 만나 사는 것에 대한 후회 때문은 아닐까 하는 생각이 지워지지 않았다.

동욱은 고향에 도착해서 생활해 나아갈 일도 걱정이었다. 무슨 일을 어떻게 해서 살아가야 하는가? 동생 동민과 의논해 같이 살아갈 방도를 찾는 게 순서일 터였다. 아우는 남달리 똑똑하고 영리하며 남쪽에 있었으니 좋은 방안을 알고 기다리고 있을 거라는 생각이 들면서 다소 안심이 되었다.

동욱이 만철에 다니며 번 돈과 솜틀공장을 하면서 돈이 생기면 고향에다 집과 논을 사 놓았던 것은 정말 잘한 일이었다. 공주읍 중동(中洞)에다 번듯한 집을 사 놓았고 이인(利仁)과 탄천(灘川) 쪽에 논을 사 놓아 그동안 도지(賭地)를 주고 농사를 지은 것은 천만다행한 일이었다. 먹을 쌀 걱정은 하지 않아도 될 터였다.

곧 나진역이었다. 나진에서 청진까지는 기차가 없으니 걸어갈 수밖에 없었다. 이튿날 아침 길을 떠날 채비를 하고 있을 때 박 씨가 말했다.

"다다루 엄마가 힘들어 하시는데 제가 다다루 엄마의 짐과 다다루를 함께 메고 가겠습네다."

의향을 묻는 것이 아니고 자기가 그렇게 하겠으니 따르라는 명령식이어서 좀 언짢았으나 선미가 힘들어 하니 자기가 대신 짐을 지고 간다는 데 안 된다고 말할 처지도 아니었다.

"그렇게 하시겠다면 고마운 일이지요."

동욱의 말에 박 씨는 선미의 짐을 어깨에 메고 그 위에 정원을 성큼 들어 올려놓고 앞장서 갔다. 대신 선미는 정자를 등에 업었다. 동욱의 짐은 한결 수월해졌다.

북쪽 만주에서 불어오는 대륙성 바람과 동쪽 나진만에서 불어오는 저기압이 만나는 12월 나진 날씨는 보통 매서운 게 아니었다. 영하 15도쯤 되는 날씨였으나 체감 온도는 영하 25도가 더 되는 것 같았다. 모두 두 눈만 내놓고 온몸을 가리고 한 걸음 한 걸음 걸어갔다.

가다가 박 씨가 볼일을 보려고 뒤처지면 한참 보이지 않았다.

"여보, 저 박 씨가 우리 짐 가지고 없어진 것 아니에요?"

"설마 짐을 가지고 가겠어? 다다루도 있는데."

"다다루는 아무 데나 내려놓고 짐만 가지고 없어지면 그만이죠."

"당신 배낭 안에는 별로 중요한 것은 없지?"

"그릇, 옷, 먹을 것밖에 없어요."

"그러면 됐어."

"혹시 박 씨가 당신 짐을 자기가 메고 간다고 하더라도 주지 마세요. 누군지 알고 짐을 맡겨요, 요즘 세상에? 박 씨가 어디쯤 오나 좀 보세요."

눈발이 모진 바람에 휘날리기 시작했다. 지척을 분간할 수 없는 길이었다. 앞에 지나간 사람의 발자국을 따라가는 게 가장 좋았다. 갓 내린 눈 위를 밟는 것보다 힘이 덜 들었고 방향을 가늠할 수도 있었다.

어느덧 1945년도 저물어가고 새해가 가까워 오고 있었다. 그 때문인지 시골 인심이 좋았다. 농사를 끝내고 날씨는 춥고 눈이 쌓이는 겨울이 농촌에서는 가장 한가한 때였고 먹거리도 많았다. 사랑방에 모여 앉아 화투를 치거나 밤참을 먹으며 이야기하다 보면 눈 내리는 것도 모르고 밤새는 날도 많았다.

밤이 되면 지나치는 동네에서 가장 풍족해 보이는 집에 하룻밤 재워 줄 것을 간청하면 대개는 문간 사랑방을 내주었다. 소여물을 끓이는 방이라서 방바닥이 뜨끈뜨끈해 몸이 풀려 좋았고 먹을 것도 넉넉히 주었다. 고마워서 떠날 때 고맙다고 인사하며 돈을 드린다고 하면 역정까지 내는 인심이었다.

동욱이 박 씨를 보며 말했다.

"박 씨, 내 경험으로 이렇게 눈이 많이 오는 지역에서는 썰매를 만들어 짐과 아이들을 태우고 가는 게 제일 좋아요. 만주에서도 그런 적이 있었거든요. 오늘 하루는 쉬면서 썰매를 만들도록 합시다."

"그래요?"

박 씨는 생각해 본 일이 없었다는 듯 되물었다. 그날 하루 두 사람은 손을 빌려 큰 썰매 하나를 만들었다. 박 씨가 목수 일에 솜씨가 있어 제법 맵시 나는 썰매가 몇 시간 만에 만들어졌다. 뜨끈한 방에서 이틀을 자고 나니 몸이 가벼워지며 피곤이 풀렸다. 주인 아주머니가 두 아이와 짐을 썰매에 싣는 것을 보며 가엾다는 듯 한마디 했다.

"저것들이 무슨 죄가 있어 이 추운 한겨울에 저 고생인가?"

박 씨가 앞에서 썰매를 끌고 동욱이 뒤에서 밀고 짐과 아이들과 선미는 썰매에 태웠다. 큰 대나무를 스키처럼 만들어 붙인 썰매가 눈 위에 잘 미끄러져 갔다.

박 씨가 일행이 되면서 선미는 호강하는 셈이었다. 그러나 동욱이 선미를 챙기기 전에 박 씨가 먼저 챙기는 것은 좀 언짢았다. 그래도 내색할 수 없는 일, 내 식구 돌보아 준다는데 마다할 수가 없는 일이었다. 동욱은 박 씨가 여자를 먼저 챙기는 것을 보면 고등 교육을 받은 게 틀림없다는 생각을 하면서, 괜한 일로 박 씨에게 책잡힐 일을 해서는 안 되겠다는 다짐을 했다. 동욱은 썰매를 밀면서 좀 전에 주인 여자가 한 말이 계속 머리에 맴돌았다.

'이 추운 겨울에 나는 무슨 죄가 있어서 애들을 고생시키고 있는가? 해방된 게 한여름인데 이 겨울까지 무엇 하다가 이제야 고향을 향해 가고 있는가? 일본인으로 오인되어 러시아 감옥에 끌려가지 않았으면 한겨울에 식구들을 이 고생시키지 않아도 되었을 것이었다. 사진사 동원 씨는 어디로 갔으며, 그리고 원근네는 조치원으로 갔을까? 우동집 아줌마는 지금 어디 가서 어떻게 살아가고 있을까? 일본 죄수들을 다 처형하는 날 죽음을 각오한 항거를 하지 않았다면 물론 오늘의 이 고통은 없었을 것이다. 죽고 없을 테니까.'

동욱은 여기까지 생각하다가 지금 네 식구가 살아남은 것만으로도 기적이라는 생각을 했다. 박 씨는 열심히 썰매를 끌었다. 동욱은 뒤따르기에 바빴다. 다른 사람들을 앞지르며 훨씬 빠르게 가고 있었다.

청진은 경성에서 연길(延吉)과 목단강으로 연결되는 철도의 중요한 중간 역이었다. 동욱은 조선을 갈 때는 호림에서 목단강, 목단강에서 연길, 청진으로 하여 경성으로 내려갔었다. 이 철도는 서쪽의 경성─평양─신의주로 연결되는 경의선과 쌍벽을 이루고 있었다. 또 평양에서 만주의 집안(輯安)과 사평가(四平街)로 이어지면서 그 유명한 특급 호화열차인 아시아 호와 연결되어 있었다.

일본은 만주족, 일본족, 몽골족, 중국족, 조선족이 협력하여 조화롭게 새로 건설한 만주제국과 일본이 제휴하여 대아시아를 만든다는 꿈을 가지고 있었다. 그리고 만주제국이야말로 현세낙원이라고 선전했었고 만철, 초특급 아시아 호는 꿈의 특급 호화 열차로 불렸었다. 아시아 호는 만주 남쪽의 대련(大連)에서 출발하여 봉천(奉天)과 수도인 신경(新京)을 지나 하얼빈까지 가는 943.4킬로미터를 오전 8시 55분에 떠나 밤 9시 30분에 도착하는 꿈의 열차로 불렸다. 4층의 대련역 건물은 2층에서 기차가 출발했고 1층으로는 기차가 도착했다.

아시아 호는 호화 열차라는 말에 걸맞게 1, 2, 3등 모두 지정좌석제로 되어 있었고, 1등 전망차는 맨 뒤에 있었는데 경치를 즐길 수 있도록 좌석이 배치되어 승객들은 경치도 보며 독서를 즐길 수 있었다. 열차에는 냉난방 시설이 돼 있었고 양식당 차가 연결돼 있어 백인 러시아 여자들이 서비스하는 호화 열차였다.

일본은 만주제국(滿洲帝國)을 세우고 만주국협화회(滿洲國協和會)라는 주민조직을 만들었다. 노랑 바탕에 빨강, 파랑, 흰색, 검정색을 넣어 오족협화기(五族協和旗)도 만들었다. 만주족, 일본족, 몽골족, 한족(漢族), 조선족이 공존공영(共存共榮)하자는 표어 아래, 만주족 집정관으로 26세의 푸이(溥儀)에게 황제 칭호를 주어 꼭두각시로 올려놓고 일본 제국은 만주국을 세계 지배의 교두보로 삼고 있었다.

대련(大連. 다롄)은 대륙의 현관문 역할을 한 도시로 남만주 철도의 시발역이면서 선착장이 있어 대련과 일본 시모노세키(下關) 간의 정기 여객선이 주야로 출발하였고 일본 관동군 대장이 있었던 곳이다.

여순(旅順. 뤼순)은 러일(露日)전쟁의 격전지로 유명했고 일본군의 전위부대인 관동군 사령부가 있었다.

봉천(奉天, 선양의 옛 이름)은 은이 많이 나는 곳으로 청조(淸朝)의 고도로 번성한 상가가 형성되어 물자의 집산지와 백화점이 있었고, 전차가 운행되고 있었다.

무순(撫順, 푸순)은 지하자원이 풍부한 탄광 도시로 유명했고 신경(新京, 장춘의 옛 이름)은 만주국 수도로 일본교 광장과 신경 긴자거리가 있었으며, 하얼빈은 아름다운 북만주에 있는 도시로 서구풍의 건물들로 유명했다. 백화점이 있었고 흑룡강이 교류하는 곳이기도 해서 여름엔 여객선이 관광객을 실어 날랐다.

일본은 어느 나라를 점령하고 통치할 때 제일 먼저 철도를 건설하고 철도를 중심으로 치안과 경제를 확보했다. 조선의 경우에도 제일 먼저 경인선을 만들었고 경부선, 경의선, 경원선 등을 건설하여 통치 수단화하였다.

청진은 회령(會寧) 도문(圖們)과 연결하여 연길로 이어지면서 동만주로 들어가는 관문 역할을 했다. 동욱이 동안과 호림의 만철에서 3년 일했다는 것은 꽤 친일적인 경력이었다. 철도를 중요시하는 일본 제국이 아무나 만철에 취직시키지 않았고 만철에 근무한다는 것 자체가 상당히 알아주는 신분이었다. 동욱이 일본 사람으로 오인되어 러시아 감옥에서 몇 달 고생한 것도 이러한 경력과 무관치 않았을 것이다.

동욱이 성격적으로 깔끔하고 정돈을 잘하고 청결한 것을 좋아하다 보니 일본 자체를 좋아한 것처럼 되었지만, 일본 사람들의 행동 중 일부가 좋은 것과 일본 자체가 좋은 것과는 분명히 차이가 있었다.

그렇다고 이제 와서 일본은 나쁘다고 앞장설 마음도 없었다. 좋은 것은 좋은 것이고 나쁜 것은 언제나 나쁜 것이어야 맞았다. 어쩌다 나라가 힘이 없어 모든 것을 빼앗기고 말았지만, 기고만장하여 거드름 피우며 세계를 손아귀에 넣고 지배하려고 한 일본의 야심은 잘 꺾이고 만 것이었다.

일본은 조선 사람을 비롯하여 한족, 몽골족, 만주족, 소련인을 얼마나 무시하고 업신여겼던가. 그중 소련은 백인계라 무시까지는 아니었지만, 소련의 무지와 가난을 보고 하대하기 시작한 일본이었다. 일본인들의 사람 무시는 이중적이었다. 표정과 말 그리고 몸짓으로는 좋아하는 듯하지만 속으로는 무시하고 하대하고 업신여기는 습성은 얼마 사귀어 보면 곧 알게 되었다.

일본은 자기도 아시아인이면서 아시아를 무시했고 아시아의 군주가 되려 했다. 그래서 만주횡단 특급열차의 이름도 아시아 호로 한 것이었고, 호화열차를 운행하면서 일본의 국력을 온 세계에 과시하려 한 것이었다.

그렇다고 일본이 다 나쁜 것은 아니었다. 정직함과 근면함, 끈기, 대대로 가업(家業)을 이어가는 성실함 등은 아름다운 것들이다.

청진역사(驛舍)는 경성역의 축소판 같았다. 그 말은 곧 동경역과 비슷하다는 말이다. 일본이 만들고 세운 건물이나 다리는 어디든 동경의 건물과 비슷하게 만들어 친근감을 갖도록 했다. 일본, 조선, 만주, 중국이 똑같다는 동질성이랄까.

이전 같으면 조선으로 내려가는 사람보다 만주나 중국으로 올라가는 사람들이 훨씬 많아 북적였는데 의외로 한산했다. 알고 보니 북으로 가는 사람이 적어진 데다 마음대로 남으로 내려가는 것을 북의 당국자가 억제하고 있기 때문이었다. 여기서 썰매를 처분했다. 제법 잘 만들어진 것이어서 현금을 꽤 받고 팔았다.

해방된 조선은 모두가 국기로 태극기를 사용했고 독립운동 하던 세력들이 등장하는 듯싶게 김구 선생이 남북합작을 위하여 애썼지만, 38선을 기점으로 남과 북이 완연히 다른 두 세력으로 커지고 있었다. 북에서는 소위 김일성 장군이라는 자가 공산당을 만들었는데 그 뒤에 소련의 스탈린이 있다고 하고, 남에서는 이승만 박사가 미국에서 들어와 민주주의를 하는데 미국이 지원하고 있다는 세간의 말들이 사실이 되어가는 것 같았다.

동욱은 앞으로 누가 어떤 정치를 해나갈 것인가에 관심이 있었으나 지금 그것을 생각할 정신적 여유가 없었다. 지금은 죽지 않고 살아남아야만 할 때이고 좌절하여 주저앉지 말고 일어서서 가야 할 때였다.

이때 동욱이 들은 충격적인 말은 기차가 원산까지만 간다는 것과 가더라도 38선을 마음대로 넘어갈 수 없다는 거였다. 38선을 넘어갈 수 없다면 고향에 갈 수 없다는 말이 아닌가. 동욱은 앞이 캄캄했다. 목숨 걸고 여기까지 왔는데 38선을 넘어갈 수 없다면 큰일이었다.

그렇지만 완전히 봉쇄된 것은 아니라서 38선을 넘어가는 방법이 아직 있다는 소식이 희망을 가져다주었다. 이는 빨리 서두르지 않으면 38선이 완전히 봉쇄될 수도 있다는 말이기도 했다. 무슨 일이 있어도 기차가 가는 데까지 속히 가지 않으면 오도 가도 못하는 신세로 전락할 수 있다는 초조함이 동욱을 괴롭혔다. 이 나라 조선이 또 장난질을 당할 모양이라는 생각이 스쳐지나갔다.

김일성 장군이라는 자가 신출귀몰하다는 이야기부터, 진짜 김일성은 죽고 가짜 김일성이 진짜 노릇한다는 말도 나돌았다. 한마디로 혼란, 무질서, 무정부 상태였다. 이럴 때 정신 차리지 못하면 쥐도 새로 모르게 죽을 수 있다는 생각이 들었다.

동욱은 남쪽에서 살아야 하기 때문이 아니라 민주주의와 미국과 이승만 박사가 좋았다. 소련과 스탈린이 주장하는 공산주의는 체질적으로 맞지 않았다. 속히 북에서 빠져나가지 않으면 어떤 수모를 당할지 모른다는 생각이 동욱의 마음을 조급하게 했다.

"박 씨, 우리가 어떻게 해야 빨리 38선을 넘어 경성까지 무사하게 갈 수 있겠소?"

동욱이 말 없는 박 씨에게 물었다.

"원산까지만 기차가 간다니 원산까지 간 다음 자동차로 철원으로 가 38선을 넘어야 할 겁네다. 걸어갈 시간이 없어요. 돈을 주면 38선을 넘도록 도와줄 사람들이 아직 있을 겁네다."

생각할 겨를도 없이 대답이 금방 나오는 게 며칠 전에 38선을 넘어 본 사람처럼 말하고 있었고 이미 생각을 많이 해 둔 것도 같았다.

"박 씨는 38선을 넘어 본 일이 있습니까?"

동욱의 질문에는 대답하지 않고 박 씨가 말했다.

"얼마 안 가서 38선이 완전히 막히게 될 겁네다. 조선은 이제 두 나라로 나누어졌고 둘이 싸울 것입네다."

동욱은 깜짝 놀랐다. 두 나라가 되어 싸운다니……. 동욱은 며칠 전에 소련에서 실려 오던 탱크와 대포가 생각났다. 박 씨의 알 수 없는 말들이 예사롭지 않게 들렸고 그의 말에 무게가 느껴졌다. 동욱은 박 씨가 어떤 신분의 사람인가 한층 더 궁금해졌다. 그러나 어쨌든 박 씨 말대로 하기로 했다. 그게 가장 좋은 길이었다.

박 씨는 보통 잡범으로 형무소에 징역 살고 나온 전과자는 아닐 거라는 생각이 들었다. 그렇다면 독립운동 하다 일경에 잡혀 해방될 때까지 징역 살다 해방되어 나온 것인가 싶기도 했지만, 해방된 지 벌써 다섯 달 가까이 지났으니 이제 감옥에서 나온 것도 아니었다. 그렇다고 궁금하다고 이것저것 물어볼 수도 없는 일이었다. 어차피 경성까지만 신세 지고 헤어지면 그만인 사람이었다.

청진에서 원산까지 가는 기차는 없고, 함흥까지 가는 기차가 요행히 있었다. 함흥에 가서 어떻게 되든 기차를 타고 볼 일이었다. 기차 안은 일반 승객들은 적었고 젊은 장정들로 붐비고 있었다. 젊은이들이 어느 집결지로 징병되어 가는 듯싶었다.

선미는 말이 없었고 아이들도 지쳐버렸는지 축 처져 있었다. 나라가 힘이 없어 망하면 개인과 가정도 함께 망하고, 나라가 힘을 얻으면 개인과 가정도 힘을 얻었다. 일본이 조선과 만주에서 판칠 때 일본인들의 거드름은 하늘을 찔렀는데 패전하여 일본이 망해버리자 그들의 처지와 위상은 하루아침에 풀이 꺾여 모든 것을 내버리고 도망가기에 급급한 모습들이 비참했다.

동욱만 하더라도 나라가 망하자 일본으로 건너갔고 만주에 가서 몇 년 살다 나라가 해방되자 모든 것을 버리고 나라 찾아 지금 내려가는 중이었다. 나라가 바로 서야 백성이 바로 살 수 있었고 사회질서와 기강도 올바로 세워질 것이었다. 나라가 망해버리면 인민도 기댈 곳이 없는 것이었다.

조선은 중국과 소련과 일본에 둘러싸여 있는 작은 반도인데 하나가 되어 잘하지 못하면 어느 세력에 어떻게 농간 당할지 알 수 없는 시대였다. 도망치는 일본인들이야 망했으니까 희망이 없지만, 동욱은 나라가 해방되어 고향으로 돌아가고 있으니 희망이 넘쳐나야 할 것인데 누가 그 희망을 줄 것인지 알 길이 없었다.

사실 동욱이 이 세상에 태어나던 1913년은 조국이 이미 일본의 손아귀에 들어간 때였다. 그 시절부터 지금까지 내 나라라는 개념 자체가 없이 그냥 살아온 삶이었다. 어느 한 사람 "이렇게 살아야 한다."는 올바른 방향을 제시해 주지 않았고 약탈과 착취, 이용과 부림만 있었다. 이제 우리는 누구의 지도와 지시를 받고 어떻게 살아가야 하는가. 나를 위하여 참다운 명령을 내려 줄 사람은 누구인가. 그런 훌륭한 인물만 나타난다면 남은 생애 그를 위해 모든 것을 바칠 수 있겠다는 생각이 들었다. 참다운 복종을 할 수만 있다면 인간은 행복할 수 있을 것 같았다.

기차의 검역원은 기차표 검사보다는 어디까지 가느냐? 왜 가느냐? 하는 것을 더 궁금해 하며 물었다. 북의 당국자는 특별한 이유 없이 기차 타고 멀리 이동하는 것을 통제하는 것 같았다. 이를테면 언제 가더라도 떠나갈 사람은 보내고 여기 남아 있을 사람들은 왔다 갔다 하지 말고 사는 곳에 그냥 있으라는 거였다.

동욱은 고향이 충남 공주이기 때문에 고향에 가는 것이라고 대답하면 그것을 증명하는 것을 보이라고 했다. 동욱의 생각에 북은 이미 상당한 공산당 세력이 자리 잡고 있는 것으로 보였다. 소련에서 무기가 반입되고 있으며 주민의 여행을 통제하는 것은 예삿일이 아니었다.

일본에서는 물론, 만주 어디에서도 여행을 통제당해 본 일은 없었다. 북이 이미 통제사회가 시작된 것을 느끼면서 속히 이곳을 빠져나가지 않으면 안 된다고 다짐했다.

박 씨는 철저하게 한 가족 행세를 했다. 검문하는 눈치가 보이면 몸을 우리에게 밀착해 왔고 검사원이 지나가면 거리를 두고 떨어졌다. 검사원이 보자고 할 때마다 동욱이가 내보이는 것은 민적등본(民籍謄本)이었다. 이 민적등본은 아내가 제일 못마땅해 하는 것이었다. 거기에 동욱의 아내 난에는 결혼하여 살아본 일 없는 여자의 이름이 자기 대신에 당당히 올라 있어 선미는 그것을 보려고 하지도 않았고 동욱도 아무 데서나 보이지 않고 숨기고 있다가 꼭 필요한 때만 꺼내 사용하고 있었다. 그러니까 선미는 동욱의 아내로 민적에 올라 있는 사람 역할을 해야 했고, 박 씨는 동욱의 아우 동민이가 되어야 했다.

청진에서 함흥으로 가는 열차는 수려한 경치를 자랑하는 곳을 지나갔다. 시대가 좋을 때라면 일부러라도 기차 타고 여행해볼 만한 곳이었다. 사람은 마음이 편하고 여유가 있어야 자연환경과 경치가 느껴지는지 아름다운 곳을 지나가고 있는데도 아름답지가 않았고 모든 게 짜증스럽게 느껴졌다.

동욱은 선미가 요즘 왜 그렇게 못마땅한 표정을 하고 있을까 생각해 보았다. 가장 싫어하는 민적등본을 동욱이 자꾸 꺼내 보이는 것 때문일까? 고향에 가 호적에 자기 이름을 넣는 것에 대한 염려 때문일까? 아니면 처음 만나는 시어머니에 대한 걱정 때문일까? 지금까지는 비록 어려움이 있어도 자기 혼자 모든 일을 처리하면 되었는데 이제 시어머니 밑에서 눈치 보며 살아갈 것을 생각하니 신경이 쓰이는 게 많아서일까?

선미의 얼굴에 며칠 전부터 어둡고 수심에 찬 표정이 떠나지 않는 것이 동욱은 신경이 쓰였다. 한겨울에 이 고생시키는 것이야 새삼스러운 일도 아닐 터인데 왜 얼굴에 밝은 기색이 안 보이는 걸까?

그리고 보니 두 아이에게서도 웃음을 보지 못한 게 몇 달도 더 되는 것 같았다. 등에 업혀 갈 때나 썰매 위에서나 기차 안에서든 내려 놓기만 하면 쓰러져 잠에 곯아떨어져 움직이지 않았다. 먹는 것이 부실하고 추워서 그런지 대소변도 어쩌다가, 그것도 아내가 억지로 누게 해야 할 수 없이 따랐다.

함경도의 산은 높고 가파르고 웅장한 데다 흰 눈이 소복이 쌓여 있어 가까이 있는 것 같아 장관이었다. 눈이 쌓인 나뭇가지는 그야말로 절경이었다. 사진사 동원 씨가 있었더라면 벌써 여러 장의 사진을 찍었을 경치였다. '사진사는 지금 어디서 살며 어떤 사진을 찍고 있을까? 원근네는 조치원으로 가 자리 잡고 살고 있겠지? 우동집 아줌마는 지금 어디서 싱그러운 너털웃음을 또 웃고 있을까?' 또다시 그들이 그리워지며 생각이 났다.

동해를 끼고 기차가 지나고 있을 때는 하얀 산과 푸른 바다가 가슴 뛰게 했으나 누구도 경치를 보며 즐기는 사람이 없었다. 높은 굴뚝이 보이기 시작하는 것이 함흥이 가까웠다는 것을 말하고 있었다. 함경도는 지하자원이 많아 북에서 제일가는 중공업지대로 유명했다. 함흥의 질소비료공장에서 나오는 비료는 만주까지 공급되고 있었다.

동욱은 북에는 광물과 지하자원이 많고 수풍발전소의 전력이 풍부하며 남에는 기름진 농토가 많으니 남과 북이 좋은 지도자를 만나 조화를 이루면 얼마든지 잘사는 나라가 될 수 있다는 가능성을 생각해 보았다. 지금까지는 소련, 중국, 일본의 강대국 사이에 끼어 어려움이 많았고 이용당해왔지만, 남과 북이 하나 되어 좋은 나라, 강한 나라, 잘사는 나라를 만들기만 한다면 큰 나라들을 오히려 우리가 이용할 수도 있다는 희망이 생겼다.

사진사 동원 씨가 언젠가 동욱에게 불쑥 했던 말이 갑자기 생각났다.

"동욱 씨는 지도력이 탁월하니 좋은 세상 만나면 한자리 하실 겁니다."

동욱 자신도 그동안 나라 없는 처지라 그런 생각을 할 기회가 없었지만, 이제 해방되어 내 나라가 있으니 기회가 되면 나라를 위해서 보람된 일을 해 보고 싶은 마음도 생겼다.

동욱은 또 생각했다. 일본의 전세가 나빠져서 망할 것이라는 생각이 들었던 작년에 만주 생활을 청산하고 고국에 들어가 자리 잡았더라면 지금 이 고생은 하지도 않고 좋은 날이 올 수 있었을 터인데, 생각만 하고 오늘내일 미루다가 제일 어려운 시기에 고향으로 가는 이 처량한 신세가 된 것은 어머니가 입버릇처럼 하신 말씀 그대로 딱 맞았다.

어머니는 종종 동욱에게 "좋은 생각을 해 놓고 차일피일 머뭇거리다 좋은 기회 다 놓친다."고 하셨다. 동생 동민에게는 "네 형이라는 놈은 좋은 생각은 남들보다 먼저 해 놓고 이리저리 미루다가 다른 사람들에게 기회를 빼앗기는 놈인 줄 모르느냐?"라며 수도 없이 하신 말씀이 귓가에 생생하게 맴돌았다.

함흥은 큰 산과 큰 공장이 있는 대도시답게 웅장함이 있었다. 사람들에게 생기가 보였고 발걸음도 빨랐다. 오가는 자동차들도 꽤 많았다. 역전에서 국밥으로 허기를 채운 후 동욱과 박 씨는 원산 가는 자동차 편을 알아보았다. 원산으로 가는 자동차 편은 의외로 빨리 찾을 수 있었다. 원산 가는 짐을 실은 트럭이 원산까지 가는 사람을 호객(呼客)하고 있었다. 대가를 치르고 트럭 뒤에 앉았다.

매서운 바람을 피해서 짐 덮개를 덮고 그 안에 짐들과 함께 들어가 있지 않으면 볼이 떨어져 나가는 느낌이 들었다. 비포장 자갈길을 달리는 자동차는 춤을 추는 것 같았고 뱃속의 창자가 뒤틀리듯 요동쳤다. 짐 덮개에 들어가 있으면서 그 속에서 눈을 뜨고 있을 처지가 아니어서 눈을 질끈 감고 있으려니 졸음이 몰려왔다. 차라리 깊은 잠에 빠지는 게 나았다.

트럭은 석회를 연료로 써서 가는 자동차라서 구충제같이 고약한 냄새가 났고, 높은 고개나 언덕을 오를 때면 힘을 쓰지 못하고 밀려 내려와 사람들이 내려서 자동차를 밀어야만 했다. 그래도 동욱은 트럭이 여간 고마운 게 아니었다. 썰매를 끌거나 짐과 아이를 지고 이 추운 날씨에 걸어간다는 건 죽음과 같은데 자동차로 원산까지 가면 경성이 지척이 아닌가 생각하니 가슴이 뛰었다.

몇 차례 검문이 있었는데 담뱃값이라도 건네주었는지 "저 안에 사람은 없지?" 하며 통과시켰다.

하루속히 북을 빠져나가야 한다는 생각 외에 아무것도 생각하지 않기로 마음먹었다. 달리는 자동차에서 소변은 그냥 처리할 수밖에 없는 형편이었고 그럴 때가 되면 선미는 몸 둘 바를 몰라 했다. 그러다가 이젠 면역이 되었는지 엉덩이만 조금 옷을 내리고는 아무 일도 없다는 듯 볼일을 보았다.

원산 어느 삼거리에다 트럭을 세워놓고는 내리라고 했다. 여기가 어디쯤 되느냐고 물으니 한 십 리쯤 가면 원산역이 나올 것이라는 말만 퉁명스럽게 남기고 트럭은 훌쩍 떠나가 버렸다. 어느 길로 가야 원산역이 나올지 알 수 없는 두 갈래 길에 이르렀다. 선미는 정자를 등에 업고 이미 왼쪽 길로 가고 있었다. 동욱의 생각에는 오른쪽으로 가야만 원산역이 나올 것 같았다. 걸어가면서 큰소리로 외쳤다.

"여보, 그냥 가기만 하면 어떻게 해. 오른쪽으로 가야 원산역이 나올 것 같은데."

그러나 선미는 뒤도 돌아보지 않고 가던 길을 가고 있었다. 동욱이 박 씨를 찾았다. 등에 짐과 정원을 업고 서 있던 박 씨는 선미가 가는 길로 어느새 발걸음을 떼어놓고 있었다. 동욱은 오른쪽 길로 가면서 계속 소리쳤다.

"여보, 그쪽으로 가지 말고 이쪽으로 와."

선미는 아랑곳하지 않고 그냥 가던 길을 갔다. 동욱은 화가 치밀었다. 말 한마디 하지 않고 자신의 말도 듣지 않은 채 그냥 길을 가는 것도 그렇지만 박 씨까지 선미를 따라가는 것에 은근히 화가 치밀었다.

"어서 이쪽으로 오지 못해!"

동욱이 큰소리로 외쳤다.

"그냥 가서 원산역에서 만나요."

선미도 소리 지르며 가던 길을 계속해서 갔다. 이제 서로 하나로 합치기에 너무나 거리가 멀어져 있었다. 하는 수 없었다. 서로 가던 길을 간 다음 원산역에서 만날 수밖에 다른 방법이 없었다. 동욱은 선미가 박 씨까지 있는 곳에서 자기 말을 듣지 않고 고집부린 것이 괘씸했고 박 씨 역시 자기를 따라오지 않고 선미가 간 쪽으로 따라간 것이 영 못마땅했다.

그들이 원산역에서 다시 만난 건 밤 늦게였다. 선미와 박 씨는 원산역 대합실에서 동욱이 오기를 기다리고 있었다. 동욱은 원산역과 반대로 엉뚱한 길을 걸어가다가 되돌아오느라 시간이 더 걸린 것이었다. 선미가 간 왼쪽 길이 맞는 길이었다. 동욱은 할 말을 잃었고 화가 풀리지 않은 상태였으나 결국 잘못은 자기에게 있었으니 큰소리칠 수도 없었다. 동욱은 박 씨에게 책망하는 어조로 한마디 했다.

"한 식구가 같이 가도록 해야지 나누어지게 하면 어찌합니까?"

"다다루 엄마가 가는 길이 맞는데 어떻게 합네까?"

"그렇다면 그 길이 맞다고 나에게 말을 해야 할 게 아닙니까?

"선생께서 잘못된 길로 계속 가면서 그쪽으로 오라고 고집을 부리시니 내가 말을 할 수가 없었습네다."

고집이라는 말을 박 씨에게서 들으니 동욱은 또 화가 치밀었다. 어머니와 선미까지도 동욱을 보면 쓸데없는 고집을 많이 부린다고 듣기 싫을 만큼 들었는데 박 씨까지 지금 그 고집을 들먹거리고 있었다.

"박 씨는 어찌되었던 내 말을 들어야 하는 거 아닙니까? 그리고 고집 없는 남자가 어디 있습니까? 내가 볼 때 박 씨 고집도 보통이 아니던데……."

박 씨가 대답 대신 처음으로 소리 없는 웃음을 보였고 동욱도 따라 웃었다. 그 일은 그대로 넘어가고 말았다. 동욱은 박 씨가 이쯤에서 혼자 떠난다고 해도 좋겠다는 생각을 잠깐 했다. 얼마 가지 않으면 경성에 도착할 것이고 또 같은 일들이 일어날 수도 있기 때문이었다. 그런데 한편으로 38선을 넘다 잘못되기라도 한다면 그야말로 큰일이 아닐 수 없었다. 동욱은 처음 약속대로 경성까지 박 씨와 동행하면서 그의 도움을 최대한 받기로 했다.

박 씨가 말한 것으로 보아서 그는 38선을 넘는 데 일가견이 있어 보였다. 그의 도움으로 38선만 무사히 넘는다면 곧 경성이 아닌가? 혼자 몸도 아니고 네 식구인 데다 어린아이가 둘이나 있으니 38선 넘는 것이 결코 쉬운 일은 아닐 것이었다.

함흥에서 들은 말대로 원산에서 경성 쪽으로 가는 기차는 아예 없었다. 원산 역은 오가는 기차는 많지 않았지만 사람들로 붐비고 있었다. 추위와 찬바람을 피할 수 있는 건물치고 역사만큼 크고 튼튼한 건물도 드물기 때문이었다.

원산에서 철원만 가면 곧 38선이었다. 원산에서 안변, 평강을 지나면 철원이었고 철원 밑에 있는 연천, 전곡을 지나면 곧 38선이었다. 박 씨는 38선을 넘기에 가장 좋은 곳이 이곳이라고 하면서 임진강이 흐르고 있기 때문이라 했다. 동욱은 38선을 배를 타고 건너야 하는 거냐고 물었다. 박 씨는 그렇다고 고개를 끄덕였다.

"밤에 배 타고 임진강을 아무도 몰래 건너가야 합네다."

그리고 박 씨는 더 이상 말을 하지 않았다. 박 씨는 과묵하여 평소 말을 아끼고 있다가도 누가 어떤 질문을 하면 곧 완벽에 가까운 대답을 하는 사람이었다. 동욱은 그의 신분과 하는 일, 그리고 지금 어디로 무엇을 하러 가는지 더 궁금해졌지만, 이제 와서 새삼스럽게 묻기도 그랬고 며칠 있으면 헤어지고 말 사람이니 더 이상 신경 쓰지 않기로 했다.

박 씨는 이제 동욱네 가족의 안내자가 되었다. 박 씨가 하자는 대로 동욱은 따라갔다. 박 씨는 워낙 38선 부근 지리에 밝을 뿐 아니라 스스로 안내자 역할을 자처한 때문이었고 동욱은 전혀 문외한이었기에 어쩔 수 없었다.

"이쪽 사정은 내가 더 잘 알고 있으니 걱정하지 마시고 따라 주기 바랍네다. 그동안 신세 진 것도 많고, 네 식구가 잘 되시기 바랍네다. 한 가지 걱정은 38선 넘을 때 아이들 때문에 걱정입네다. 울거나 소리 내면 큰일 납네다."

"그건 걱정하지 마세요. 우리 아이들 보신 것처럼 말없이 조용하잖아요?"

동욱의 말에 박 씨는 동의한다는 듯 고개를 끄덕였다. 박 씨의 계획대로 동욱네는 가고 있었다. 박 씨는 매사에 주저함 없이 일을 시원하게 처리했다. 어떤 일을 앞에 놓고 어영부영 고민하지 않고 행동으로 옮기는 데 신속함이 엿보였다. 어떻게 보면 그는 동욱의 단점들을 장점으로 가진 사람 같았다. 처음에 그를 볼 때 흉악한 죄를 지은 전과자로 보고 얼굴도 똑바로 보지 않았었는데, 박 씨는 냉정함 속에서도 강한 의지가 보였다.

또 다른 자동차를 이용해서 안변에서 평강, 철원을 거쳐 연천으로 해서 전곡까지 내려왔다. 이제 곧 38선이었다. 어떤 때는 박 씨가 군대 지휘관처럼 보일 때가 있었다. 그럴 땐 동욱은 박 씨가 일본군이나 어떤 군대조직에 속하지는 않았었나 하는 생각이 들기도 했다. 어찌 되었든 동욱네 가정을 불쌍히 여긴 신이 38선을 넘는 데 꼭 필요한 사람을 보내준 것으로 생각하고 고마워하고 있었다. 박 씨가 동욱을 보고 말했다.

"내가 한군데 갔다 올 데가 있으니 그동안 여기에 계시기 바랍네다."

어느 집 툇마루에 동욱네 가족을 남겨두고 어디론가 가더니 한참만에야 돌아왔다. 그리고 그가 말했다.

"오늘 밤에는 달이 밝아 안 된다고 합네다. 달이 밝지 않은 날 밤에 우리를 38선 넘어 남쪽에 데려다 주도록 약속이 되었습네다. 그리고 돈을 준비해야 합네다."

그리고 박 씨는 또 말이 없었다. 일행이 잠시 머물었던 중농(中農) 집은 박 씨와 친분이 두터운 사이 같았다. 여러 가지 편의를 봐 주고 잠자리와 음식도 제공해 주었다. 박 씨를 대하는 태도가 좀 유별나다 싶게 극진했다. 동욱은 집주인에게 박 씨에 대해 어떤 사람이냐고 묻고 싶었지만, 한 가족처럼 지내면서 새삼스럽게 신분을 물으면 전혀 모르는 남남인 것을 스스로 드러내는 것이 될 것 같아 그만두었다.

동욱은 낮에는 떠날 준비를 해 놓은 채 쉬면서 기다렸고, 밤이 되면 '오늘인가?' 하며 기다린 것이 사흘째 되었을 때였다. 어딘가 다녀온 박 씨가 동욱을 한편 구석으로 손짓하여 부르더니 조심스럽게 말했다.

"오늘 밤 자정에 배가 남으로 떠날 것입네다. 아무에게도 내색하지 말고 안내자를 따라가야 합네다."

동욱은 선미에게 똑같은 말을 해 주었다. 그러고는 저녁밥을 든든히 먹고 초저녁에 잠을 한숨 자 두었다. 밤 11시 반쯤 되어 한 사람이 싸리문 안으로 들어오는데, 의외로 50대 여자였다. 여자는 박 씨와 귀엣말을 나누듯 몇 마디하고 따라오라는 손짓을 했다. 주인집에 고맙다는 인사도 못하고 집을 나섰다. 며칠 잘 자고 잘 먹은 게 힘이 되었던지 발걸음이 한결 가벼웠다.

어두운 밤길을 이리저리 돌아 강가에 다다르니 조그만 배가 있었다. 동욱은 뱃사공은 어디 따로 있겠지 하며 두리번거리며 찾았는데 그 여자가 노를 잡더니 배를 강에다 띄웠다. 짐들을 가운데다 두고 배 양편으로 사람들이 나누어 앉았다. 그 여자가 작은 목소리로 말했다.

"배에 납작 엎드리세요. 아무도 없는 것처럼요. 경비병들에게 발각되면 낭패 봅니다."

동욱네는 시키는 대로 숨을 죽이고 배에 엎드렸다. 물을 가르는 물결소리만 조그맣게 들릴 뿐 사위가 조용했다. 일행이 얼마를 그렇게 가고 있었다. 그런데 전혀 생각지 않던 일이 일어났다. 두꺼운 옷을 입은 데다 허리를 잔뜩 숙이고 있으니 기도(氣道)가 갑갑했던지 정원이 기침을 콜록대기 시작했다. 전혀 염려하지 않았던 일이고 그래서 특별히 주의를 시키지도 않았는데 정원의 기침이 처음에는 몇 번 헛

기침처럼 시작했다가 오랫동안 끊이지 않는데 큰일이었다. 노 젓던 여자가 "쉬! 쉬!" 했고 박 씨도 두 눈을 동그라니 뜨고 겁먹은 표정이었다. 동욱은 자기도 모르게 정원을 큰소리로 나무랐다.

"야, 이놈아! 조용히 하지 못해!"

모두 깜짝 놀라는 순간 어디 있다가 나타났는지 경비병 두 명이 탄배가 일행의 배 옆구리를 찔렀다. 동욱과 선미는 기겁하여 고개를 들었고 등에서 식은땀이 주루룩 흘렀다. 경비병에게 들키고 말았으니 이제 큰일이었다. 38선을 넘지 못하고 끌려가 조사받게 되면 어찌 되는가. 그때였다. 노를 젓던 여자가 경비병을 시원하게 불렀다.

"여보시오! 나 여맹위원장 김갑순이오! 내 친척 되는 사람들인데 좀 봐줘야겠소. 이걸로 대포값이나 하시구려."

여자가 지전 몇 장을 집어주자 경비병들은 "알았습니다. 가 보시오." 하며 순순히 멀어져 갔다.

동욱과 선미는 깊은 숨을 내쉬었다. 이제 살았다는 안도의 한숨이었다. 정원의 기침은 그때까지도 멎지 않고 콜록대고 있었다. 얼마 가지 않아 한 곳에 당도했는데 여기부터 38선 이남이라고 여자가 말했다. 동욱은 고맙다는 인사를 여러 번 하고 가외로 돈을 더 주었다.

여기서 좀 더 내려가면 동두천이고 의정부를 지나면 금방 경성이라고 박 씨가 말했다.

"이제 안심입네다. 남반부에 우리가 왔습네다."

박 씨가 말한 '남반부'라는 말이 생소하긴 했지만, 괘념치 않았다. 이제 어깨 펴고 경성으로 들어가고 경성에 도착하면 고향 집으로 전보라도 쳐야 할 일이었다. 얼마나 애타게 어머니와 아우가 우리를 기다고 있을 것인가?

하마터면 동욱은 박 씨에게 그동안 도와줘서 고맙다는 인사와 함께 여기서 헤어지자는 말을 할 뻔했다. 박 씨의 모든 임무가 끝난 것으로 생각하고 경성까지 함께 가기로 한 그와의 약속을 순간적으로 잊었기 때문이었다.

동욱이 남쪽에 내려와 피부로 느낀 것은 북쪽보다 더 엉성하고 더 못산다는 점이었다. 북쪽의 사회질서가 엉망이라고 생각했는데 남쪽은 더 좋지 못한 느낌이 들었다. 더 느리고 더 활기가 없었다. 산들은 모두 민둥산이 되어버렸고 치안상태 자체가 없는 것 같은 느낌이 들었다. 동욱은 크게 실망했다. 북의 어려움은 북의 일로 끝나고 남에 내려가면 훨씬 나은 세상이 될 것으로 기대했는데 모든 기대가 다 무너지는 것 같은 느낌이었다. 앞으로 평생 살아가야 할 조국의 모습이 너무나 애처로웠다.

누가 지도자가 되더라도 어디서부터 손을 대서 이 어려운 난국을 헤쳐 나아가야 할지 난감할 것이 불 보듯 뻔했다. 너무나 오랫동안 내적인 힘을 키워나갈 사람도, 조직도, 능력도 나라 안팎에 없었던 것이 지금 남과 북에서 이렇게 똑같이 나타나고 있었다.

힘이 없어 나라를 빼앗겼고 해방을 선물로 받았지만, 힘이 없으면 나라를 지킬 수 없을 것이고 다시 어느 강한 세력 밑에 들어가 이용당할 수밖에 없을 터인데 앞으로 어떠한 일들이 일어날지 걱정이었다. 일본과 중국과 만주보다 조선은 아직 모든 면에서 한참 뒤처져 있었다. 외국보다 뒤처져 있고 게다가 남쪽이 북쪽보다 뒤떨어져 있으면 이용당할 수밖에 없다는 생각이 들었다.

이승만 박사는 외국 여자를 부인으로 데리고 왔고 그래서 미국이 도와주려고 들어왔다고들 했다. 그러나 이승만 박사는 남쪽에 와 보니 너무 무질서해 어디부터 손댈지 모르는 상태에서 쓸 사람은 없고 그래서 일제강점기에 일하던 사람들을 당분간 중용(重用)하기로 마음 먹은 듯했다. 경찰, 관공서, 열차 등에서 일제시대 인물들이 그대로 일하고 있었다. 순경들은 일본 순사가 차고 있던 단검과 몽둥이를 가지고 있었고 경사 이상 간부들은 장검을 그대로 차고 있었다.

경성은 옛날 모습 그대로였다. 경성역, 경성부청, 조선총독부 건물이 그대로 자리 잡고 있었고 전차가 땡땡거리고 오고 갔으며 호객하는 지게꾼들과 장사하는 아이들의 소리가 사람 사는 곳 같았다. 정원과 정자는 전차의 레일이 기차선로인 줄 알고 기차 타기 싫다며 지레 겁을 먹고 칭얼댔다. 상당수의 일본인은 티를 내지 않고 그냥 살고 있으면서 재산을 처분하는 것 같았다.

동욱은 경성역 가까운 곳에 여관을 잡았다. 경성에 왔으니 이제 고향에 다 온 거나 다름없었다. 동욱은 박 씨와 마지막 밤이 될 것을 생각하니 시원섭섭했다. 여관에서 저녁밥을 먹고 오랜만에 목욕도 하고 내일을 기약하면서 일찍 잠자리에 들었다. 날이 밝으면 우편국에 가서 고향에 전보부터 치고, 은행에 가서 남은 돈을 다 바꾸어야 하는 등 할 일이 많았다.

동욱은 그동안 낮이나 밤이나 한 번도 벗어본 적이 없는 상·하의 두꺼운 옷을 벗어 머리맡에 개어놓고 내복만 입고 오랜만에 깊은 잠에 빠졌다. 경성답게 밖에서는 웅성거리고 떠드는 사람들 소리, 술

취한 자의 고함, 전차 소리, 경성역의 기적소리들이 어우러져 들려오고 밤은 깊어만 갔다.

동욱이 어떤 악몽을 꾼 것 같기도 하고 갈증이 나며 소변이 보고 싶어 눈을 뜨니 다 잠든 새벽이었다. 둘러보니 어둠 속이지만 박 씨의 자리가 비어있는 느낌이 들면서 등이 오싹해졌다. 일어나 어젯밤에 개어 놓았던 옷을 찾아보니 보이지 않았다. 얼른 불을 켜고 선미를 흔들어 깨웠다.

"여보, 박 씨가 없어졌어. 그리고 벗어놓은 내 옷도 같이 없어졌어!"

그러고는 밖으로 뛰어나가 여관 주인을 깨웠다.

"도둑이 내 옷과 돈을 모두 갖고 도망쳤어요!"

"밖에서 도둑이 들어왔다는 말입니까?"

"아니에요. 우리와 동행하던 사람이 가지고 도망갔어요!"

"밖에서 들어오지 않고 안에서 가지고 도망갔으면 당신네가 아는 놈 아닙니까? 그렇다면 우리도 어쩔 수 없어요."

"경찰서에 알려서 도망간 놈을 꼭 잡아야 합니다."

"이름과 뭐 아는 거 있는 대로 말해 보세요."

"이름도 잘 모릅니다. 그냥 박 씨라는 것밖에는……."

"그렇다면 경찰에 신고도 할 수 없어요. 아는 게 뭐 있어야 신고든 뭐든 할 거 아닙니까?"

동욱과 선미는 발을 동동 구르며 어쩔 줄 몰라 했으나 헛일이었다.

"지금까지 잘 입고 자던 옷을 벗고 자서 가진 돈을 다 잃어버렸으니, 우리는 이제 어떻게 고향까지 가고 앞으로 어떻게 살아갈 것인지 말 좀 해 봐요?"

선미가 울먹이며 말했다. 그때 동욱은 종이 한 장이 머리맡에 놓여 있는 걸 보았다. 얼른 종이를 들어보니 큰 글씨로 무언가 적혀 있었다.

『미안합니다. 남반부 해방자금으로 가져갑니다. 남반부가 해방되는 날 나를 찾아 주시오.

박일경.』

동욱은 머리를 쥐어뜯으며 통한의 한숨을 깊이 내쉬었다. 박 씨 이름이 박일경이었고 그는 공산당의 꽤 높은 자리에 있는 것이 틀림없었다. 동욱은 이제 무일푼으로 정말 거지가 되었다. 당장 여관비부터 걱정해야 할 처지가 된 것이다. 선미가 가지고 있던 돈을 모아 겨우 여관비를 치르고 나니 남는 게 없었다. 전보 칠 돈도 없었지만 그럴 경황도 아니었다. 무일푼 거지 신세가 된 지금 무슨 금의환향 한다고 전보를 치겠는가 싶어졌고 은행에 갈 일은 이제 아예 없어진 것이었다.

경성에만 오면 고향에 다 온 것으로 생각했는데 앞으로 고향까지 갈 일을 생각하니 지금까지 온 것보다 더 멀리 떨어진 곳처럼 느껴졌고 온몸에 있는 모든 기운이 다 빠져나간 듯 다리가 후들후들 떨리고 맥이 풀렸다. 짐 위에 아이들을 올려놓고 걸어가는데 천근만근이었다.

"여보, 힘이 없어 걸어갈 수 없으니 좀 쉬었다 갑시다."

"지금 막 떠났는데 또 쉬어요?"

선미가 눈을 흘기며 못마땅한 표정으로 말했다.

"여보, 정말 맥이 풀려 더 이상 갈 수가 없어. 동생에게 전보 쳐서 우리 좀 데려가라고 할까 싶은데……."

동욱이 말끝을 흐리자 선미가 "뭐 장한 일 했다고 우리를 마중까지 나오라고 그래요? 이제 죽으나 사나 걸어서 가는 수밖에 없어요." 하고 핀잔을 주더니 앞장서서 걸었다.

'무슨 낯으로 어머니와 동생 얼굴을 볼 수 있나? 거지 중에서도 상거지가 되어 고향 찾는 걸 누가 좋게 보아줄 것인가! 차라리 만주를 떠나지 말고 그냥 호림에서 살든지 아니면 목단강에서 그냥 준다는 이층집에서 살아가든지 할 것을 그랬나!'

또다시 별의별 후회가 다 들었다.

박 씨가 좀 유별나다고는 느꼈었지만 '남반부 해방' 운운하는 골수 공산당원인 줄은 꿈에도 생각 못했다. 그놈이 누빈 옷 속에 돈을 숨겨둔 걸 어찌 알고 그걸 챙겨 도망치다니? 열흘이 넘게 함께 생활해 온 정분(情分)을 생각해서라도 도저히 그럴 수는 없는 일이었다.

박 씨라고만 자기를 소개하며 이름을 감추어 오던 놈이, 도둑질한 마당에 자기 이름을 떳떳이 밝히고 또 찾아오라고까지 했으니 배짱 한 번 두둑한 놈이라는 생각이 들며 냉소가 저절로 나왔다.

'그렇다! 도둑질한 주제에 자기를 찾아오라는 놈도 있는데 내가 이렇게 주저앉으면 정말로 못난 놈이다.'라고 느껴지자 동욱이 벌떡 일어났다.

박일경 같은 놈이 경성에 차고 넘치게 있는 듯, "공산주의는 아름답고, 공산당은 만민을 위한 진정한 당"이라는 선전문과 전단이 경성 시내에 나돌았고 신문에는 '테러'와 '파쇼'라는 말들이 등장하였다. 머리 좋고 똑똑한 사람 가운데 공산주의를 찬양하는 이들이 많았다. 그리고 공산주의를 이 땅에 실현하기 위해서는 그 과정으로 파쇼가 필요하다는 논리를 폈다.

동욱이 걱정한 대로 남쪽이 북쪽의 이용대상이 되고 있는 듯 사회가 불안정했다. 영리한 공산주의 이론가들의 말에 많은 이들이 설득 당하고 있어 잘못하면 남쪽도 공산화될 수 있다는 염려가 들었다.

38선은 북에서 막고 통제를 할 게 아니라 오히려 남에서 막아서 박일경 같은 놈들이 내려와 활동하지 못하도록 해야겠다는 생각에 미치자 동욱은 고개를 저었다. 동욱은 지금 자신이 한가하게 이런 생각이나 하고 있을 주제가 아니었다. 내 나라, 내 땅 한복판에 와서 돈을 다 잃어버리고 걸어서 고향을 향하고 있는 자신의 신세가 너무나 처량하고, 생각이 이리저리 왔다 갔다 하는 자신이 싫었다.

앞서 가던 선미를 따라잡으며 어색한 분위기를 바꾸려고 동욱이 말을 걸었다.

"한 달이나 옷을 갈아입지 않고 잤는데 박가 놈이 내 옷 이까지 다 가져갔으면 좋겠구먼."

"그런데 당신 옷 속에 돈이 있다는 걸 그놈이 어떻게 알았을까요?"

선미는 지금까지 골똘히 그 생각을 하고 있었던 것처럼 물었다.

"내가 옷 속에서 돈 꺼내는 것을 훔쳐 보았겠지."

"그 사람 도둑질해 도망가면서도 자기 이름을 밝힌 걸 보면 보통 사람은 아닌 것 같아요."

"공산당에서 꽤 이름이 높은 자 같아."

만주 호림을 떠난 지 어느덧 한 달 이상 지났다. 만주에서 20여 일을 방황했고 두만강에서 경성까지 오는 데 열흘 이상 걸렸는데, 이제 다 왔다고 생각한 경성에서 공주까지 또 며칠이나 걸릴지 까마득하게 느껴졌다. 갈수록 태산이라더니 갈수록 더 어려움이 많았다. 동욱은 경성은행에서 돈을 다 바꾸고 나면 이발하고 목욕탕에 가 때를 다 밀어 깨끗하게 하고, 새 옷으로 모두 갈아입고 경성역에서 기차 타고 조치원까지 가서 원근네가 어디 사는 가 찾아도 보고, 거기서 자동차 편으로 공주읍으로 가면 금방일 거로 생각했는데 모든 계획이 수포(水泡)로 돌아가 버렸다.

선미가 동욱을 쳐다보며 물었다.

"당신 이제 어디로 해서 공주에 가려고 그래요?"

"왜 그래?"

"가는 길을 알고 싶어서 그래요. 가는 길을 알아야 할 것 아니에요?"

"수원, 천안, 조치원 이렇게 가야지. 조치원에서는 원근네가 어디 사는 가도 한번 알아보고……. 원근네가 조치원으로 간다고 했잖아."

"천안에서 온양 쪽으로 해서 가면 안 될까요?"

"온양? 왜 갑자기 온양이야?"

"글쎄 온양으로 해서 공주로 가기로 해요, 우리."

동욱은 선미가 갑자기 온양을 말한 게 좀 이상했지만, 천안까지 간 다음의 일은 그때 가서 생각하기로 했다.

"여보, 당신은 걸어서 공주까지 가려고 그래요? 경성역에 가서 당신이 옛날 만철에 있었는데 천안까지만 태워달라고 한번 사정해 보면 안 될까요?"

158

선미의 말에 동욱은 피식 하고 웃음이 나왔다.

"옛날 만철 얘기가 해방된 지금 경성역에서 통할 거 같아? 오히려 만철에 있었다고 친일파라고 호통칠지도 모르는데."

"어째서 당신은 해 보지도 않고 처음부터 안 된다고만 해요. 경성역에 가서 내려갈 방도를 찾아보는 게 좋을 것 같아요. 아이들도 너무 지쳐 더 이상 버티지 못할 것 같고 이제 나도 더 이상 걸을 수 없어요. 이제 걷는 게 지긋지긋해요."

동욱은 선미의 말에 일리가 있다는 생각이 들었다. 되든 안 되든 경성역에 가서 부딪쳐 볼 일이었다. 남영동쯤에서 가던 길을 되돌아 경성역에 당도했다. 경성역은 동경역과 너무나 비슷했고 하얼빈역과도 닮아 친근감이 생겼다.

선미의 말대로 할 수는 없는 일이었다. 동욱은 어떤 다른 방도가 없을까 우선 찾아보는 게 순서라고 생각하고 역 대합실 한편 구석에 가족들을 기다리게 해 놓고 이곳저곳 서성이며 막연히 방도를 찾고 있었다.

그때였다. 누가 "동욱 씨!"라고 부르는 것 같았는데 곧 잘못 들은 것으로 생각했다. 많은 사람의 소리가 뒤엉켜 있는 경성역 대합실이고 지금 여기서 자신의 조선 이름을 부를 사람이 있을 리 없기 때문이었다.

"동욱 씨 아니십니까?"

누군가가 뒤에서 동욱의 팔을 잡아끌며 말을 걸어왔다. 누굴까 의아해 하며 뒤돌아보니 역무원 정복을 입고 있는 윤석일이었다. 만철 동안역에 있을 때 가깝게 지냈던 조선인이었다.

"아니, 윤석일 씨 아닙니까? 여기서 무슨 일을 하고 계십니까?"

"네. 저는 지금 경성역 부역장으로 있습니다."

"그래요? 승진 축하드립니다."

"그런데 동욱 씨는 지금 어디 가시는 길입니까?"

윤석일은 동욱의 행색이 초라한 것을 보며 놀라는 듯했다.

"네. 가족과 함께 고향으로 가는 길입니다. 만주에서 개인 사정이 있어 11월 하순에 떠났는데 어려움이 많았습니다. 여기까지 오는 데 한 달도 더 걸렸어요. 그런데 윤석일 씨는 언제 조선으로 나오셨습니까?"

"벌써 2년 되었습니다. 경성역 총무부장으로 있다가 이번에 해방되면서 부역장이 됐습니다. 지금 기차를 타려고 하십니까?"

"네."

"동욱 씨, 혹시 해방된 조국 철도국에서 일하실 마음은 없으십니까?"

"우선 고향에 내려가 앞으로 할 일을 생각해 보아야 합니다."

"어디까지 가시려고 합니까?"

동욱은 '조치원'이라고 하려다가 아내의 말이 생각났다.

"천안까지 가려고 합니다."

"그러면 잠시만 여기 계십시오. 제가 차표를 가져오겠습니다. 참! 몇 식구나 되십니까?"

"집사람과 아이 둘입니다."

잠시 후 윤석일은 기차표를 들고 와서 한 번 더 간곡하게 말했다.

"동욱 씨! 철도국에서 일하고 싶으시면 언제든지 저에게 연락해 주시기 바랍니다. 만철에 계셨던 분은 간부로 모실 것입니다.”

정말 하늘이 무너져도 솟아날 구멍이 있다더니 이게 웬일인가 싶었다. 이 어려운 때 옛날 동료를 여기서 만나다니 세상은 좁고, 사람은 어디서 어떻게 다시 만날지 알 수 없는 재미있는 세상이었다.

기차가 천안에 가까워지자 선미가 동욱에게 말했다.

“당신, 내가 왜 온양으로 해서 공주에 가자고 했는지 아직도 모르겠어요? 사람이 어찌 그렇게 생각이 없어요. 하기야 그러니 가족들을 추운 겨울에 이 고생을 시키지…….”

“아, 참! 언젠가 당신 친정이 온양이라고 말한 적이 있지?”

이제야 생각났다는 듯 동욱이 대답했다.

“당신 섭섭해요. 우리 오빠가 온양에 산다고 몇 번 말한 것 같은데 온양 하면 금방 생각이 나야지. 아무것도 없이 다 도둑맞았는데, 가는 길이니까 온양에 들렀다 공주에 가는 것이 좋겠다는 생각이 들었어요.”

“그러자고. 경황이 없어 그런 생각할 여유가 없었어. 우리가 당신 말대로 경성역에 가길 잘했지 그러지 않았으면 지금쯤 어떤 고생을 할지 모르는데……. 참, 그리고 아까 그 윤석일 씨가 나보고 철도국에서 일하고 싶으면 자기에게 말하라고 하던데 당신 생각은 어때?”

“일단, 집에 가서 천천히 생각해도 늦지 않아요.”

아무것도 없으니까 하늘이 도왔는지 마침 온양으로 가는 이재민을 위한 트럭이 있었다. 천안에서 온양은 가까운 거리였다.

처음 보는 손위 처남은 호남형(好男形)으로 외출할 때 나비넥타이를 매는 멋쟁이였다. 오랜만에 만나는 동생과 그 가족을 보고 너무나 기뻐 어쩔 줄 몰라 했다.

"야! 선미야, 이게 몇 년 만이냐? 만주에 가서 살기로 했다는 편지 후에 소식이 없어 궁금했는데 잘 왔다. 그런데 온다는 기별이라도 하고 와야지." 하며 먼저 동생을 끌어안았고 연이어 매제와 조카들을 끌어안았다.

"오라버니, 부탁이 하나 있는데 우리가 오다 도둑을 만나 무일푼이거든. 우리가 입을 옷 좀 사다 주고 우리가 집안에 들어가기 전에 이 옷들을 다 벗어 불태우게 해 줘요. 이가 너무 많아서 그래요."

"야, 걱정하지 마라. 내 당장 옷들을 사 오마. 내가 입던 옷들도 있고 그리고 온천에 가서 깨끗하게 온천 목욕도 해야지."

처남은 반갑고 기뻐서 어쩔 줄 몰라 했다. 우리 네 식구는 짐들을 뜰에 내려놓은 채 방 안으로 들어가지 않고 마루에서 입고 있던 옷들을 다 벗어 아궁이 속에 집어넣고 태웠다. 그리고 곧 인근 온천에 가서 뜨거운 온천물에 몸을 푹 담그고 목욕부터 했다. 그리고 동욱과 정원과 정자는 참으로 오랜만에 이발을 했다. 목욕하고 이발을 한 다음 새 옷으로 갈아입으니 사람 같아 보였다. 몸이 가볍고 날 것처럼 상쾌했다. 공주(公州) 집에 도착하자마자 하려고 했던 일을 온양 처가에서 이렇게 하게 될 줄은 꿈에도 몰랐다.

오랜만에 따뜻한 국과 찌개와 함께 밥을 먹으니 속이 시원하게 풀렸다. 정원과 정자는 영문을 모르겠는지 밥을 먹으면서도 꾸벅꾸벅 졸았다. 정원은 간간이 헛기침을 해댔다.

"여보, 아무래도 다다루의 몸이 심상치 않아요. 병원에 빨리 가봐야 할 것 같아요."

"그래, 공주에 가면 병원부터 데리고 가자고."

"하루하루 늦추다 애 병만 키울 것 같아서 그래요."

사흘 동안 온양에 머물면서 동욱과 선미는 매일 온천 목욕을 했다. 아이들은 아직도 몸이 불편한지 낮에도 그냥 누워서 잠만 잤다. 며칠이고 마음대로 있으라고 붙드는 처남과 처남댁이었지만, 무작정 머물 수는 없었다. 손꼽아 기다리고 계시는 어머니와 동생을 생각해서라도 떠나야만 했다.

공주 집에 전보를 쳤다. 간단하게 『동욱 가족 ○○일 도착 예정』이라고만 했다. 날짜를 못 박아 놓아야 처남 집에서 놓아 줄 것이기 때문이었다. 짐도 새로 꾸렸다. 만주에서부터 가지고 왔던 것들은 더 이상 필요 없어 대부분 버렸고 처남댁에서 준 옷들과 새로운 것들로 새로 꾸렸다.

처남댁 내외는 차부(車部)에서 공주행 버스를 태워 주며 아쉬워했고 가욋돈도 얼마를 선미에게 찔러 주는 것 같았다. 카바이드로 가는 시외버스는 세 시간이 넘어 공주 차부에 당도했다. 이 얼마나 기다리고 기다리던 날이었나? 만주 호림을 떠난 지 40여 일만에 공주 집에 도착한 것이다.

10여 년 만에 돌아온 공주는 생소한 느낌이 들었다. 공주읍 중동 142번지, 공주중동제일소학교 앞에 있는 골목길로 들어섰다. 겨울방학 중이어서인지 학교 운동장은 조용했고 집으로 들어가는 오른편 모퉁이에 중국집이 그동안에 생겨나 있었다. 골목으로 들어서면서 3층 큰 적산가옥은 비어있는 것 같았고 옆 골목에 있던 중앙여관은 간판이 옛날 그대로 걸려 있었다.

대문이 반쯤 열려 있었다. 언제 갑자기 올지 몰라서 아예 문을 열어놓고 어머니가 기다리시는 것 같았다. 동욱 가족이 대문 안에 들어서자 안을 향해 소리쳤다.

"어머니!" 큰 소리로 어머니를 불렀다. 부엌에서 뛰어나온 어머니는 "야! 이놈들아." 하며 달려와 아이들을 안았다. 그리고 "오느라고 얼마나 수고 많았냐?" 하시며 서 있는 선미의 손을 두 손으로 감싸 안으며 얼굴을 쳐다보았다.

서로 처음 대하는 큰며느리요, 시어머니였다. 시아버지는 세상 떠나시기 전에 한번 만주를 다녀가셨지만, 시어머니는 처음 안아보는 손자와 손녀였다.

동욱과 선미는 방안으로 들어가 아랫목을 향해 두 손 모으고 섰다.

"괜찮다. 그냥 앉아라."

"앉으세요."

선미가 공손하게 말하자 어머니가 앉았고 두 사람은 어머니 앞에 큰절을 올렸다. 선미의 눈에 눈물이 고였다. 오늘 여기까지 오기 위해 얼마나 참아온 눈물인가? 시어머니도 손등으로 눈물을 훔쳤다.

동욱은 아이들을 앞에 가지런히 세워놓고 말했다.

"다다루와 교코도 할머니께 큰절을 올리거라."

두 아이는 절을 제대로 하지 못하고 비틀거렸다.

"이것들이 그동안 얼마나 고생들을 한 거냐? 오느라고 며칠이나 걸린 거냐? 도대체 얼마나 힘들었기에 네 얼굴이 반쪽이 다 됐구나."

어머니는 동욱의 얼굴을 이제야 바로 본다는 듯 물었다.

"40여 일이나 걸렸어요."

선미가 부끄러운 듯 눈물을 옷깃에 닦으며 대답했다.

"뭐라고? 이 추운 겨울에 한 달 열흘이나 걸렸다고?"

"예―."

동욱이 길게 대답하고 끊었다. 더 이상 할 말이 없었다. 평소 같으면 사흘이면 오는 거리였고 길게 잡아 열흘이면 넉넉할 것으로 생각하고 떠났는데, 40여 일이나 걸린 것이 창피스러웠다.

"한 달 열흘이나 걸려 고생했는데 입성은 깨끗하구나."

"오다가 온양 이 사람 친정에 들러 더러운 옷을 다 벗어 태워 버리고 새 옷으로 갈아입고 온 거예요."

"그래? 네 친정이 온양이었어? 온양에 양친 부모님은 다 계시느냐?"

"아니에요. 부모님은 돌아가셨고 오라버니만 온양에 살고 있어요."

"그래? 상거지 모습을 하고들 친정에 갔겠구나."

어머니는 알만 하다는 듯이 고개를 끄덕였다.

"아이고, 내 정신 좀 봐. 얼마나 시장들 하겠니? 내가 너희 온다고 해서 먹을 것을 좀 준비했다."

어머니가 부리나케 일어나 나가자 선미가 따라 나갔다.

정원과 정자는 방 한구석에 쓰러져 누운 다음 일어나려고 하지 않았다. 동욱은 정원의 몸이 생각보다 심각하다는 생각에 덜컥 겁이 났다.

어머니가 준비한 음식은 푸짐했다. 동욱이 평소 좋아하는 것들이 많았다. 검은 콩을 넣은 하얀 쌀밥에 소고깃국, 돼지고기 넣은 김치

찌개, 김치누르미, 식혜 그리고 곶감도 있었다.

"여보, 아이들 깨워 밥 먹여야죠."

"그래야지."

동욱이 아이들을 일으켜 놓으면 이내 또 쓰러졌다. 어른들이 먼저 먹은 다음 아이들을 먹이기로 했다. 정신없이 밥을 먹는 아들 동욱의 모습을 보며 어머니는 눈물을 손등으로 훔쳤다.

"여보, 밥 먹은 후에 당장 아이들 데리고 병원부터 가 봐요. 다다루의 기침이 하루 이틀도 아니고 여러 날 됐는데 아무래도 걱정이 돼요."

선미가 반찬을 맛있게 집어먹으며 말했다.

"야, 너희 아이들 이름부터 그렇게 부르지 마라. 다다루, 교코가 뭐냐? 해방된 지 여러 달이 지났는데 당장에라도 그렇게 부르지 마라!"

"그래야죠. 그런데 습관이 돼서 그래요, 어머니."

동욱은 당초에 아이들 이름을 돌림자를 따서 정원(禎元), 정자(禎子)로 정해 놓았지만 그렇게 부를 일이 별로 없었다. 그러나 이날 이후로는 정원과 정자로 부르기 시작했다.

동욱은 잠시 생각에 잠겼다. 해방된 조국에 대해 미안한 마음이 든 것이다. 나라를 통째로 빼앗기고도 그동안 나라를 찾는다는 생각을 하지 않았을 뿐 아니라 일본을 좋아했고 만철에서 일했다. 나중에는 일본 사람으로 오인되어 죽을 고비까지 넘겼고, 아이들에게 엄연히 조선 이름이 있었는데도 부르지 않았다. 일본 이름을 부르면서 마음에 가책도 없었던 자신을 해방된 조국이 무엇이라고 할지 부끄러움이 밀려왔다. 태어날 때부터 나라는 일본이었고 일본 교육을 받았으며 끝까지 그렇게 사는 것이 당연한 것으로만 알았던 자신이 부끄러웠다.

만주에 있으면서 간간이 들려오는 독립운동에 대한 기사와, 상해에 김구 선생이 세운 임시정부가 수립되어 있고 안중근 의사가 이토 히로부미(伊藤博文)를 죽인 상쾌한 의거를 알고 있으면서도, 그쪽 일에 별로 관심을 두지 못했던 것도 새삼 부끄러웠다.

이제 조국이 해방되었는데 초라한 모습으로 돌아왔으니 어떻게 고개 들고 다닐 수 있겠는가. 할 말이 없었다. 속죄하는 마음으로 자숙해야지, 잘난 척하고 나다닐 수 없다고 동욱은 다시 생각했다.

설거지를 끝내고 방에 들어온 선미가 눈을 크게 뜨며 꾸짖듯이 말했다.

"빨리 아이들 데리고 병원부터 가 보라니까 아직도 무슨 생각을 그렇게 하고 있어요? 아이들이 밥도 먹지 못하고 누워 자고만 있는데."

"응, 알았어. 그런데 병원 갈 돈이 있어야지."

"나랑 같이 가기나 해요. 오빠네가 준 돈이 얼마간 있어요."

선미가 정자를, 동욱이 정원을 업고 대문을 나서면서 동욱이 어머니에게 물었다.

"어머니, 이 근처에 가까운 병원이 어디 있어요? 아이들을 의사에게 빨리 보여야 해서요."

"다리 건너 시장 쪽으로 내려가면 우체국 조금 못 가서 왼쪽에 회생의원이라고 있다."

"그리고 어머니, 동민이는 어디 갔어요?"

“참, 내 정신 좀 봐라. 네 동생은 너를 기다리다 경찰관 시험에 합격해서 지금 경찰학교에 들어가 교육받고 있다.”

“네? 경찰학교에요?”

동욱은 의외였다. 동생 동민은 공부도 잘하고 글도 잘 쓰고 학구적이어서 그 방향으로 풀릴 줄 알았는데 경찰학교라니 의외였다. 동욱은 선미와 함께 병원을 찾아가면서 동생이 경찰과 적성이 맞을까를 계속 생각해 보았다.

무거운 짐

"**아니**, 아이들을 어떻게 이 지경이 되도록 놔두었습니까?"

좀 살이 찌고 흰 테 안경을 낀 의사가 몸을 잘 가누지 못하는 두 아이에게 청진기를 대 보고 여기저기 눌러 보고 만져 보고 눈을 들여다본 다음, 동욱과 선미에게 책망조로 말했다.

"이 사내아이는 아주 심각합니다. 폐렴이 심해져 늑막염이 됐고 잘못하면 폐병으로 갈 수 있어요. 그리고 이 여자아이는 영양실조에다 탈수증세가 있습니다. 어떻게 부모로서 아이들을 이 지경으로 방치해 뒀습니까?"

묵묵히 서있던 동욱이 할 수 없이 입을 열었다.

"의사 선생님, 죄송합니다. 저희는 40여 일 전에 북만주 호림을 떠나 오늘 여기 이제 막 도착했습니다. 피란 나오면서 이 아이가 기침을 많이 했지만, 도무지 어쩔 수 없는 형편이었습니다. 저희 네 식구가 얼어 죽지 않고 여기까지 온 것만도 정말로 천운이었습니다."

"아, 그랬었군요. 이 아이는 매일 병원에 와서 치료받고 약을 먹지 않으면 잃을 수도 있습니다."

"네?!"

선미가 깜짝 놀라 소리쳤다. 동욱도 어안이 벙벙하여 아무 말도 못했다. 죽을 고생하며 고향에까지 왔는데 잘못하면 죽는다니 하늘도 무심하시지 이럴 수는 없었다.

"아이를 살리려면 경성 큰 병원으로 데려가 당장 입원시키는 것이 제일 좋습니다."

"선생님, 무슨 일을 하라고 하셔도 그대로 할 것이니 여기서 치료해 주십시오. 저희는 며칠 전에 경성에서 내려왔는데 경성이라면 아주 지긋지긋합니다."

동욱 가정은 정원이 때문에 비상이 걸렸다. 매일 업고 병원에 가서 주사를 맞고 약을 먹이고 의사가 지시하는 대로 했다. 정자는 하루하루 차도가 좋아지며 회복되어 갔는데 정원은 좋아지는 기미가 별로 없어 보이고 무기력하게 처져 가기만 했다.

의사가 '잘못하면 잃을 수도 있다.'라고 한 말은 사형선고나 다름없는 말이었다. 그리고 폐병이라면 백약이 무효했다. 호열자(콜레라)와 폐병은 죽음을 의미하는 가장 무서운 말이었다.

동욱과 선미는 너무나 힘들어서 잘못된 마음으로 정자를 없애는 한이 있어도 정원이는 살려야 한다는 마음마저 먹고 실행도 했었는데 그 정원이가 모진 고생 끝에 집에 돌아와서 병으로 죽는다면 너무나 억울한 일이 아닐 수 없었다.

'무슨 일이 있어도 살려야 한다. 집을 팔아서라도 살려야 한다.'

동욱은 다짐에 다짐했다.

그날 밤 정원이가 헛소리 같은 신음을 하여 동욱과 선미는 밤늦게까지 정원이를 돌보다가 잠자리에 들었으나 잠은 오지 않고 이런저런 생각이 계속 꼬리를 물고 나타났다가 사라지곤 했다.

어디서인지 이상한 노랫소리가 멀리서부터 차츰 가깝게 다가오면서 뚜렷하게 들려왔다.

'무거운 짐을 나 홀로 지고 견디다 못해 쓰러질 때 불쌍히 여겨 구원해 줄 이 은혜의 주님 오직 예수……'

선미가 먼저 눈을 뜨고 주위를 살펴보니 아직도 깜깜한 이른 새벽인 것 같았다. 동욱을 돌아보니 그도 잠이 깬 것 같았다.

"여보, 당신 저 노랫소리 들려요?"

"나도 듣고 있어."

"예배당에서 나는 소리인가 봐요."

"예배당이라니?"

"예수 믿는 사람들이 모여 예배 드리는 곳이에요."

"당신, 예배당에 가 본 일 있어?"

"옛날 처녀 때 성탄절이 되면 친구들과 같이 몇 번 가 봤어요."

"성탄절이라니?"

"예수가 태어난 날인데 크리스마스라고 불러요."

아까의 그 노래는 계속 들려왔다.

'무거운 짐을 나 홀로 지고 견디다 못해 쓰러질 때 불쌍히 여겨 구원해 줄 이 은혜의 주님 오직 예수……'

동욱은 또 궁금한 걸 물었다.

"구원해 주는 게 무엇이고, 은혜의 주님이 무슨 말이지?"

"물에 빠진 사람을 구해 내는 것같이 인간을 어려움과 죽음에서 구해 내는 것을 구원이라고 한대요. 그리고 예수라는 분이 그 일을 해 준 것이 은혜라는 거죠."

"당신 꽤 많이 알고 있네. 언제 그런 거 다 배웠어?"

"몇 번 예배당에 가서 풍금도 치고 그랬어요."

"여보, 그 은혜의 주님이라는 이가 우리 정원이를 불쌍히 여겨 병에서 구원해 줄 수 있을까? 아무래도 저 노래가 우리 집 뒤에서 나는 것 같아. 날이 밝으면 당신이 한번 저 뒷집에 가봐."

"아직 이른 새벽이에요. 잠이나 더 자요."

동욱은 돌아누워 잠을 청했으나 잠은 오지 않고 노래가 떠오르곤 했다.

'무거운 짐, 쓰러질 때, 불쌍히 여겨, 오직 예수…….'
이상한 노랫소리가 동욱의 귀를 계속 흔들어 댔다.

아침 밥상에 앉아 밥을 먹으려고 하는 동욱에게 어머니가 물었다.

"애비야, 네 댁이 아이 가진 거 아니냐?"

"아이를 갖다뇨? 아니에요."

"어쩐지 아이를 가진 것 같구나. 에미에게 살짝 물어봐라."

그때 선미가 숭늉을 들고 들어와 이야기는 중단되었다.

아침나절에 정원이를 병원에 데리고 가면서 동욱이 물었다.

"여보, 혹시 당신 아이 가졌어?"

"왜 그래요? 갑자기."

"어머니가 당신 아이 가진 것 같으니 한 번 물어보라고 하셨어."

“당신 어쩌면 그렇게 무심할 수 있어요? 내가 아이 가진 게 벌써 3 개월로 들어서는데.”

“그러면 피란 나올 때 임신 중이었단 말이잖아?”

동욱이 몸져누워 있다가 회복되어 피란을 준비하고 있던 기간에 임신이 된 것이 틀림없었다.

“…….”

“왜 말하지 않았어?”

“말했으면 뭘 어떻게 했을 건데?”

선미가 원망의 눈초리로 동욱을 쳐다보며 물었다.

의사가 정원이를 진찰하더니 고개를 갸우뚱하며 좌우로 흔들었다.

동욱과 선미는 가슴이 철렁 내려앉았다. 상태가 더 나빠져 의사가 실망하는 게 분명했다. 동욱이 작은 소리로 물었다.

“선생님, 이 아이가 더 나빠지고 있습니까?

“아닙니다. 상당히 좋아지고 있습니다. 내가 깜짝 놀랐습니다. 이 제 늑막염에서 폐병으로 전이되지는 않을 것 같습니다. 한 열흘 이렇 게 치료받으면 많이 좋아질 것 같습니다.”

동욱과 선미는 서로 쳐다보며 한숨을 내쉬었다. 동욱은 갑자기 며 칠 전 새벽에 들었던 그 노래가 생각났다.

‘불쌍히 여겨…….’

그리고 또 무엇이었나 생각나지 않았다. 주사를 맞히고 약을 받아 들고 집으로 향하는 두 사람의 발걸음이 가벼웠다. 집에 들어오면서 동욱은 궁금해 하는 어머니에게 두 가지를 성급하게 보고 드렸다.

"어머니, 에미가 지금 임신 3개월째라고 하고요, 정원이 병이 많이 좋아지고 있대요."

집안 분위기가 갑자기 좋아졌고 웃음소리가 대문 밖에서까지 들렸다.

동민이가 6개월의 경찰학교 모든 과정을 끝내고 집에 돌아왔다. 선미와 아이들을 처음 보는 동민이는 반갑고 기뻐서 어쩔 줄 몰라 했다. 동민이 형수님에게 절을 드린다고 하여 서로 실랑이를 했다. 처음 보는 것이니 서로 맞절을 하라는 어머니의 말씀대로 맞절했다.

예상대로 동민이는 경찰학교를 우등으로 졸업하여 곧 좋은 자리에 발령이 날 것이라고 했다.

"나는 네가 경찰학교에 지원했다는 말을 듣고 깜짝 놀랐다. 경찰 생활이 네 성격에 맞겠냐?"

"경찰이 몸으로만 일하는 시대는 지나갔어요. 나라가 해방되고 혼란한 시기에는 군대나 경찰 쪽에 힘을 보태 주어야 한다고 생각한 것입니다."

"나는 네가 공부를 더 해서 학자가 되는 게 가장 적성에 맞는다고 생각을 했었다."

"경찰에서도 그런 일들이 얼마든지 있을 겁니다. 그런데 형님, 이제 형수님도 집에 돌아오셨으니 면사무소에 가서 호적을 새로 완전히 정리하세요. 필요 없는 사람의 이름은 없애고 형수님 이름을 떳떳하게 올려놓도록 서두르세요."

"알았다. 그 문제는 내가 알아서 할 것이다."

"알았다, 알았다 하시면서 지금까지 끌어온 것 아닙니까?"

“정원이 몸이 좋아지면 내가 한번 면사무소에 다녀오려고 한다. 그리고 너도 이제 서둘러 혼인을 해야지. 어디로 부임하게 되면 가족이 같이 가야 할 게 아니냐?”

동욱은 말머리를 동욱의 결혼이야기로 돌렸다.

“그 문제는 제가 알아서 할 것이니 형님은 빨리 호적정리를 끝내세요.”

“알았다니까.” 하며 동욱이 자리를 떴다.

동욱은 며칠 전 새벽에 들려온 노래 ‘무거운 짐’이 불현듯 생각났다. 생각이 난 김에 아내에게 말했다.

“여보! 우리 뒷집이 무얼 하는 곳인지 당신 한번 가 보고 와요.”

선미가 부엌에서 “알았어요.”라고 크게 대답했다. 동욱은 어머니가 부엌에 함께 계신 것이구나 생각했다. 시어머니를 의식하고 아내가 길고 시원하게 대답을 한 것이다.

정원이의 병은 하루하루 눈에 띄게 좋아지고 있었다. 의사는 두 분의 사랑이 아이의 병을 빨리 낫게 한다고 말해 주었지만 동욱은 그날 새벽에 뒷집에서 들려온 노래 가사 중에서도 ‘불쌍히 여겨…….’라는 말이 이상하게 자꾸만 떠올랐다.

아우 동민은 동욱만 보면 호적 이야기를 꺼냈다. 동욱은 아우가 그 이야기를 꺼내기만 하면 신경이 날카로워졌다.

“그래 알았다니까, 너는 가만히 있어. 내가 다 알아서 할 테니까.”

“형님은 알아서 한다면서 왜 그렇게 자꾸 미루고 있어요? 형수님이 셋째 아이까지 가졌다는데. 전에 아이들 출생신고 하려고 면에 갔

을 때 호적 고치는 문제를 물어보았더니 본인이 와야 한다고 해서 못
했어요."

사실 동욱은 고향 면사무소에 가는 게 싫었다. 부끄러운 일 때문이
기도 했고 면사무소에 잘 아는 친구들이 죽치고 앉아 사무를 보고 있
기 때문이기도 했다. 아무도 아는 이가 없는 곳이라면 모를까…….

마음에 안 들었으면 누가 뭐라 해도 혼례는 치르지 말았어야지 혼
인은 덜컥 해 놓고 첫날밤도 치르지 않은 채 일본으로 줄행랑을 쳤으
니 온 면에 소문이 얼마나 났겠는가? 그것도 신경 쓰였다. 돌아가신
아버지도 그랬다. 자식이 싫어서 못 한다는데 억지로 혼례를 치르게
한 것도 그렇고, 자식이 도망쳤으면 혼인신고를 하지 말 일이지 부
리나케 면사무소에 가서 혼인신고를 해 놓는 바람에 오늘 이 사단이
난 것이 아닌가. 아버지는 혼인신고라도 해 놓아야 아들이 할 수 없
이 일본에서 돌아올 것으로 생각하고 한 일이지만, 자식의 마음과 성
격을 몰라도 그렇게 모를 수는 없었다. 자식이 정떨어져 싫다고 하면
무슨 수단을 써서라도 적당히 핑계를 대며 시간을 끌었으면 오늘 이
런 일은 없었을 것으로 생각하니 아버지가 원망스러웠지만 벌써 돌
아가시고 안 계시지 않은가.

벌써 10년 가까이 시간이 흘러갔으니 마음대로 호적을 바꿀 수 없
는 일이었다. 그동안 일본과 만주를 다니며 분주하게 살아가느라 시
간도 없었지만, 이런저런 일로 동욱이 면사무소에 가는 것을 꺼리는
것을 동민이 잘 알고 있기에 보기만 하면 그 말을 꺼낸다는 것도 동
욱은 알았다.

자연히 선미는 시동생 동민을 좋아했다. 자기가 대놓고 말하기 쑥

스러운 문제를 시동생이 직접 형에게 이야기하는 것이 고마웠다. 또 큰 키의 미남이고 모든 면에서 빠질 것 없는 시동생이 자기에게 잘해주고 있어서 선미는 너무나 흡족했다.

"형수님, 조금 있으면 소학교가 개학하게 되는데 정원이 학교 갈 준비를 시켜야 합니다. 만주에서 일본학교 1학년에 다니다가 해방되었다고 하니 학교생활은 잘 적응할 테지만, 일본어가 아닌 한글을 배워야 하니 입학하기 전에 '가나다'와 '천자문'을 배우게 하는 게 여러 가지 면에서 좋을 겁니다."

"그러잖아도 저도 그런 생각을 하고 있었어요. 정원이를 호림소학교에 좀 일찍 여섯 살에 보냈더니 힘들어 했어요."

"정원이 몸이 완쾌되면 한글과 천자문을 제가 책임지고 가르치겠으니 형수님은 걱정하지 마세요."

"도련님, 도련님이 계신 게 저에게는 너무나 큰 힘이 되어 너무 좋아요."

동욱도 자기가 옛날 서당에서 천자문과 몇 가지 한문책을 배운 것이 얼마나 큰 도움이 되었는지 잘 알고 있기에 정원이 소학교 입학 전에 천자문을 배우도록 하는 게 좋겠다고 동의했다.

"동민아, 나는 앞으로 무엇을 하고 살아가면 좋겠냐? 경성역에서 만난 만철의 옛 동료는 철도국에 와서 함께 일하는 게 어떠냐고 했다만……."

"형님 생각은 어떠세요? 하고 싶으신 일이 특별히 있으세요?"

동욱은 동생이 묻는 말에 정직하게는 '정치를 하고 싶다.'라고 대답을 해야 한다고 생각했으나 참았다. 내 주제에 무슨 뜬금없이 정치라는 말이 나올 수 있는가 하는 자책감에서였다.

"일본에 가 살았고 만주 만철에 있었던 일들을 생각해서 당분간은 근신하며 조용히 살아가는 게 좋다고 생각한다만……."

"형님이 무슨 친일행각을 앞장서서 한 것도 아닌데 근신까지 하면서 살아갑니까? 일본강점기에 도대체 친일하며 살아가지 않은 사람이 몇 명이나 됩니까? 독립운동 한 사람이 아니면……. 그런 생각 하시면 못 살아갑니다."

"……."

"형님이 철도국에 가서 일하려면 여기를 떠나야 하니 어려운 것 아닙니까? 그나저나 정원이 병도 다 나아가니 면사무소에 한번 빨리 다녀오세요. 형수님이 그 문제를 은근히 심각하게 생각하시는 것 같아요."

"너에게 그 사람이 뭐라고 말하더냐?"

"대놓고 그 이야기를 하시지는 않는데 어미 없는 자식을 셋이나 만들면 어떻게 하느냐고 말씀하시더라고요."

"그랬어? 알았다. 내일이라도 면에 다녀와야겠다."

의당(儀堂) 면사무소는 소학교 6년을 다녔던 학교 바로 옆에 있어서 너무나 친근한 곳이었지만 동욱은 오늘 어색하고 쑥스러운 마음으로 면사무소 문을 들어섰다. 예상했던 대로 동욱이 면사무소 문을 열고 들어서자마자 말을 거는 친구가 있었다.

"아, 이게 누구야? 너 동욱이 아니냐?"

동욱은 반가우면서도 쓸쓸하게 웃기만 했다.

"야, 이거 너 몇 년 만이냐? 해방이 좋기는 좋구나."

또 다른 친구도 있었다. 일본 소학교를 졸업하고 면사무소에 취직해서 일하고 있는 건 큰 출세였다. 동욱은 호적담당인 친구 앞에 앉아 지내온 이야기를 잠깐 나눈 다음 잘 떨어지지 않는 말을 꺼냈다.

"야, 네가 알다시피 내가 혼례 치른 날 밤에 일본으로 가지 않았니? 그리고 일본에서 한 동포 여자를 만나 결혼해서 지금까지 7년 이상 살아왔고 아이들을 둘이나 낳았어. 그런데 우리 호적에는 살아 본 일도 없는 옛날 그 여자의 이름이 여태껏 올라 있고, 또 그 여자가 애들의 어머니로 되어 있으니 어떻게 해야 이것을 바꿀 수 있는지 알고 싶어 오늘 내가 찾아왔어. 이거 어떻게든 좀 도와주게나."

친구는 잠시 생각하더니 고개를 흔들며 말했다.

"동욱아, 이건 우리가 여기서 어떻게 해 줄 수 있는 문제가 아니야. 재판소에서 판사가 허가해야 고쳐지는 거야. 네가 그 여자를 찾아가서 법적으로 이혼 절차를 밟자고 해서 허락을 받은 다음 지금 부인과 재혼한 걸로 해야 하는 거야. 우리가 마음대로 바꿀 수 없어서 미안하다. 자세한 것을 알려면 공주 법원에 가서 알아봐."

동욱은 쉽지 않으리라는 건 짐작했지만, 친구의 말을 듣고 머리가 갑자기 텅 빈 듯한 느낌이었다. 보통 심각한 문제가 아니라는 판단이 섰다.

동욱이 실망한 모습으로 집에 들어서자 아내는 눈치를 챘다는 듯 부엌으로 들어가 버렸고 동민이 근심 띤 얼굴로 동욱에게 다가와 앉았다.

"왜? 안 된다고 그래요?"

"면사무소에서 고칠 수 있는 일이 아니래. 그 여자와 합의로 이혼을 먼저 한 다음 형수와 재혼한 것같이 해야 한대. 법원에서 판사가 허락하지 않으면 고칠 수 없다고 그런다."

"그럴 줄 알았어요. 그게 그렇게 간단한 일이 아니에요. 그러나 어떻게 해요? 하라는 대로 해야지."

"야! 내가 어떻게 지금 무슨 면목으로 그 여자를 찾아가 이혼을 합의해 달라고 말을 하느냐?"

"그건 그렇지만 다른 길이 없다는데 별수 없잖아요? 형수에게 재혼으로 하는 것도 미안한 일인데. 그리고 형수의 이름이 올라간다고 해도 두 아이는 이미 그 여자가 낳은 것으로 되어 있잖아요?"

잠시 후 동민이 말을 이었다.

"그 여자는 한 일 년 우리 집에서 살다 친정으로 돌아갔는데 몇 년 후에 다른 사람과 결혼했다는 것 같아요. 그 일 때문에 아버님께서 면에서 머리를 들고 다닐 수 없어서 얼마나 부끄러워하셨는지 몰라요."

"왜 안 그러셨겠니."

이때 아내가 차 두 잔을 만들어 들고 오면서 말참견을 했다.

"면사무소에서 안 된다고 했어요?"

대답을 못하고 있는 동욱 대신에 동민이 말했다.

"형수님께는 우리가 죄송한 일인데 우리가 어떻게 해서라도 바로 잡아 놓을 테니 형수님은 당분간 모른 척하고 계세요. 그래야 편하실 겁니다."

"도련님이 그렇게 말씀하시니 저는 더 이상 말 않겠어요. 이 양반은 이 문제 혼자 해결 못할 사람이에요."

동민의 말을 듣고 선미의 기분이 조금은 풀어진 듯했다. 동욱은 아우가 고마웠고 새삼스레 아내에게 더욱 미안한 마음이 들었다. 이제 선미는 시동생 동민을 하늘처럼 믿고 의지하고 있었다.

동욱이 면사무소에 다녀오고 나서 며칠이 지나서였다. 선미가 부엌에서 일하고 있는데 갑자기 배가 아파오는 듯 하더니 아랫도리에 뭔가 흘러내리는 것이 느껴졌다. 하혈한 것이다.

임신 초기 혹한의 만주에서, 그리고 북녘의 낯선 땅에서 40여 일 피란 생활을 한 것이 몸에 많은 무리가 오게 한 데다, 동욱이 면사무소에 다녀와서도 호적문제에 신통한 해결책을 찾지 못하고 도리어 절망적인 얘기만 들려준 게 마음에 큰 충격이 되어 유산이 되고 만 것이다. 선미는 이상하게도 슬프거나 안타까운 생각이 들지 않았다. 어차피 그 아이를 낳아도 자신이 낳은 아이로 올리지 못할 바에야 오히려 다행이다 싶었다. 선미는 유산한 사실을 가족들에게 숨겼다.

내일부터는 매일 병원에 오지 않아도 된다고 의사가 말할 정도로 정원이의 상태가 좋아졌다.

"여보! 잊고 있었는데 뒷집이 무얼 하는 곳인지 당신 갔다 오지 않았어?"

"나도 깜빡 잊고 있었어요. 뒷집은 교회예요. 공주성결교회라는 간판이 앞에 걸려있고 머리가 벗겨진 키 큰 남자 어른이 목사님 같은데 흰 양과 검정 양 두 마리를 키우고 있어요. 교회 옆에는 정원(庭園)도 있고요."

"사람들은?"

"그야 모르죠. 일요일에 가 봐야 얼마나 되는지 알 수 있을 거예요."

이즈음 선미는 시어머니와 함께 살면서 목소리가 부드러워져 있었다.

여러 날 동안 몸이 아파 기동을 못하고 병원 치료하러 다니느라 이 것저것 살필 기회가 없었던 정원이 집안 여기저기 다니며 주변을 익히고 있었다. 공주 집은 아담한 한옥으로 지붕엔 빨간색 기와를 올렸다. 동향(東向) 집인데 북쪽으로는 부엌과 안방, 윗방 그리고 변소가 붙어 있었고 마루를 따라 나오면 오른쪽에 사랑방 격인 서재로 쓰이는 방이 있었는데 다다미방이라 불렀다. 겉은 한식인데 내부는 일본식이었다.

그 앞에 마루를 통해서 서쪽으로 이어지는 곳에 작은 부엌까지 딸린 별채 같은 방이 하나 있어 세를 주기도 했다. 마루에는 유리문들이 있었고 마당 앞에는 대문과 헛간이 있었는데 지붕은 양철로 되어 있었고 꽤 넓었다. 부엌 옆에 장독대가 있었고 석류나무 한 그루가 수도와 함께 옆에 서 있었다. 부엌 뒤로 해서 변소 앞으로 좁은 길이 하나 나 있어 처마에 고드름이 매달려 있었고 이 집에서 항상 그늘져 있어 언제나 가장 서늘한 곳이었다.

이따금 "정원아!" 하고 동민이 부를 때마다 정원이 다다미방으로 이내 달려가지 않으면 불호령이 났다.

새로운 임지로 발령이 나기를 기다리고 있던 동민은 시도 때도 없이 정원을 불러댔다. 그러고는 "ㄱ, ㄴ, ㄷ, ㄹ, ㅏ, ㅑ, ㅓ, ㅕ" 한글과 "하늘 천, 따 지" 천자문을 외우게 했다. 이제 일곱 살 된 조카를 앞에 놓고 여간 닦달하는 게 아니었다. 정원은 삼촌 때문에 지레 겁을 먹고 사는 재미가 없었다.

정원은 공주 중동제일국민학교 1학년에 입학했는데 아이들이 모두 바보들 같아 보였다. 선생님께서 하는 말도 잘 못 알아듣고 쩔쩔 맸다. 누런 콧물을 길게 늘였다가 들이마시는 아이도 있었고 우는 아이, 심지어 오줌 싸는 아이도 있었다.

기차를 타 보기는커녕 본 아이들도 없었고 자동차도 타 본 아이가 별로 없었다. 정원이는 기차를 지겹도록 타고 다녀서 기차 타기 싫다고 울기까지 했고, 자동차도 탔고, 큰 썰매도 신나게 탔는데 말이다.

정원이가 만주에서 일본 소학교를 다녔다고 했는데도 믿지 않았고 만주가 어디 옆 동네인 줄 알고들 있었다. 정원은 중국 말도 몇 마디 할 줄 알고 일본 말도 조금 했다. 또 극성맞은 삼촌이 가르쳐 주어 한글도 이미 알고 있었고 천자문까지 거의 다 외우고 있었다. 그래서 정원은 제가 제일 잘났고 다른 사람은 다 못나서 시시하다고 여기기 시작했다.

정원이가 아이들이 못하는 걸 보고 선생님처럼 큰소리를 치면 덩치 큰 아이들도 꼼짝 못했다. 당연히 담임선생님은 정원을 반장으로 임명할 수밖에 없었다.

동욱은 내일이 일요일이라는 것을 알고 선미에게 말했다.

"여보, 내일이 일요일인데 당신 뒷집에 한번 가 보고 와요. 우리가 가도 좋은 곳인지 알아보고 와."

"당신 어떻게 교회에 갈 생각을 다 하고 있어요?"

"뒷집이니 가깝고 좋잖아?"

동욱은 정원의 병이 나은 건 저번의 그 노래 때문이라고 말하고 싶은 걸 참았다.

어느 날인가 새벽에 그 노래가 또 들려왔었다. 저 교회는 그 노래만 부르는지 이제 동욱이 그 노래를 얼마든지 따라 부를 수 있을 것 같았다. '무거운 짐을 나 홀로 지고…….'

일요일 오후, 뒷집 교회를 다녀온 선미가 말했다.

"여보, 글쎄 내가 오늘 교회 처음 갔었는데 나보고 주일학교 선생을 하라고 하네."

"누가 그래?"

"목사님이."

"어떻게 갑자기 그런 것을 하라고 그래?"

"교회에서 찬송 부르는데 풍금 칠 사람이 없어 내가 풍금을 쳐 주었더니 몇 마디 물어보고서는 주일학교 선생을 당장 해 달라는 거야."

"주일학교가 무슨 학교인데?"

"일요일에 교회에서 아이들만 따로 모여서 예배 드리는 학교야. 그리고 어디서 사느냐고 해서 바로 앞집이 우리 집이라고 했더니 너무 좋아하시는 거 있지?"

동욱은 싫지가 않았는데 어머니는 달가워하지 않았다.

"에미야, 혹시 거기가 조상들한테 제사 드리지 말라고 가르치는 그런 곳 아니니?"

"아니에요." 선미는 급한 김에 대답이 그렇게 나와 버렸다.

"그렇다면 모르지만, 거긴 밤에도 새벽에도 시도 때도 없이 노래하는 곳인가 보더라.”

다음 일요일 아침부터 남매는 엄마를 따라 교회에 나가게 되었다. 엄마가 교사인지라 당당하게 따라 나갔다. 마침 교회 목사의 막내아들이 정원과 동갑에 같은 학년이어서 이것도 교회 가는 것에 좋은 구실이 되었다.

몇 주일 엄마와 남매가 교회에 재미있게 나가는 것을 보고 동욱은 슬쩍 부아가 치밀었다. 선미라도 자기한테 한번 교회에 함께 가자고 하면 못 이기는 체하고 따라 나가 보고 싶은데 전혀 그런 말을 하지 않는 게 아닌가?

‘「무거운 짐」은 사실 내가 지고 있는데…….’

“여보, 교회 다녀 보니까 어때? 사람들은 얼마나 모여?”

동욱이 관심을 보여도 아내는 같이 가자는 말이 없었다.

이제 일요일이 되면 아내는 부엌에 아예 들어가지도 않고 아침 일찍 남매를 데리고 교회로 가 버렸다.

어머니는 며느리에게 큰 약점 하나가 있었다. 정식으로 결혼식도 하고 두 남매를 낳아 준 어미인데 호적에는 이름도 못 올리고 있으니, 혼낼 일이 있을 때에도 꾹 참고 속으로 삭이고만 있는 어머니를 동욱은 이미 눈치채고 있었다.

정원이 학교에서 살금살금 돌아와 가만히 가방을 내려놓고 밖으로 나가려고 하면 동민은 귀신같이 알고 “정원아!” 하고 불러댔다. 대답을 늦게 하거나 작게 해도 혼이 나기 때문에 정원은 겁에 질려 싫어도 동민 앞에 무릎을 꿇고 공손하게 앉아야 했다.

‘왜 삼촌은 아무 데도 가지 않고 죽치고 앉아 나만 기다리고 있으

면서 괴롭힐까?'

　정원은 동민에게 불만이 많았다. 학교에서 집으로 돌아올 때부터 끔찍했고 될 수 있는 대로 집으로 돌아가는 시간을 질질 끌기도 했다.

　그러던 동민이 마침내 발령을 받고 서산으로 떠나게 되었다. 이 소식은 정원에게 반갑고 기쁜 소식이 아닐 수 없었다. 이제부터는 맘대로 해도 무섭게 닦달하고 괴롭힐 사람이 없다는 해방감 때문이었다.

　동민은 서산에 부임하면서 결혼했다. 정원에게 작은어머니가 생겼고 동민은 이제 작은아버지가 된 것이다. 작은어머니의 이름이 강태숙이라고 했다. 보통 키에 좀 통통한 몸매와 얼굴을 하고 있었다.

　무서운 삼촌 동민이 떠난 후에도 정원이 생각했던 자유는 오지 않았다. 아버지가 그 역할을 대신 맡은 것이다. 천자문을 외우다 한 자라도 틀리면 처음부터 다시 하라고 더 심하게 닦달하는 바람에 정원은 항상 초긴장이 되었다. 설상가상으로 아버지는 천자문 책 옆에 단단하게 생긴 회초리까지 놓고 정신 팔지 말고 외우라며 위협까지 했다.

　밖에서 아이들이 떠들며 노는 소리가 들리고 자기를 불러내는 친구들 소리가 점점 커지면 정신은 이미 밖에 나가 있었다. 그럴 때면 예외 없이 회초리가 정원의 머리에 떨어졌다. 아버지는 어디로 떠날 사람도 아니었다. 나중에 아이들이 떠드는 소리가 커지면 아버지는 큰 호통을 쳐서 아이들을 멀리 내몰기까지 했다. 정원은 집 안에 무서운 사람만 있는데 친구들과도 떨어져 살아간다면 이게 어디 사람 사는 것인가 싶었다.

이승만 박사는 처음부터 북한과 함께 나라를 세운다는 생각은 포기하고 있었다. 북한의 김일성도 북에 단독정부를 세운 다음 남조선을 해방한다는 전략을 세우고 있었다. 김구 선생이 조국 남과 북을 하나로 만드는 구상을 하고 북에 다녀왔으나 냉대를 받은 듯 했고, 남에서도 그런 김구 선생을 현실에 맞지 않는 이상만을 좇는 지도자라고 멀리했다.

신탁통치 반대시위가 한창이었다. 사회는 혼란스러웠고 공산주의자들의 선동과 테러가 끊이지 않았다. 동욱은 긴 역사를 가진 나라로서 창피한 일이지만, 사심 없이 좋은 취지를 가진 큰 나라 밑에서 더불어 사는 방법을 얼마 동안 배운 다음에 나라를 세운다면 좋겠다고 생각했다.

동욱은 이상하게 뒷집 교회당에서 노랫소리만 들려오면 그 소리가 자기보고 교회로 오라는 소리로 들리는 것 같았다. 어느 날 새벽에는 직접적으로 '오라, 오라, 방황치 말고 오라…….' 는 소리도 들려왔다.

참다못해 하루는 동욱이 선미에게 넌지시 물었다.

"뒷집 교회당에는 여자들과 아이들만 있고 남자들은 없는 모양이지?"

선미는 말 같지도 않은 말을 한다는 듯 대답을 안 했다. 그러고 보면 요즘 와서 선미의 말수가 한결 줄어든 게 틀림없었다. 좀처럼 말을 잘 하지 않고 지냈다. 동욱은 선미가 자기를 못마땅해 하는 것을 알았다.

동욱이 서산으로 가기 전 동민과 얘기를 나누고 있는데 선미가 차를 들고 방안으로 들어오다가 동욱이 한 말을 들은 게 계속 마음에 걸렸다. '내가 지금 와서 어떻게 그 여자에게 찾아가 이혼에 합의해 달라고 말하니?'라고 동생에게 한 말을 호적 문제는 동욱 자신이 손쓸 수 없어 동생에게 미루는 이야기로 들었음이 틀림없었다.

"왜 사람 말이 말 같지 않은가? 대답하지 않게?"

"그걸 말이라고 해요? 교회당이 뭐 여자와 아이들만 가는 곳이에요?"

"그러면 왜 나보고 가자는 말을 하지 않아?"

"……."

"또 말 안 해?"

동욱이 화가 치밀어 버럭 소리를 질렀다.

"당신은 먼저 일할 곳이나 찾은 다음에 교회에 나가도 늦지 않아요. 어떻게 남자가 나가서 돈 벌 생각은 않고 집 안에만 처박혀 있으면서 교회부터 나가려고 그래요?"

부엌으로 들어오던 어머니가 며느리의 이 말을 듣고 거들었다.

"애야, 너 말 한번 속 시원히 잘했다. 그런데 제 놈도 무슨 생각이 있겠지. 너무 다그치진 말아라. 저도 좀 쉬면서 여러 가지 궁리를 하고 있겠지."

정원이는 학교에서 담임선생이 "많은 사람이 신동이라고 부른다."며 칭찬할 정도로 잘하고 있었다. 통지표를 받아 오면 모두 다 만점이었다. 그런데도 동욱은 잘했다는 칭찬보다 더 잘해야 한다는 한마디뿐이었다.

동욱이 집을 나섰다. 딱히 갈 곳이 없었다. 친구가 있는 것도 아니었다. 이제는 선미 말마따나 무엇을 해도 해야지 그냥 이렇게 무작정

세월을 보낼 수는 없는 일이었다. 골목길을 나와 교회 앞을 지나면서 열린 문 안을 들여다보았다. 초가지붕 아래 큰 마루방이 있었고 그 옆에 일본식 정원이 있었다. 교회에서 바로 보이는 집이 동욱의 집이었다. '공주성결교회'라는 큰 간판이 걸려 있었다. 교회를 지나 다리를 건너 내를 따라 내려가면 회생병원과 우체국이 나오고 더 내려가니 우성시장이었다. 국밥집, 싸전(쌀가게), 자전거포가 줄지어 있었고 더 내려가면 쇠똥이 많은 곳이 있었는데 거기는 장날에만 서는 쇠전(우시장)인 모양이었다.

한때 공주는 충청남도 도청이 있었던 곳인데, 1930년대 도청이 대전으로 이전되고 나서는 특별하게 발전할 기미가 보이지 않는 곳이 되어 버렸다. 충청남도의 중심 한가운데 공주가 있어 구구십리(九九十里)라는 말이 예부터 있었다. '90리 되는 도시 아홉 개가 공주 사방에 있다.'라는 말이었다.

초·중·고 학교들이 많았고 전국에 몇 개 없다는 사범학교가 있었으며, 얼마 후에는 옛날 도청자리에 사범대학이 세워진다는 소문도 돌았다. 충청도 일원에서는 아이들 유학을 서울까지는 못 보내고 공주로 많이 보냈다. 그래서 공주 하면 모두 '교육도시'라고 불렀다. 교육도시답게 학생들이 많아 여름과 겨울 방학이 되면 시내 전체가 방학한 듯 텅 빌 정도였다. 공주에서 장사하려면 학생들 대상으로 하면 괜찮을 거라는 판단이 섰다. 학생 대상이라면 우선 책방이나 문방구점이 떠올랐고 그다음으로 교복이나 신발, 가방가게 등이 연상되었다.

차부를 지나 중동 소학교 쪽으로 내려가고 있는데 한 곳이 동욱의 눈에 들어왔다. '대한청년단 공주군 지부'라는 입간판이 걸려있고 몇 사람이 안에 모여 있었다. 동욱이 안으로 들어갔다. 십여 명 되는 사람들이 무엇인가를 토론하는 듯했다. 들어보니 "경찰과 소방대만으로는 공주의 치안 유지가 잘 안 되고, 좌익 빨갱이들이 날뛰고 있으니 대한청년단이 그들을 도와 우리가 사는 공주를 지켜야 한다. 그리고 그렇게 하려면 회원을 더 모집해서 큰 단체로 만들어야 위상도 서고 무시도 안 당한다."는 요지의 말들이 오가고 있었다.

동욱은 가만히 듣고 있다가 그들을 위해 몇 마디 거들었다. 동욱의 말이 끝나자 여러 사람의 눈이 동욱에게 쏠렸다.

"실례지만 어디 사시는 누구십니까?"

"저는 중동 142번지에 사는 이동욱이라고 합니다. 고향이 의당이고 일본과 만주에서 10여 년 지내다 한 달 전에 이곳 집으로 돌아왔습니다."

건너편에 앉아 있던 한 사람이 물었다.

"그러시면 혹시 이동민 씨의 형님 되십니까?"

"아, 동민이가 제 아우입니다만……."

"아, 그래요? 동민 씨에게서 형님 이야기를 많이 들었습니다."

"동민이를 잘 아십니까?"

"그럼요, 동민 씨는 참 훌륭한 분입니다. 학식 있고 경우 바르고…… 참, 경찰학교에 가셨지요?"

"네. 경찰학교 졸업하고 얼마 전 서산으로 발령받아 지금은 거기에 가 있습니다."

"아, 그래요?"

이렇게 이야기가 오가더니 그들이 동욱에게 놀라운 제안을 했다.

“지금 대한청년단 공주군 지부 조직을 하고 있습니다. 단장은 여기 계신 김영옥 씨로 결정되었고 부단장 하실 분을 찾고 있었는데 이 선생님께서 부단장을 맡아 주시면 영광이겠습니다.”

“공주에 오랜만에 이제 막 돌아왔습니다. 여러분과 함께 작은 힘이나마 보태고 싶은 생각은 있습니다만, 그런 중요한 자리는 다른 분이 하셨으면 좋겠습니다.”

동욱이 사양하고 내일이나 모레쯤 다시 오겠다는 인사를 하고 사무실을 나왔다. 생각지도 않았는데 사회를 위해 할 일이 생긴 것 같아 보람을 느끼면서 집에 돌아왔다.

며칠 전 대한청년단에서 다시 들릴 거라고 한 말은 동욱이 지나가는 인사치레로 한 말이었는데 오후에 두 사람이 집으로 찾아왔다.

“어떻게 저희 집까지 오셨습니까?”

“다름 아니라 전에도 말씀 드린 바 있지만, 저희 대한청년단에서는 이 선생님을 부단장님으로 모시기로 최종 결정을 내렸습니다. 그것을 알려 드리려고 저희가 찾아왔습니다.”

“아닙니다. 나는 아직 아무것도 모르고 당분간 조용히 있고 싶은 사람입니다.”

“아닙니다. 이승만 대통령께서 청년단을 강화하라는 지시를 하셨다고 합니다. 내일 당장 사무실로 나오시라는 단장님의 부탁 말씀이 있었습니다.”

“변명 같습니다만, 사실 가정에 어려움이 있어서 청년단 일에 신경 쓸 입장이 아니니 이해해 주시기 바란다고 전해주십시오.”

“가정에 무슨 어려움이 있으신데요?”

"그건 지금은 말씀드릴 수 없습니다. 나중에 말씀드리겠습니다."

청년단 입단과 부단장 맡는 걸 모면하기 위해 급히 둘러댔다.

"그래요? 많이 걱정되시겠습니다. 그럼 그렇게 보고하겠습니다. 안녕히 계십시오."

그 사람들은 거수경례와 동시에 허리를 반쯤 굽혀 인사를 하고 돌아갔다. 군대처럼 행동해야 한다고 생각하는 모양이었다.

일요일 아침이었다. 일어나기 싫어 잠자리에 그냥 누워있는 동욱을 보고 선미가 오랜만에 먼저 한마디를 했다.

"주일에 교회 간다고 말한 사람이 그냥 누워 있으면 어떻게 하는 거야? 그럼 그렇지. 당신이 한다고 해 놓고 제대로 한 게 뭐가 있어?"

동욱은 그저께 밤에 자기 혼자서 한 말을 아내가 들었다는 생각과 일요일을 주일이라고 말하는 그녀의 변화에 '한다고 해 놓고 제대로 한 게 뭐 있느냐?'라는 것은 그놈의 호적문제를 또 걸고넘어지고 있다는 생각에다 직장도 없이 빈둥거리고 있다는 의미도 포함됐다는 생각이 들면서 '에라, 교회고 뭐고 그만두자.'라는 생각이 들어 그대로 누워있었다.

선미는 전과 같이 아이들에게 아침을 먹이고 교회로 데리고 가는 눈치였다. 동욱은 혼자 생각했다.

'교회라는 곳은 누가 가자고 하고, 또 데리고 가야만 가는 곳은 아닐 것이다. 내가 그냥 가면 되지 누구의 눈치를 볼 필요는 없을 것이다. 두 번째 종소리가 나면 나 혼자라도 한번 구경 가 봐야지.'

한편으로 동욱은 집에 돌아와 어머니와 함께 살면서 좋은 것도 많지만, 선미와 많이 소원해졌다는 생각이 들었다. 어머니가 계시기에 조심스럽기도 했지만, 선미가 호적문제에 너무 집착하는 것도 그랬고 아이를 가졌다는데, 그동안 신경 써 주지 못한 것도 많다는 생각이 들어서 자리에서 벌떡 일어났다.

동욱이 교회당 안으로 들어갔다. 활짝 열려있는 문 아래로 돌층계를 몇 개 내려가니 한옥 방 몇 개를 터서 마루를 깔았는지 강단 있는 쪽은 좁았고 양쪽으로 갈수록 넓어진 마루방에 방석이 몇 개 깔려있었다. 신발장이 뒤에 있어 동욱이 신발을 벗어 그곳에 놓고 뒤에 가서 앉았다.

오른쪽에 여자들이 다수 앉아 있고 왼쪽에는 남자 몇 명이 있었다. 가운데 목사가 말하는 강단 옆에 창호지에다 가사를 붓으로 크게 쓴 찬송가가 있어 노래 부를 때는 창호지를 넘기며 불렀다. 50대로 보이는 목사는 키가 크고 머리가 벗겨져서 그런지 점잖아 보였다.

선미는 동욱을 봤는지 못 봤는지 일절 내색하지 않았다. 노래를 몇 개 부르다가 예배 시작할 시간이 되자 아이들 시간을 끝낸 선미가 풍금 앞에 가 앉았다. 고개를 흔들며 풍금 치는 모습이 거룩해 보이기까지 했다.

'저 여인을 나는 얼마나 행복하게 해 주고 있는가?' 하는 반성이 일었다. 총각이라고 속아(속인 게 아니라 사실 총각이었다) 일본에서 결혼식을 올리고 만주까지 따라가 고생만 하다가 죽을 고비를 넘기며 40여 일 만에 남편 고향집에 돌아왔는데, 좋은 것은 하나도 없는 여자였다. 호적에 다른 여자 이름이 기재된 것을 처음 본 날 선미의 절규를 동욱은 생생하게 기억하고 있었다. 만주 동안 만철에 취직하는 데 필요한 서류로 동민이가 떼어 보낸 호적등본을 보고 선미는 속아서 한 결혼이라며 울고 또 울었다. 그리고 아이를 낳을 때마다 그녀의 괴로움은 가중되어 갔다. 그러나 그런 괴로움을 동욱은 크게 인식하지 못하고 있었다.

목사는 구구절절 옳은 말을 하고 있었다. 인생은 허무하고 인간은 아무 힘도 없다는 것. 그리고 종잇장처럼 약하고 힘이 없으니 강한 절대자를 믿을 때만 인간은 강해지고 평안하고 행복해진다는 요지의 설교였다. 여기저기서 무슨 뜻의 말인지는 모르지만 "아멘! 아멘!" 했다. 설교 후에 긴 매미채 같은 것을 돌렸고 그 속에 무엇을 넣고 있었는데 돈 같았다.

예배가 끝나고 나오는데 목사가 악수를 청하면서 어디 사는 누구냐고 물었다. 교회 바로 앞집에 산다고 했더니 그러면 선미 씨 남편 아니냐고 해서 그렇다고 대답하곤 도망치듯 급하게 집으로 돌아왔다.

요즘, 선미는 노골적으로 동욱에 대해 못마땅해 했다. 교회에 다녀온 다음에도 일언반구 교회 이야기를 하지 않았고 잠자리도 피했다. 안방에 어머니가 계셨지만 그래서만은 아닐 것이다. 말에 대답하지 않는 것은 예사였고 가능하면 집안에서도 동욱과 마주치는 것을 피했다. 한바탕 큰소리치며 싸우고 나면 피차 속이라도 시원해지련만 어머니가 계셔서 그마저 수월치가 않았다. 동욱은 임신한 아내를 따뜻하게 대해 주고, 먹고 싶은 것도 사 주고 좀 유별나게 해 주어야 하는데 그게 잘되지 않았다. 그러나 선미는 이미 몇 달 전 유산했고, 유산의 후유증이 있었던 데다 그 후에 동욱과 소원해져서 그런지 꽤 오랫동안 아이가 들어서지 않았다.

194

대한청년단에서는 하루걸러 사람들이 찾아왔고 아예 부단장님이라고 대놓고 호칭까지 부르면서 깍듯이 거수경례를 했다. 동욱은 생각했다. 집안에서 여자들과 아웅다웅 싸우는 것보다 청년단과 밖의 일을 열심히 하다 보면 아는 사람과 동료도 생길 것이고, 그러다 보면 생업도 자연히 생길 것이다. 동욱은 이튿날 아침 대한청년단을 찾아가 부단장직을 수락하는 절차를 정식으로 밟았다.

교회 가는 것도 그랬다. 아내의 눈치 보며 따라갈 게 아니라 내 맘대로 선수 치며 나가는 게 낫다는 생각이 들었다. 매일 새벽 5시면 새벽예배를 드린다던데 기왕에 하는 것 새벽에도 나가 보자고 결심하고 일찍 자리에 누웠다.

새벽 4시 반에 종 치는 소리를 듣고 동욱이 자리에서 벌떡 일어나 옷을 입고 밖으로 나가 찬물로 세수하고 골목을 돌아 교회에 나갔다. 목사와 여인 몇 명이 전부였다. 전깃불도 없이 호야 불을 하나 켜 놓고 예배를 드리고 있었다.

'아직은 아무것도 모르지만, 시간이 가면 알아지겠지.' 하는 생각이 들면서 이상하게 조바심도 나지 않았다. 하루도 거르지 않고 매일 새벽에 나갔다. 철저하게 하라는 대로 하다 보면 근본적인 것이 깨달을 것 같은 마음이 생겼고, 웬일인지 그렇게 할 만한 가치가 있어 보였다.

매일 새벽과 주일 낮과 밤, 수요일 저녁 예배에 동욱은 빠짐없이 출석했다. 삶의 목적과 생활의 방법이 한 곳으로 중심이 잡히는 것을 느꼈다.

동욱은 연장을 들고 뒤꼍으로 가 울타리의 송판 몇 장을 뜯어내고 대신 그곳에 문을 해 달았다. 이제 뒷집 교회와는 문만 열면 금방이었고 한집처럼 되었다. 멀리 골목을 돌아서 교회에 갈 것 없이 그냥 한걸음에 교회였고 교회에서 한 발짝 내디디면 바로 집이었다. 정원이는 살판나 했다. 교회와 집을 하루에도 몇 차례 오가며 동갑내기 목사 아들과 놀았다.

일제 강점기 봉황산(鳳凰山) 중턱에 있던 신사(神社) 자리와 건물을 경매하기로 공주읍이 결정했는데 이를 구매하려는 사람이 나타나지 않았다. 봉황산 중턱에 있어서 수백 개의 층계를 올라가야 하고 그곳에서 딱히 할 것이 없는 외딴곳인 데다가 신사 자리라는 것도 걸렸던 것이다.

공주성결교회가 읍내 한가운데를 흐르는 제민천(濟民川) 냇가에 있던 초가집 교회를 매각하고 그 신사 건물을 불하받아 교회로 개조하여 이전하기로 결정하고 그 총 책임을 동욱에게 맡겼다. 동욱은 아침 일찍부터 저녁까지 인부들과 함께 가서 열심히 일했다.

일본 신사 건물은 일본에서 직접 가져온 향내 나는 향나무와 미송으로 지어져 있어 나무와 냄새가 너무 좋았고 일하기도 수월했다.

하나님께 예배 드리는 성전을 자기 손으로 만드는 일에 동욱은 만족했고 마냥 즐거웠다. 하루 일을 끝내고 해 진 거리를 향해 층계를 내려올 때 저녁노을이 말할 수 없는 행복감을 가져다 주었다. 동욱이 교회 일에 쫓기다 보니 자연 집안일을 등한시하게 되었다. 동욱의 고집과 성격을 잘 아는 어머니는 동욱의 면전에서는 아무 말 않다가 불만을 며느리에게 털어놓았다.

"아니 그래, 그놈은 아침부터 저녁까지 거기만 가 있으면 밥이 나
온다던, 돈이 나온다던?"

그것은 정작 선미가 하고 싶은 말이었다. 이제 피란의 피곤도 가셨
고 생활 터전을 닦기 위해 활동해야 할 때인데, 성경책만 끼고 왔다
갔다 하는 것을 볼 때마다 답답한 마음이 생기지 않는 건 아니었으나
그렇다고 시어머니의 말에 덩달아 맞장구칠 처지가 아니었다. 시어
머니의 푸념이 이어졌다.

"자식새끼들하고 식구나 적은가? 허구한 날 사내자식이 할 일 없
이 교회에만 가 있으니……."

선미는 설거지하다 잘못해서 그만 접시 하나를 깼다. '쨍그랑' 하는
소리가 유난히 요란했다.

"아니, 넌 웬 그릇을 그렇게 자꾸 깨니 깨긴? 옳지, 네가 내 잔소리
가 듣기 싫었던 게로구나. 내가 다 너희 잘되라고 하는 소리지."

걸레로 마루를 훔치던 시어머니가 어느새 부엌 쪽에 와 있었는지
목소리가 바로 옆에서 크게 들렸다. 동욱이 아침 일찍 집에서 나가는
것을 시작으로 해서 집안은 여자들만 남아 있었고 이런 말들이 끊이
지 않고 일어났다. 워낙 시어머니는 부지런하고 깔끔한 성격이라 그
냥 앉아 얻어먹는 성미가 아니었고, 며느리도 무슨 일이든 서성거려
야 직성이 풀렸다.

"그리고 내일이 정원이 할아버지 제삿날이니 걔가 알지 못하게 뭐
좀 만들어 놔라. 그래, 제 조상에게 제사도 않는 것들이 무슨 천당을
간다고 그런다니? 자고로 조상 잘 위하지 못한 놈치고 잘되는 것 본
일이 없다, 없어. 그 양반도 불쌍하시지. 살아생전에 큰 자식 덕을 못

보고 돌아가시고 죽어서도 물 한 그릇 얻어먹지 못하니 그 양반도 참으로 불쌍하지. 쯧쯧."

이쯤 되면 뒤에는 으레 신세타령과 푸념으로 이어졌다. 고향 땅 버리고 타관으로 떠나 잘 되는 법이 없다는 말과, 만주 있을 때 땅과 집 장만을 그렇게 하라고 했는데도 그 말 하나도 듣지 않더니 빈털터리로 돌아왔다는 등 억지를 부리기까지 했다.

이런 나날이 이어지면서 선미도 지쳐가고 있었다. 삶에 대한 의욕도, 보람도, 희망도 없는 것 같았다.

그러던 어느 날 시어머니가 선미를 급하게 불렀다.

"네―."

길게 대답하며 선미가 안방에 들어갔다. 아랫목에 오른쪽 무릎을 세우고 앉아 있는 시어머니가 무슨 말을 하려는지 얼굴에 엄숙함이 드리워 있었다. 긴장되는 순간이었다.

"애, 큰애야! 내가 정신이 없어 잊어버리고 있었다만 너 오래 전에 복중에 애가 있었다고 했는데 어떻게 된 거냐? 왜 아무 소식이 없어. 배도 불러오지 않고?"

"……."

선미는 대답하지 않았다.

"왜 대답을 하지 않니? 우리가 사는 데 바빠 모두 제정신이 아니어서 널 챙기지 못한 건 네가 이해해 줘야 한다. 어떻게 된 건지 시원하게 말을 좀 해 봐라!"

"벌써 유산 되었어요. 어머니"

"뭐? 유산? 언제?"

“우리가 여기 도착한 지 얼마 안 있다가 자연유산 되었어요, 어머니.”

시어머니는 혀를 쯧쯧 차며 아쉬워했다.

“너도 알다시피 우리 집이 후손이 귀하지 않니? 그런데 네가 자식을 많이 낳아야 집안이 번성하는 건데 어쩌다가 유산이 되었냐? 왜 그때 유산되었다는 말도 안 했어?”

“또 낳은들 호적에도 제대로 못 올릴 게 뻔하고, 모두 살기 힘든데 먹는 입 하나라도 줄게 돼서 다행이라 생각했어요.”

“그래도 그렇지. 너한테 내가 미안하다. 면목 없구나, 에미야”

며느리의 손을 잡아끌면서 시어머니는 눈물을 훔쳤다.

“어머니……”

선미는 시어머니의 무릎 앞에 엎드렸다.

시어머니가 선미의 등을 두드리며 말했다.

“네 돌아가신 시아버지가 동욱이 빨리 일본에서 돌아오게 하려고 면사무소에 가서 괜히 일찍 혼인신고를 하는 바람에 일이 이렇게 꼬였지만, 동욱이는 혼례만 치렀지 첫날밤도 치르지 않고 일본으로 도망하여 숫총각으로 너와 결혼한 것이니 네가 그 일로 너무 남편을 괴롭히지 않았으면 좋겠다. 언젠가는 다 바로 될 때가 오지 않겠니?”

선미가 처음으로 들어 보는 위로의 말이었다.

그날 밤, 똑같이 동욱이도 어머니의 호출을 받았다.

“너 요즘 교회 짓는 데만 정신 팔려 있고 네 마누라를 챙기지 않으니 웬일이냐? 그동안 모두가 정신이 없긴 했었다만, 남편이 되어서 그렇게 아내를 돌보지 않으면 못쓴다.”

“왜 그러세요. 어머니?”

“너도 몰랐지? 큰애가 몇 달 전에 임신했다는 말을 했었는데 바로 유산을 했다는 거야.”

“네? 유산했대요?”

“임신했다고 하면 뭐 먹고 싶은 것은 없느냐 물어보기도 하고 따뜻하게 챙겨줘야지, 유산한 것도 모르고 있으면 그 애는 누굴 믿고 살겠느냐? 왜 그렇게 집사람에게 무심하냐? 꼭 네 아버지같이.”

“몰랐어요, 어머니. 잘못했습니다.”

“그리고 너 에미가 호적에 제 이름이 올라가 있지 않고 엉뚱한 사람이 올라가 있는 것 때문에 신경 많이 쓰는 거 같은데 어떻게 하면 그걸 바꿀 수 있다더냐?”

“그것이 보통 어려운 게 아니에요. 그 여자와 정식으로 이혼한 다음에 집사람과 재혼한 것으로 해야 한대요. 내가 이제 와서 그 여자 찾아가 이혼해 달라고 말하기도 그렇고, 괜히 아버지는 혼인신고를 빨리 하셔서…….”

“이놈아, 너 빨리 일본에서 오게 하려고 하신 거지, 그게 잘못된 것은 아니잖니? 네가 끝까지 그 여자와 살 마음이 없었으면 혼인을 하지 말았어야지. 혼인은 해 놓고 도망간 놈이 나쁘지, 아버지가 나쁘냐?”

“그래요. 맞아요.”

동욱은 더는 할 말이 없어 일어났다. 윗방으로 들어온 동욱이 선미에게 다가가서 물었다.

“내가 잘못했어. 언제 어떻게 유산이 된 거야? 정신없어 잊어버리고 있었어. 그래도 당신이 나에게는 말을 해 줬어야지. 지금 어머니 한테 가서 꾸중만 들었잖아?"

"당신 요새 나한테 뭐 하나 관심 있어요? 교회에만 가 있고 집안 살림 어떻게 돌아가는 것도 관심 없잖아요."

저녁에 집에 돌아온 동욱은 별반 얘기를 나누는 일 없이 교회 짓는 것을 골똘히 생각하다가 성경책을 읽는 것이 고작이었다. 근래에는 잠자리도 따로 하는 일이 잦아졌다.

선미는 생각했다.

'이 남자는 내가 유산한 것도 전혀 모르고 있었다. 내가 임신했다는 걸 알려주었는데도 그 후 임신한 아이가 잘 자라고 있는지 묻지도 않았었다. 그동안 교회 일은 그렇게 열심이면서도 그렇게 나에게 무심할 수가 있는가? 그런데 요즘 징후로 봐서 아무리 생각해도 아이가 또 들어선 게 틀림없다. 웬 원치 않는 아이는 또 들어서는지 알 수 없네. 남편이 내가 또 아이를 임신했다고 말하면 무어라고 할까? 좋아할까? 싫어할까? 삼촌이 발령받아 가고 없으니 이제 남편에게 호적 문제를 이야기해 줄 사람도 없다. 남편은 그것을 확실하게 끝낼 사람이 못된다. 그냥 이대로 살면 되지 잘못될 게 없다는 생각 아닌가? 「종이 한 장에 이름이 있고 없고 뭐 그렇게 중요한가? 사실이 중요하지.」라고 생각하는 위인이다. 남편은 아내의 고뇌보다는 자기의 체면이 중요한 사람 아닌가? 이 아이도 몇 달이나 되었는지는 모르지만, 낳지 않는 게 좋을 것 같다. 아이를 더 낳는 것은 「어미 없는 자식」이 또 하나 더 생기는 것이란 생각이 든다. 그렇다! 아무도 모르고 있으니 지워 버리자.'

선미는 동네에서나 교회에서 여자들이 아기 유산에 대한 이야기만 나오면 귀를 기울였다. 간장을 많이 마셔야 한다는 사람도 있었고 높은 데서 갑자기 뛰어내리면 된다는 사람도 있었고 언덕에서 굴러 떨어지면 된다는 사람도 있었다. 무슨 약인가를 먹으면 유산은 된다는데 산모에게 위험할 수도 있다고도 했다.

정원과 정자로 족하지, 두 아이가 호적상 다른 여자 이름 밑에 올라 있는데 애가 또 태어나면 그 애도 전처럼 그 여자 밑으로 될 게 아닌가 생각하니 더욱 그랬다. 낳지 말아야 한다. 남편 말대로 해서 그 여자와 합의 이혼을 하고 나와 재혼하는 것으로 한다 해도 아이들은 딴 여자 이름 밑에 이미 기재되어 있는 것이니 세월이 아무리 흘러도 변하지 않을 거였다.

다음날 오후였다. 동욱이 불쑥 급하게 집으로 들어오면서 외쳤다.

"여보! 그릇 하나만 빨리 줘!"

그러고는 매우 급한 듯 서둘렀다.

"아니, 갑자기 웬 그릇은요?"

"물그릇 할 양재기 같은 거 하나 달란 말이야. 지금 문둥병자 한 사람이 굶주림에 지쳐 거리에서 다 죽어 가기에 내가 찐빵을 사 줬는데 잘 넘기지 못하고 있어. 사람들이 그릇에 물 떠 주는 걸 꺼리고 있어!"

"당신도 참! 빵 사 주었으면 그것으로 됐지. 마실 물까지 당신이 책임져야 할 필요는 없잖아요! 더군다나 보통 병자도 아니고……."

선미가 부엌에서 못 쓰는 양재기 하나를 내오면서 말했다. 동욱은 그릇을 빼앗다시피 수돗가로 달려가 물을 받았는데 양재기 밑이 삭아 구멍이 뚫려 물이 새는 것을 보고 선미를 쏘아보면서 부엌으로 뛰어들어 닥치는 대로 하나를 집어 들고 물을 받아 밖으로 뛰어나갔다.

선미도 뒤따라가 봤다. 골목길을 빠져나간 남편은 큰길 저쪽으로 달려가 중동소학교 옆 땅에 누워 있는 한 사람을 일으켜 세우더니 그 입에다 물을 먹여 주고 있었다. 아이들과 사람들이 빙 둘러서 구경하는 가운데 동욱이 스무 살도 안 돼 보이는 뼈만 앙상한 채 몸에 진물이 흘러내리는 남자를 품에 안고 있었다. 그는 물을 두어 모금 넘기는 듯싶더니 동욱을 한번 쳐다 본 후 고개를 떨어뜨리고 말았다.

잠시 후 경찰이 왔다. 경찰은 시신을 경찰 스리쿼터 차에 실은 다음 동욱도 연행해 갔다. 선미는 여러 구경꾼 사이에서 남편이 경찰에 연행되는 것을 구경만 하는 자신이 슬펐다.

몇 시간 후 동욱이 무거운 표정으로 집에 돌아왔다.

"여보, 나 냉수 한 그릇만 갖다 주구려."

선미는 부침질한 빈대떡과 냉수를 가지고 왔다.

"이게 웬 거야?"

"여보, 오늘이 돌아가신 아버님 기일이잖아요? 어머님께서 그냥 넘기기 섭섭하다고 하셔서 한 거예요. 당신 모르는 척 하세요."

"아까 물 갖다 준 그 젊은이가 죽었어."

"……."

"그리고 나 오늘 경찰서에 가서 진술서 쓰고 왔어."

"……."

동욱이 감독하는 봉황산 중턱의 신사자리 교회는 거의 완성단계에 있었다. 본래 신사 건물의 기본 틀을 살린 채로 교회당으로 개조하는 것이라 생각보다 훨씬 빠르게 진행되었다.

강단을 산 쪽으로 만들고 200여 명이 들어앉을 예배당 모습이 갖추어 가면서 동욱은 큰 보람을 느꼈다. 일본에서 직접 가져온 향나무와 미송나무여서 향긋한 냄새까지 풍기고 있어 좋았다.

일본이 가장 신성시하던 신사자리여서 그곳을 오르내리는 수백 개의 계단도 아직 온전했고 관리인들이 기거하던 건물을 지나 왼편으로 꺾어지면 교회당으로 들어가는 넓은 길과 마당도 시멘트로 잘 포장되어 있었다. 앞마당에서 교회당으로 오르는 계단도 넓고 깨끗하게 잘 정돈되어 있었다.

교회당 왼쪽 문으로는 남자들이, 오른쪽 문으로 여자들이 드나들도록 했고 신발장까지 남녀 구분해서 잘 만들어 놓았다.

교회에서 나와 동쪽을 향해 공주 시내를 바라보면 읍 전체가 발아래 다 내려다보이고 한눈에 다 들어왔다. 왼쪽 대각으로 보이는 산성 공원은 옛날 백제 시대의 성으로 유명하고 그 옆으로는 금강이 유유히 흐르고 있었다.

공주읍 사람들은 새로 꾸며 이사 간 교회를 신사교회(神社敎會)라고 불렀다. 그런데 교회가 옮겨간 지 얼마 안 되어 이상한 이야기들이 돌기 시작했다. 신사교회에서 밤에 귀신이 춤을 추며 돌아다닌다고 하는데, 교회 안에서 나온 말이 분명했다.

새로 이사 간 교회가 경치도 좋으니 나오라고 전도하면 "그 많은 층계를 어떻게 올라가느냐."라며 손사래를 치고 "그 신사교회에서 밤에 귀신이 나온다지요?" 하며 꺼렸다. 그러면서 한마디씩 했다.

204

“그도 그럴 거야. 일본 귀신 모셨던 신당(神堂)인데 왜 귀신이 안 나오겠어?”

“교회 신하고 귀신하고 싸우면 어느 신이 이길까?”

“언제 한번 가 보긴 해야겠어. 어떻게 바꾸어 놓았는지.”

이렇게 떠도는 이야기들이 듣기 싫은 동욱은 밤에 교회 안에서 자면서 귀신의 정체를 밝히고 말겠다는 다짐을 하고 아무도 없는 밤에 호야등 하나만 켜 놓고 며칠이 되든 교회에서 자기로 했다.

첫째 날, 아무 일이 없었다. 둘째 날도 아무 일 없었다. 셋째 날 늦은 밤 동욱은 검은 그림자가 호야등이 켜 있는 교회 천장 쪽에서 왔다 갔다 움직이는 걸 보았다. 분명히 큰 그림자였다. 등골이 오싹했다.

‘주여!’

속으로 외치면서 동욱은 옆에 둔 몽둥이를 들고 높은 천장을 올려다보았다. 불빛에 큰 그림자가 크게 움직이고 있었다. 귀신 같아 보였다. 그림자의 아래쪽을 주시했다. 사람 같기도 한 이상한 물체가 천정 밑에 가로질러 있는 대들보 위 한가운데에 웅크리고 있었고 팔과 다리를 움직일 때마다 큰 그림자도 천장 위에서 따라 움직이고 있었다.

동욱은 얼른 전등을 켜서 그 물체를 올려다보았다. 그것은 뜻밖에도 원숭이였다. 원숭이 한 마리가 어디로 해서 들어왔는지 아니면 이 안에서 그동안 오래 살고 있었는지 모르지만, 대들보 위에서 놀라서 이리저리 뛰어다녔다. 밤에 원숭이가 다니는 것이 꼭 귀신같이 보였던 것이다. 신사교회의 귀신은 원숭이였다는 소문이 또 퍼져 나갔다.

동욱이 처음 시작한 장사는 놋그릇을 파는 유기(鍮器) 장사였다. 동네 한 노인이 늘그막에 그냥 놀며 소일하기도 뭣하고 동욱이 정직해 보이니 동업을 해 보자고 제안해서 반반씩 돈을 대서 우성시장 안에 조그만 건물을 세 얻어 가게를 열었다.

번쩍이는 유기를 가게 안에 진열해 놓고 보니 가게가 환해졌다. 유기라는 것이 재에다 기름을 묻혀 헝겊이나 볏짚으로 문지르면 번쩍번쩍 윤이 나기 때문에 일이 없을 때는 헝겊으로 유기 문지르는 것이 일과였다.

서로 믿는 처지라서 동업이라고 시작은 했지만, 어려움이 한둘이 아니었다. 많은 이들에겐 하루 세끼 밥 먹기도 어려운 처지에 밥 먹을 유기가 뭐 그리 급한 것이 못되었다. 잘사는 집에서는 이미 유기가 있고 심지어 제사용 유기까지도 몇 벌씩 있었다. 그리고 그것이 쉽게 닳아 없어지거나 사기그릇처럼 떨어뜨리면 깨지는 게 아니어서 많이 팔리지가 않았다. 그나마 좀 팔아도 이익을 반분해야 하는 등 장사가 쉽지 않았다.

"글쎄, 할아버지. 장사가 되든 안 되든 간에 주일은 일하지 말고 쉬어야 합니다. 그 대신 엿새 동안 열심히 장사하고 하루는 쉬면서 하나님께 예배 드려야 한다니까요?"

"여보게나, 쉬는 건 자네나 쉬면 될 것 아닌가? 자네는 예배를 보든지 뭘 하든지 마음대로 하고 내가 가게를 본다는데 뭐가 잘못인가? 정작 장사는 일요일에 되는 거야. 모처럼 쉬는 날에 부부가 같이 장에 나와 놋그릇 하나쯤 장만해갈 만한데 그런 날 문을 닫으면 무슨 장사를 언제 한단 말인가? 당치 않은 소리 하지도 말게."

이렇게 의견이 맞지 않아 대립할 때가 한두 번이 아닌 데다, 동업이라는 것이 서로 필요 없는 눈치를 보게 되고 매사에 상의 없이는 할 수 없는 일이라 신경이 쓰였다. 잘되나 못되나 자기 혼자 하는 장사라면 마음대로 해도 누가 말할 사람이 없지만, 동업은 어떤 일이든 상의한 후에 해야 하는 데다 통 자유가 없다는 것도 단점이었다.

"아니, 당신도 참 딱하슈. 그 할아버지 말씀이 백번 옳지. 그날 장사는 그분이 하신다는데 뭐가 걱정이에요? 주일에 예배 보고 교회 일하고 그분은 장사하면 서로 좋을 거 아니에요?"

"당신은 말도 안 되는 소리 하지 마! 명색이 내 이름을 걸고 하는 가게라는 걸 다들 아는데 가게 문을 연 것은 연 것이지, 가게에 내가 있고 없고가 문제야? 그리고 당신은 교회 집사라는 사람이 말을 그렇게밖에 할 수 없어? 예배 보고 교회 일이나 하라니……."

동욱은 아내에게 큰소리로 화풀이했다.

"그리고 그놈의 거 집어치워야지 안 되겠어. 하루 종일 앉아 있어 봐야 장사가 제대로 되기를 하나, 또 손님들에게 거짓말하지 않고는 장사를 할 수도 없고……."

"그렇게 생각하면 이 세상에서 당신 할 것이 또 뭐 있겠어요? 꾸준히 하다 보면 좋은 날도 있고 궂은 날도 있는 거지. 처음부터 어떻게 잘되기만을 바랄 수 있어요? 당신은 뭐 한 가지 끈기 있게 끝까지 해내지 못하고, 조금 해 보다가 안 좋으면 때려치우고 또 다른 것 해 보고 그러다가 아무것도 안 되는 거 몰라요? 사람이 한꺼번에 일확천금을 꿈꾸면 어떻게 해요?"

선미도 하고 싶은 말을 이 기회에 속 시원히 다 해버렸다.

"일확천금이라니? 내가 일확천금 노리는 사람으로만 보여?"

"그렇지 않으면 유기장사 시작한 지 몇 달도 안 됐는데 집어치운다니 그게 아니고 뭐예요? 한두 번 해서 큰돈 벌려는 사람이 그런 사람 아닌가?"

크리스마스가 다가왔다. 선미는 주일학교 학생들에게 노래와 율동을 가르치기에 바빴다. 정원이도 교회에서 살다시피 하며 지냈다.

그런대로 겨울이 지나가고 새해의 봄이 찾아왔다. 산에는 진달래, 철쭉 등이 피어났고 들에는 푸른 싹이 움터 새로운 삶의 태동을 말해주고 있었으나 어딘가 모르게 전에 없이 허전한 느낌이 드는 봄날이기도 했다.

작년 벼농사와 보리농사가 잘되지 않아 이 땅에 배고픔이 몰려왔다. 춘궁기의 기아 상태는 보리가 나오기 전인 이때쯤이 가장 심했다. 언제나 농촌에서 쌀이 먼저 떨어지곤 했는데 자녀의 학자금 마련을 위해 쌀을 내다 팔았기 때문이었다. '초근목피(草根木皮)'라는 말도 농촌에서 나왔다. 그런 중에 한 해가 더 흘러갔다.

이승만 박사는 정부를 수립하고 온 세계에 새로운 나라 대한민국이 세워진 것을 알렸다. 그리고 이승만 박사는 토지개혁안을 발표했다. 소작농들이 땅의 주인이 되는 놀라운 개혁안이었다. 동욱은 군내 이인면과 탄천면 등지에 있는 논에서 매년 추수 때가 되면 쌀가마니들이 들어왔는데 그것이 없어지게 되면 당장 타격이 클 것이었다. 큰일이었다. 그러나 비록 동욱에게는 큰 타격을 주게 될 토지개혁이지만, 잘하는 일이라 생각했다. 소작인들이 뼈 빠지게 일하고도 농사지은 것을 지주들이 더 많이 가져가는 지금까지의 제도를 개혁한다는 것은 보통 큰 결단이 아닐 수 없었다.

서산에 가 있는 동민에게서 오랜만에 동욱에게 편지 한 통이 배달되었다. 국군 내 반동분자들이 일으킨 여수·순천 사건 진압을 위해 곧 충남 경찰 지구대를 이끌고 현지에 가야 한다는 것과 기간이 얼마가 될지는 모르지만, 제수를 공주로 보낸다는 소식이었다. 그동안 동민은 우수한 두뇌와 지도력을 발휘해서 경찰의 중견간부가 되어 있었다.

동욱은 위험한 곳으로 가는 동생이 걱정되었다. 어머니는 처음으로 두 며느리를 한 집에 거느리게 되었으나 동민이 무사하기를 걱정하느라 여유가 없는지 종일 남새밭에서 김을 매면서 시간을 보냈다.

그런데 이게 웬일인가? 어느 날 동민이 집에 와 있었다. 얼굴이 초췌하고 눈이 유달리 커 보였다.

"아니, 어떻게 된 일이냐? 갑자기 집에 와 있게."

"형님! 그렇게 됐습니다."

동민이 피하듯 안으로 들어가며 동욱이 따라오기를 기다렸다.

여수·순천 지역에 투입되어 몇 차례 전투가 있었고 사경을 헤매며 어려움을 겪고 있던 중 기침을 심하게 하기 시작했는데, 하루는 기침하다가 각혈을 했다는 것이다. 깜짝 놀라 경찰병원에 가서 진찰하니 폐병 3기라고 하면서 병가를 줄 테니 집에 가서 요양하고 건강해지면 원대 복귀하라는 명령을 받고 갑자기 집에 왔다는 이야기였다.

"폐병 3기가 분명하대? 그리고 넌 그동안 아무것도 모르고 있었나?"

"좀 이상한 기미는 있었지만, 대수롭지 않게 생각했고 기침이 계속 나오길래 감기가 오래간다고만 생각했어요. 그리고 심한 전투 중이라 다른 생각할 여유도 없었고요."

"야, 요즘 폐병 환자가 너무 많고 약이 없어서 쩔쩔매고 있는데 야단났다. 어떡하면 좋으냐?"

"형님! 당분간 어머니와 집사람, 그리고 형수님에게는 말하지 마세요. 약 먹고 치료하면 낫게 되겠죠, 뭐."

"동민아, 어떻게 한집에 사는 가족들한테까지 모르게 하니? 알리고 서로 힘을 합쳐서 낫게 해야지."

"어머니와 집사람, 형수님이 알면 너무 걱정하실 것 같아서 그래요."

동욱의 등에서 식은땀이 흘렀다. 하나밖에 없는 동생이 갑자기 폐병 3기라고 하면서 집에 돌아와 있으니 앞이 캄캄했다. 동민이는 우리 가정의 기둥인데 어떻게 해서라도 살려야 한다는 다짐을 동욱은 하고 또 했다.

며칠간 여자들에게 숨겨왔지만, 끝까지 가능한 일이 아니었다. 어머니와 제수가 이미 눈치채고 말소리와 발걸음도 조심조심 했다. 동욱은 차라리 잘된 일이라고 생각했다.

"어머니, 제수씨. 제 생각으로는 동민이를 경찰병원에 보내서 치료받도록 하는 게 제일 좋다고 생각합니다. 시국이 어려운 때라 약 구하기도 어렵고 다행히 경찰 현직에 있다가 병이 생겼으니 경찰병원에서도 거절하지 못하고 받아줄 걸로 생각합니다."

두 사람은 뭐라고 말은 하지 않았지만, 따를 수밖에 없는 처지였다. 부랴부랴 서둘러서 간단한 짐을 꾸려 경찰병원이 있는 경기도 수원으로 동민이 내외를 데리고 가서 입원시키고 돌아왔다. 제수는 병간호를 위해 그곳에 남아 있기로 했다.

그날 밤, 잠은 오지 않고 동욱이 이 생각 저 생각하며 몸을 뒤척이는데 예의 그 노래가 또 들려오는 것 같았다.

'무거운 짐을 나 홀로 지고 견디다 못해 쓰러질 때 불쌍히 여겨……'

동욱은 누가 뭐라 해도 저 노래가 이전에 정원의 병을 낫게 해주었다고 생각하는데 이번에는 동민을 불쌍히 여겨 낫게 해 주기를 간절히 바라는 마음이 들었다.

생각해 보면 동민이도 '불쌍한 사람' 아닌가? 젊은 나이에 큰 뜻을 품고 경찰학교에 들어가 경찰관이 되어 나라의 부름을 받고 위험한 곳에 투입되었다가 몸이 저렇게 망가지고, 결혼한 지 몇 해 되지 않아 아직 아이도 없으니 정말로 '불쌍한 사람'이 틀림없었다. 동욱은 동민을 위해서라도 교회에 나가 더 열심히 기도해야겠다고 생각했다. 선미도 잠이 안 오는지 꿈틀대고 있어 동욱이 혼잣말처럼 말해 버렸다.

"이번 주일에는 당신도 새벽기도회에 같이 나가 봅시다. 동민이 병이 속히 나으려면 함께 더 열심히 기도드려야 할 것 같아."

아내는 잠을 자는지 대답이 없었다.

동민이 내외가 경찰병원에 간 지 한 달이 채 못 돼서 내외가 함께 집으로 돌아왔다. 동민은 얼굴에 병색이 완연하여 바싹 마르고 뼈대가 얼굴과 몸에서 드러나 보였다. 동욱의 눈에서 눈물이 핑 돌았다.

"제수씨, 웬일입니까? 한 달도 채 안 된 것 같은데 벌써 돌아오셨으니?"

제수 태숙은 대답을 못하고 저고리 옷고름으로 눈물만 훔치며 동민의 얼굴을 살폈다.

"형님, 병원에서 더 이상 어떻게 할 수 없으니 집에 가서 먹을 것이나 마음대로 먹고……."

말을 채 잇지 못하고 동민도 눈물을 쏟았다.

"아이고 이걸 어쩌나! 우리 동민이……."

어머니는 두 다리를 뻗고 통곡했다. 동욱은 알만 했다. 먹을 것이나 마음대로 먹으라는 말은 죽을 준비하라는 말이 아닌가? 동욱은 갑자기 속에서부터 오기가 치밀어 올랐다.

"알았다. 동민이 너 걱정하지 마라! 우리 한번 해 보자! 세상에 마음먹고 하는데 안 되는 게 어디 있다더냐? 제수씨도 슬퍼하지 마시고 힘을 내세요. 좋다는 것은 내가 집을 팔아서라도 다 먹여서 살려내고 말 겁니다."

신기한 것은 옆에서 듣고 있던 선미가 얼굴에 웃음을 띠며 동욱의 말에 맞장구를 치는 것이었다.

"그럼요! 정원이 삼촌, 아무 걱정하지 마세요. 마음 편안하게 가지세요. 형님하고 제가 최선을 다하겠습니다."

굳센 결의가 선미의 얼굴에서도 나타났다. 이 일로 인해 동욱과 선미의 어색하던 사이가 온데간데없이 사라져 버렸다.

우선 폐병에 좋다는 것은 다 먹이고 볼 일이었다. 누군가가 뱀이 최고라고 해서 독사를 구해다 먹였고 뱀 중에도 구렁이가 좋다고 해

서 구렁이도 고아 먹였다. 또 누가 사슴과 노루의 생피를 먹이면 즉
효라는 말을 해서 여기저기 수소문하여 노루를 한 마리 구해다가 멱
을 따서 흐르는 피를 사발에 받아서 동민에게 먹였다.

　동욱은 정신 나간 사람처럼 만나는 사람들에게 폐병에는 무엇을
먹여야 좋은가를 물어댔다. 선미는 동욱의 그런 모습에 덩달아 생기
가 돌았고 보람을 느끼며 동욱을 즐겁게 거들었다.

　동욱은 모처럼 보람된 일을 찾았다는 생각이 들었다. 어머니는 흐
뭇해했고 제수는 몸 둘 바를 몰라 했다. 하나밖에 없는 동생이고 죽
기에는 너무나 아까운 아우였다. 무슨 일이 있어도 그런 일은 일어나
서는 안 된다고 생각했다. 동욱은 새벽에 교회에 나가 기도할 때마다
엎드린 채로 '불쌍한 우리 동민이 살려 주십시오.'라는 기도만 되풀이
해서 하고 또 했다. 그리고 어디서나 '무거운 짐을 나 홀로 지고…….'
하는 찬송을 입에 달고 다녔다.

　정원이는 덩달아 근래 없이 살판이 났다. 삼촌이 저 지경이 되어
돌아왔으니 정원에게 공부하라고 닦달할 엄두를 못 냈다. 눈에 힘이
빠져 있었다. 아버지 역시 청년단 일에다 삼촌 일로 자기에게 신경
쓸 계제가 아니었다. 자연히 정원이 마음대로 책가방을 던져놓고 집
을 빠져나가서 해질 때까지 놀다 늦게 돌아와도 아무도 뭐라고 말하
지 않았다. 사람 사는 재미가 이런 것이구나 싶었고 삼촌이 계속 아
파도 나쁘지 않다는 방정맞은 생각이 가끔 들기까지 했다.

　동욱은 안팎으로 바쁜 몸이 되었다. 집안에서는 동민이 치료 때문
에 정신이 없었고, 교회의 여러 일과, 대한청년단 부단장 일도 정식
으로 한다고 한 이상 제대로 일을 해 나가지 않으면 동욱의 성격상

용납이 안 되었다.

동민의 몸은 살이 좀 오른 것 같아 나아보이는 듯했지만, 병은 나아지는 기미가 보이지 않고 몇 차례 기침을 하고 나면 각혈을 심하게 했다. 누군가가 '폐병 들면 색을 더 밝힌다.'라고 하더니만 거기에다 뱀 같은 걸 고아 먹어서 그런지 밤마다 제수를 보채는 것 같은 눈치였다. 동욱은 걱정이 되면서도 말하기도 뭣했고, 그러다가 떡두꺼비 같은 조카라도 하나 생기면 좋겠다는 생각에 혼자 흐뭇해하기도 했다. 몹쓸 병을 비관하여 생을 포기하거나 좌절하면 주위에서 아무리 애쓰더라도 보람이 없는 법인데 동민은 오히려 생에 대한 의욕이 더 생겨서 다행이라면 다행이었다. 형이나 형수에게는 어려워 눈치 보면서도 자기 처에겐 신경질을 부리며 좋은 약과 먹을 것을 부추겨 댔다.

한편, 어머니는 선미의 눈치를 보면서도 큰며느리가 앞장서서 시동생 돌보는 것을 칭찬하고 자랑삼아 사람들에게 말하고 다녔다.

"에미야, 너무 힘드니 슬슬 하거라. 집에는 사람이 잘 들어와야 집이 일어나는 법인데 둘째가 우리 집에 들어오면서 나쁜 일만 생기고 있으니 야단이다. 그런데 그렇게 피를 토하는 남편을 밤마다 기운을 빼게 하면 안 되는데 그런 것도 모르니 쯧쯧……."

"어머님, 그런 말씀하지 마세요. 그러다가 동서가 아이라도 하나 낳게 되면 얼마나 좋아요?"

"그건 그렇다만, 하여튼 네가 고맙구나."

그러던 어느 날 따스한 양지 마루 끝에 동욱과 동민이 함께 앉아 있었다.

“형님, 새벽마다 교회 가서 무얼 하시는 겁니까?”

“네 병 낫게 해 달라고 하나님께 기도하고 있잖니.”

“기도한다고 병이 낫나요? 기도해서 병이 낫는다면 병원이나 약이 필요 없잖아요.”

“그런 게 아니라 사람들이 하나님 도움 없이는 아무것도 할 수 없는 거야. 인간의 생사화복(生死禍福)이 사람에게 달려 있지 않고 하나님께 달린 거야.”

“그렇다면 나에게 병을 준 것도 하나님인가요?”

“그런 게 아니라니까. 하나님이 너를 불쌍히 보시면 얼마든지 병도 나을 수 있는 거야.”

“형님, 그런 일에 시간 보내지 마시고 형수님 호적이나 제대로 정리하도록 하세요. 나도 병들고 이제 그 일을 앞장서서 할 사람은 형님밖에 더 있습니까?”

“지금 내가 네 병 때문에 다른 데 신경 쓸 여유가 없는 거 네가 잘 알고 있잖니?”

동욱은 호적 얘기를 더 이상 듣기 싫어 일어나 밖으로 나갔다.

동민의 병세는 더 악화돼 갔다. 각혈을 심하게 했고 신경도 더 날카로워졌다. 이제 위아래 가리지 않고 대놓고 화부터 냈다. 동민이 기침을 심하게 해대더니 붉은 피가 엉겨있는 가래침을 요강에 뱉어댔다.

“동민아, 형을 붙들어라. 나를 붙들고 힘을 내.”

동민이 동욱을 붙잡고 한참 기침을 하더니 두 눈에 눈물이 글썽이며 맥없이 말했다.

"형님, 죄송합니다. 나는 그냥 죽을 모양이죠?"

"그런 말 하는 게 아니다. 젊은 놈이 죽긴 왜 죽어. '내가 이까짓 병쯤은 넉넉히 이길 수 있다.'라는 강한 정신이 없으면 안 된다. 정신 차리고 힘을 내라. 그런데 어머니와 네 댁은 어디들 갔니?"

"누가 무당 점쟁이 집에 한번 가 보라고 해서 간 것 같아요."

"뭐라고? 잘들 하고 있다. 정신들 차리라고 해!"

동욱은 큰소리로 화를 냈다.

그날 밤 어머니가 동욱을 안방으로 가만히 불렀다.

"얘, 애비야. 다들 그러는데 동민이 병에는 사람 골(骨)이 제일이라고들 하는구나. 사람 골을 삶아 먹으면 단번에 낫는다고들 그런다. 오늘 가서 점괘를 알아봤더니 거기서도 그걸 해 먹기만 하면 꼭 나을 수 있다는 거야. 그런데 어디 그게 쉬운 일이냐?" 하면서 아들의 눈치를 살폈다.

"말도 안 되는 소리 그만 하세요. 그게 무슨 병인데 사람 골을 삶아 먹는다고 낫고 그렇지 않는다고 죽는 법이 어디 있어요? 괜히 그런 말씀하고 다니지 마세요. 큰일 나요, 큰일. 그리고 어머니와 제수씨도 교회 가서 기도할 생각은 않고 무당 점쟁이를 찾아다니면 어떻게 합니까?"

"어쨌든 동민이를 살려야 할 게 아니냐? 암, 살려야 하고말고. 그것을 먹고라도 살 수만 있다면 어떻게 해서든지 먹여야지, 멀쩡한 젊은 놈을 그냥 죽인 데서야 말이 되느냐?"

어머니의 말속에는 그것이 동민이를 살릴 수만 있다면 이 늙은 것의 골이라도 달여 먹일 수 있다는 각오가 은연중에 나타나 있었다.

동욱은 덜컥 겁이 났다. 무지하고 아들만 생각하는 어머니가 무슨 일을 어떻게 저지를지 알 수 없기 때문이었다.

"제발 쓸데없이 그런 말 좀 하지 마세요. 그리고 동민이한테는 그런 얘기 절대로 하지 마세요."

며칠 후였다. "형님!" 하고 동민이 불러 동욱이 동생의 얼굴을 들여다보았다. 동민의 얼굴이 이상하게 일그러지면서 눈에 핏줄이 돌아 있었다. 동욱은 깜짝 놀라 동생을 다시 내려다보았다.

"나를 죽일 생각이에요, 살릴 생각이에요? 살 수 있는 약을 해 줘야지 쓸데없는 것만 아무리 많이 먹어서 뭣해요?!"

동욱은 동생이 보통으로 하는 말이려니 하고 처음엔 그냥 넘겼으나 그게 아니었다. 말 속에 뼈가 있었다. 사람 골을 달여 먹으면 자기 병이 나을 수 있다는 것을 알고 하는 말이 틀림없었다.

"동민아, 너도 정신 차려. 생각 좀 해 보고 말을 해라. 그래 사람 골을 어디서 어떻게 구해내라는 거냐? 응? 그리고 우리 식구 가운데 누가 너 잘못되게 하려는 사람이 있다고 죽일 거요, 살릴 거요 하고 있느냐?"

"형님, 죽은 놈은 죽은 놈, 산 사람은 살아야 하는 걸 왜 몰라요. 내가 언제 산 사람 걸 해 달랬어요? 죽어서 썩는 놈이 있잖아요? 죽은 자는 산 자를 위해서 있는 거예요."

동욱은 순간 욱하고 화가 치밀었다.

'죽은 송장의 골을 달여 먹으면서까지 살고 싶을까? 그렇게까지 해서 살 가치가 있는 세상인가? 이놈이 이제 죽을 때가 되니까 제정신이 아니구나.'

제수까지도 슬금슬금 동욱을 피하는 것이 어떻게 살리는 방도를 찾아보지 않고 그냥 동생을 죽일 작정이냐고 원망하는 눈치였다. 마지막으로 동욱은 선미의 의견을 들어 보기로 했다.

"여보, 글쎄 동민이가 사람 골을 달여 먹으면 자기 병이 낫는다고 저 야단인데 어떻게 해야 한다고 당신은 생각하오?"

한참 뜸을 들이고 생각하던 선미가 침착하게 대답했다.

"어쩌겠어요, 미련 없이 해 줄 것은 다 해 주는 수밖에……."

그 말은 동민을 위해서나 간호하는 우리 모두를 위해서나 미련이나 후회로 남아서는 안 된다는 말이었다.

동욱이 생각했다.

'죽은 자는 산 자를 위하여 있다고 하지 않는가. 그렇게 해서라도 동민이가 살아날 수만 있다면 좋지만, 알 수 없잖은가? 운명은 항상 기적을 만들고 있지 않은가? 동민이 죽고 만다면…….'

동욱이 결심했다.

'동생은 재주가 있고 머리가 좋은 놈이다. 그리고 이제 한창 일할 나이이다. 살려야 한다. 죽는 것은 억울하다. 선미의 말대로 미련이라도 없게 마지막 소원을 들어주자. 산 사람을 살리기 위해 죽은 자는 또 한 번 죽어도 좋다.'

이튿날 오후, 동욱은 공동묘지에 가 있었다. 어떤 것은 비바람에 쓸려 뭉뚱그려져 있었고 흔적만 남아 있는 것도 많았다. 동욱은 자신이 지금 묘지에 와 있는 것만으로도 큰 죄를 지은 것 같은 생각이 들어 급히 돌아왔다.

하루를 번민 속에 지냈다. 어머니는 자기가 가서 구해 오겠다고 서둘러 댔다. 그날 밤 동욱은 삽과 괭이, 보자기를 감추어 들고 걸음을 빨리했다. 얼마나 왔을까? 몇 개의 별만이 사그라지는 마지막 빛을 세상에 보내려는 듯 밝아졌다가 어두워졌다 할 뿐 사방은 어둡고 무거운 적막이 흘렀다. 동욱의 눈에서 빛이 번쩍였다. 어둠 속에서 새 무덤으로 생각되는 것을 찾았다. 가슴은 뛰고 마음은 급했다. 아무것이나 닥치는 대로 하나를 골라 일을 해 치워야 한다는 일념뿐이었다.

'동민이를 살려야 한다. 살려내야 한다.'

아직 잔디도 입히지 못하고 손가락이 흙으로 쑥 들어가는 것으로 보아 며칠 되지 않은 묘가 분명했다. 동욱은 괭이로 흙을 헤쳐 파내기 시작했다. 가슴은 뛰었고 굵은 땀방울이 흘러내렸으나 이미 손댄 일은 끝을 보아야 했다. 이젠 누가 나타나서 어떻게 하면 어쩌나 하는 것도 문제가 안 됐다. 오히려 누가 나타나면 일은 더 쉬울 것으로 생각했다.

한참 만에 길쭉한 관이 허여스름하게 드러났다. 동욱은 삽날을 관 뚜껑에 끼워 못을 빼고 뚜껑을 열었다. 지금까지는 뚜껑을 열면 그 속에서 무엇이 나타날 것인지 생각하지 못했다.

머리라고 여겨지는 곳을 향해 삽을 들어 내려쳤다. '퍽' 하는 소리가 흐릿하게 들려 올 뿐 내려친 삽은 탄력 있게 튀어 올랐다. 이번에는 삽날을 옆으로 세워 더 힘껏 내려쳤다. 몇 번을 그렇게 했는지 모른다. 몇 시간이나 지났는지도 몰랐다. 이젠 어떻게 됐으려니 생각하고 손을 가져가 봤다. 끈적끈적한 액체가 손끝에 닿았다. 다시 정신 없이 내려치기를 반복했다. 동욱은 차라리 지금 여기서 인생을 끝내고 싶었다. 소련군 장교 앞에서 트럭에 머리를 박아대던 시간이고 싶었다.

마침내 내려치던 것이 두 개로 분리된 듯싶었다. 동욱은 둘 중 작은 뭉치를 들어내 보자기에 싼 다음 관을 대강 덮고 그 위에 흙을 덮어 일을 끝냈다. 동욱의 온몸이 땀으로 흠뻑 젖었고 온몸의 피가 역류하는지 빙빙 돌면서 어질어질했다. 여기서 빨리 빠져나가야 했는데 몸이 말을 듣지 않았다. 동욱은 한 손에는 보자기를 또 한 손에는 삽과 괭이를 들고 뛰었다. 땅이 차츰 꺼져 내려가는 듯 발이 휘청거렸다. 한참을 뛰던 동욱은 삽과 괭이를 집까지 가지고 갈 필요가 없다고 생각되자 던져버렸다. 정신 나간 사람처럼 뛰고 또 뛰었다. 통금시간 되기 전에 집에 당도해야 한다는 생각뿐이었다. 시내 불빛이 보였다. 숨이 콱콱 막혀 주저앉고 싶었으나 그냥 달렸다. 읍내에 들어서자 동욱은 걸음을 늦추었다. 주위 상점의 불빛들이 다른 나라의 것처럼 생소했고 여러 해가 지난 후에 돌아온 것 같았다. 모든 것들이 동욱만 주시하는 것 같았다. 손에 들려있는 보자기를 내려다봤다. 묵직한 것이 젖은 채 축 처져 있었다. 모두 동욱을 바라보며 손에 든 물건을 가리키고 있는 것만 같았다. 동욱의 생각으로는 지금쯤 시내 상점들은 모두 문을 닫고 깊은 잠에 빠져 있을 시간으로 짐작했는데 의외로 번지는 불빛들은 초저녁 같았다.

동욱은 보자기째 어머니에게 내밀었다. 어머니는 묻지도 않고 알았다는 듯 받아들고 급히 부엌으로 들어갔다. 동욱은 그냥 이대로 조용히 죽었으면 하는 생각으로 옷을 벗어 내던지고 물을 데울 겨를도 없이 차가운 물에 그대로 몸을 씻은 후 자리에 누웠다. 꿈속에서 수많은 악령에게 쫓겨 다녔다. 땀이 비 오듯 흘러내렸고 몸이 불덩이가 되어 헛소리까지 해댔다.

이튿날 아침에도 동욱은 일어나지 못했다. 몸은 아직도 뜨거웠고 물 한 모금 넘기지 못했다. 겁이 난 것은 어머니였다. 이러다 아들 둘을 다 잃는 것은 아닌가 하는 생각이 들었다.

그 다음날 새벽녘에야 동욱은 어렴풋이 눈을 떴다. 목이 심하게 타서 일어나 앉은 채 냉수 한 대접을 마시고 싶어 아내를 불렀으나 입 속에서만 맴돌았지 밖으로 소리가 나가지 않았다. 동욱은 양손을 막 흔들었다.

바로 그때였다. 마루를 급히 뛰어오며 "어머니! 어머니!" 하는 제수의 외마디 소리가 크게 들려왔다. 안방에서 어머니가 기겁하여 뛰어나왔고 선미도 벌떡 일어났다. 일어나다가 앉아 있는 동욱을 보고 놀랐으나 그를 부추겨 함께 동민의 방으로 뛰어갔다.

동민이 숨을 거두려는 순간이었다. 눈의 흰자위가 커지면서 힘없이 눈을 몇 번 굴리더니 입술을 벌름거렸다. 동욱은 동민의 손을 꼭 움켜잡고 귀를 그의 입에 갖다 댔다.

"형, 형님, 나를 용서하세요. 고마웠어요. 모두⋯⋯."

말을 더 잊지 못하고 입을 다물더니 눈을 감았다. 제수는 무명지(無名指, 약지)를 깨물어 흐르는 피를 동민의 입에 흘려 넣었다. 동민은 감았던 눈을 살며시 뜨고 웃는가 싶더니 이내 숨이 멎었다. 결국, 동민은 31세의 젊은 나이에 생을 끝냈다.

어머니와 제수 그리고 선미가 통곡했고 동욱은 다리가 후들후들 떨리며 가슴이 조여지는 것처럼 아파서 그 자리에 주저앉아 동민의 상체를 붙들고 "이놈아! 이놈아!" 하며 흐느껴 울었다.

동욱이 두 번째 치른 초상이었다. 만주에 한 번 다니러 오셨던 아버지가 내려가실 때 땅 사시라고 드린 돈을 가지고 떠나신 지 며칠이 지났는데도 도착하지 않으셨다는 동민의 전갈을 들었다. 급히 여기저기 수소문해 찾았으나 행방을 모르던 중 석 달이 다 되어서야 한 보호소에 유치되어 있다는 소식을 듣고 갔을 때엔 뼈만 앙상하게 남은 아버지가 추운 겨울인데도 모시 적삼 하나만 걸치고 초주검이 되어 있었고 몸에는 이가 어찌나 많이 득실거리는지 몰랐다.

노인이 혼자서 먼 길을 내려가다 돈과 여행증을 도둑맞고, 일본 경찰에 수상한 행려병자로 몰렸으나 말이 통하지 않아 오랫동안 온갖 고생을 겪으셨던 것이다. 결국, 그 일로 인해 아버지는 56세를 일기로 세상을 떠나셨다. 그게 동욱이 치른 첫 번째 초상이었다.

몹쓸 폐병을 앓다 죽었다고 가까이 와 돌보아 주려고 하지 않고 모두들 멀리서 구경만 하고 있을 때 팔 걷어붙이고 시신을 닦아내고, 수의를 입히고, 끝까지 장례를 돌보아 준 사람은 교회의 목사와 여전도사뿐이었다. 동욱은 그분들의 신앙에서 나온 뜨거운 사랑에 크게 감동했다.

어머니나 제수보다도 선미가 더 서럽게 우는 게 특이했다. 정원이는 삼촌이 귀찮았지만 저렇게 가는 것은 싫었다. 자기에게 관심을 둔 최초의 사람이었고 사과, 갱엿 등을 상자와 큰 판으로 사다주던 삼촌이 죽었다는 것이 슬펐다.

장례를 치른 며칠 후 날씨가 좋은 주일 아침이었다. 어머니만 집에 남고 온 식구가 예배에 참석했다. 목사는 '인간은 유한한 존재이며 죄와 죽음을 인간 스스로 해결할 수 없기에 하나님께서 예수 그리스도를 이 세상에 보내시어 죄의 문제를 십자가로, 죽음의 문제는 부활로 해결해 주시었다. 누구든지 주 예수 그리스도를 믿으면 죄와 죽음에서 자유와 해방을 얻고 참 평안과 기쁨을 얻을 뿐 아니라 영생까지 선물로 받는다.'라고 설교했다.

설교가 끝난 후 목사는 동욱의 전 가족을 여러 교인에게 소개하며 격려와 위로를 부탁했다. 동욱과 선미 그리고 제수와 정원, 정자가 함께 일어서서 교인들을 향해 인사를 했다. 예배 후 교인들은 한 가족처럼 위로해 주었고 격려를 아끼지 않았다. 누구 하나 남에게 따뜻한 마음을 나누어 주려 하지 않는 세상에서 찾아볼 수 없는 사랑이었다.

온 가족이 집으로 돌아오는 길엔 대낮의 밝고 따스한 햇살이 눈부셨다. 동욱은 더욱 착실한 교인이 될 것을 마음속으로 다짐하고 또 다짐했다.

동민이 죽은 후에도 제수는 한집에서 같이 살 수밖에 없었다. 딴살림 내기도 어려울뿐더러 그럴 필요도 없었다. 제수 역시 딱히 갈 곳도 없었고 남편 없이 시아주버니 집에 사는 것이 신경 쓰이는 눈치였으나 할 수 없었다. 자식도 없는 젊은 제수를 계속해서 데리고 있을 수는 없어서 좋은 사람 생기면 재혼하도록 하는 것이 좋을 것이지만 당장은 아니었다.

이 무렵 새 건물 교회에서 심령 대부흥회가 열렸다. 동욱은 이 기회에 어머니도 부흥회에 참석해서 신자가 되어 전 가족이 하나가 되어야겠다고 생각하고 어머니에게 간청했다.

"어머님, 이번에 훌륭한 목사님이 오셔서 부흥회 인도하시는데 어머님도 첫 시간부터 참석하셔서 큰 은혜 받으시면 좋겠네요.”

“죄 많이 지은 내가 이 나이에 이제 교회 가서 뭐하겠느냐? 너희나 잘 다니면 됐지 나는 집이나 보련다.”

“집 걱정하지 마시고 참석해 보세요. 지난 장례 때 모두 몹쓸 병이라고 아무도 가까이하지 않으려는데 목사님이 얼마나 수고 많이 하셨어요?”

선미와 제수가 함께 간청하는 것에 못 이겨 어머니도 부흥회에 참석하게 되었다.

일주일 부흥회 마지막 날 밤이었다. 밤새워 기도회를 하는 시간이었다. 모든 교인은 자기 자신의 죄를 회개하고 성령 충만을 받기 위해 그리고 가정과 국가의 장래를 위해 하룻밤을 찬송과 통성기도를 하며 지새우는 시간이었다.

동욱도 다른 이들과 함께 찬송을 부르며 통성기도를 했으나 마음에 평안과 시원함, 기쁨은 없고 오히려 답답하고 불안한 마음뿐이었다. 주위 사람들로부터 외톨이가 된 것 같은 느낌이 들었다. 사람들이 찬송하며 기도하는 소리가 모두 동욱을 비웃고 조소하는 것처럼 들렸다. 시간 가는 게 괴로웠다. 동욱은 눈을 감았다. 차라리 그냥 집으로 돌아갈까 생각해 보았다.

동욱은 두 손으로 머리를 감싸 쥐었다. 모든 것을 잊어버리려고 몇 번 머리를 흔들어 보았다. 지나온 과거의 잘못된 것들이 주마등처럼 꼬리를 이어 스쳐 갔다. 잘못한 일들에 대한 후회가 반복되었다. 동욱은 더 이상 참을 수가 없었다.

동욱은 자신도 모르게 벌떡 일어나 성큼성큼 앞으로 걸어 나아갔다. 아무것도 보이지 않았다. 강단 밑에 있는 작은 강대상 앞에 선 동욱이 말을 꺼냈다. 이상하게 말이 거침없이 흘러나왔다.

"여러분, 이놈은 말할 수 없이 무서운 큰 죄인입니다. 이 교회에 나올 수도 없고 여러분과 같이 앉아 예배 드릴 수도 없는 놈입니다. 처음에는 죄가 무엇인지도 몰랐고 저는 죄가 없는 줄 알았습니다. 여러분이 기쁨으로 찬송하고 열심히 기도하실 때 저는 그럴 수가 없었습니다. 마음은 답답하고 불안하고 괴로웠습니다. 그런데 이제 저는 제가 큰 죄인인 걸 깨달았습니다. 저는 더 이상 저의 죄들을 숨길 수가 없습니다. 저를 나쁜 놈이라고 욕해도 좋습니다. 감옥에 넣어도 좋습니다. 죽어도 좋습니다."

동욱이 여기서 말을 중단하고 두 눈을 감은 채 한동안 그냥 서 있었다.

"그러나 여러분, 저는 이 모든 것들보다 무서운 죄를 얼마 전에 범했습니다. 바로 제 동생이 죽어갈 때였습니다."

동욱은 그때의 자신이 한 행동을 다른 죄들과 함께 숨김없이 다 털어놓았다. 모두 숨죽이고 물을 뿌린 듯이 조용했다. 동욱이 말을 마치고 자리로 돌아와 앉자마자 왈칵 울음이 터져 나왔다. 가슴이 녹아내리는 것 같은 애절한 통곡이었다. 그 통곡은 슬퍼서, 괴로워서 우는 울음이 아니었다. 기쁘고 시원한 통쾌함이 그 속에 있었다. 오직 기쁨 가운데에서 울고 있는 자신만이 있을 뿐 그 외에 아무것도 없는 것 같았다. 무엇이 그렇게 서럽고 억울했었는지 모르지만 동욱은 자기 속에서 누군가가 실컷 울라고 충동질하는 것 같았다. 울수록 시원해지면서 겹겹이 가린 베일이 하나하나 벗겨지고 본래의 자신이 드러나는 것이라고나 할까? 세차게 소낙비가 한차례 내린 다음 맑은 햇살이 비치는 것과 같았다. 누군가가 동욱의 어깨를 흔들며 진정하라고 말하는 것 같았으나 쳐다보지 않았다. '진정?' 그것은 지금 동욱에게 맞는 말이 아니었다. 그냥 놔두든지 아니면 실컷 울라고 해야 했다.

얼마 후 동욱은 괴로운 현실로 되돌아오면서 아쉬운 마음을 가지고 자리에서 일어났다. 동욱의 얼굴과 주변이 온통 눈물과 콧물로 더럽혀져 있었다. 주변을 정돈하고 발걸음을 내어 디디는데 가벼워진 몸과 마음이 깃털처럼 공중으로 올라가는 듯했다. 무거운 짐을 벗어 놓은 기분이었다.

동욱이 확실한 의식 속에서 분명한 행동을 한 것인데 모두 동욱이 미친 것 아니냐고 수군거렸다.

'미쳐? 내가 미친놈이라고? 내가 내 죄를 회개하고 이렇게 기뻐 뛸 것 같은데 미친놈이라고?'

동욱이 자기를 미친 사람 취급하는 것에 대해 불만을 드러내며 아니라는 시늉을 하자 정말 미쳤다는 듯 고개를 끄덕이는 이도 있었다. 누가 집에 알렸는지 어머니와 선미가 달려와 안타까운 표정으로 동욱을 쳐다보고 있었다.

"여보! 여보! 정신 좀 차려요."

선미가 동욱의 옷자락을 잡아끌었다. 동욱은 모두 자기를 이상하게 보는 것이 도리어 이상해서 웃었다. 어머니는 저놈이 저렇게 실없이 웃는 걸 보니 정말 실성한 것이 아닌가 싶었다. 동욱은 자신이 자신을 보아도 옛날 자기 자신이 아니었다. 자만심과 교만의 껍데기가 벗겨져 나가고 어린아이 같은 새살이 돋아난 것 같았다. 모두 다 깨끗해 보였고 다 좋아 보였다.

동이 밝았다. 아침이었다. 새로운 탄생을 축하하는 첫날의 여명이었다. 동욱은 아내와 어머니에게 끌리다시피 집으로 돌아왔다. 어머니는 선미에게 지시했다.

"따뜻한 국에다 밥 말아 먹인 다음 한숨 푹 재우고 나면 괜찮을 게다."

이즈음부터 동욱은 여러모로 변하기 시작했다. 생각도 변했고 성격도 변했으며 행동도 변했다. 동생을 살리기 위해 묘지를 파서 골을 취해온 이후, 그리고 교회에서 철야기도회를 하다가 영적 체험을 한 이후로 소심하고 우유부단하던 성격이 과감하고 적극적으로 바뀌어 갔고 행동에서도 두려움이 없어지고 자신감에 차서 일을 해 나가기 시작한 것이다.

어느 날 오후였다. 밖에서 아이들과 신나게 놀고 있는 정원이를 선미가 집으로 불러들였다.

"정원아, 오늘 엄마와 같이 시장에 갔다 오자. 맛있는 거 사 줄게."

오랜만에 정원은 엄마의 손을 잡고 우성시장 여기저기를 구경했다. 한 집에 들러서는 정원이가 좋아하는 도넛을 사 주었다. 콩나물, 소고기와 돼지고기 반 근씩, 채소들도 샀다. 그러던 중 지나던 곳에 이상한 게 있어 정원이 물었다.

"엄마, 저건 뭐야? 돌처럼 생겼네."

"정원아, 저것은 양잿물이라는 거란다. 더러운 옷을 빨 때 저것을 넣고 삶으면 때가 쏙 빠지고 하얗게 되는 거란다. 그런데 아주 독해서 먹거나 손으로 만지면 큰일 난다.”

선미가 자세히 설명해 주었다.

여기저기 기웃거리며 시장을 다니다 선미가 정원이를 데리고 한 집 안으로 급하게 들어갔다. 좁은 통로를 지나 음산한 방으로 들어갔다. 울긋불긋한 그림이 걸려있는 방안에는 조그만 책상을 앞에 놓고 나이 든 여자가 화장을 진하게 하고 치마저고리를 입고 여름도 아닌데 손때 묻은 큰 부채를 흔들며 앉아 있었다.

“누구 사주 보러 왔어?”

“이 아이 사주 한번 봐 주세요.”

“어른이 아니고 아이의 사주를 왜 보나?”

“왜, 어린아이는 사주 보는 거 아니에요?”

“어린아이는 어른의 사주를 따라가니까 보지 않는 거야!”

“그래도 한번 봐 주세요.”

“그럼 음력으로 생년월일, 태어난 시, 그리고 이름을 대 봐!”

습관인지 몸을 좌우로 흔들며 앞에 있는 만세력과 또 다른 책을 이리저리 뒤적이던 점쟁이가 얼마 후 입을 열었다.

“왜 어린아이 사주는 봐 달래 가지고. 그런데 이 아이 이름은 누가 지었는가?”

“왜 그러세요?”

“이 아이 이름 지으려고 돈 좀 썼겠구먼, 그렇지?”

“아니에요. 돌림자에다 어느 자를 쓸까 하고 있었는데 마침 지나가던 한 분이 원(元)으로 하라고 해서 그렇게 한 거예요.”

“그렇다면 그분이 굉장한 분이 틀림없구먼. 이 이름은 절대 손대지

마. 아주 잘 지은 이름이니까."

"그래요? 이 아이는 앞으로 어떻게 될 거 같아요?"

또 한참을 생각하고 나서 앞에 있는 큰 책을 보면서 종이에다 무엇인가 쓰는지 그리는지 하더니 말했다.

"한마디로 이 아이가 사생아로 태어났다면 아주 좋은 사주를 가지고 있는 게 틀림없는데……."

"사생아라니요?"

"왜? 사생아도 몰라? 호적상 정식 부모가 아닌 사이에서 낳은 아이가 사생아지."

"어떻게 잘되는데요?"

"잘되면 많은 사람이 높이 보는 인물이 되겠어. 그런데 이 아이 엄마는 아주 강한 사주를 가졌구먼. 그리고 이 아이 초년에는 고생깨나 하겠어."

선미는 얼굴이 붉어지며 더 이상 묻지 않고 점쟁이 집을 나왔다. 족집게같이 용하다는 소문을 듣고 찾아왔는데 헛말은 아니라는 생각이 들었지만, 교회 다니는 사람이 이런데 드나드는 게 스스로 창피해서 얼굴 숙이고 골목을 급하게 빠져나왔다.

그날 밤, 선미는 잠자리에 누웠으나 잠이 오질 않았다. 아이 엄마의 사주가 강하다는 말이 무슨 말인가를 생각하고 또 생각했다. 그리고 또 정원이가 사생아라면 큰 인물이 될 수 있다는 말도 신경이 쓰였다.

'그렇다면 호적에 제 친엄마가 아닌 다른 사람 이름 밑에 들어가 있는 것이 사생아라는 것 아닌가? 그리고 그게 오히려 다행이란 말인

가?'

잠이 오지 않아 뒤척이는데 복중 아이가 노는 게 느껴졌다.

'너는 세상에 태어나서는 안 될 놈이다.'

지난번 아이같이 자연유산이 되면 좋겠다는 생각이 들었고 어떤 일이 있어도 그동안 식구들이 눈치채지 못하도록 조심해야 한다고 다짐 또 다짐했다. 그리고 '지금 옆에서 정신없이 코를 골며 자는 이 남자는 나에게 누구인가?' 생각하다 스르르 잠이 들었다.

선미는 요즘도 복중 아이의 유산에 몰두하고 있었다. 자기가 임신한 걸 식구들이 모를 때 없애야 한다고 생각한 것이다. 입덧할 것 같은 기미가 보이면 생명을 걸고 참아야 한다고 생각했다.

점쟁이가 말한 '강한 사주'가 무얼 뜻하는지 곰곰이 생각하고 또 생각했다. 지금 자신이 생명을 걸고 입덧하는 것을 식구들에게 감추려 드는 것도 강한 것이 될 것이고, 복중 아이를 유산시키려 하는 것도 강한 것이 될 터이고, 이도 저도 아니면 자기 하나가 없어지면 그만이라는 생각을 이따금 하는 것도 강한 사주에 들어갈 것이었다.

그 점쟁이에게 '강한 사주'가 무엇을 말하는 거냐고 묻지 않은 것을 오히려 잘한 일이라 생각했다. 정원이 사주가 그러하고 잘하면 사람들이 높이 보는 인물이 된다니 마음이 놓였다.

천성이 부지런하여 일하지 않으면 못 배기는 성격인 어머니는 집안 살림이 어려워지는 것을 눈치채고 어디서 구럭(바구니) 만드는 일을 맡아와 둘째 며느리를 데리고 온종일 바구니를 만들며 소일했다. 빳빳한 고무 전깃줄같이 생긴 것으로 시장바구니를 만들어 납품하면서 얼마를 품삯으로 받고 있었다.

제수 태숙은 남편 없이 시아주버니 집에 얹혀사는 것이 거북스러운지 긴 마루를 거처 변소에 갈 때도 소리를 내지 않고 걸어 다녔다. 아침에는 제일 먼저 부엌에 들어가 아침 준비를 했고, 앞마루와 변소로 가는 긴 복도 걸레질을 도맡아 하며 집안에서도 동욱이 보기를 면구스러워 했다. 아이도 없으니 어디 좋은 홀아비라도 있으면 짝지어 주자고 동욱 내외는 마음먹고 있었다.

늦봄, 따스한 햇살이 비칠 때 마루의 유리 덧문을 열어 놓고 다다미 방문까지 활짝 열어 놓으면 시원한 바람이 집안 깊숙이 들어왔다. 수돗가의 석류는 열매를 많이 맺지는 않았으나 쫙 벌어지면서 빨간 속살을 드러냈다. 헛간의 토끼 두 마리는 식욕이 왕성해서 주는 풀을 다 먹고도 토끼장 나무까지 갉아 먹었다. 수도꼭지는 고무가 다 닳았는지 물이 방울방울 떨어져서 그 밑에 큰 양은 대야를 받쳐 놓았는데 얼마 후에 보면 가득 차 넘치고 있었다.

"형님, 저 방을 저 혼자 쓰기가 너무 죄송하니 세놓으시는 게 좋겠어요."

"그럼 동서는 어떻게 하고?"

"저는 어머님과 정자와 함께 안방에서 자든지 아니면 다다미방도 좋아요."

"그래? 한번 어머니한테 상의해 보고……."

어머니는 둘째가 생각 한번 잘했다고 좋아하며 당장 방 구하는 사람을 찾았다.

정원은 공부하라고 심하게 닦달하며 다그치던 삼촌이 돌아가고 없으니 좋았지만, 한편으로는 섭섭하기도 했다. 먹을 것과 용돈 주는 사람도 없어졌기 때문이었다. 학교 마치고 집에 오면 토끼풀 뜯어 먹이는 임무가 정원에게 주어졌다. 토끼풀을 주려고 가까이 다가갈라치면 하얀 토끼가 두 앞발을 들어 망에 대고 반가워하며 빨간 눈을 크게 뜨고 토끼장 안을 뛰어다니는 것이, 보는 재미가 쏠쏠했다. 하루에 한 번씩 토끼장을 청소해 주고 새 풀로 갈아 주고 물통에 물을 넣어 주면 밖에 나가 놀아도 되었다. 학교 운동장에는 조그만 고무공을 가지고 축구 연습하는 아이들이 언제나 있었고 학교 옆 앵산공원과 동네 골목을 오가며 뛰놀기에 해 가는 줄 몰랐다.

선미는 배가 차츰 불러오는 게 겁이 나 아침에 일어나면 아무도 모르게 복대를 했고, 잘 때에야 복대를 풀었다. 식구들이 눈치채기 전에 유산되어야 하는데 그러질 못하고 하루하루 날짜 가는 게 겁이 나고 싫었다. 선미가 복대를 했다 풀었다 하는 걸 동욱은 전혀 눈치채지 못했다.

또 요즘 들어서 선미는 정원과 정자를 전에 없이 엄격하게 다뤘다. 칫솔질하는 것, 손발 닦는 것, 옷 잘 개켜 놓고 자는 것 등을 등한히 하거나 잘못하면 매질까지 했다. 전과 같이 잘하고 있는 공부도 왜 이것밖에 못하냐고 다그쳤다. 한동안 삼촌이 그러더니, 아버지가 뒤따랐고 이제는 또 엄마가 그 역할을 맡기라도 한 듯 정원과 정자를 가르쳤다.

정원이야 열 살이 되어 앞뒤를 가렸지만, 정자는 이제 일곱 살밖에 안 되었는데 큰 애 다루듯 했다. 밥 먹다 밥풀을 흘려도 나무랐고 물을 엎질러도 혼냈다. 밖에서 놀다 옷을 더럽히고 와도 꾸중을 했고 특히 어른들한테 존댓말을 쓰지 않고 잘못하는 것 같으면 불호령이 떨어졌다. 그리고 정원에게는 "네가 오빠니까 어린 정자를 잘 책임져야 한다. 정자는 아직 이것저것 잘 모르니까 잘못하는 것 있으면 네가 따끔하게 혼내고 잘 가르쳐야 한다. 앞으로 정자가 학교에 가게 되면 네가 잘 가르쳐 주어야 한다. 잘 알았지?"라는 다짐을 반복했다.

정원은 자기가 이제 겨우 열 살 철부지인데 어른같이 말하고 행동할 것을 강요하는 엄마가 싫고 짜증이 났다. 왜 어른들은 하나같이 아이를 아이같이 놔두지 않고 애늙은이를 만드는가 싶었다. 이래저래 정원은 이 눈치 저 눈치 보며 지내야 했다. 정원은 형도 없고 누나도 없는 게 너무 아쉬웠다. 다른 아이들은 형과 누나가 있어 역성도 들어주고 이것저것을 잘 챙겨 주건만 정원은 그럴 사람이 왜 자기에게는 없나 싶었다.

어느 날 오후 선미가 시장에 나갔다. 아동복 가게에 들려 정원과 정자의 옷들을 몇 가지 샀다. 집에 와 아이들에게 그 옷을 입혀 보니 상당히 큰 옷들이었다. 시어머니가 못마땅하다는 듯 말했다.

"아니, 너는 장에 갔다가 웬 아이들 옷을 그렇게 많이 사왔냐? 요새 장사도 시원치 않은데 옷 살 정신이 어디 있어? 그리고 네 눈에는 아이들 옷밖에 안 보이더냐? 애비도 옷이 없어 같은 옷만 밤낮 입고 다니더구먼. 그리고 왜 그렇게 큰 옷들로 사왔냐? 하기야 애들은 하루가 다르게 크니까 넉넉한 것으로 사야 하긴 하지만, 너무 큰 거 아니니?"

선미는 시어머니가 아이들 옷이 너무 크다고 하는데 오히려 안심이라는 표정을 지었다. 선미는 그 이튿날 오후에도 또 시장에 나가 정원과 정자의 신발을 사 왔는데 이것들도 지금 당장 신기에는 헐렁한 것들이었다. 동서 동민댁이 선미가 없을 때 시어머니에게 넌지시 말했다.

"어머님, 형님이 요즘 왜 아이들 물건을 자꾸 사온대요? 그것도 큰 것으로요?"

"글쎄다. 쌀 때 미리 사 두려고 그러는 거겠지."

"그리고 어머님, 형님 몸이 요새 좀 이상해 보이지 않아요?"

"왜, 어떻게 이상해 보이는데?"

"아무래도 배가 좀……."

"얘도, 난 그런 거 모르겠더라. 전에 유산한 지 꽤 됐는데 다시 아이를 가졌다면 다행이로구나."

"한번 어머님께서 넌지시 물어보세요. 아무래도 좀……."

그날 저녁 설거지를 끝내고 윗방으로 들어가려는 선미의 뒷모습을 유심히 쳐다보던 시어머니가 선미를 불러 세웠다.

"얘야! 수고 많았다. 그런데 너 요즘 어디 몸 안 좋은 데라도 있느냐?"

"예? 어머니, 왜 그러시는데요?"

"작은 애가 그러는데 네가 꼭 아이 가진 사람 같댄다."

"아이는 갑자기 무슨 아이예요. 아니에요, 어머니."

"그렇지? 하기는 사내아이 하나쯤은 빨리 더 낳아야 정원이가 외롭지 않을 텐데……."

"참 어머니도, 그리고 정원이는 정자가 있는데 왜 외로워요?"

선미는 얼굴이 붉어졌지만 관심을 가지고 물었다.

"그게 그렇지 않단다. 정원이와 정자는 남매지간 아니냐? 아무리 남매가 의지하며 산다고 해도 남매는 형제와는 다른 거다. 계집애는 시집가면 그만이고, 형제는 결혼하더라도 서로 떨어질 수 없는 거야! 동욱이와 동민이를 봐라. 얼마나 형제간에 우애가 좋았냐?"

선미는 복대를 풀면서 송골송골 솟아난 이마의 땀을 닦았다. 애도 낳아본 일이 없는 동서가 어떻게 눈치 챘나 싶었고, 시어머니가 한 말이 계속 마음에 걸렸다. 정원이가 외롭지 않도록 남동생 하나를 더 낳아야 한다는 말이 선미의 가슴을 계속 파고들었다.

복중 아이를 유산시키려고 지금까지 여러 궁리를 하고 있었는데 그럴 게 아니라 시어머니 말씀 따라 정원에게 남동생 하나가 생긴다면 정말 잘 되는 일이라는 생각이 들었다. 선미는 이참에 차라리 아이를 가졌다고 말해 버리고 아이를 낳는 게 순리라고 생각했다. 오늘 밤 동욱에게 먼저 말해 볼 일이라 작정하고 자리를 폈다.

동욱은 밤늦게 집에 돌아왔다. 선미가 인기척을 하자 동욱이 이렇게 말했다.

"아직 안 자고 있었어? 나 유기점, 그 노인에게 오늘 다 넘겨줬어."

전에 같으면 선미는 자기와 한마디 상의도 하지 않고 넘겨주었느냐고 불평했을 터인데 "그래요? 잘했어요."라고만 했다.

선미는 벌써 넘겨줄 줄 알았는데 그동안 용케 버텨왔다는 생각이 들었다.

"그런데 여보!"

"왜?"

"나, 지금 아이 가졌어요. 몇 개월 됐어요."

“그래? 당신 지난번에 실패했었는데 조심하라고. 우리가 아이 가질 때가 되긴 되었지…….”

동욱이 싫어하는 기색이 아니었다. 선미는 ‘휴—’ 하고 깊은 숨을 내쉬었다. 이제 복대도 풀고 시어머니에게도 말할 수 있게 된 것이다. 정원에게 사내 동생이 하나 더 생겼으면 하는 바람이 강하게 일었다. 시어머니는 선미가 아이 가졌다는 말을 하자 뛸 듯이 기뻐했다.

“너도 그렇지, 어떻게 몇 달 동안 그렇게 내색도 않고 숨길 수 있니? 너도 참 독하다. 둘째가 보기는 제대로 보았구나. 이번에는 잘못되지 않도록 각별히 조심해야 한다. 알았느냐?”

“네. 알았어요. 어머니.”

동욱은 유기점을 넘겨주고 받은 돈으로 고구마가 잘 됐다는 전라도에 가서 고구마를 사다가 팔아볼 작정으로 전라도에 가서 고구마를 한 트럭 가득 사왔다. 그런데 일이 안 되느라고 고구마 값이 원가보다 더 아래로 내려가고 있었다. 좀 더 기다려 보면 값이 오르겠거니 생각하고 하루하루 기다렸는데, 고구마 더미 밑에서 고구마 썩은 물이 흐르기 시작했다. 할 수 없이 동욱은 좋은 고구마를 따로 골라내고 썩어가는 고구마를 한 바가지씩 이웃에게 나누어 주었더니 줄을 서서 받아갔다. 동욱은 그날 고맙다는 인사를 수없이 받았다. 상한 고구마에도 감사할 만큼 어렵고 힘든 시기였다.

동욱 내외도 예외가 아니었다. 연거푸 장사 실패로 돈은 메말랐고, 한말씩 곡식을 사다 먹지 않으면 안 되었다. 거기에다 몇 달 후면 선미가 해산해야 하는데 여간 걱정이 아니었다. 동욱은 다른 사람보다도 제수 보기가 미안했다.

“여보, 주무세요?”

“아니…….”

“…….”

“왜 그래?”

“아무리 봐도 당신 너무 많이 변한 거 같아요. 낯설고 물선 만주 땅에서도 그렇게 일을 잘하던 양반이, 여기 와서 왜 그렇게 모든 일에 자신을 잃은 사람처럼 용기가 없어졌어요? 지금 우리 형편에 무슨 체면이나 누구 사정 보게 됐어요? 무슨 일을 해서든지 자식들하고 먹고는 살아야죠. 우리가 죽을 고생하며 만주에서 나오던 때를 생각해보세요. 그때 생각하면 못할 일이 뭐 있겠어요. 어머니 좀 보세요. 손자들 굶기지 않으려고 밤낮없이 구럭 만드시느라 손에 못이 다 생기셨어요. 얼마나 더 사신다고 그 고생하시게 할 수 없잖아요? 우리 동서도 어디 마땅한 데 있으면 빨리 재혼시켜야지 언제까지 젊은 나이에 딸린 애도 없이 이렇게 지내겠어요. 교회도 그래요. 세상이 나쁘니 그냥 아무 일 말고 구경이나 하면서 살라고 하나님이 원하시지는 않아요. 열심히 일하여 떳떳하게 잘 사는 것을 원하세요.”

동욱은 아무 말 없이 듣고만 있었다. 선미의 손이 동욱에게로 다가왔다. 둘은 서로의 손을 굳게 잡았다. 선미의 손은 예전과 다름없이 따뜻했다.

“여보, 우리 이 집 팔고 다른 데로 이사 가면 어떻겠어?”

“왜 갑자기 그런 생각을 했어요?”

“좀 떨어진 곳에 채마밭이라도 있는 넓은 곳으로 이사하면 좋겠다는 생각을 그냥 한번 해 본 거야.”

"그래요? 한번 자세히 알아보세요."

정원이는 계속 공부를 잘하고 정자도 학교에 갈 나이가 되었다. 동욱도 교회에서 집사 임명을 받았다.

건넌방에 세 들어 살 사람이 정해졌다. 공주경찰서 경위 부부가 들었다. 정원은 죽은 삼촌이 돌아온 것처럼 느껴졌다. 경위는 키가 컸고 새치가 있어 나이 들어 보였다. 아침에 정복 입고 출근하는 모습이 멋있었다.

건넌방에 세든 사람이 이사 오면서 자연히 집안사람들은 언행에 신경을 쓰게 됐다. 혼자된 제수가 제일 마음이 괴로운 듯 보였다. 같은 경찰이었고 그 방에서 살았던 남편이 그 방에서 죽었으니 더 그러할 것이었다.

동욱은 집 팔고 이사 갈 집을 찾기 위해 여기저기 찾아다니느라 분주했다. 복덕방 노인들과 집을 보고 다니는 중에 집에 대한 관심도 커졌고 흥미도 생겼다.

몇 달이 지났다. 선미의 배가 남산같이 불러왔고 해산날이 가까웠다. 애를 유산하지 않은 게 여간 잘한 일이 아니라고 선미는 생각했다. 정원에게 남동생 하나 더 생긴다면 외롭지 않고 서로 힘들지 않을 것이라는 시어머니의 말이 아이를 살린 것이었다. 선미는 하나님께 제발 사내아이가 나오게 해달라고 기도하고 또 기도했다. 죽은 삼촌이 보낸 생명이길 바랐다. 삼촌같이 영특하고 사려 깊고 훌륭한 아이가 태어나 삼촌이 못다 푼 소원을 다 펼치면 좋겠다고 생각했다. 선미에게 가장 기대되고 가장 보람되고 가장 기쁜 해산이었다. 이것저것 해산을 준비하는 일이 기뻤다.

만반의 준비를 끝내고 해산 날짜만 기다리고 있었다. 어떤 애가 태어나든 틀림없이 사내아이라 선미는 믿었다. 임신기간에 일어난 신체상의 징후들도 정자 때보다는 정원 때에 가까웠고, 어쩐지 느낌도 사내아이였다. 시어머니도 선미의 배를 보며 틀림없이 사내아이라고 좋아했다. 동서는 자기도 아이가 하나 있었더라면 그 아이 키우는 재미로, 또 큰 다음에는 그 아이를 의지하며 일생을 살 수 있을 거라고 넌지시 부러움을 내비쳤다.

동욱은 선미의 해산날이 가까워 오자 산파를 불러 해산을 돕게 하려고 했지만, 선미는 필요 없다고 했다. 어머니도 말했다.

"여자가 셋씩이나 있는데 무슨 산파가 필요하냐? 내가 두 아이 해산을 못 보았는데 그럴 필요 없다고 해라."

"여보, 아이 태어나면 이름을 뭐라고 하면 좋겠어요?"

"낳아 봐야 알지!"

"틀림없이 사내아이예요."

"어떻게 당신 사내아이라고 확신하는 거요?"

"틀림없어요. 사내아이 이름이나 생각해 놔요."

"남자라면…… 가만있자, 정구(楨九)라고 할까?"

"정구요?"

"응, 아홉 구(九)자가 부르기도 좋고 괜찮을 것 같아."

한 생명이 떠나가면 다른 한 생명이 오는지, 동민이 세상 떠난 지 일 년이 안 되어 새 생명이 대신 태어났다. 생각대로 사내아이였다. 선미는 정구를 품에 안고 한없이 눈물을 흘렸다. 한때 유산되기를 바라고 얼마나 아이를 미워하며 없앨 궁리를 했었던가를 생각하니 어린 생명 보기에 미안했고 한없이 부끄러웠다. 아이를 똑바로 바라볼 수가 없었다. 그러나 한편 정구가 커서 정원을 도우며 서로 의지하고 살아갈 것을 생각하니 흐뭇하고 좋았다. 세상 떠난 삼촌만 같기를 선미는 바라고 또 바랐다.

동욱이 선미 눈치를 보며 출생 신고하러 가는 기미가 보였다. 전 같으면 싫은 소리 한 마디 할 법도 했으나 선미는 모른 척했다.

어머니는 두 번째 손자를 본 것이 그렇게 좋은지 집안에 경사 났다고 온 동네로 마실을 다니며 자랑하기에 바빴다.

동욱은 그동안 무슨 사업을 하면 좋을까 마땅치 않아 머뭇거리고 있었는데 이제 해야 할 사업이 분명하게 떠올랐다. 헌 집을 헐값에 사서 깨끗하게 수리한 다음 이를 되팔면 이문도 많이 남고, 볼품없던 초라한 집이 좋은 집으로 바뀌어서 동네도 좋아지고 나라에도 보탬이 될 것이었다. 동욱이 그동안 주저한 것은 개인의 이득뿐 아니라 사회와 나아가 국가에 도움되는 일이 무엇인가 찾지 못하여 그리된 것이었다. 낡은 집들이 새집으로 바뀐다면 나라도 좋은 나라가 될 것 아닌가.

선미는 정구에게 젖을 물리며 전에 없이 밝은 표정이었다. 정구가 태어나지 않았더라면 그리고 정원이 혼자 이 세상을 어떻게 살아나갈 것인가를 생각하면 선미는 끔찍했었다. 정자는 여자니까 커서 결혼하면 떠나갈 것이고 정원이 혼자 남을 것인데 정구가 생겼으니 한결 마음이 놓였다.

동서는 새로 생긴 조카 정구를 여간 귀여워하지 않았다. 자기가 낳은 자식처럼 생각하는 것 같았다. 오랜만에 집안에 아이 우는 소리와 어른들이 웃는 소리가 담을 넘어갔다.

　정구가 태어난 지 3개월이 지나고 있었다. 며칠 있으면 백일이었다.

　"여보, 며칠 후면 정구가 태어난 지 백일이에요."

　"그래?"

　신문을 보고 있던 동욱이 건성으로 대답했다.

　"백일잔치까지는 안 하더라도 기념될 일을 했으면 좋겠어요."

　"돌도 아닌데 뭐 그런 것을 해?"

　"그래도 백일인데……. 옛날부터 아이가 백일 넘기기 어려워 백일을 돌보다 더 중요하게 생각했어요."

　"……."

　선미는 동욱보다 시어머니에게 말하는 게 빠를 것 같았다.

　"어머님, 며칠 있으면 정구가 태어난 지 백일이 돼요. 백일잔치까지는 못해도 그냥 넘어가려니 섭섭해요."

　"벌써 백일이구나. 그러면 간단하게 떡 좀 하고 부침개라도 해서 몇 집이 나누어 먹자꾸나."

　시어머니는 정구가 하루가 다르게 자라며 귀엽게 노는 것을 보는 게 더없는 즐거움이었다.

　따스한 햇살이 마루에 와 닿으면 유리문을 활짝 열어놓았다. 빨랫줄에는 기저귀가 바람에 날렸고 옷장의 요와 이불, 담요를 내다 햇볕을 쬐면 솜들이 부풀어 올라 오후에 이불장에 개켜 넣으려면 잘 들어가지 않았고 토끼장 안의 토끼들은 사람이 지나가기만 해도 발로, 이빨로 제집을 갉아대며 야단이었다. 골목에는 어제 왔던 엿장수의 가

위 소리가 커졌다가 작아졌다 했고 아이들이 노는 소리도 왔다 갔다
했다.

정원은 무료한 오후, 긴 송곳으로 마루 사이 홈 속에 있는 더러운
것들을 파내고 있었다. 몇십 년 동안 들어가 쌓여 검게 된 더러운 것
들이 줄 모양대로 나오고 있었다. 평소 저것들을 한번 다 파내고 말
겠다고 생각한 일을 지금 실천하는 중이었다. 판 곳은 깨끗해진 것
같아 시원했지만, 도로 또 그렇게 되고 말 것이었고 파낸 것만큼 아
름다워지는 것도 아니었다. 오히려 흉물스런 모습이어서 정원은 곧
포기하고 말았다.

선미는 요즘 와서 정원과 정자를 전보다 한층 더 엄하게 다뤘다.
잠자리 들기 전 옷을 개켜놓는 것도 반듯하게 하지 않으면 나무랐고,
신발 벗는 것에서부터 밥 먹는 자세 등 너무 엄격하게 해서 정원은
짜증이 났다.

어느 날 선미가 정원을 조용히 불렀다. 정원은 또 무슨 지적을 받
는가 싶어 겁먹은 표정으로 선미 앞에 섰다.

"정원아, 엄마가 시키는 일 너는 잘할 수 있지?"

정원은 대답 대신 고개를 끄덕였다.

"어른이 뭐라고 말씀하시면 고개만 끄덕이지 말고 말로 대답하라
고 했지?"

"네."

"너 우성시장에 가서 지난번에 보았던 양잿물 좀 사와야겠다. 빨래
삶을 때 넣고 삶으면 때가 깨끗하게 빠진다는 거 너 알지? 다른 사람
모르게 사서 오는 길에 어디 두었다가 밤에 다시 가서 가지고 와라.

누가 보면 절대로 안 된다. 알았지?”

정원은 또 머리를 끄덕거렸다. 정원은 선미가 시킨 대로 우성시장에 가서 양잿물을 샀다. 두꺼운 시멘트 종이에 싼 것을 지푸라기에 묶어서 주었다. 정원은 양잿물을 가지고 집으로 오다가 박물관 앞 나무 숲 속에 보이지 않게 감추어 두고 집에 돌아왔다.

“산 거 잘 두고 왔지?”

“네.”

“이따 어두워지면 가서 가져 오너라. 아무도 모르게 해야 한다. 알았지?”

“네―.”

이제 열 살 된 정원은 선미의 말에 언제나 겁부터 먹었고 한 치의 잘못도 없이 행동하지 않으면 혼쭐나는 게 두려웠다.

그날 밤이었는지 그 다음 날이었는지 확실치 않다. 모두 깊은 잠이 든 밤 선미는 정구에게 젖을 맘껏 빨린 후 부엌에 들어가 깨끗하게 몸을 씻고 깨끗한 옷으로 갈아입었다. 그러고 나서 양재기에다 물을 붓고 그 안에 양잿물을 넣은 다음 곤로에 불을 붙여 끓였다. 그리고 그 끓은 물이 식기를 기다렸다.

“하나님 아버지, 지금이 제가 가기에 제일 좋은 때입니다. 남기고 가는 세 아이를 하나님께 맡깁니다. 잘 자라서 큰 사람 되게 해 주세요. 저는 이름도 없이 사라지겠습니다. 제가 잘못한 모든 죄는 예수 그리스도의 보혈로 다 깨끗하게 씻어 주세요.”

선미의 두 눈에서 눈물이 한없이 흘러내렸다. 선미는 양잿물이 든 양재기를 두 손으로 든 다음 눈을 감고 단숨에 마셔버렸다.

“악!” 하는 외마디 소리가 부엌에서 크게 났고 이어서 “정원아! 정자야! 정구야!” 하는 선미의 부르짖는 소리에 동욱이 벌떡 일어나 부엌으로 뛰어 들어갔다. 선미가 입에서 피를 흘리며 부엌 바닥에 쓰러져 있었다. 동욱이 선미를 급히 안고 마루로 올라왔다. 선미의 입에서 토악질한 것이 나왔다. 토한 것이 떨어진 마루가 금방 허옇게 변색되었다. 선미는 눈을 한 번 뜨는가 싶더니 동욱의 품 안에서 그대로 고개를 떨어뜨리고 말았다. 영문을 모르고 뛰어나온 어머니는 선미를 붙들고 안타까워하며 “에미야, 이게 웬일이냐! 이게 웬일이야!” 하다가 흐느껴 울었고 제수는 “형님! 형님!” 부르짖으며 통곡했다.

온양에서 태어나 온양고등여학교를 졸업한 후 오사카 음악전문학교에 가려고 일본에 건너간 선미는 그곳에서 동욱을 만나 결혼했다. 함께 만주로 건너가 정원과 정자를 낳아 7년여를 살다가, 40여 일의 갖은 고생 끝에 공주에 도착해 몇 해 만에 정구를 낳았고, 그 막내가 백일이 지나자 양잿물을 음독했다. 서른셋의 짧은 생애를 스스로 끝낸 것이다. 자기가 낳은 자식이 셋씩이나 되는데도 호적상이나 법률상으로 하나도 자신이 낳은 아이가 될 수 없음을 비관한 데다 그나마 자신을 이해해 주고 도와주던 삼촌마저 영원히 곁에 있을 수 없게 된 절망 때문이었다. 그리고 점쟁이가 말한 ‘강한 사주’도 한몫 거든 점도 있었다.

정원과 정자는 깊은 잠 속에서 지금 일어난 일을 전혀 몰랐고 정구만이 무엇을 아는지 심하게 울어댔다. 제수가 정구에게 다가가 어르고 달랬으나 더 심하게 울어댔다. 그날부터 정구를 맡아 키우는 일은 어머니의 몫이 되었다.

선미의 장례는 목사가 와서 간단하게 치렀고 화장한 후 유골을 의당면 선산 동민이 묘 옆에 매장했다.

백일을 막 지난 정구에게 암죽을 해 먹였으나 잘 먹지 않았다. 제 어미의 젖 맛을 아는 것 같아 할머니의 젖을 빨게 했으나 젖이 나올 리 없었다. 헛젖만 빨아 짜증나는지 더 울며 보챘다. 정구는 밤낮없이 허기져 울어댔다. 그때마다 할머니는 젖을 물렸고 암죽을 숟가락으로 입에 떠 넣었으나 먹는 둥 마는 둥 했다. 동네 애 엄마나 소쿠리를 이고 어린 애를 등에 업고 다니는 장사가 오면 마루에 앉게 해서 물건을 팔아주며 젖동냥을 했는데 잘 빨아먹었다. 정구가 젖을 허겁지겁 빨아먹으면 쯧쯧 혀를 차며 안쓰러워하던 엄마들이 잠시 후 젖이 아까운지 빨아먹고 있는 젖을 살그머니 빼냈다. 그러면 정구는 또 울었다. 정구가 울면 누이인 정자도 따라 울며 "엄마! 엄마!" 하며 없는 엄마를 찾아댔다. 정구는 낮에도 울었고 밤에도 울었다. 동욱이 정구 우는 소리에 잠을 잘 수 없다고 짜증을 내면 어머니는 동욱 쪽을 보며 소리쳤다.

"네놈이 뭐 잘한 게 있다고 잔소리냐?"

정원은 마음이 괴로웠다. 이 엄청난 일에 자기가 무관하지 않다는 느낌이 들었다. 자꾸만 엄마가 심부름시켰던 양잿물이 눈앞에서 어른거렸다. 다른 한편으로는 사람들이 자기와 정자를 보고 머리를 쓰다듬어주며 "안됐다. 불쌍하다."고 하는 것이 싫지 않았고, 무섭게 닦달하던 엄마가 없는 것이 좋기도 했다.

정원의 학교 성적은 점점 떨어지고 있었다. 세상이 텅 빈 것 같은 허전함을 느낀 것은 한참 지나서였다. 집안 분위기는 낮에도 밤에도 무거웠다.

동네에서는 몹쓸 병으로 앞길이 구만리 같은 동생이 죽고 동욱의 아내까지 자살한 것을 보고 "교회도 유별나게 다니고, 신사를 때려 부숴 교회로 만들더니 저렇게 되었다."라고 말하는 이가 있는가 하면 어떤 이는 동욱이 딴 여자를 봐서 생긴 일이라고 수군거리기도 했다.

정구가 하도 젖을 빨아대니 예순이 넘은 할머니 젖에서도 젖이 다 나온다는 말이 나왔다. 할머니는 정구 키우는 일 때문에 사는 보람을 새롭게 느끼고 있었다. 이게 손자인지 자식인지 구분도 안 되었고 눈코 뜰 새 없이 바빴다. 먹을 것 만들어 먹여야지, 기저귀 갈아 주고 빨아야지, 옷도 장만해 입혀야지, 그러다 보니 자연히 집안일은 둘째 며느리 몫이 되었다. 태숙도 모처럼 이 집에서 자기 할 일이 생겨 어깨가 펴졌고 떳떳했다. 하루 세끼 밥하고 벗어 놓은 옷 빨아 널고 집안 청소하면 하루해가 쉽게 갔고, 몸은 고단했지만 사는 보람은 있었다.

왜 어린 삼남매를 두고 그렇게 갔을까, 태숙은 형님을 생각하면 할수록 그 이유가 석연치 않았다. 자기는 벌써 이상한 눈치는 챘었지만 차마 그렇게 모질게 갈 줄은 몰랐다. 아이들 옷과 신발을 일부러 큰 것으로 사온 것 하며 아이들을 닦달한 것도 모두 계획적이었다는 생각이 들면서 여간 무서운 사람이 아니라는 상념이 계속 맴돌았다. 자기가 없으면 아이들 옷 사 입힐 사람도 변변찮을 것이며 아이들이 남들에게 후줄근하게 보이는 것까지 신경 썼고, 새로운 여자가 계모로

246

들어와 살게 되면 눈치 보이지 않게 하려고 아이들을 그렇게 닦달했
구나 생각하니 참 무서운 여자였던 게 분명했다. 어쩌면 그렇게도 남
편보다 더 의지하던 시동생 동민이 죽고 없자 그런 마음을 먹기 시작
했는지도 모른다는 생각이 들기도 했다.

동욱은 이사를 서둘렀다. 더 이상 이 집에서 살고 싶은 마음이 없
었다. 죽은 아내와 동생의 흔적이 여기저기 묻어 있어 더욱 싫었다.
얼마 떨어지지 않은 도립병원 앞에 채마밭이 넓은 집이 마음에 들었
다. 집 팔아 남는 돈도 얼마는 될 것이었다. 새로운 집에서 새로운 생
활을 해야 한다고 강하게 다짐했다.

가까운 곳이라 이사는 짐수레 두 개와 인부 두 사람에게 하루 품삯
을 주고 맡겼다. 방은 둘이었지만 커서 옹색하지 않았고 채마밭이 꽤
넓어 소일하기에 좋았으며 안에 우물과 펌프도 있었다. 방 옆에 넓은
공간이 있어 방 두 개쯤 들여도 되었고 길가에 있어서 가게 자리로도
손색이 없었다.

한길에서 보면 시멘트벽이 높이 쳐 있어 이층같이 보였는데 등교
시간이 되면 여러 학교로 가는 학생들로 붐볐고 도립병원이 바로 앞
에 있어 가게 하기에도 제격이었다. 부엌이 딸린 안방에서는 어머니
가 정구와 제수 그리고 정자와 함께 잤고, 윗방에선 동욱과 정원이
자기로 했다.

어머니는 넓은 채마밭을 보고 너무나 좋아하며 종일 밭에서 채소
를 가꾸며 소일하고 젖을 떼기 시작한 정구는 이제 제수 차지가 되
었다.

동욱이 혼자가 되자 교회나 동네에서 만나는 사람마다 재혼 이야

기를 꺼냈다.

"집사님, 아이 셋하고 어머님까지 계시는데 집안 살림 맡아 할 안 사람이 있어야지요. 여자는 혼자 살아도 괜찮지만 남자는 혼자 못 살아요. 초라하고 꾀죄죄해 보여요."

"마침 제수씨가 있어서 어려움이 없습니다."

"제수는 제수고 어디 부인하고 같습니까? 그리고 집사님, 제수도 속히 좋은 재혼자리 찾아 보내야지. 언제까지 혼자된 시아주버니와 함께 살아갑니까? 남 보기 흉하게시리……."

동욱이 생각해도 그건 그랬다. 홀아비된 시아주버니와 청상과부된 제수가 한집에 사는 것은 아무래도 좀 뭐했다. 그러나 지금 당장 어디 마땅한 사람이 있는 것도 아니고 갈 데 없는 제수를 무작정 가라고 하는 것은 죽은 동민을 봐서도 절대 할 수 없는 일이었다.

하루는 나이 든 목사가 예배를 마치고 나오는 동욱을 따로 불렀다.

"집사님, 상처하신 지 얼마 안 되어 말씀드리기 죄송하지만, 우리 교회에 출석하는 사람 가운데 이혼하고 딸 하나와 함께 친정에 와서 사는 분이 있는데 집사님하고 재혼하면 어떨까 생각하고 있습니다."

"글쎄요. 재혼 같은 것 아직 생각해 본 일이 없는데요, 목사님."

"재혼이 쉬운 건 아니지만, 어차피 재혼할 것이라면 빠를수록 좋습니다. 한 번 생각해 보세요. 집사님이 그 여자분을 아실는지 모르겠는데, 자주 나오지는 않지만 내가 보기에 얌전하고 집사님에게 어울린다고 생각합니다."

동욱이 짐작되는 여자 하나가 있었다. 만나서 이야기 나눈 일은 없지만 어쩌다 지나칠 때면 서로 눈인사를 하던 그 여자 같았다. 그 일이후 동욱은 교회에서 그 여자를 눈여겨 찾는 새로운 버릇이 생겼다. '오늘 교회에 왔나? 어디에 앉아 있나? 오지 못했으면 무슨 사정이 있어 못 왔나? 어디에서 사나?' 등이 궁금했다.

공주성결교회는 신사 자리가 교회로 바뀐 것 때문에 교단에서 유명해졌다. 공주 시내를 내려다보는 봉황산 중턱에 있어 경치 좋고 공기와 물이 좋은 곳으로 소문나 전국적인 모임과 행사가 많아졌다. 자연히 공주읍에서 교회 위상도 전과는 달라졌고 사람들도 많아졌다. 읍내에 학교도 많고 많은 계단 때문인지 노인들보다는 젊은이들이 많았다. 수백 개의 계단을 오르는 게 젊은이들에게는 재밋거리이자 운동이었다.

얼마 후 나이 든 목사님이 교회를 떠났고 더 젊은 목사가 담임으로 새로 부임했다. 동욱은 자기를 신앙으로 잘 이끌어 주던 목사가 떠나는 게 섭섭했지만, 한편으론 자기의 아픈 과거를 잘 모르는 새 목사가 부임하는 것이 좋았다.

정원은 학교가 동네에 붙어 있어 놀기 좋았고, 학교 바로 옆에는 앵산공원이 있어서 친구들과 수시로 가서 놀았다. 교회에 가면 수많은 계단과 넓은 교회 주변에서 마음껏 뛰놀았다. 계단 옆에 배수로로 만들어진 홈에 넓은 돌을 깔고 앉으면 썰매처럼 신나게 타고 내려갈 수 있어서 재미가 있었고, 교회 앞마당과 봉황산은 아이들이 편 갈라 뛰놀기에 아주 제격이었다. 그리고 목마르면 약수처럼 항상 물이 흐르는 곳에 가 맘껏 물을 마셨고 세수도 했다.

정원은 한편으로는 엄마가 세상을 떠난 후 소심해지고 의기소침해졌다. 사람들 눈치를 보며 자신감과 담대함이 약해지고 매사에 머뭇거리는 아이로 변해갔다. 어떤 행동을 할 때면 어른에게 꾸중 듣는 것은 아닌가 하면서 몸을 사렸다. 그리고 다른 아이들이 하는 행동을 지켜보는 것으로 만족하는 아이가 되어 갔다.

학교 운동장에서 아이들과 늦게까지 놀다 모두 집으로 돌아갈 때에도 정원은 학교에 더 있으려 했다. 집에 가야 할머니나 아버지한테 또 큰소리로 혼이나 나고 책망 듣고 재미없는 일들만 기다리고 있기 때문이었다. 누구 하나 자기 편들어 주고 도와주며 친구가 되어 줄 사람이 없었던 것이다. 누나가 있었으면, 형이 있었으면 하고 남들 가정을 부러워했다.

엄마 없는 집에서 엄마 역할은 할머니가 했다. 할머니는 옛날 노인답지 않게 유식했다. 한글은 물론 얼마간의 한자까지 알았고 옛날 춘향전, 심청전 같은 책들도 소싯적에 다 읽어 내용을 꿰뚫고 있었다. 그런데 자기도 여자면서 남존여비 같은 옛날 사상이 꽉 박혀 있어 남자는 위하고 여자는 낮추었다. 세상 모든 이치가 그렇게 되어야 한다고 확신하고 있었다. 집안에서도 여자는 말이 없고 목소리 낮추고 순종하며 남자를 섬기며 이름 없이 살아가야 가정이 평안하고 남자가 잘된다고 믿고 있었다. 자연히 정원과 정구 위주가 되었고, 정자는 찬밥 신세가 되었다.

둘째 며느리 태숙은 시어머니가 종일 밭에서 일하는 것을 은근히 좋아했다. 정구를 자기 자식같이 맡아 기르는 것이나, 집안 살림을 도맡아 하는 게 좋았다. 시어머니가 집안일에 간섭하지 않는 것도 좋았다.

할머니는 동민과 큰 며느리를 먼저 보낸 슬픔을 밭에서 일하면서 잊으려고 애쓰는 것 같았다. 변소 옆에 묻어둔 오줌독에서 오줌을 퍼서 가지나무, 고추, 호박 그리고 남새밭에 일일이 거름으로 주고 정성을 다했다. 그걸 위해 남자들에게 소변은 오줌독에 꼭 따로 보게 했다. 밭고랑 옆에도 틈틈이 콩을 심어 땅을 최대한 이용했다. 근대, 아욱, 시금치, 상추 등이 수월찮게 많아 원하는 사람들에게 싼값에 팔기도 했다. 하루는 동욱에게 돼지우리를 만들라고 하더니 새끼 돼지도 세 마리 키우기 시작했다.

동욱이 점심을 먹기 위해 집에 들르면, 제수 태숙은 밥상을 가지고 시아주버니 앞에 나아갈 때 동욱을 똑바로 볼 수 없어 외면하며 내외했다. 동욱도 고개를 옆으로 돌렸다.

동욱은 집 팔고 남은 돈에다 돈을 융통하여 변두리의 허술한 집을 헐값에 산 다음 이것을 한 달쯤 개축해서 파는 일에 재미가 붙었다. 목수일, 미장이일 그리고 허드렛일 하는 세 사람을 데리고 함께 일하다 보면 웬만한 시름은 잊고 하루해가 쉬 지나갔다. 인부 세 사람과는 죽이 잘 맞았고 복덕방 노인들과도 꽤 친해졌다. 수월찮게 불어나는 돈도 재미가 있었다.

어머니의 속고쟁이 주머니도 남새 팔아 모은 돈으로 두둑해졌다. 정원과 정자에게 용돈 쥐어 주는 이도 동욱이 아니라 어머니였고 태숙에게 반찬값을 내주는 이도 어머니였다.

정구는 젖 곯고, 먹는 게 부실한지 영양부족 때문에 쑥쑥 자라지 못하고 비실비실 자리 보존을 많이 했다. 할머니를 보면 제 어미인 줄 알고 반기지만, 할머니는 정구를 보면 한숨을 내쉬며 "아무래도 저놈이 사람 노릇을 할 것 같지 않아." 하며 고개를 돌렸다. 어쩌면 어머니가 밭에 나가 온종일 지내는 것도 정구의 핏기 없는 모습이 안쓰러워인지도 몰랐다.

어머니가 밖에 나가 있는 시간이 많을수록 정구는 태숙의 몫이 됐다. 애를 낳아 본 일이 없는 그녀는 아이와 같이 보내는 시간이 많아지면서 자기가 낳은 불쌍한 자식 같은 마음으로 정구를 챙겼다.

정자가 학교에 입학하여 다니게 됐는데 아무것도 사지 않아도 됐다. 선미가 미리 준비해 놓은 옷과 신발 그리고 책가방까지 다 있었고 신통하게 옷과 신발이 몸에 딱 맞았다. 정자는 학교에 가면 오빠가 있다는 게 적잖이 힘이 되는지 가끔 정원의 교실 앞에서 얼씬거리며 기웃거릴 때가 잦았다. 그런 정자를 보면 정원은 화난 얼굴로 손사래를 치면서 빨리 가 버리라는 시늉을 했다.

정자는 학교에서 일찍 끝나면 집에 와서 정구 옆에서 정구 손목을 꼭 쥐고 계속 옆에 붙어 있었고, 태숙은 그런 조카를 쳐다보며 대견해했다. 정자는 정원이 학교에서 집에 돌아오면 졸졸 따라다니다가 정원이 귀찮아서 혼을 내야 아쉬운 듯 떨어졌다.

정구가 방에 누워만 있어 얼굴에 병색이 들고, 팔다리에 힘이 없어 제대로 일어서지도 못해서 정원이 업고 밖에 나가 햇볕을 쬐고 동네 아이들 노는 것도 구경시켜 줬다. 그러면 정자가 언제 따라왔는지 옆에 와 있었다.

정원은 둘을 데리고 다니느라, 아이들과 제대로 놀지도 못했다. 집에서는 어른 눈치 보고 학교에 가면 실수하여 혼나는 것이 아닌가 싶어 자기 일도 제대로 하지 못했다. 아이들이 구슬치기하고 놀면 옆에서 구경하는 게 고작이었고, 자치기를 하면 마음만 급해서 때릴 것을 제대로 때리지 못하고 당황해서 더욱 불안하고 초조해졌다. 달리기는 혼자 하는 것인데다 특별한 다른 기술이 필요한 게 아니어서 잘 달렸으나, 자기를 잘 아는 사람이 보고 있으면 거기에 신경 쓰다가 넘어지곤 했다.

동욱은 정원에게 완벽한 것을 원했다. 그리고 거기에 못 미치면 큰 소리로 혼내고 때리기까지 했다. 자기 아들이 엄마 없는 아이라 빌빌거리는 것을 막으려고 한 것인데 아이를 더 주눅 들게 하고 있었다. 정원은 실패할 것이 두려워 아무 일도 시도하지 않으려고 했다. 어떤 일을 조금 해 보다 잘 안 되면 중도에서 포기하고 실망하곤 했다. 정원에게 잘한다고 칭찬하며 용기를 주고 희망과 꿈을 주는 사람은 아무도 없었다. 잘못했을 때 꾸중만 들으며 자랐다. 삼촌이 그랬고 아버지와 엄마가 그랬다. 모두 정원에게 완벽한 것을 바랐고 그 결과 완벽한 것이 아니면 하지 않고, 또 못하는 아이가 되어 갔다.

사람 노릇 못할 것 같다던 정구가 감기에 걸렸는데, 그것이 급기야 폐렴이 되었다. 첫 돌도 못 채우고 할머니를 엄마로 알던 정구는 눈을 희멀거니 둘러보더니 끝내 친엄마가 간 곳을 향해 세상을 떠나갔다.

정구가 눈을 감고 죽자 가장 슬퍼한 사람은 정자였다. 정구의 손목을 꼭 잡고 놓지 않으며 울었다.

"이렇게 갈 거면 애당초에 갈 것이지 그 고생고생하고 이제 좀 키웠다고 생각했는데 가다니……."

어머니가 방바닥을 치며 통곡했고 태숙도 정구가 불쌍하다며 제 자식 잃은 것처럼 어깨를 들썩이며 울었다.

여자들은 다 내놓고 울었고, 동욱은 눈시울만 붉혔다. 정원은 가슴이 미어지는 것 같은 아픔이 몰려왔다. 정구의 그 눈, 맥없이 쳐다보던 희끄무레하던 그 눈이 슬펐다. 단 한 번도 생기 넘치는 눈과 웃음이 없었던 동생이었던 게 더욱 가슴 아팠다.

사람들은 왜 저 집은 사람이 잘 죽느냐며 수군거렸다. 몇 년 사이에 세 사람이나 죽었으니 그런 소리가 나올 만도 했다. 착하고 좋은 일 많이 하며 교회에 잘 다니는 동욱이 홀아비로 살고, 제수가 집안 살림 맡아 하는 것도 입방아에 올랐다.

동욱은 이런 말들을 잠재우려면 아예 이곳을 떠나 멀리 이사하든지 아니면 재혼을 서둘러야겠다고 마음먹었다. 그러나 이제 집 장사가 재미가 있어지기 시작하는데 고향을 떠나 멀리 생소한 타관으로 떠나는 것은 아무래도 그랬다. 멀리 이사한다고 해도 가서 자리 잡으려면 또 얼마의 기간이 걸릴 것 아닌가?

떠나간 목사가 '재혼하려면 속히 하는 게 좋다.'라고 한 말이 요즘 동욱에게 가까이 와 닿았다. 동욱은 어떻게 재혼을 하면 좋을까 생각하니 쑥스러웠다. 상대방을 직접 만나 얘기하기도 멋쩍었다. 떠나간 목사가 있었더라면 제일 좋았을 텐데 안 계시니 중간에서 누가 주선하는 것이 좋겠다는 생각이 들었다. 새로 부임한 목사에게 자초지종을 설명한 다음 중매를 부탁하는 게 상책이라 생각했다. 교회에서 그런 얘기를 하는 것도 뭐하고 어쩔까 생각하다 동욱은 쇠고기를 사 들고 저녁에 목사 사택으로 찾아 나섰다.

"목사님, 제가 상처한 다음 떠나신 목사님께서 재혼하라고 말씀하셨었는데 그 당시에는 제가 상처한 지 얼마 되지도 않았고 재혼할 마음이 없어서 그냥 지내왔습니다. 그런데 이제 어머님과 아이들이 둘이나 있는데 더 혼자 사는 것도 어려움이 많아 재혼하는 게 좋겠다는 생각이 들어서 목사님께 말씀드리는 겁니다.”

“어디 마음에 드는 분이라도 계십네까?”

목사 고향이 평안도였다.

“떠나신 목사님께서 우리 교회 출석하는 한 여자 분이 어떠냐고 말씀하신 적이 있습니다.”

“누구신데요?”

“매주 잘 나오지는 못하고, 이혼하고 어린 딸 데리고 나오는데 극장 앞에 사는 분 있잖습니까?”

“아, 네. 조수명 씨 말씀이구만요? 저도 아주 좋다고 생각합네다. 한번 제가 말씀드려 보겠습네다.”

어느덧 몇 주가 지났는데도 목사는 동욱에게 아무 말이 없었다. 동욱은 그야말로 하루가 여삼추 같은데 목사는 기색도 안 했다.

‘아직 만나 이야기하지 못한 것인가? 딴 남자가 있어 포기한 것인가? 이야기하니까 싫다고 거절한 것인가?’

별의별 생각이 다 떠올랐다. 그렇다고 동욱이 먼저 목사에게 어떻게 되었느냐고 묻기도 쑥스러웠다. 이래저래 달포가 지나 동욱은 성사가 안 되는 일로 알고 잊고 있었는데 어느 날 목사가 동욱을 손짓하여 부르더니 만면에 웃음이 가득해서 말했다.

“집사님! 그 처자도 집사님과 재혼하는 것이 좋다고 했습네다.”

“저는 안 되는 줄 알고 포기하고 있었습니다만.”

“포기는 왜 포기합네까? 제가 그동안 바쁜 일 때문에 늦게 말씀드렸는데 좀 생각해 볼 시간을 달라고 해서 그런 것입네다.”

"아, 네……."

"그럼 언제 한번 같이 만나 봐야 하지 않겠습네까?"

"목사님이 말씀하시면 저는 언제라도 좋습니다."

그렇게 해서 동욱의 재혼이 성사되었는데 상처한 지 얼마 안 되어 재혼하는 것 때문에 이런 소문, 저런 소문이 무성했다.

"그것 봐, 재혼하려는 여자하고 한 교회에서 연애하는 것을 알고 부인이 자살한 거래."

"그래도 그렇지, 어떻게 부인이 죽은 지 얼마나 됐다고? 그리고 죽은 부인이 낳은 애가 죽은 지도 몇 달 안 지났는데 그렇게 빨리 재혼을 해? 남자들은 다 그렇다니까."

"하기야 나이 많은 어머니하고 자식 둘, 그리고 안살림까지 어떻게 혼자된 제수에게 다 맡겨? 하루이틀도 아니고."

"그나저나 그 여자는 언제까지 시집가지 않고 시아주버니와 같이 한집에서 산대? 끝까지 같이 살 건가?"

"그걸 누가 알아? 좋은 사람 나타나면 시집가겠지. 딸린 자식도 없는데."

어머니는 주변에서 하는 말들을 처음엔 믿지 않았는데, 동욱이 재혼을 서두르는 눈치여서 그 말들이 맞다고 단정하고 동욱이 말 꺼내기를 기다리고 있었다. 어느 날 동욱이 재혼하겠다고 말을 꺼내자마자 어머니는 역정을 냈다.

"아니, 네놈이 실성을 했지. 정원 에미가 죽은 지 몇 해나 지났다고 벌써 재혼이냐? 재혼이! 너 그년하고 그렇고 그런 사이가 돼서 에미가 죽었다는 게 사실이냐? 네가 제정신이냐? 이놈아! 난 못한다.

그런 여자 내 며느리로 절대로 못 받는다!”

“어머니, 그런 게 아니에요. 한 교회 다녔어도 인사도 안 하고 이름도 모르고 지낸 사이에요!”

“내가 그런 말 믿을 것 같으냐? 그러니까 예배당을 연애당이라고 말들하고 수군수군하는 거야! 그리고 어디 여자가 없어서 애 딸린 이혼한 여자하고 재혼한다고 그래? 남세스럽게…….”

“저는 아무것도 모르고 있었고 떠나가신 목사님께서 재혼해야 한다고 하셨는데도 제가 생각이 없다고 거절했었던 여자예요!”

떠나간 전임 목사 이야기를 하자 어머니의 기세는 좀 누그러졌다. 그만큼 동민이 장례식 때 전임 목사에게 많은 신세 진 걸 어머니는 고마워하고 있었다.

“그리고 이번 재혼도 새로 오신 목사님이 중간에서 알아보시고 하라고 하신 거예요.”

“그래도 나는 안 된다. 내 눈에 흙이 들어가기 전에는 재혼할 생각은 꿈도 꾸지 마라! 이건 여자에 미친놈도 아니고 남세스러워 살 수가 있어야지.”

여전히 완강하게 반대했다.

“어머니는 남들 말만 듣고 생사람 잡지 마세요. 왜 자식 말은 믿지 않으세요? 내가 언제 그 여자하고 연애했다고 그래요? 그리고 남들이 또 저를 보고 뭐라는지 아세요? 제수하고 사느라고 재혼을 하지 않는대요. 그래요! 어머니 모시고 애들하고 끝까지 재혼하지도 말고 살림은 제수가 하고 그렇게 함께 살까요?”

이 말이 어머니에게는 결정적이었다. 어머니는 동욱의 그 말에 완전히 기가 꺾였고 재혼에 대해 더 이상 말하지 않았다.

동욱이 재혼 이야기를 성사시킬 때 장모 될 사람이 한 가지 조건을 제시했다.

"내 딸 재혼을 허락하는 데 한 가지 조건이 있네. 그쪽에도 아이들이 둘이 있다던데 내 외손녀도 데리고 함께 산다면 나는 지금 당장이라도 재혼을 허락하겠네."

동욱이 그 여자를 보니 마음에 쏙 들어 이 사람이 내 아내 되었으면 좋겠다는 확신이 생겼고 또 자기 쪽에 남매가 있으니 자기도 여자의 딸 하나는 키워야 순리에 맞는다는 생각이 들자 선뜻 대답했다.

"네, 어머님. 그것은 걱정하지 마십시오. 함께 살도록 하겠습니다."

그런데 문제가 생긴 건 어머니가 재혼은 허락하지만 딸까지 데리고 오는 것은 못한다고 끝까지 완강하게 반대하는 것이었다.

"그렇게 그 아이까지 데리고 와서 살려면 네놈이 나가서 같이 살아! 나는 그 꼴 못 본다. 나는 아이들하고 여기서 혼자 살 테니 네가 나가 살든지 말든지 맘대로 해라!"

끝까지 어머니가 물러설 기미가 보이지 않자 동욱은 할 수 없이 장모 될 사람에게 타협안을 내놓았다.

"지금은 저희 어머니가 딸을 데려오는 걸 완강하게 반대하시니 우선 먼저 따님과 재혼한 다음 적당한 때에 데리고 와서 같이 살도록 허락해 주시면 좋겠습니다. 저희 어머니가 재혼은 허락하시지만 지금 당장 아이까지 함께 사는 건 절대 반대하십니다. 꼭 나중에 같이 살도록 하겠으니 이해해 주시기 바랍니다." 하며 동욱이 일어나 장모 될 분에게 큰절을 올렸다.

동욱의 말이 받아들여져서 재혼 문제는 일단락되었고 장모는 장래 사위에게 씨암탉을 잡아 먹였다. 동욱의 연로한 어머니가 세상 떠나면 아이를 데려다 함께 살겠다는 약속으로 들은 것이다.

결혼식은 양쪽 가족만 중국집에 가서 담임목사를 모시고 간단하게 예배를 드린 후 식사하는 것으로 끝냈다. 어머니와 제수는 참석하지 않았다.

동욱이 정원과 정자를 부르더니 말했다.

"오늘부터 이분이 너희 새엄마시다. 일어나 큰절 하거라."

정원은 벌떡 일어나 큰절 할 채비를 하는데 정자는 철없는 티를 기어이 내고 말았다.

"왜, 이 사람이 우리 엄마야? 우리 엄마는 먼 나라에 갔다가 금방 온댔어."

"정자야! 까불지 말고 절하는 거야!"

정원이 억지로 정자의 고개를 숙여 절하게 했다. 그리고 곧바로 정자를 밖으로 끌어내어 윽박지르며 말했다.

"이 바보야! 우리 엄마는 이제 다시 안 돌아와. 정구와 같이 죽은 거야. 그리고 저분이 이제부터 우리 엄마인 거야. 괜히 까불지 마! 새엄마한테 잘해야 우리도 잘되는 거야. 알았어?"

"그래도 싫어! 우리 엄마가 좋은 거 많이 사 가지고 온다고 했단 말이야!" 하며 울었다. 정원은 철없는 동생 때문에 앞으로가 큰 걱정이라 생각하며 정자 대신 더 새엄마에게 잘해야겠다고 다짐했다.

이런 생활이 계속되던 중 동욱네 집에 청천벽력과 같은 일이 일어났다. 이승만 정부가 어느 날 새벽 영시를 기해 자작농이 아닌 소작농을 경영하는 지주는 그 땅 소유권을 현재 경작자에게 이관한다는 토지개혁을 시행하게 된 것이다.

"그것 봐라! 그렇게 내 땅을 무관심하게 내팽개쳐 두더니 하늘이 벌주셨지. 그냥 가만히 있지 말고 빨리 가서 그 사람들에게 사정이라도 해 봐!"

어머니가 동욱에게 닦달했다. 이제 와 그들에게가 뭐라고 사정해 봐야 들어줄 것도 없거니와 오히려 그들에게 창피만 당할 게 뻔했다. 동욱은 기왕 이렇게 된 지금 깨끗이 그들에게 땅을 줄 수밖에 없다고 단념하고 가 볼 생각을 하지 않았다. 동욱에게 타격은 컸지만, 이승만 정부가 잘한 일이라고 속으로 생각했다. 어머니는 가 봐야 아무 소용없으니 가시지 말라고 그렇게 말려도 소작인들을 찾아 길을 떠났다.

어느 날 오후 마루에 쿵 하고 무거운 짐을 내던지는 소리가 나더니, 어머니의 투정 소리가 들려왔다.

"어떻게 된 집구석이 그래, 사람이 들어와도 오는지 마는지 내다볼 줄을 모르느냐? 도둑놈이 와서 집에 들어가도 모르겠구나."

모처럼 먼 길 오셨으니 이거라도 가지고 가시라며 싸 준 잡곡과 나물 등 여러 가지를 한 보따리 이고 먼 길을 왔는데 나와 맞아 준 사람이 하나도 없으니 속상해서 나온 푸념이었다. 어머니가 단숨에 달려가 소작인들에게 호통도 치고 사정도 해 보았지만 아무 소득 없이 그냥 돌아온 것이다.

이제 동욱이 용단을 내려 장사를 제대로 하든지 어디 마땅한 데 있
으면 취직을 하든지, 가장으로서 결단을 내릴 때가 왔다. 동민이 살
아 있다면 의논이라도 할 수 있으련만 그러지 못하니 아쉽고 허전한
마음이 더 심했다.

새 아내는 눈치를 보며 시어머니의 마음에 들려고 노력했다. 반면
시어머니는 눈에 벗어난 행동을 하거나 못마땅하면 큰소리로 혼을
내며 단속하려는 의도를 확실하게 드러냈다.

제수 태숙은 지금까지 자기가 하던 부엌 안살림을 새로 온 형님에
게 빼앗긴 것이 섭섭했지만, 그녀에게 잘 보일 수밖에 없었다. 어머
니는 태숙을 밭에 데려가 함께 일했다. 어머니와 태숙은 머리에 수건
을 동이고 온종일 호미로 김매고 오줌이나 물을 주는 일로 바빴다.

동내 여자들은 멀리 시장까지 가지 않아도 되었고 물건도 좋고 값
도 싸고 더 많이 주는 것에 재미를 붙여 오후가 되면 아예 시장바구
니를 들고 어머니에게서 반찬거리로 여러 가지 채소를 사갔다.

뒤꼍으로 나가면 넓은 밭이 시원했다. 남쪽으로 곧장 가면 끝에 변
소가 있었고 서쪽에는 밭과 돼지우리가 있었으며 북쪽에는 밭 가운
데 우물과 펌프가 있어 가물어도 물 걱정 없이 채소들이 싱싱하게 잘
자라고 있었다.

전쟁과 시련
그리고 여장부

동욱은 주일 새벽기도회가 평일의 기도회보다 더 경건한 느낌이 들어서 좋았다. 혹 몸이 안 좋을 때나 많이 피곤할 때엔 빠지는 경우가 있었지만 주일 새벽기도회는 거의 빠지지 않았다. 여느 날처럼 이 날도 동욱은 먼저 국가 장래를 위해 기도한 다음 가족 한 사람 한 사람을 위해서도 기도했다. 기도를 마치고 계단을 내려올 때의 마음이 구름 속을 거니는 것처럼 신비감이 느껴졌다. 새벽 밥 짓는 연기가 엷게 퍼져나가고 있는 시내는 아직 아침잠에 빠져있었다.

그날 동욱 가족이 주일 낮 예배를 끝내고 길모퉁이를 돌아가려고 할 때 흐린 날씨가 소나기라도 한바탕 퍼부을 듯싶은 날씨로 변해 있었다. 무슨 소린지 모르지만, 확성기에서 나는 소리가 윙윙대며 가까이 다가오고 있었다. 오늘 밤 좋은 영화가 극장에서 상영되기라도 해서 그걸 선전하느라 그러는가 싶었는데 좀 이상하다는 느낌이 들었다. 목청 높여 소리치는 사람은 경찰관이었다. 동욱은 가던 길을 멈춰 서서 확성기의 잡음과 함께 들려오는 소리에 귀를 기울였다.

『읍민 여러분! 안심하십시오! 오늘 새벽 4시를 기해 북한 괴뢰가 불법남침을 자행하였습니다. 그러나 용감한 우리 국방군이 그들을 물리치고 있습니다. 읍민 여러분, 북한 괴뢰가 오늘 새벽 38선을 넘어 불법 남침하였습니다. 그러나 우리 국군이 용감히 싸우고 있습니다.』

똑같은 내용을 반복하는 특별방송이었다. 동욱은 기어이 일어날 것이 일어났구나 싶었다. 방송은 처음에는 '국방군'이라고 했다가 나중에는 '국군'이라고 했다. 괴뢰라는 말은 처음 듣는 생소한 단어였다.

옆에 서 있던 열한 살 된 정원에게는 나쁜 도적떼들이 어디서 쳐들어왔다는 말처럼 들렸다. 동욱은 두만강 부근에서 보았던 열차 위에 싣고 가던 탱크와 대포가 불현듯 생각났다. 정신이 멍해지면서 온몸에서 기운이 통째로 빠져나가는 느낌이 들었다.

집에 당도했을 때는 사람들이 길거리에 나와 사태를 파악하느라 바빴다. 동욱은 가깝게 지내는 변 약방으로 가 봤는데 약방에는 아무도 없었다. 약방 주인 종수는 중학교 동창으로 집 가까이에 약방이 있어 얼마 전부터 터놓고 왕래하고 있었다. 안채를 향해 큰소리로 불러보았다.

"변 서방 어디 갔습니까?"

"네, 아까 나갔는데 아직까지 들어오지 않았어요. 그런데 지금 왜 이렇게 밖이 소란하지요?"

부인이 신을 끌고 나오며 반문했다.

"뭐, 난리가 났다네요? 오늘 새벽에 38선에서 난리가 터졌다고 아까부터 방송하며 거리를 돌아다니고 있네요."

그때 변 약방이 이마의 땀을 훔치며 급한 걸음으로 들어왔다.

"여보게, 도대체 무슨 일인가?"

"자넨 지금까지 그것도 모르나? 오늘 새벽에 북한 공산군이 38선을 넘어 서울을 향해 쳐내려오고 있다는 거야. 그리고 조금 전에 벌써 의정부가 놈들 손에 들어갔다고 하네. 놈들은 탱크와 대포를 앞세우고 지금 서울로 파죽지세로 몰려 내려오고 있다는 거야."

"경찰방송은 용감한 우리 국군이 잘 싸우고 있으니 안심하라고 하던데?"

변 약방은 안경을 벗고 땀을 닦으며 약장 위에 있는 라디오를 켰다.

『전국에 계신 국민 여러분, 지금 우리의 수도 서울이 괴뢰들의 더러운 발 아래 위협받고 있습니다. 정부는 수도를 임시로 수원으로 옮겼습니다. 국민 여러분 절대 경거망동한 행동을 삼가 주시고, 내 나라는 내가 지킨다는 애국심과 인내심으로 하나로 뭉쳐주시기 바랍니다. 이승만 대통령께서는 뭉치면 살고 흩어지면 죽는다고 하셨습니다. 여러분, 주위에 아직도 원대복귀하지 않은 국군장병은 안 계십니까? 즉시 원대복귀하시기 바랍니다. 조국은 여러분의 애국적인 용기에 호소하고 있습니다. 대포 소리가 차츰 가까워지고 있습니다. 전국에 계신 애국 동포 여러분! 이 방송도 언제까지 계속될지 예측할 수 없는 위급한 상황입니다.』

갑자기 아나운서의 목소리가 목이 멘 소리로 변하더니 흐느끼고 있었다. 뉴스 원고를 읽는 것이 아니라 들려오는 소식을 수시로 중계하듯 방송하는 모양이었다. 시간마다 들려오는 소식은 모두 비보(悲報)였다. 서울에 이미 공산군 일부 선발대가 잠입했다는 소문도 들려왔다.

　정부나 국민이 전혀 예기치 못했던 사변이라 혼란은 말할 수 없이 컸다. 몇 해 전 서울에서 활개치며 날뛰던 공산당 빨갱이들의 모습이 동욱의 눈에 선했다.

　해방되자마자 김일성이 소련의 사주를 받고 북한을 장악하더니 결국 이렇게 밀고 내려오려고 준비한 것이라는 느낌이 들었다. 수도 서울이 적의 수중에 들어간다면 사태는 수습할 수 없는 지경이 될 수밖에 없고 자칫 남한은 공산화될 수밖에 없을 것이었다.

　동욱은 무거운 발걸음으로 집에 돌아왔다. 식구들이 궁금해 하는 눈치였으나 아무 말도 하지 않았다. 모든 게 귀찮고 짜증나고 웬일인지 화가 치밀었다. 이제, 겨우 자리 잡고 일어서려는데 이런 일이 일어나다니 앞이 캄캄했다. 모두 피란 가야 한다고 야단인데 동욱은 손 하나 꼼짝하지 않고 있었다.

　“아범아! 모두 남쪽으로 피란 가야 산다고 하는데 우리는 어쩔 셈이냐? 말 좀 해 봐라!”

　어머니가 안타까워 물었으나 동욱은 윗방에서 못 들은 체 대답하지 않았다. 만주 호림에서부터 40여 일 겪었던 그 지긋지긋했던 피란 생활로 다시 돌아가는 것이 싫었다. 또 지금 짐을 싸들고 가면 도대체 어디로 간다는 말인가?

　“나하고 둘째는 집에 남아 있을 테니 너희라도 남쪽으로 피란 가거라. 경찰 가족인데 빨갱이들이 그냥 두겠느냐? 서둘러라.”

　‘경찰 가족’이라는 말에 동욱은 정신이 번쩍 들었다.

　‘그렇다. 우리는 경찰 가족이구나.’

동욱이 벌떡 일어나 제수를 찾았다.

"제수씨, 동민이가 남기고 간 경찰복, 모자, 칼, 요대 같은 것들 아직도 가지고 계시지요? 지금 다 내놓으세요. 없애버려야지 큰일 납니다."

제수는 고이 간직해 두었던 동민의 물건들을 동욱에게 아쉬운 듯 내놓으면서 어디서 들었는지 깜짝 놀랄 말을 했다.

"아주버님, 예수 믿는 사람들도 다 죽인다던데요. 군인 가족, 경찰 가족, 그리고 예수 믿는 사람은 다 피란 가야 한대요."

반가운 소식은 유엔(UN)이 김일성에게 즉시 38선 이북으로 철수할 것을 명했으며 계속 남침 시에는 유엔군을 즉시 투입할 것이라고 경고했다는 것이다. 한강 철교가 아무도 모르는 사이에 폭파되었으며 피란 나오던 많은 서울 시민이 물에 빠져 죽었고 미처 탈출하지 못한 한강 이북 사람들은 오도 가도 못하고 곤경에 빠졌다는 소식이 이어졌다.

벌써 공주에도 피란민들이 들어오기 시작했고 짐 싸들고 남쪽으로 피란 가는 사람들로 시내가 어수선했다. 이따금 달리는 군용차에서 울리는 사이렌 소리가 많은 사람을 공포에 떨게 했다.

수도 서울이 완전히 적화되어 중앙청에 인공기가 펄럭거리고 그 선봉장은 인민군 3사단장이라는 공산당 기관지가 나돌았다. 우선 일본에 주둔해 있던 미군이 한국전에 투입되었고 자유 우방 16개국의 유엔군이 속속 한국을 지원하겠다고 나서고 있었다. 평택이 여러 사람의 입에 오르내리더니 함락되었다. 마치 북한 인민군 세력은 장마에 막혔던 둑이 무너질 때처럼 막을 수 없는 세력이었다.

학교는 벌써 문들을 닫았고 운동장은 모병관(募兵官)들의 주둔지가 되어 있었다. 여러 지방에서 징병된 젊은이들과 가족들로 학교 운동장은 만원이었다. 약삭빠른 동네 아이들은 장사하느라 정신이 없었다.

정원은 여러 친구가 자기는 거들떠보지도 않고 장사꾼이 되어 돈벌이에 바쁜 것에 견딜 수 없이 심통이 났다. 정원도 그들에게 뒤질 수 없다는 생각에 집으로 달려가 큰 그릇을 찾아 들었는데 그건 어머니의 반짇고리 통이었다.

그것을 들고 뛰어간 곳은 키 작고 머리가 벗겨진 찐빵 아저씨네 가게였다. 외상으로 빵 스무 개에다 덤으로 두 개를 더 받아들고 따라오는 정자를 재촉해서 학교 운동장으로 뛰어갔을 때는 이미 징병 된 많은 사람이 대열을 지어 학교 문을 나오고 있었다. 정원은 순간 조급해졌다. 이들이 다 떠나고 나면 김이 모락모락 나는 이 많은 찐빵을 어떻게 해야 할지가 걱정이었다.

무턱대고 줄을 서서 나오는 사람들에게 찐빵 그릇을 내밀었다. 행진하던 사람들의 손이 찐빵 그릇 안으로 들어오자마자 금세 빈 그릇이 되어버렸다. 빵이 다 나갔다는 기쁨은 잠깐이었고 갑자기 빵 값이 걱정됐다. 빵을 손에 든 사람들은 이미 빵을 다 먹고 저만치 가버린 후였다.

정원이 낭패감을 느끼며 급히 "정자야! 돈 받아! 돈 받아!"를 외쳤지만, 돈을 주고 가는 사람은 한 사람도 없었다. 정원은 훈련소로 가는 장정들에게 좋은 요깃거리를 그냥 나눠 준 셈이 되어버렸다.

공산 빨갱이들이 들어오면 남자는 강제로 전쟁터로 끌려가고 여자는 여자대로 온전치 못할 거라는 소문이 파다했다. 그때 목사가 매우 성급한 발걸음으로 들어오면서 물었다.

"집사님, 집사님은 어떻게 하실 겁네까?"

"글쎄요."

"들리는 말로는 벌써 천안이 놈들의 손에 넘어갔답네다."

"그래요? 목사님은 어떻게 하시겠습니까?"

"지금 대강 짐은 꾸려 놓았습네다. 내려가야지 별수 있습네까?"

"목사님, 먼저 내려가세요. 저는 그냥 이곳에 머물러야 할 것 같습니다."

목사는 놀라는 표정이었으나 한편 속으로는 다행이라 생각하며 말했다.

"여기 남아서 견뎌 내기 어려우실 겁네다."

"그래도 우리는 그냥 남아 있겠습니다."

"집사님 결심이 그러시다면 할 수 없디요. 예배 드릴 수 있을 때까지는 집사님이 교회를 좀 맡아 주시라요."

동욱이 교인들 집 몇을 찾아보았다. 어느 집은 이미 피란을 떠나버렸고, 문에 못질을 한 집도 있었으며 짐 꾸리기에 한창인 집도 있었다.

"집사님은 피란 안 가십니까?"

"네."

그 이상은 서로 말이 이어지지 않았다.

저녁때 동욱이 집에 돌아왔을 때 어머니는 크게 화가 나 있었다.

"아니, 넌 지금 정신이 있니 없니? 모두 여기 있다가는 죽는다고 피란 가고 중요한 물건들은 땅을 파서 묻고 야단들인데 너는 한가히 앉아만 있다니? 자식새끼들하고 다 죽일 작정이냐? 가만히 두고 보려 해도 볼 수가 있어야지. 쯧쯧……." 하며 둘째 며느리와 함께 짐을 꾸렸다.

"어머니, 우리 예배당으로 피란 갈까요? 산 중턱에 있으니 여기 있는 것보다는 나을 거예요."

동욱은 어머니를 도와 밭 한구석을 파고 중요한 것들과 부엌살림 같은 것을 그 안에 묻었다. 그리고 당장 필요한 옷, 이불과 그릇만 가지고 짐을 꾸렸는데도 몇 덩어리나 되었다. 그때 함께 집수리 일을 하던 남 목수가 부인과 함께 찾아왔다.

"어디로 피란 가시려고 그러십니까?"

"우린 피란 가지 못하겠어요. 그래서 교회당 있는 곳으로 우선 가볼까 하는데……."

"그러잖아도 혹시나 해서 부탁 말씀 드리려고 왔습니다. 다름이 아니라 우리 집사람 오빠가 형무소에 근무하는데 오늘 밤에 형무소 죄수들을 호송하는 책임을 져 부산으로 떠나면서 우리보고 같이 가고 합니다. 집을 그냥 비워둘 수도 없고……. 저희 집이 중학동 끝, 산 중턱 감나무골에 있는데 어쩌면 교회당보다 더 안전할 겁니다. 저희 집에 가셔서 집을 봐 주시면 어떨까 해서 왔습니다. 농사지어 놓은 쌀도 몇 가마가 있으니 마음대로 잡수셔도 되고요."

장소도 후미지고 조용한 데다 식량 걱정까지 안 해도 된다니 더 이상 바랄 게 없었다. 결국 교회로 가려던 계획을 갑자기 변경해서 남 목수의 집으로 가기로 했다.

어머니가 커다란 이불 짐을 지고 가겠다고 하는 걸 이불은 남 목수네 것이 있으니 그냥 두자고 동욱이 말렸다. 대신 다른 보따리를 머리에 얹었다. 새 아내와 제수도 머리에 큰 보따리를 이었다. 유리문은 안에서 걸어 잠그고 덧문에다 굵은 못으로 못질한 다음 집을 나섰다.

이미 세상을 떠나고 없지만, 동욱은 선미와 함께 피란 오던 때가 떠올랐다. 그리고 예순 평생 고생만 하셔서 허리가 굽은 채로 머리에 무거운 짐을 지고 한 발 한 발 내딛는 어머니의 발이 떨리는 것 같아 가슴이 아팠다. 한 번도 제대로 호강시켜 드리지 못하고 어려운 일을 떠맡기기만 한 것 같아서였다.

정원이 지고 가는 배낭은 만주에서 피란 올 때 선미가 지고 왔던 것인데 기름으로 온통 얼룩져 있었다. 정원이 그때는 업혀 왔는데 지금은 등에 짐을 지고 가는 것이 한편 대견해 보였다.

"정원아, 무겁지 않으냐?"

"아니요."

"너 만주에서 피란 나올 때 생각나니?"

"네―."

동욱은 발걸음을 빨리했다.

"제수씨, 힘드시지요?"

"아니에요. 저는 아무렇지 않은데 형님이 힘드실 거예요."

"왜요?"

"아주버님 모르셨어요? 형님 지금 아이 가지셨어요."

"네?"

동욱은 깜짝 놀랐다. 그리고 아이가 너무 일찍 생겼다는 생각이 들었다. 거기다가 당장 어머니가 새 며느리를 꽤나 들볶을 거라는 생각이 들었다.

"어머니, 천천히 가세요."

"……."

"어머니, 무겁지 않으세요?"

"……."

마치 좁은 사다리 하나가 하늘에 닿은 것같이 가파른 고개 너머로 하늘이 보였다. 올라갈수록 차츰 길이 좁아졌다. 사방은 산으로 둘러싸여 있었고 시원한 녹음 속으로 걸어 올라가는 게 꼭 깊은 산골동네 같은 느낌이 들었다.

골짜기에서는 맑은 물이 흘러내렸고 초가집 몇 채가 정답게 자리 잡고 있었는데 집집이 큰 감나무가 한두 그루씩 있는 게 특이했다. 그래서 동네 이름이 감나무골인 듯싶었다.

남 목수네 집은 초가집이지만 목수네 집답게 아담하고 견고했으며 깨끗했다. 지대가 제법 높아서 내려다보이는 경치도 꽤 아름다웠다.

정원과 정자는 새로운 주변 환경이 너무 좋은지 나무에 매달려 보기도 하고 골짜기에 내려가 물장난 치며 놀았다. 감나무 밑에 돼지우리가 있는데 그 안에는 커다란 암퇘지가 벌렁 누워 씩씩거리며 세상 모르게 자고 있었다.

이따금 "쿵! 쿵!" 하는 대포 소리가 멀리서 들려왔다. 비행기 편대가 요란한 소리를 내며 지나갔다. 전쟁 중임을 일깨워 주고 있었다.

오늘은 수요일, 수요 저녁예배 드리는 날이었다. 낮에 목사님이 떠나면서 한 말이 생각났다. 동욱은 일찍 교회로 가기 위해 나섰다. 거리는 조용하고 텅 비어 있었다. 변 약방네 가게도 문이 굳게 닫힌 채 아무도 없었다.

동욱이 교회를 향해 계단을 오르는데 전에 없이 발걸음이 무거웠다. 물론 교회 안에는 아무도 없었다. 강대상 앞에 무릎을 꿇었다. 한동안 기도가 나오지 않았다. 앞으로 어떤 일이 일어나더라도 지켜 주시기를 원하는 기도를 하고 일어서려는데, "꽝!" 하는 폭발음이 크게 나면서 교회 유리창이 심하게 흔들렸다. 폭발 소리는 가까이 온 공산군의 도강을 저지하려고 금강에 놓인 금강교를 폭파한 소리였다. 공산군이 가까이 온 것 같았다.

교회 예배도 오늘로 끝이었다. 더 이상 예배 드릴 상황이 아닌 데다 올 사람도 없을 게 분명했다. 누가 들어와 교회 물건을 가져가는 것을 막기 위해서 교회 문에 못질을 단단히 하고 누구에게 쫓기듯 허겁지겁 동욱이 감나무골로 돌아왔다. 시내에는 그 많던 사람들이 다 어디로 갔는지 길거리에 사람 하나 보이지 않고 텅 비어 있는 공허 그 자체였다.

남 목수 집은 방이 두 개였다. 꽤 큰 마루 옆으로는 부엌이 있었고 뜰을 내려오면 마당이 있었으며 변소가 돼지우리 옆에 있었다. 윗방에는 쌀가마니들이 거의 절반을 차지하고 있어서 여섯 식구가 지내기에는 옹색했다.

동욱이 새 아내 조 씨를 밖으로 불러냈다.

"여보, 당신 임신했다며? 사실이야?"

“그런 거 같아요.”

“집도 비좁고 옹색하니 당분간 친정에 가 있는 것이 좋겠는데 당신 생각은 어때요? 어머니가 당신 애 가진 것 아시면 이런저런 말들을 하실 게 뻔한데…….”

“나도 그렇게 하는 게 좋겠다고 생각하고 있었어요.”

“그러면 임신한 것 내색하지 말고 당분간 친정에 가 있어요. 친정 식구들이 시골로 피란 갔다고 그랬지?”

“알았어요. 식구들은 시골 외가로 피란 갔대요.”

새 아내 조 씨는 이튿날 아침 시어머니에게 인사를 하고 시골로 길을 떠났다.

동욱의 남은 다섯 식구는 오래전부터 이 집에 살아온 것처럼 자연스러웠다. 윗방에서는 남자 둘이 아랫방에서는 여자 셋이 지내기가 괜찮았다. 식량이 넉넉하니 마음이 놓였고 아무것도 할 일이 없는 것도 좋았다. 벌써부터 어머니는 마당 한구석에 있는 밭을 가꾸기에 바빴고, 제수 태숙은 다시 부엌살림을 맡게 되어 즐거운 듯 보람을 찾았으며, 정원이와 정자는 학교에 가지 않는 것이 여간 좋은 게 아니었다.

전쟁이라는 것이 인류의 비극이지만 비극 속에서도 또 다른 재미는 있기 마련이었다. 이렇게 생각지도 않던 감나무골에 와서 편안하게 피란 생활을 할 줄이야 누가 짐작이나 할 수 있었던가!

이튿날 새벽이었다. 누가 사립문을 마구 흔들며 주인 찾는 소리가 크게 들렸다. 이 꼭두새벽에 누가 찾아오는가 싶어 동욱이 바지 단추를 여미면서 문을 열었다. 지금까지 보지 못했던 생소한 옷차림을 한 사람이 버티고 서 있었다. 빨간 줄이 들어간 당꼬바지에 무릎까지 오는 긴 구두를 신었고 소련군 장교 제복하고 똑같은 군복을 입고 허리에 권총을 찬 인민군 장교가 웃으며 깍듯이 거수경례를 했다. 동욱은 순간 마침내 올 것이 왔다는 얼떨떨한 기분이 들었다. 하룻밤 사이에 이렇게 변할 수 있는가 싶었다.

"동무! 우리는 동무의 애국적인 환영에 감사드립네다. 동무, 그동안 얼마나 고생이 극심하셨습네까? 우리 인민의 군대는 동무들을 미 제국주의의 압박으로부터 해방하기 위해 이렇게 죽음을 각오하고 내려왔습네다. 모든 미 제국주의 앞잡이들이 남쪽으로 피란을 갔는데도 동무는 이렇게 향토를 지키면서 우리를 맞아 주시는 것에 대하여 위대한 어버이 수령 김일성 동지의 이름을 빌어 감사의 인사를 올립네다."

숨도 쉬지 않고 일사천리로 말한 인민군 장교는 다시 부동자세로 동욱에게 말을 이어갔다.

"어젯밤 우리 인민의 군대는 미 제국주의 비행기가 맹렬히 폭격함에도 불구하고 용감히 금강을 도하하는 데 성공하였습네다. 우리의 위대하신 수령 김일성 동지께서는 남조선 동무들에게 조그만 민폐도 끼치지 말 것을 굳게 지시하셨습니다만, 미 제국주의 놈들의 비행기가 우리의 거룩한 전진을 방해하므로 위대한 인민군 동무들이 부득이 낮에는 이 부근 산속에 매복하여 쉬려고 합네다. 동무의 집이 비교적 대공(對空) 위장이 가장 잘 되어 있는 편이라서 이렇게 찾아와 부탁하는 것이니 남조선 해방의 거룩한 성업(聖業) 완성을 위하여 인민의 군대에 대한 동무의 충성심을 이 기회에 발휘해 주실 것을 기대합네다."

동욱은 이 인민군 장교의 웅변처럼 들리는 능변과 웃음까지 띤 늠름한 모습에 적잖이 감동하였다. 그러나 어떤 핑계를 대서라도 이 위기를 모면해야 되겠다 싶었다.

"아, 그 점은 잘 알겠습니다만 죄송하게도 마침 제 안사람의 해산이 가까워서 모시기에 어려움이 많습니다."

"아! 그렇습네까? 그것 참으로 영광스러운 일입네다. 우리의 위대한 수령 김일성 장군님께 보고해야 할 만한 일입네다. 우리 위대한 인민의 군대가 남조선을 해방시킨 지금, 아이가 이 세상에 탄생한다는 것은 우리 인민 전체가 축하해야 할 일입네다."

동욱은 일이 이렇게 흘러가는 게 몹시 당황스러웠다. 냉정히 거절하자니 놈들이 어떻게 보복할지 두려웠고 그렇다고 허락하자니 보통 난처한 일이 아니었다.

"몇 분이나 오시려고 그러십니까?"

"우리 장교들 열 명 정도가 올 것입네다. 우리 위대한 인민의 군대는 지금 이곳 산에 매복이 완료되어 있습네다."

괜한 일로 놈들의 감정을 건드려 개죽음당할 게 아니라 될수록 현명하게 대처해서 위기를 모면해야겠다는 생각이 들었다.

"얼마나 계실지 모르지만 그렇게 하시지요. 그 대신 저희 노모도 계시고 하니 마루만 사용하셔야 합니다."

"네, 감사합네다. 여름이니까 마루면 족합네다."

군화 뒤축 부딪치는 소리와 함께 또 거수경례를 올려붙이더니 떠나갔다. 어디 있었는지 정원이 튀어나오며 말했다

"아버지, 저 사람 우리 국군이 아니고 북한 괴뢰군 맞죠? 괴뢰군도 우리나라 말 하는 거예요?"

"정원아, 괴뢰군이라고 말하다가는 큰일 난다. 저 사람들은 북한 군이지만 우리와 같은 단군의 피를 받은 같은 민족이란다."

"그럼, 같은 민족끼리 왜 싸우는 거죠?"

"글쎄다. 나도 그건 잘 모른다. 너 그런 말 자꾸만 하면 절대 안 된다. 알겠니?"

동욱이 정원에게 엄하게 다짐했다.

아침 해가 동쪽 산 위로 강하게 치밀고 올라왔다. 얼마 후에 아까 그 장교가 병사 십여 명을 데리고 왔다. 모두 지팡이에 몸을 의지하고 절룩이는 것이 부상자 같았다. 열일곱이나 열여덟 살쯤 돼 보이는 동안(童顔)에 머리는 빡빡 깎았고 피곤과 배고픔이 몸에 깊이 배어 있는 듯했고 쑥 들어간 두 눈에선 검은 눈동자가 빛나고 있었으나 맥이 풀려 있었다.

"장교들이 오려고 했습네다만, 더 위급한 부상당한 동무들이 있어 그들을 데리고 왔습네. 치료는 저희 의무병들이 하겠으니 위대한 인민의 군대에게 먼저 밥을 좀 지어 주시기 바랍네다."

장교는 그렇게 말하고 밖으로 나갔다.

모두 부상자들이었지만 마치 뱀 같은 쌀 주머니나 미숫가루 주머니를 온몸에 휘감고 있었고, 신발은 훈련화였는데 다 떨어져 너덜거렸다. 발은 퉁퉁 부어오른 데다 씻지 못한 발에서는 냄새가 코를 찔렀고 무좀에 걸려 있어 발바닥이 쩍쩍 갈라져 흉물스러웠다. 군인이라기보다는 너무나도 비참한 노무자 같았다. 그들의 모습은 패기 있는 해방자라기보다 억지로 끌려다니는 군상들일 뿐이었다.

그들은 신을 신은 채로 마루에 누워 낮잠을 잤다. 한 사병이 자지 않고 따발총을 끼고 앉아 지키고 있었으나 그도 졸음을 이기지 못하고 꾸벅거렸다. 잠들어 있는 인민군의 얼굴은 잠속에서도 악몽을 꾸는지 일그러져 있었다.

세상모르고 잠자던 사병들이 한 사람 두 사람씩 깨어나면서 먹을 것을 찾았다. 어머니와 제수가 쌀을 내다 밥을 짓고 있었다. 한 사병이 마당에 있는 닭을 향해 따발총을 쏘았으나 맞지 않았다. 불과 10여 미터밖에 안 되는 거리인데도 맞추지 못하자 화가 치미는지 신경질을 부렸다. 흰 쌀밥에다 닭조림 그리고 김치가 전부였지만 게 눈 감추듯 먹어 치웠다. 고향 생각이 난다는 사병, 어머니 생각이 난다며 눈시울을 붉히는 사병도 있었다. 한 사병이 정원이를 보고 말을 걸었다.

“너 지금 몇 살이가?”

“열한 살입니다.”

“고향 집에 너 같은 동생이 있는데…….”

그는 더 말을 잇지 못했다.

부상병들을 치료해 주러 오는 이는 아무도 없었다.

비행기 편대가 무엇을 발견했는지 주변 산을 빙빙 돌며 기총소사를 시작했다. 마루에 벌렁 누워있던 인민군들이 비행기를 보고 욕을 퍼부었고 그중 한 명이 긴 장총을 들고 마당에 나와 하늘을 향해 쏘아댔다. 비행기는 산에 잠복해 있는 인민군을 발견했는지 계속 금속성을 내며 기관총을 쏘아대다 반대편 공중으로 치솟아 오른 다음 두어 바퀴 돌고 다시 내려오면서 쏘아댔다. 그러기를 몇 차례 반복하다 남쪽 하늘로 가 버렸다.

마루에 눕거나 앉은 인민군들은 그동안 혁혁한 전공을 세운 자기 부대의 자랑에 이야기꽃을 피우고 있었다. 동욱은 방 안에 들어가 있기도 그렇고 다른 데 나가 있을 수도 없어 마루 한편에 걸터앉아 그들이 하는 말을 귓등으로 듣고 있었다.

"우리 친애하는 어버이 수령 동무께서 우리 인민의 군대 제 3사단에게 수도 서울을 점령하라는 명령을 하달하시어 중앙청에 인공기를 올리는 영광을 주신 것은 역사에 길이 남을 일이란 말이야."

"불세출 영웅이신 우리 제3사단 사단장 박일경 동무야말로 조국이 통일되는 날 친애하는 어버이 김일성 장군께서 하사하시는 영웅 칭호를 받을 것이 분명하고말고."

"이거 보라우! 서울이 해방되어 인민군 탱크부대가 인공기 휘날리며 서울 시내 행진하는 이 신 나는 모습. 야! 이거 보라우! 사단장 박일경 동무의 모습이 얼마나 당당한지……."

"남조선 국방군 간나 새끼들이 오금을 못 펴더란 말이야. 우리 탱크를 보고 줄행랑치며 도망하는 꼴이라니……."

동욱은 어디서 많이 듣던 이름이란 느낌이 들었다. 박일경? 동욱은 그들이 선전지 같은 삐라를 손에 들고 하는 이야기를 듣다가 다가가서 물었다.

"그것 좀 보여주시겠습니까?"

"그럽시다. 동무가 이것 아주 가져도 좋습네다."

건네준 것은 종로 화신 앞 거리를 행진하는 탱크들 앞 지프 위에서 있는 당당한 한 군인의 사진이었다.

"이분이 누구십니까?"

"이 동무가 바로 우리 인민의 군대 제3사단의 위대한 사단장이신 박일경 장군 동무 아닙네까?"

"이분이 분명히 박일경이 맞습니까?"

"박일경이 무엇입니까? 위대한 우리 사단장 동무를 그렇게 부르면 안 됩네다."

동욱이 사진을 자세히 들여다보니 군복을 입고 군모까지 썼지만 틀림없는 박일경 바로 그놈이었다. 함경도 피란길에서 만나 38선을 함께 넘고 서울 여관방에서 달랑 종이 한 장만 남기고 동욱의 돈을 모두 가지고 도망친 바로 그놈이 분명했다.

"동무, 왜 그러십네까? 아시는 사람입네까?"

동욱을 유심히 보고 있던 좀 나이가 들어 보이는 하사관이 물어 왔다.

"네, 박일경 씨를 잘 알고 있습니다."

"네? 동무께서 어떻게 우리 사단장 동무를 잘 아십네까?"

"그럴 일이 있습니다."

"아, 이거 굉장한 일입니다. 우리도 감히 쳐다볼 수 없는 위대하신 사단장 동무를 잘 아신다니……. 이거 상부에 보고해야 할 일입네다."

"혹시, 박일경 사단장님을 만나시면 이동욱이란 사람이 여기에 살고 있다고 전해 주시기 바랍니다."

동욱에 대한 인민군들의 태도가 완전히 달라졌다. 꼬박꼬박 높임 말을 썼고 자기들의 사단장을 잘 알고 있다는 말에 넋을 잃었다.

그때 다시 비행기 편대가 날카로운 쇳소리를 내다가 폭탄을 떨어뜨렸는지 "꽝!" 하는 폭음이 크게 일어나며 집이 크게 흔들렸다. 지붕의 흙이 천정으로 떨어지는 소리가 났다. 인민군 사병들이 납작 엎드렸다.

동욱은 아내 선미가 살아 있다면 박일경에 대해서 해 줄 말이 많았을 터인데 지금은 아무에게도 말할 수 없는 비밀이 되어버린 게 아쉬웠다. 그때도 이상한 낌새가 있기는 했었지만, 그가 인민군 제3사단장으로 서울에 제일 먼저 투입될 정도로 김일성의 가장 총애 받는 사람으로 변해 있을 줄은 정말 몰랐다. 박일경은 사단병력을 이끌고 남침할 때에도 우리를 안내해 준 곳을 통해 38선을 넘었을 게 틀림없다고 생각했다.

날이 어두워지기 시작하자 인민군들이 활동을 시작했다. 당장 치료를 받아야 할 사병들인데도 대열에서 낙오되지 않으려고 기를 쓰는 모습이 측은해 보였다. 지금쯤 저들의 부모들은 자식을 전쟁터에 보내 놓고 얼마나 걱정하고 있을까 생각하니 안쓰러웠다. 생사를 가늠할 수 없는 그들의 미래였다.

제공권을 완전히 쥐고 있는 유엔군 비행기 때문에 인민군들은 낮에는 잠을 자고 밤에만 활동하고 있었다. 동욱은 북한 비행기는 단 한 번 보았을 뿐이었다. 비행기가 떠서 폭격하면 시내가 많이 파괴되었지만, 비행기 소리가 나지 않으면 왠지 그게 더 불안했다.

인민군들은 동욱의 집을 떠나며 자기들이 머물었던 곳을 깨끗이 청소까지 하고 장교는 또다시 깍듯이 거수경례까지 했다.

“사단장 동무의 친구 되시는 분 집에서 잘 먹고, 잘 쉬다가 갑네다. 남조선이 완전히 해방되는 날 이를 상부에 보고하고 보상하도록 하겠습네다.”

이튿날 오전이었다. 작달막한 키에 가운데 머리가 벗겨진 오십 대 남자가 맨발에 흰 고무신을 신고 동욱을 찾아왔다.

“실례합니다. 저는 이곳에서 반장 일을 보고 있는 사람입니다.”

“네, 그러십니까? 인사가 늦어 죄송합니다. 저는 읍내에서 살던 사람으로 이곳에 잠시 피란 와 있습니다. 앞으로 여러 가지 잘 부탁드립니다.”

“선생에 대해서는 전부터 알고 있습니다. 이번에 이렇게 인민해방을 맞고 보니 하루아침에 세상이 완전히 딴 세상으로 바뀌었습니다. 어디 우리가 그동안 사는 게 사는 거였습니까?”

반장이라는 사람은 동욱의 눈치를 일별한 다음 계속 말을 이었다.

“선생도 아시다시피 일본 제국주의로부터 해방된 다음 자유니 뭐니 해 가지고 서로 잘났다고 떠들어 싸움만 했지 뭐 하나 똑바로 해 놓은 것이 있습니까? 결국 망하지 않았습니까? 큰소리치던 이승만이 꼴좋게 됐지 뭡니까? 그 늙은이가 미국 마누라 데리고 지금쯤 부산 끝까지 도망가 바다만 바라보며 한숨짓고 있을 겁니다. 저도 이승만 밑에서 반장 일을 보았습니다만 이제 와 생각하니 우리가 얼마나 어리석었습니까?”

그는 침을 한번 꿀꺽 삼키고 나서 또 말을 이었다.

“그래서 이번에 점령된 지역의 치안확보와 인민들의 안녕질서를 지키기 위해서 치안대 조직을 하게 됐는데, 선생께서는 교회 일과 청

년단 일도 하셨으니 지난날을 깨끗이 청산하는 의미에서 이 일에 앞
장서 주시면 좋겠습니다.”

반장은 동욱이 교회 다니는 것과 청년단 일을 했던 것을 약점 잡아
위협조로 얘기했다. 동욱은 부아가 치밀어 올랐다.

“아니 반장님, 교회 다니는 것이 뭐 잘못된 일입니까? 미안하지만
저는 아무것도 모르는 놈이고 그런 일할 자격이 없는 놈이니 그런 부
탁은 다른 사람에게나 하십시오. 제가 이곳에 온 건 조용히 지내기
위해서입니다.”

반장은 노골적으로 불쾌감을 드러내며 동욱을 쏘아보았다. 잠시
후 반장은 어떻게 되는지 두고 보라는 듯 입을 삐죽댄 후 뒷짐을 지
고 도도한 걸음으로 돌아갔다. 동욱은 뒷맛이 개운치 않았으나 이왕
내친걸음이었다. 사람의 마음이 조석변개라 하더니 세상이 변했다고
이렇게 하루아침에 달라질 수 있는가 싶어 서글펐다.

저녁나절에 반장이라는 사람이 따발총을 어깨에 걸친 사나이 하
나를 데리고 다시 찾아왔다. 마당을 한 바퀴 돌며 집을 휘둘러보더니
옆의 사나이를 소개했다.

“동무, 이 동무는 여기 내무서 부대장 동무요. 인사하러 찾아오셨
소.”

“동무, 반갑습네다. 동무에 대해서는 반장 동무를 통하여 많이 들
었습네다. 앞으로 우리 일에 적극적으로 협력하기요.”

돼지우리에 기대서서 돼지를 힐끔거리며 말했다.

“저는 조용히 지내기를 원하는 사람입니다. 그렇게 알아주시면 고
맙겠습니다.”

“동무의 정신은 매우 찬양합니다. 그렇다면 오늘 밤 금강 건너편에서 탄약과 무기 옮기는 일에 사람이 필요하니 동무도 나와 민족해방의 성업을 위하여 기꺼이 일해 줘야 하겠소. 이곳 치안을 맡은 동무들은 바빠서 그럴 시간이 없으니 동무가 나가서 일해 주기 바라오.”

반장이라는 사람은 ‘잘됐다. 너 혼 좀 나봐라.’라는 듯이 말을 받았다.

“오늘 저녁 식사 일찍 하고 마을로 내려오시오. 그곳에 모두 모여서 같이 갈 것입니다.”

밤에 강 건너편의 포탄 상자와 무기를 물 위로 나를 모양인데 어떻게 할지는 모르지만, 미군 비행기가 그걸 그냥 둘 리가 없는 위험천만한 일이었다. 잘못하면 오늘 밤 부역(赴役)일 하다가 죽을지도 모를 거라 생각하니 마음이 착잡해졌다. 누구하고 의논할 일도 아니어서 속이 탔다. 죽는 것이 두렵다기보다는 아무 의미 없는 무가치한 일을 하다 값없이 죽는 것이 안타까울 뿐이었다.

“어머님, 시내에 다녀올 일이 있는데 늦을지도 모르니 기다리지 마시고 주무세요.”

인사하는데 눈시울이 뜨거워졌다. 다시 어머니를 뵐 수 있을까 싶었다. 지금이라도 혼자 도망쳐 버릴까도 싶었지만, 나는 혹 살 수 있을지 몰라도 가족들은 놈들의 등쌀에 살아남기 어려울 거라는 생각이 들었다.

마을로 내려갔는데 아무도 나와 있지 않았다. 집에 다시 들어갔다가 나오기엔 좀 그런 시간이어서 이 생각 저 생각하며 그냥 길거리에서 있는데 누군가 뒤편에서 헛기침하는 소리가 들려왔다. 동욱이 뒤를 돌아보았다. 이게 웬일인가? 지금 이쪽으로 오고 있는 사람은 천만뜻밖에도 변 약방이 아닌가? 너무나 갑작스러운 일이라 말이 냉큼 나오지 않았다. 변 약방도 그제야 동욱을 알아보고 오던 길을 멈춰 서서 멍하니 쳐다보고만 있었다. 태양이 작열하는 끝없는 사막에서 오아시스를 만난 기쁨이 이만할 수 있을까 싶었다.

"아니, 웬일인가? 자네가 여기에 와 있다니?"

"자넨 또 웬일인가?"

얘기를 나누다 보니 변 약방도 이곳으로 피란 나왔다는 것이다. 약 방물건들은 그냥 가게에 남겨두었고, 약방 하던 것이야 놈들이 크게 문제 삼을 것 같지 않아서 멀리 피란 가지 않고 가까이에서 사태를 지켜보고 있었다고 했다. 동욱과 같이 치안대에 가담할 것을 종용받 았으나 거절하자 부역에 동원되어 나왔다는 것이었다. 너무나 반갑 고 똑같은 처지여서 서로 위안이 되고 의지가 되었다.

출렁이는 강물에 달빛이 떨어져 번쩍번쩍 빛나고 있었다. 폭파된 금강교의 잔해가 물속에 반쯤 잠겨 있었다. 두 대의 소련제 탱크가 잔해 위에 주저앉아 있는 게 꼭 큰 짐승이 잔뜩 웅크리고 있는 것 같 았다.

유엔군 비행기를 피해 완전히 어두워진 후에 금강에 도착했다. 200여 명이 두 번 탄약과 무기를 나르면 된다고 했다. 어디서 가져왔 는지 원목과 전봇대를 가지고 물 위에 가교를 만들어 인민군이 도강 했고 바로 그 가교 위로 부역자들이 무기와 탄약을 메고 두 번 왕래 해야 하는 게 임무였다. 부역으로 끌려온 사람들은 대부분 중년이 넘 은 사람들이었다. 책임자다 싶은 사람이 어둠 속에서 큰 소리로 말했다.

"동무들은 이미 반동분자로 낙인 찍혔다는 사실을 알아야 한다. 위대한 수령이시며 불세출의 영웅이신 김일성 장군의 성업에 따르지 않는 반동을 우리 인민은 가장 싫어한다. 동무들은 지금 중대한 임무가 두 어깨에 지워져 있다는 것을 명심해야 한다. 그 탄약과 무기가 미 제국주의자들의 뿌리를 완전히 소탕하고 통일된 조국을 만들고 김일성 장군과 스탈린 동무의 영도 하에 지상낙원을 건설한다는 것을 잘 인식하고 사명감을 가지고 일하기 바란다. 만일 지고 있는 상자를 물에 떨어뜨리는 자는 그 즉시 총살될 것이다. 감시자의 총구가 동무들의 행동을 주시하고 있다는 걸 명심해라."

동욱과 변 약방은 손을 꼭 붙잡고 함께 행동하기로 했다. 살아도 같이 살고 죽어도 같이 죽기로 했다. 변 약방은 밤눈이 어둡다고 하며 더듬거렸다. 물이 꽤 깊은 듯했다. 발을 잘못 내딛는 순간 물귀신이 될 수도 있는 위태로운 순간이 다가오고 있었다. 모든 사람의 눈은 초긴장 때문인지 불이 번쩍이는 것 같았다. 모두 생명을 내걸고 한 발자국씩 밧줄을 잡고 움직였다.

'철썩, 철썩' 와서 부딪히는 물소리가 모두를 더욱 긴장하게 했다. 어디서인지 '첨벙' 하는 소리와 함께 '사람 살려' 하는 외마디 소리가 났다. 누군가가 발을 헛디뎌 물에 떠내려가는 모양인데 누구 하나 도움을 주지 않았고 도울 수도 없었다.

강을 건너간 사람들은 지워주는 상자를 지고 다시 강을 건너와야 했다. 무거운 것이 어깨를 짓눌렀다. 차라리 상자를 물속에 던져버리고 도망치고 싶은 생각이 번쩍거렸다. 동욱은 지금 당장 유엔군 비행기가 나타나 다 때려 부숴 주었으면 차라리 만세를 외치면서 죽을 수 있을 것 같았다. 변 약방은 부들부들 떨며 몸을 제대로 가누질 못했다. 워낙 작은 체구에 몸이 약하고, 더구나 도수 높은 안경까지 쓴 데다 밤눈이 어두웠기에 더욱 그랬다.

둥그런 원목 위라 잘못 밟으면 옆으로 굴러 떨어져 강물에 빠지기 십상이었다. 저쪽 어딘가에서 총소리가 났다. 도망치는 사람을 향해 쏘는 듯했다. 아까운 생명이 죽어 가고 있었다. 두 번째 탄약 상자를 어깨에 메고 강 한가운데쯤 왔을 때 어디서 비행기 소리 같은 게 나는 것 같더니 정말 비행기가 나타났다. 유엔군 비행기는 회전하며 정찰을 몇 번 하더니 조명탄을 투하했다. 낮과 같은 밝음이 주변을 둘러쌌다.

동욱은 이제 죽는구나 싶었다. 탄약 상자 운반하는 것을 비행기가 보았을 테니 오도 가도 못하고 죽을 일만 남은 것이었다. '쌩' 하는 날카로운 소리가 귀청을 찢는가 싶더니 기관총을 쏘아대기 시작했다. 어두운 하늘에 밝은 점선을 아름답게 그으며 총탄들이 쏟아져 내렸다. 비행기 편대의 비행에는 정연한 질서가 있었다. 네 대의 비행기가 차례대로 내려오면서 총탄을 쏟아 붓다가 곧 치솟아 올랐다. 한 바퀴 회전한 다음 다시 차례대로 기총소사를 가했다.

아비규환이 이런 것일까? 많은 사람이 어깨에 메고 있던 탄약 상자를 내던진 채 각자의 방법으로 자기 몸을 피하기에 정신이 없었다. 동욱도 어깨의 탄약 상자를 던져버리고 물속으로 몸을 숨길 수밖에 없었다. 양손으로 통나무를 굳게 잡고 목까지 온몸을 물에 잠근 채 가교의 중간 틈 사이에 두 발을 대고 무릎을 잔뜩 구푸렸다.

286

비행기가 내려오며 총탄을 쏠 때에는 발가락 끝에 힘을 주며 무릎을 최대한 구푸려 몸을 머리끝까지 물속에 처박았다가 비행기가 하늘로 치솟아 오르는가 싶으면 목을 내어놓고 숨을 고르며 긴장을 풀었다. 이렇게 하기를 여러 번, 여기저기서 괴성과 울부짖는 소리가 터져 나왔다.

'하나님, 이번만 살려 주시면 하나님 뜻대로 살겠습니다.'라는 서원 기도가 동욱의 입에서 절로 나왔다.

얼마 후 비행기들이 남쪽으로 사라져 갔다. 한참을 물 속에 더 있다가 동욱이 가교 위로 기어올라 왔다. 다리가 후들거리며 떨렸다. 물 속보다 밖이 더 차가웠다. 모든 사람이 다 어디로 갔는지 가교 위는 텅 비어 있었다. 철썩대는 물소리만 들려올 뿐 주위가 고요했다. 고요함은 무거웠고 엄숙하기까지 했다. 변 약방은 어찌 됐을까? 변 약방의 소식이 궁금했다. 어떻게든 물에서 나왔겠지 하고 바랄 뿐이 었다.

새벽이 밝아오는 거리를 동욱은 뛰었다. 누가 길을 막으면 따귀부 터 때려주고 싶었다.

'죽지 않았으면 또 만나겠지.'

동욱은 악몽을 꾸는 것 같았다. 식구들은 모두 동욱을 기다리고 있 었다. 어머니는 무슨 일이 있었는지 물으려다가 동욱의 옷이 물에 젖 어있는 것을 보고 말문을 닫았다.

늦잠을 자고 정오쯤 잠에서 깬 동욱이 아침 겸 점심을 먹었다. 밥 을 먹으면서도 목이 메었다. 자기가 살아있는 것이 너무나 신기했다.

그때쯤 예의 그 반장이라는 자가 동욱을 또 찾아왔다.

"선생 동무, 어제는 수고 많았습니다. 절반 이상의 인명 피해가 있었지만 그만하면 성공적이었습니다."

동욱은 변 약방의 안부가 궁금했지만 묻는 걸 참았다.

"오늘 아침 목포를 해방했다는 뉴스가 있었소. 이제 김일성 장군이 남조선을 완전히 해방하는 것은 시간문제요. 그렇지 않소? 앞으로 김일성 장군 밑에서 살아가려면 선생 동무도 마음을 고쳐먹어야 할 거요."

"전에도 말했지만 나는 그런 생각해 본 일이 없어요. 제발 나를 그대로 놔 두기 바랍니다."

"그렇다면 좋소! 나도 내 힘자라는 데까지는 동무에게 잘해 보려고 했는데……. 사실 오늘 내가 온 것은 공주읍 치안대장으로부터 동무를 통해서 공주성결교회의 직원 명단과 교인 장부를 작성해 제출하라는 명령을 받았소. 동무가 내 말을 듣고 따르려면 오는 월요일까지 꼭 제출하시오. 내가 이 말은 하지 않으려 했는데 한 가지 확실히 알아 둘 것은 이것은 내 명령이 아니라 상부의 명령이라는 사실이오. 만일 거역할 시에는 좋지 않은 결과가 생길 거요."

이튿날 오후 동욱은 집이 어떻게 됐나 둘러보기 위해 읍내로 가는 길에 변 약방이 묵고 있다는 집에 들렀다. 변 약방은 방에 누워 있었다. 40도 이상의 고열에 헛소리를 하고 아직도 의식이 없다며 부인이 걱정하고 있었다. 기진맥진하여 아침에 돌아온 남편이 집에 들어서면서 기절해서 지금까지 의식이 없다는 거였다. 그래도 살아있어서 천만다행이었다. 동욱의 눈에서 눈물이 글썽거렸다.

쓸쓸한 거리를 지나 살던 집에 가 본 동욱은 집이 엉망인 데 놀랐다. 문짝은 떨어져 나갔고 장롱이나 두고 간 물건들은 못 쓰게 됐거나 망가져 버렸으며 방안은 온통 흙투성인데다 더러운 오물로 더럽혀 있었다. 부엌으로 들어가 보았더니 큰솥에는 밥을 한 것인지 죽을 끓인 것인지 콩죽 같은 것이 하나 가득 담겨 있었다. 틀림없이 놈들이 밥 지어 먹으려다 시간이 급해서 그냥 도망친 것이 분명했다. 다행히 물건들을 땅에 묻은 자리는 그대로 있었다.

대강 집 안팎을 치운 다음 반장이 말한 교인 명부와 집사 명단 제출에 대해 의논하기 위해 정 집사 집을 찾았다. 시내에 살던 분들은 피란 가고 없을 것 같아 변두리 집을 찾은 것이었다. 다행히 정 집사는 아직 집에 있었다. 그러나 동욱을 보고도 반가워하는 눈치가 아니었다.

"집사님, 치안대에서 저보고 교회 직원 명단과 교인명부를 적어 내라고 하는데 어떻게 하면 좋습니까?"

"아니, 놈들이 어떻게 알고 그런 말을 하지요? 제발 우리 이름은 적지 마세요. 이런 때에 '교회'니 '집사님'이니 그런 말부터 쓰면 안 돼요."

동욱은 이런 말이 나오리라고는 상상도 못했다. 찾아온 것을 후회했다. 인사하고 나오는 동욱에게 정 집사가 말했다.

"그 명단에 피란 간 사람들 이름만 몇 사람 적어 내세요. 피란 가지 못한 것도 서러운데……."

"걱정하지 마세요. 집사님 이름은 쓰지 않겠으니……."

"나, 이제 예수 끝났어요!"

동욱의 뒤통수에 대고 정 집사가 한 말이었다. 동욱은 친구 변 약방이 평소에 자신에게 한 말들이 생각났다.

"예수 믿는다는 사람들이 더 문제야. 속과 겉이 다르단 말이야. 안 믿는 사람보다 더 나은 것이 있어야 본이 되지. '사랑, 사랑' 하면서도 자기끼리만 사랑하고 이기심만 가득해. 자네도 그렇게 믿으려면 초장에 때려치우게."

며칠 후 이런저런 생각을 골똘히 하며 걷고 있던 동욱이 이상한 대열을 목격했다. 몇 명의 국군이 따발총을 멘 인민군들에게 두 손이 묶인 채 끌려가는 대열 속에 팬티만 입은 미군 하나가 맨발로 따라가고 있었다.

'놈들이 무슨 이유로 옷까지 벗기고 맨발로 끌고 갈까?'

궁금한 생각이 일었다. 더 이상한 것은 그 미군이 걸어가는 자세였다. 두 손은 뒤로 묶여 있었으나 그의 자세는 꼿꼿했다. 그 옆에서 끌려가는 국군들은 고개를 땅에 힘없이 떨어뜨린 채 맥없이 끌려가는데 이 미군은 똑바로 앞을 보며 당당하게 걷고 있었다. 그의 쑥 들어간 눈은 빛나고 있었다. 옆에 서서 쳐다보고 있는 동욱과 눈이 잠시 마주쳤다. 동욱이 생전 처음으로 보는 미국 사람이었다. 동욱은 소리 없이 그에게 눈인사를 했다. 국가를 대표해서 미안하다는 인사를 해 주고 싶었고, 고맙다는 인사도 해 주고 싶었다. 그리고 당신의 그 당당한 모습을 존경한다고도 말하고 싶었으나 그러지는 못했다. 껑충하게 키가 큰 미군이 차츰 멀어져갔다. 동욱은 자신도 모르게 주먹을 꼭 쥐었다.

'그렇다. 그는 지금 끌려가는 것이 아니라 자기의 의지로 떳떳하게 가고 있는 것이다. 그는 결코 패배자가 아니라 이미 승리자다. 이역 만리 낯선 땅 한국에 와서 싸우다가 포로가 되어 끌려가는 그가 저렇게 당당할 수 있는 것은 무엇 때문일까? 젊은 나이에 한국이 어디에 붙어있는 나라인지, 왜 싸우는 것인지도 잘 모르고 왔을 것이다. 결혼도 못하고 이제 끌려가 어떤 수모와 고통을 당할지, 그러다가 언제 어떻게 죽을지 모르는 저 젊은이가 어쩌면 저렇게 당당한 모습을 보여 줄 수 있을까? 저 사람의 부모는 지금 얼마나 걱정하고 있을까?'

동욱은 자신이 부끄러웠고 한없이 초라해지는 것을 느꼈다. 바로 그때였다. 누가 동욱의 어깨를 탁 치는 바람에 깜짝 놀랐다. 그제야 동욱은 길가에서 넋 놓고 서 있는 자신을 깨닫고 둘러보니 한 사나이가 버티고 서서 동욱을 보며 따라오라고 손짓하고 있었다. 동욱은 그가 가자는 대로 따라갈 수밖에 없었다. 그 미군을 생각하며 당당하게 걸어갔다.

앞서 가던 사나이는 평소 단골로 다니던 이발소로 들어갔다. 신기하게도 이발소의 흔적은 하나도 남아있지 않았다. 책상이 서너 개 놓여 있었고 벽 한가운데 인민공화국 기(旗)가 걸려 있는 양옆에 스탈린과 김일성의 사진이 나란히 걸려있고 그 옆으로 몇 가지 선전물이 붙어있는 게 전부였다.

가운데 책상에서 무엇인가를 쓰고 있던 여자가 펜을 놓고 일어나 동욱에게 다가오며 날카로운 말씨로 물었다.

"동무, 신분증을 제시하시라요."

동욱이 잠시 생각했다. 신분증이라면 전에 사용하던 도민증을 내보이라는 것인지, 아니면 그 새 그들이 발부한 신분증명서가 있는 것인지 그게 확실치가 않아서 망설이고 있었다.

"동무 못 알아들었소? 신분증을 제시하란 말이오."

"없습니다."

"없어? 그럼 동무는 그동안 남조선에서 무엇을 했소?"

"아무것도 한 일이 없습니다."

"직업이 뭐냔 말이야!"

날카롭게 쏘아 보는 여자의 눈에 서슬이 퍼랬다.

"일정한 직업이 없었습니다."

"멀쩡하게 생긴 놈이 어디서 바보 노릇 하려는 수작이가?"

여자가 느닷없이 동욱의 뺨을 때렸다. 동욱은 화가 치밀어 그녀를 노려보았다. 살아생전 여자에게서 뺨 맞은 것은 처음이었다. 눈이 매섭게 찢어진 그녀를 계속 노려보았다. 그녀의 눈에서 한순간도 눈을 떼지 않았고 눈을 깜짝이지도 않았다. 두 사람의 눈에서 불이 튀었다. 얼마 후 결국 눈싸움에서 그녀가 승산 없음을 깨달았는지 이렇게 물었다.

"동무, 아니꼽소?"

여자는 한풀 꺾여 한결 눅진해진 음성으로 다시 물었다.

"직업이 무엇이었소?"

"일정한 직업이 없었습니다."

"동무는 누구를 바보로 만들 작정이오? 직업 없이 어떻게 살 수 있다는 거요?"

동욱은 정말 난처했다. 그렇다고 여기서 만주 이야기를 할 수도 없었다.

"농사도 좀 지었고, 장사도 해 보긴 했습니다만……."

농사는 고향 떠나기 전 젊었을 때 이야기였고 장사는 유기 장사와 고구마 장사를 잠시 했던 걸 생각하면서 말한 거였다.

"동무가 농사일을 했소? 그럼 어디 손 좀 봅시다."

동욱의 양손 바닥을 만져보더니

"동무가 농사를 했다고? 하하하……."

그녀의 웃음소리에 소름이 끼쳤다.

"내 손으로 직접 한 것이 아니고……."

"아―, 그러니까 동무는 지주였단 말이지? 지주는 인민의 착취자 아니오? 그런데 지주 양반께서 무슨 배짱으로 피란을 안 갔소?"

"사실은 피란 갈 돈이 없었습니다."

"남조선 농민의 착취자 지주 양반께서 돈이 없었다? 하하……."

"당신이 누구인지 모르겠지만, 나는 내가 지주였다는 말을 한 적이 없소."

그녀의 행동으로 미루어 여기서 그녀보다 높은 자는 없는 것 같았다. 그녀는 장화처럼 긴 구두의 뒤꿈치에 힘을 주며 몇 번 왔다 갔다 하더니 말했다.

"그럼 학벌은?"

한참 무엇인가 깊이 생각하다 한 말이었다.

"5년제 중학교를 나왔습니다."

그녀는 아무 말 없이 안으로 들어갔다. 그제서야 동욱은 앉은 채 실내를 자세히 볼 수 있었다.

'저 책상이 있던 곳은 전에 머리를 감아주던 곳이고, 이쪽 벽에는 커다란 거울이 둘 걸려 있었고, 그 위에는 물레방아 그림이 걸려 있었는데……. 그렇지! 지금 내가 앉아있는 곳은 차례를 기다리던 사람들이 앉아 신문을 보던 곳인데. 그때 신문을 뒤적이다 창밖을 내다보면 어떤 때는 시외버스가 지나갔고 아이들이 가방을 들고 구슬치기 하던 게 보이던 평화로운 곳이었는데…….'

회상하며 동욱이 밖을 내다보았으나 보이는 사람은 하나도 없었다. 그때 안에서 "김 동무!" 하고 부르는 소리가 났다. 그 여자였다. 선전문을 정리하고 있던 김 동무라는 자가 황급히 안으로 들어갔다. 잠시 후 그가 다시 나오며 동욱에게 들어오라고 손짓했다. 동욱은 일어나 그가 오라는 곳으로 갈 수밖에 없었다.

전에도 이런 방이 이곳에 있었는가 싶었다. 방에는 그녀가 비스듬히 누워 있다가 동욱이 들어오자 일어나 앉았다. 동욱은 움찔했다. 좀 이상한 느낌이 들었다.

"동무 이름이 뭐요?"

"이동욱이라고 합니다."

"이리와 앉아요. 동무를 이리로 오라고 한 건 다른 게 아니라 나와 같이 눈(目)싸움을 다시 한 번 해 보고자 해서 오라고 한 거요."

갑자기 눈싸움이라니! 전혀 이해되지 않는 말이었다. 틀림없이 엉뚱한 생각을 하고 있음이 분명했다.

'마음에 드는 남자들을 끌어들여 정욕을 채우고 그런 다음 살려서 돌려보냈을까? 아니면 죽였을까?'

여기까지 생각하니 그녀의 얼굴이 요부처럼 매서워 보였다.

"이상하게 생각할 것 없소. 아까는 내가 눈싸움에서 졌는데 이번에 한번 다시 해 보자는 것뿐이오. 나는 지금까지 어느 누구한테도 눈싸움에서 져 본 적이 없었소.”

　동욱은 정신을 바짝 차리지 않으면 큰일을 낼 여자라는 걸 알았다. 이성을 잃었다가는 어쩔 수 없이 함정에 빠져 생명을 잃을 수 있다는 생각을 했다. 동욱은 마음의 여유를 찾기 위해 주변을 둘러보았다. 장식 없는 방에는 옷이 몇 벌 걸려있었고 저쪽 구석에는 장총 대여섯 자루가 세워져 있을 뿐이었다. 그녀가 동욱을 보면서 권총이 달려 있는 허리띠를 풀었다. 동욱은 도대체 그녀가 왜 이런 행동을 하는지 덜컥 겁이 났다. 그녀는 풀어놓은 허리띠에서 조그마한 권총을 꺼내 방바닥 위에 놓았다. 동욱은 움찔했다. 그녀가 위협하며 공갈하고 있는 게 분명했다.

　“저 죄송하지만, 오늘은 시간도 늦었고 그만 돌아가야겠습니다.”

　“그 점은 염려 마시오. 그리고 내가 여자라고 동무가 얕보면 불리할 거요. 난 여기 공주지구 치안대장으로, 감히 내 말을 거역하는 자는 누구를 막론하고 즉결처분할 권한이 있소. 이 권한은 위대한 수령 김일성 장군이 직접 내게 주신 권한이오. 나는 김일성대학 출신이오. 나는 지금까지 동무처럼 눈이 강한 사람을 보지 못했기 때문에 어디 한번 누가 이기나 정식으로 해 보자는 것이오. 만일 내가 이기면 동무는 내가 하라는 대로 해야 하고, 반대로 동무가 이긴다면 동무가 하라는 대로 내가 하겠소. 자, 어떻소?”

　과연 치안대장 자격이 있는 여자였다. 김일성대학 출신이라면 골수 공산당 조직책임자임이 분명했다. 말솜씨도 그러했지만 여자로서 당돌하기가 남자 이상이었다. 그러니까 치안대장이라면 공주지구에서 제일 높은 자였다.

'좋다, 이렇게 된 바에는 할 수 없다. 그녀 말대로 용기를 가지고 이기는 방법 외에는 다른 길이 없다. 이기면 마음대로 들어준다 약속하지 않았나. 내가 약점을 먼저 보여서는 절대 안 된다. 그러면 싸움에서 이길 수 없다.'

"그러면 우리 약속을 확실히 합시다. 이기는 사람의 요구는 무조건 들어줘야 한다는 것을 분명하게 하지 않고는 나는 응할 수 없소."

"좋소, 나는 이 약속에 내 생명을 걸겠소."

여자가 생명을 건다고 하는데 더 망설일 게 없었다. 순간 동욱은 속으로 하나님께 기도했다.

'냉정하고 침착하게 하여 주시옵소서. 하나님 저에게 힘을 주시옵소서. 이 위기에서 아무 일 없이 이길 힘을 저에게 주시옵소서. 그리고 시험에 들지 말게 하시옵소서.'

그리고 좀 전에 보았던 미군의 그 의연한 모습이 떠올랐다. 그렇다. 이것은 정신 싸움이다. 누가 더 강력한 정신의 소유자냐 하는 것이 승패를 판가름하는 기준이 될 것이다. 동욱은 눈을 꼭 감았다. 눈의 피로를 풀 심사였다. 그녀도 눈을 손등으로 비볐다.

드디어 이상한 눈싸움이 시작되었다. 이 싸움은 남과 여의 싸움이었고 남과 북의 싸움이면서 민주주의와 공산주의의 싸움이었고 선과 악의 싸움이었다. 절대 패배할 수 없는 싸움이었다.

동욱은 눈동자를 고정하고 그녀의 눈 속을 파고들듯 한 표정으로 매섭게 노려보았다. 그녀의 눈에서 나오는 요기를 도중에서 꺾어버려야 했다. 그녀는 눈이 살짝 쌍꺼풀이 진 얼굴로 추녀가 아니었다.

도시에서 공부하며 자란 얼굴이었다. 시간이 자꾸 흘러갔다. 동욱은 눈싸움을 하면서 평화로운 주일 새벽에 남침하여 내려온 공산당을 꾸짖고 있었다. 10대의 어린아이들을 강제로 전쟁터로 끌고 온 것을 질책하고 있었다. 같은 민족끼리 전쟁을 일으켜 살생을 벌인 만행과 죄악을 혼내 주고 있었다. 동욱은 시간이 갈수록 이 싸움에 자신감이 생겼다. 어쩌면 하나님께서 이러한 대결을 하도록 허락하셨고 승리하게 하신다는 확신까지 들었다. 아무도 없는 방 안이었지만 모든 인류가 주목하고 있는 듯한 느낌이 들었다.

'김일성이라는 이름을 도용한 너 젊은 가짜 김일성 이놈, 조국 해방이라는 미명 아래 전쟁을 일으키고 수많은 생명과 재산을 잃게 한 너! 동무라는 좋은 말을 가지고 아버지도 동무, 어머니도 동무 하는 계급 없는 평등사회요, 노동자 농민의 천국이라 주장하면서 도리어 너희 공산주의 간부들은 특권의식을 가지고 노동자 농민 위에 군림하고 있지 않은가? 그리고 내 앞에 있는 너는 지금 도대체 무슨 수작을 하고 있는가? 이런 방법으로 몇 놈이나 우롱하고 죽였는가? 너희는 지금 공산주의라는 미명 아래 소련 공산주의 앞잡이, 꼭두각시 노릇을 하고 있지 않은가?'

그러다 보니 그녀의 얼굴이 어디서 많이 본 얼굴 같기도 했다. 시간이 얼마나 흘렀을까? 그녀의 얼굴에 괴로운 표정이 조금씩 보이기 시작했다. 그리고 몸을 이리저리 뒤틀었다. 동욱은 계속 그녀를 노려보며 끝까지 냉정함을 잃지 않았다. 마침내 그녀의 눈동자가 풀리며 흐릿해지고 있었다. 간청하는, 애원하는 눈빛으로 바뀌어 갔다. 제발 살려달라는 굴복의 표정과 비굴함과 간절함이 차츰 얼굴에 배어 나오기 시작했다.

'조금만 더 참자! 이제 승부는 결정 났다. 마지막 순간까지 강한 정신력을 발휘하자.'

동욱은 다짐하고 또 다짐했다.

그녀가 고개를 좌우로 몇 번 흔들더니 입가에 웃음을 띠었다. 그것은 패배의 웃음이었다. 그녀의 시선이 마침내 동욱의 눈을 피해서 아래로 떨어졌다. 패배를 시인한 것이다. 동욱이 이긴 것이다. 동욱이 천천히 일어났다.

"동무가 이겼소. 내가 졌소. 동무는 참으로 대단한 정신의 소유자요. 동무 같은 사람 처음 보았소. 동무 같은 사람이 있는 남조선이 이 전쟁에서 이길 거요. 내가 졌으니 약속대로 원하는 것을 말하시오. 공화국의 이름을 걸고 틀림없이 시행하겠소."

"조금 전까지는 내가 이기면 당신 뺨을 한대 후려갈기고 말겠다고 생각했었는데 그만두겠소."

동욱이 이렇게 말하고 돌아서려 할 때 그녀가 동욱의 손을 꼭 잡고 놀라운 말을 했다.

"이동욱 동무, 부탁이오. 내가 좀 전에 한 말과 오늘 밤 여기에서 있었던 일은 제발 아무에게도 발설하지 않겠다는 약속을 해 주시오. 동무 같은 사람이라면 약속을 지킬 것이 분명하오."

그녀의 눈에서 눈물이 살짝 비쳤다.

동욱이 문을 열고 나섰다. 어두운 굴속 같은 통로를 지나 사무실로 나갔다. 시커먼 그을음이 많이 붙어 있는 호야등불 하나가 타들어 가고 있었다. 뒤따라 나오던 그녀는 책상에 엎드린 채 졸고 있는 사람을 소리쳐 깨웠다.

"누가 뭐라고 하면 이것을 보이고 내 말을 하시오."

동욱에게 명함 같은 것 하나를 내밀었다. 얼핏 보니『공주지구 치안대장 겸 내무서장 진증녀』라고 쓰여 있었다.

동욱이 감나무골 초입, 전에 성냥공장을 하다 폐허가 된 후미진 곳을 지나가려는데 나지막한 소리가 들렸다.

"아버지, 아버지."

"너 웬일이냐?"

"아버지, 집에 들어가지 마세요."

정원이 울상이 되어 말했다.

"정원아. 무슨 일이냐? 누가 왔니?"

"총 가진 두 놈이 와서 아버지 잡아가겠다고 기다리고 있어요."

"언제부터?"

"두 시간도 더 됐을 거예요. 아버지 어디 갔느냐고 해서 모른다고 하니까 거짓말이라며 구둣발로 방에 들어와 방안을 뒤지고, 소리치는 할머니를 구둣발로 찼어요."

"뭐? 할머니를 구둣발로 찼어? 너는 여기 어떻게 나왔니?"

"할머니가 눈짓했어요."

"그놈들이 네가 밖에 나간 걸 모르니?"

"놈들은 나를 못 보았으니까 모를 거예요. 그리고 놈들은 작은 엄마도 때렸어요."

동욱은 더 이상 참을 수가 없었다. 정원이는 집에 들어가면 안 된다고 말렸지만 동욱은 피해서 될 일이 아니라는 생각이 들었다.

"정원아, 집으로 가자."

동욱은 아까 그녀가 한 말이 뇌리를 맴돌았다. 어떻게 김일성의 최고 간부에 속한 그녀가 그런 말을 했을까? 지금 인민군은 파죽지세로 경기도, 강원도, 충청도, 전라도를 다 점령하고 경상도로 진격하여 내려가고 있는데 자기들이 이 전쟁에서 패배할 것이라고 말하는 게 아무래도 예삿일이 아니었다.

동욱은 진작부터 이 전쟁이 오래가지 않을 것이라 믿고 있었다. 그것은 동욱이 직접 본 인민군대의 나약함과 누적된 피로, 제공권을 가지고 있는 유엔군 비행기, 그리고 세계 여러 나라의 한국에 대한 관심과 지원 등으로 보아 인공 치하는 몇 개월이 고작일 것이라는 확신이 들었다.

모택동 모자를 쓴 두 놈이 따발총을 들고 마당에 서성대고 있다가 동욱을 보더니 다가왔다.

"아! 이거 호랑이도 제 말 하면 온다더니 겁도 없이 들어오는구면."

"당신들 뭐하는 사람들인데 이 밤중에 와서 행패를 부리는 거요?"

"뭐? 행패? 치안대장께서 너를 당장 잡아오라고 명령하셨다."

"치안대장이라고? 거짓말하지 마시오."

"거짓말이라고?"

"내가 지금 치안대장을 만나고 오는 길이오."

"뭐라고? 우리 치안대장님이 한가하게 너 같은 놈을 만나는 줄 아느냐?"

"내 말이 거짓말인가 직접 가서 확인해 보시오."

화가 난 두 놈은 따발총을 들썩이며 동욱에게 다가왔다.

"이걸 보시오. 치안대장이 나한테 직접 준 것이오."

두 놈은 동욱이 내민 명함 같은 것을 앞뒤로 살피더니 깜짝 놀라는 기색이 완연했다. 좀 전에 동욱은『공주지구 치안대장 겸 내무서장 아무개』라는 것만 보았는데 그 뒤에는 굵은 빨간 줄 두 줄이 사선으로 쳐 있었다. 동욱도 지금 처음 본 것이었다.

"아니, 지금 당신이 이것을 어떻게 가지고 있소?"

한결 기세가 꺾인 말투로 반문했다.

"치안대장이 좀 전에 직접 나한테 준 거라고 말하지 않았소? 그리고 누가 뭐라고 하면 그를 자기한테 데리고 오라고 하였소. 당신들 이름이 무엇이오?"

"그게 정말이요? 우리 치안대장님이 어떻게 생겼습디까?"

깜짝 놀라며 갑자기 말투가 공손해졌다.

"여자입디다. 김일성대학 나온……."

동욱이 비꼬듯 말했다. 두 놈은 투덜대며 사립문을 빠져나갔다. 그녀의 위세가 얼마나 당당한지 실감이 났다. 놈들은 치안대장이 여자라는 것만 알았지 김일성대학을 나온 것까지는 모르고 있었는데, 동욱의 말을 심상치 않게 여긴 게 분명했다.

그녀가 동욱에게 준 것은 단순한 명함이 아니었다. 신원을 보장하는 비상 신분증 같은 것이었다. 동욱은 그녀가 보통 인물이 아니라는 사실을 새롭게 깨달았고 한편으로 고마운 마음이 들었다. 북한 공산당에 그런 멋쟁이도 있구나 싶었다. 그날 이후로 동욱을 찾아와 성가

시게 하는 자는 아무도 없었다.

아침부터 읍내로 비행기가 몰려오더니 무차별 폭격이 시작되었다. 콩 튀듯 요란한 폭발음이 대지를 뒤흔들었다. 동욱은 읍내 살던 집이 걱정되었다. 집이라고는 하나밖에 없는데 그나마 타 버리면 집 없는 신세가 되고 말 것이었다. 마음이 놓이질 않아 비행기 폭격이 뜸해지면 가 봐야겠다고 생각했다.

오후에 동욱은 시내로 들어갔다. 이곳저곳에서 불길이 솟았고 검은 연기가 시내에 자욱했다. 동욱은 불길한 마음에 발걸음을 재촉하며 집으로 갔다. 바로 옆집이 불에 타고 있었는데, 그 불이 동욱의 창고에 옮겨붙으려는 순간이었다.

동욱은 창고로 뛰어 들어갔다. 닥치는 대로 하나를 잡아 든 것은 절구대였다. 절구대를 들고 불이 붙기 직전의 창고를 때려 부수기 시작했다. 절구대를 앞뒤 좌우로 격렬하게 휘둘러 댔다. 그것은 모든 것들에 대한 동욱의 반항이었다. 땀이 비 오듯 온몸에 흘러내렸다. 창고에 불이 붙으면 집채에도 옮겨 붙어 그대로 다 타서 없어지고 말 것이었다. 좀 더 단단하고 가벼운 도구가 있었으면 싶었으나 그런 건 보이지 않았다.

'하나님, 도와주소서. 집이 불타지 않게 하옵소서.'

계속 휘둘러 댔다. 얼마나 그렇게 했을까? 손에 든 절구대가 천근 만근의 무게로 느껴졌다. 동욱은 그 자리에 주저앉았다. 이젠 더 이상 어떻게 할 힘이 없었다. 될 대로 되라는 체념이 왔다. 동욱이 옆에 있는 절구대를 들어 보았다. 어떻게 이 무거운 것을 그렇게 휘둘러 댔는가 싶었다.

천만다행, 하나님이 도우셨음이 틀림없었다. 바람이 역풍이 되면서 불길이 잡혔다. 이때다 싶어 우물에서 물을 퍼다 부었다. 창고 건물이 한쪽으로 기운 채 서 있었다. 그때 비행기가 또 나타났다. 동욱은 밖으로 나왔다. 건물 안에 있다가는 잘못될 수도 있기 때문이었다. 도립병원 돌담에 바싹 몸을 붙이고 머리를 땅에 대고 엎드렸다. 비행기가 머리 위를 지날 때마다 오싹오싹 소름이 끼쳤다.

그 비행기를 사람들은 '호주기(濠洲機)'라고들 불렀다. 이승만 대통령 부인이 호주 여자여서 그 나라에서 보낸 비행기라며 그렇게 부르는 거였다. 실은 이승만 대통령 부인 프란체스카가 오스트리아 태생 미국인이었는데 그 당시 사람들은 '오스트레일리아'와 '오스트리아'를 혼동한 것이었다. 그만큼 나라 밖 사정에 어두운 우물 안 개구리였다. 호주기는 날렵하고 날개 끝에 망치 같은 게 달려 있었는데 소리가 유난히 날카로웠다.

창고 바로 옆에 폭탄이 떨어져 굉음과 함께 커다란 웅덩이가 생겼고 그 충격에 창고가 폭삭 주저앉고 말았다. 깊이 파인 웅덩이에서는 연기가 아직도 피어오르고 있었다. 동욱은 폭탄 하나의 위력이 참으로 대단하다는 걸 깨달았다. 웬일로 이렇게 많은 비행기가 폭격을 해대는지는 알 수 없었지만, 한 가지 분명해진 것은 유엔군의 힘이 훨씬 막강해졌다는 사실이었다. 지금쯤 전세가 역전되어 국군과 유엔군의 반격이 어디쯤 올라오고 있는지 모를 일이었다.

'하루속히 놈들의 마수에서 벗어나야 한다. 인공 치하에서 자유해방만 된다면 무슨 일이라도 해야지.'

동욱은 이제는 그냥 있을 수만은 없다는 생각을 했다.

이튿날 아침, 동욱은 아들 정원을 데리고 어제 주저앉아버린 창고를 정리하기 위해 점심을 싸들고 읍내로 들어갔다. 오랜만에 집에 온 정원은 너무나 많이 변한 주변 사정에 사방을 두리번거리며 호기심 찬 눈으로 여기저기 살피기에 정신이 없었다.

우선 방과 부엌을 대강 청소했다. 정원은 평소 그렇게 깨끗하게 쓸고 걸레질하던 방을 아버지와 함께 신발을 신은 채로 왔다 갔다 하는 것부터 이상하게 생각했다. 무너진 창고의 재목은 재목대로, 송판은 송판대로 쌓아 놓았다. 동네 친구들은 지금쯤 다 어디로 가고 없는지 조용하기만 했다. 천범이, 동현이, 기동이 모두 보고 싶었다. 그들이 살던 집들은 어찌 됐을까? 정원은 친구들의 집이 궁금하고 그들 집에 가 보고 싶었다. 찾아가면 동무들이 거기에 지금 있을 것만 같았다. 일하다가도 혹 어떤 친구가 자기를 찾아오는 것은 아닌가 싶어 두리번거렸다. 그렇게 눈에 익은 동네가 전혀 생소한 곳처럼 느껴지기만 했다.

"야, 이놈아! 정신 차려서 일 제대로 하지 않고 무얼 두리번거려!"

동욱이 불호령을 내렸지만, 정원의 눈은 자꾸만 딴 곳에 가 있었다.

점심때가 한참 지나서 동욱 부자가 함께 앉아 점심밥을 먹는데 이게 얼마만의 일인가 싶었다. 이 난리 통에도 장사한다고 광주리에 참외, 복숭아, 수박 등을 팔러 다니는 여자들과 지게꾼들이 있어서 반가웠다. 황량하던 집이 제법 집 같아 보이기 시작했다.

저녁나절, 일을 끝낸 동욱과 정원이 감나무골 초입 우물가에 들어섰을 때 반장이 얼핏 동욱을 멀리서 보고 움찔하며 피하려는 눈치였다. 이때다 싶어 동욱이 말을 걸었다.

"반장님, 안녕하십니까?"

"아! 예, 부자가 정답게 어디 갔다 오십니까?"

"예. 읍내 집에 갔다 오는 길입니다."

반장이 바쁜 걸음으로 피하려 하는데 동욱이 또 말을 걸었다.

"반장님, 왜 요즘은 교회직원 명단 이야기를 안 하십니까?"

"아, 그것 참 어떻게 됐습니까?"

"직원이 하나밖에 없어 쓰지 못하고 있습니다."

"아니, 직원이 한 사람밖에 없다니 그게 말이 됩니까?"

"다들 피란 가고 없고 남은 사람들은 이제 예수 끝났다고 하는데 직원이랄 수 없는 것 아닙니까?"

"아니, 누가 동무보고 피란 간 사람과 안 간 사람 구별하라고 했습니까? 피란 갔든 안 갔든 간에 이름과 주소를 써 내면 되는 거지. 그리고 그 한 사람은 누굽니까?"

"바로 접니다."

"뭐라고요? 지금 나하고 농담하는 겁니까?"

"그리고 반장님은 치안대장이 교회직원 명단을 가져오라는 지시를 했다고 하셨지요? 그런데 치안대장은 그런 지시를 한 일이 절대 없다고 하던데요?"

"뭐요? 그런 지시한 일 없다고 도대체 누가 그럽디까?"

"누구는 누굽니까. 공주지구 치안대장 겸 내무서장 여성동무가 그러지."

"동무가 그 치안대장 동무에게 그것을 직접 물어보았단 말입니까?"

“며칠 전에 치안대장을 만난 김에 물었더니 그런 일 지시한 적 없다고 했습니다. 그리고 인민공화국은 신앙의 자유를 보장하고 있으니 마음 놓고 예배를 드리라고 말했습니다.”

“그건, 그런 지시가 올 것이라고 짐작하고 내가 미리 준비한 거지요.”

“그런데 그런 준비가 인민공화국 정책과 방침에 위배되면 어떻게 되는 거지요?”

“동무, 그건 그렇고 동무가 우리 치안대장님과 정말 그렇게 친하고 가깝습니까?”

“친하긴 언제 보았다고 친합니까? 내가 직접 가서 따졌습니다. 치안대장 노릇 잘하라고.”

“동무 그런 말 하지 마시오. 그 치안대장이 누구인지 아십니까? 김일성대학을 수석으로 나온 수재인데다 김일성 수령이 딸같이 아끼고 사랑하는 사람이고 저 유명한 인민군 제3사단장의 부인 아닙니까!”

동욱은 하마터면 큰 소리를 지를 뻔했다.

‘서울을 제일 먼저 점령하고 중앙청에 인공기를 올렸다는 인민군 제3사단장 박일경의 처가 이곳 치안대장 진중녀라니…….’

이 무슨 운명의 장난인가 싶었다. 그러나 동욱은 이미 다 알고 있다는 듯 태연하게 말했다.

“치안대장은 내가 처음 보았지만 제3사단장 박일경은 제가 그전부터 잘 아는 사람인데 그놈은 도둑놈이오.”

“아, 그래요? 그게 정말입니까? 동무, 제가 잘못했습니다. 제가 그만 동무를 몰라보고…….”

동욱은 이쯤에서 반장을 혼내는 것은 끝내기로 마음먹었다.

"아무튼 수고 많이 하시오. 그만 가 보겠소."

"아, 네. 그럼 또……."

반장은 굽실거리며 우물우물 더 이상 말을 못했다. 동욱은 정원의 손을 잡고 감나무골 언덕을 오르며 한참을 웃었다. 그리고 절대 인공 시대는 오래가지 못한다는 확신이 생겼다.

길고 지루했던 여름이 가고 있었다. 1950년의 7월과 8월 두 달이 왜 그렇게 길고 길었던지 두 달이 두 해는 되는 것 같았다. 동욱은 그 동안 시골로 피란 갔다는 말만 듣고 찾지 않았는데 혹시나 해서 변 약방을 찾아갔다. 의외로 집에 있었다. 그의 입가에 번지는 미소가 그동안 거짓을 가장하고 숨어 있었음을 변명하고 있었다.

"여보게, 이 바쁜 때 우리가 이렇게 한가하게 있어도 되겠는가?"

"자네, 지금 바쁜 때라고 했나?"

"그래, 아무래도 인공 시대는 얼마 못 갈 것 같네."

"지금 대구, 부산만 남겨놓고 다 빨갱이 세상이 됐는데 무슨 소리 인가?"

"며칠 전 국군 몇 사람과 함께 포로로 끌려가던 미군 한 명을 보았 네."

"그래서?"

"그게 뭘 말하겠는가? 그건 미군이 다시 우리 가까이 와 있다는 이 야기 아닌가?"

"그래서?"

"그 미군이 비록 맨발에 팬티만 입고 끌려가고 있었지만 의연하고 꿋꿋하게 앞만 보고 걸어가는 모습에서 나는 승리를 보았다네.”

“포로로 끌려가는 모습에서 승리를 보았다고?”

“내 말 잘 들어 보게. 얼마 안 가 반드시 유엔군의 반격이 있을 것이고 인민군들은 퇴각하고 말걸세. 그때를 대비해서 우리가 무엇인가를 준비하고 있어야 할 때라는 말이네.”

동욱은 여자 치안대장이 했던 말이 목까지 올라왔으나 꿀꺽 삼켰다. 약속은 약속이었다.

“무엇을 어떻게 준비한다는 말인가?”

“그러니까 먼저 뜻 맞는 젊은이들을 모아 우리가 해야 할 일들을 의논해야 하네.”

“그런 일이 지금 가능한가? 잘못하다가 괜한 어려움만 당하면 낭패 아닌가?”

“그러니까 가능성을 찾아봐야지.”

“아무튼, 조심해야 하네. 지금은 가만히 있어. 살아남는 일이 제일 중요한 때 아닌가?”

동욱은 변 약방 집을 나왔다. 그가 살아 있다는 걸 확인한 것만 해도 다행이었다.

밤이 되면 불 하나 켤 수 없는 칠흑 같은 어둠 속에서도 밥 수저는 정확하게 입으로 들어가는 게 신통했다. 어쩌다 어느 집에서 불이 번쩍이면 어떻게 알았는지 불호령이 떨어졌다. 밤에 불빛을 보고 비행기가 때리면 동네 전체가 불바다가 되기 때문이었다. 어둠 속에서 저녁을 먹고 있을 때 생각지도 않게 변 약방 부인이 헐떡이며 찾아왔다.

“아니, 아주머니가 웬일이십니까?”

“우리 그이가 조금 전에 붙잡혀 갔어요.”

“그 사람 그동안 통 소식이 없어서 다른 데 갔나 생각하다 오늘 혹시나 하고 찾아가 만나고 왔었는데요?”

“사실 그이는 아무에게도 알리지 않고 다락 속에 숨어 생활했어요. 누가 물으면 시골로 피란 갔다고 대답했는데, 오늘 놈들이 갑자기 들이닥쳐 다짜고짜 끌고 갔어요. 아마 놈들이 집사님 뒤를 따라왔던 모양이에요. 어쩌면 좋죠? 무슨 방도가 없을까요?”

변 약방 부인은 평소 그녀답지 않게 당황해 하며 어쩔 줄 몰라 했다. 동욱은 ‘아차!’ 하는 자괴감이 들었다. 아무런 생각 없이 변 약방을 찾아갔다가 놈들에게 빌미를 준 것에 대한 후회가 밀려왔다.

“아무런 잘못도 없는데 곧 풀려나겠죠.”

동욱은 위로랍시고 하나마나 한 말밖에 할 수가 없었다.

그날 밤이었다. 변 약방을 찾아갔던 놈들이 동욱의 집에도 몰려들었다. 동욱은 오늘 변 약방이 자기와 나눈 말들을 토설하여 자기도 잡으러 온 것은 아닌가 해서 움찔했다. 그런데 그게 아니었다. 놈들은 의외로 죽은 동생 동민을 찾았다.

“동무! 이동민을 아는가?”

“아, 동민은 내 동생이오.”

뜻밖에 동욱의 대답이 조금은 고자세가 되어 있었다. 진중녀 때문이리라.

“그래? 이동민이 지금 어디 있나?”

“동민이는 죽었소.”

“이동민이 죽었다고? 그 반동분자 이동민이 왜 갑자기 죽었나?”

“폐병으로 몇 달 전에 죽었소.”

“거짓말 말아! 여수, 순천에서 팔팔 뛰던 젊은 놈이 폐병으로 죽다니 그게 말이 되나?”

“정말이오.”

“이동민이 처 여기 있지?”

동욱은 아차 싶었다. 작년에 폐병으로 죽은 동민이를 아무도 모를 것으로 생각하고 신경 쓰지 않았는데 제수를 찾고 있으니 큰일이었다. 제수가 여기 있는 것을 이미 알고 온 말투인데 없다고 할 수 없었다.

“제수씨는 왜 찾으시오?”

“이동민 처와 당신, 우리와 함께 지금 당장 내무서까지 가야 하겠소.”

“나는 따라가겠으나 제수는 봐주시오. 제발 간청이오.”

“동무, 지금 정신 나간 것 아니요? 이동민이 여수·순천 의거 때 우리 동무들을 얼마나 괴롭혔는지 알기나 하고 그런 소리 하고 있소? 지금 당장 잡아오라는 상부의 명령이요. 동무는 동무대로 책임이 있고 이동민 처는 처대로 우리가 필요해서 끌고 가려는 거요.”

제수는 피할 수 없는 것을 알고 몸뻬 바지로 갈아입고 동욱을 따라나섰다.

“이 여자는 뭐야?”

책임자로 보이는 자가 지휘봉으로 가리키며 물었다.

“네, 저 여자는 저 놈의…….”

동욱과 태숙을 끌고 온 놈이 더듬거렸다.

"저놈의 처인가?"

"아닙니다. 저놈 동생의 처입니다."

"무슨 일로 데려왔나?"

"성스러운 여수·순천 인민 의거 때 충청남도 경찰 토벌대장이었던 이동민이 저놈의 동생입니다."

"오호라, 이동민이 이 여자의 남편이란 말이지?"

"네, 그렇습니다."

"그럼, 저년만 여기 남겨 두고 저놈은 집으로 돌려보내!"

"저놈은 이동민의 친형입니다."

"여보시오, 내가 대신 여기 남을 테니 제수씨는 돌려보내 주시오."

동욱이 간청했다. 제수 태숙은 구석 의자에 앉아 흐느끼고 있었다. 동욱이 자리를 뜨지 않고 그냥 버티고 앉아 있자 부아가 치민 지휘봉을 든 자가 말했다.

"그래, 끝까지 여기 남아 한번 버텨보자는 배짱인가? 대장님을 봐서 가라고 했더니 안 되겠구먼. 그래 좋다. 끝까지 남아 있어 봐!"

그러더니 지휘봉을 든 자가 다시 큰소리를 쳤다.

"이 연놈들 당장 발가벗겨!"

동욱은 차라리 눈을 감았다. 그것은 인간이 인간에게 할 수 없는 너무나 잔인한 고문이었다. 시아주버니와 제수를 발가벗겨서 어쩌자는 것인가? 놈들은 먼저 태숙에게 달려들어 울며 안간힘을 쓰는 태숙의 옷을 사정없이 찢어 알몸을 만들었다. 태숙은 한 손으로 유방을 가리고 한 손으로는 아래를 가리며 간절하게 애원했으나 그들은 아랑곳하지 않았다. 그녀는 마침내 쭈그리고 앉아서 흐느끼기 시작했다. 두 눈을 감고 있던 동욱은 순간적으로 이대로 당할 수 없다는 생각이 들었다.

"야, 이놈들아! 너희가 사람이냐? 인민공화국이 이런 짐승 같은 집단이더냐? 당장 내무서장을 이리 불러와라!"

"뭐? 내무서장님을 불러오라고? 미친놈! 내무서장님이 너 같은 반동을 왜 만나 주느냐? 그보다 이동민은 어디 있어? 어디로 도망갔는지 바른대로 대란 말이야! 바로 대지 않으면 너희 두 연놈은 오늘 즉결처분이다. 알겠나?"

지휘봉을 든 자가 짤막한 지휘봉으로 눈을 감고 있는 동욱의 얼굴을 여기저기 찔러대며 조롱하듯 말했다.

"내 동생 동민이는 작년에 너희 놈들을 다 죽이지 못한 한을 가지고 죽었지만, 너희 놈들이 지금 하고 있는 짐승 같은 일을 하늘에서 다 내려다보고 있다. 이놈들아!"

"펄펄 날던 이동민이 죽었다고? 그런 말에 우리가 어리석게 속아 넘어갈 줄 알았나?"

지휘봉으로 동욱의 머리를 내리쳤다. 그때였다. 큰 구령 소리가 나면서 갑자기 주변이 숨죽은 듯 조용해졌다. 그리고 몇 사람이 들어서는 발걸음 소리를 눈감고 있던 동욱이 들었다.

"무슨 일인가?"

동욱의 귀에 낯설지 않은 여자의 날카로운 소리였다.

"성스러운 의거인 여수·순천 인민봉기 때 우리를 말살하려 했던 충청남도 경찰 토벌대장이었던 이동민의 형과 처입니다."

"그래? 그런데 저 여자는 왜 저러고 있나?"

"이동민이 작년에 죽었다고 거짓말을 해서 지금 고문 중입니다."

"옷 입혀!"

동욱이 눈을 떴다. 며칠 전에 보았던 진증녀 바로 그녀였다. 공주 지구 치안대장 겸 내무서장 진증녀는 그때보다 얼굴이 수척해져 있었다. 그녀는 동욱을 보고 입가에 엷은 웃음을 보이는 듯 하더니 이내 자기 방으로 들어가 버렸다. 태숙은 찢어진 옷들을 급히 서둘러 입고 있었다.

잠시 후 동욱이 그녀의 방으로 불려 들어갔다.

"이동민이 당신의 동생이라는 것이 사실입니까?"

"그렇소."

"이동민이 작년에 폐병으로 죽었다는 것이 사실입니까?"

"네. 사실이오."

"우리 인민 공화국은 이미 죽은 사람 때문에 그 가족들을 괴롭힐 생각은 전혀 없습니다. 당신들은 경찰 가족인데도 피란 가지 않고 여기 그냥 있는 것은 대단한 용기이며 우리 인민공화국은 그 점을 높이 평가합니다. 그리고 이동욱 씨, 당신은 박일경 사단장을 잘 아십니까?"

"박일경 사단장은 잘 모르지만, 박일경 씨는 잘 아오."

"어떻게 당신이 그 사람을 잘 알고 있습니까?"

"몇 년 전 함경도에서 만나 경성까지 피란 오는 길에 동행한 일이 있소."

"그것이 전부입니까?"

“박일경 씨는 그때 내 돈을 가지고 도망친 사람이오.”

“자세하게 말해 보시오.”

“서울의 여관에서 옷을 벗고 잤는데 내 옷과 그 속에 들어있던 돈을 몽땅 가지고 새벽에 도망쳤소. 그리고 종이에다 글 몇 자를 남겨 놓았소.”

“뭐라고 적혀 있었습니까?”

“남조선이 인민 해방되는 날 자기에게 찾아오라고 했소.”

“그 박일경 씨가 누구인지 아십니까?”

“좀 전에 당신이 사단장이라고 하지 않았소?”

“박일경 사단장은 내 남편입니다.”

전에 반장에게서 언뜻 들은 일이 있었지만, 정말인가 했는데 사실이었다.

“당신은 박일경을 어떤 사람이라 생각하십니까?”

“평소 말이 없고 좀 냉정한 사람이었소. 그리고 도둑이오.”

“당신은 어떻게 내 앞에서 박일경 사단장을 도둑이라고 말할 수 있습니까? 하지만, 말이 없고 냉정한 사람이라는 말은 사실입니다.”

“……”

“며칠 전 박 사단장이 보낸 전문에서 이동욱 씨가 공주에 살고 있는데 한번 만나 돈을 갚으라는 말을 하셨습니다.”

“그래요?”

“얼마를 요구하시겠습니까?”

“나, 그 돈 받을 생각 전혀 없소.”

“어째서 받을 생각이 없습니까?”

314

“이미 오래전 일이고, 돈 받을 것을 포기한 지도 오래요. 그리고…….”

“그리고 뭡니까?”

“당신들한테서 돈 받을 생각 없소.”

“왜? 우리 인민공화국이 주는 돈은 더러운 돈입니까?”

“…….”

동욱은 대답하지 않았다. 더 이상 솔직하게 말하다 무슨 말이 튀어나올지 동욱 자신이 두려웠다.

“왜 대답하지 않습니까?”

“할 말 없소.”

“그러면 나에게 원하는 것이 있으며 말해보시오.”

“제수씨를 보내 주고 변종수 씨를 석방해 주면 고맙겠소.”

“변종수는 인민공화국을 위해 약방 문을 열라고 그렇게 간청하는데도 문을 열지 않고 있습니다. 아주 고집이 센 사람입니다.”

“그 사람 자기가 싫으면 누구의 말도 안 듣는 사람이요.”

“남조선은 당신과 변종수 같은 사람이 있기에 희망이 보입니다.”

동욱은 깜짝 놀랐다. 진증녀의 위치로 보아 할 말이 아니었다. 동욱은 인민공화국의 최고 간부 중에도 사람다운 자들이 몇 명 있구나 하는 생각을 했다.

“또 만날 기회가 이젠 없을 것입니다. 잘 살기 바랍니다. 우리는 곧 이곳을 떠나 평양으로 돌아갈 것입니다.”

그녀가 알 수 없는 말을 또 흘렸다. 동욱은 그녀에게 고맙다는 인사를 하고 그 방에서 나왔다. 밖은 어두웠고 비가 오려는지 바람이 불고 잔뜩 흐려 있었다. 동욱과 태숙은 감나무골 집까지 가면서 피차 한마디도 하지 않았다.

동욱은 진증녀가 얼마 전에 한 말과 오늘 한 말을 연결해 보았다. 당신들이 이길 것이라는 말과 우리는 곧 이곳을 떠나 평양으로 돌아간다는 말이 시사하는 바는 분명했다. 공화국 통치가 끝나려 하고 있다는 말이었다.

동욱은 그 이튿날 변 약방 집을 찾아가 보고 싶었지만 참았다. 그녀가 내보낸다는 말을 하지 않았고 성급하게 기대하는 것 같아서였다. 사흘째 되는 날 혹시나 하는 생각에 동욱이 변 약방 집을 찾았다. 의외였지만 변 약방은 집에 와 있었다. 진증녀 그녀가 고마웠다.

동욱은 생각했다. 북한 공산집단 최고 간부들의 생각과 그 밑에서 놀아나고 있는 사람들과의 일치하지 않는 언행 때문에 북한은 실패할 수밖에 없을 것이라는 사실이었다. 인민공화국 통치하에 몇 달 지나면서 동욱이 크게 느낀 것이 바로 그 점이었다. 지역에서 이때다 싶어 완장 차고 설치고 있는 사람들의 만행이 얼마나 잔혹하였는지, 그것을 모르고 통제하지 못한 것이 바로 북한 공산집단의 실패로 이어지고 있는 것이었다.

자리에 누워 있던 변 약방은 상체를 일으켜 세우면서 동욱을 보고 예의 웃음을 띠며 말했다.

"고맙네."

"무슨 말인가?"

"내무서장이 나를 내보내면서 좋은 친구 두었다고 하더군. 처음에는 그게 무슨 말인가 싶어 의아해 했는데, 이동욱 씨를 아느냐고 하여 잘 안다고 했더니 그 우정 끝까지 변하지 말라고 하는 거야. 자네 도대체 그 여자를 어떻게 알게 됐는가?”

“그 여자를 아는 것이 아니라, 그 여자의 남편을 좀 알고 있지. 우리가 만주에서 피란 나올 때 함께 서울까지 와서 헤어졌는데, 그 내무서장이 바로 그 친구의 처였어.”

동욱은 그 이상의 이야기는 하지 않았다.

“그런데 어떻게 그 사람의 처가 자네를 알아본단 말인가?”

“우리가 공주로 간다는 것을 그때 말한 적이 있었고, 자기 처가 공주지구 치안대장과 내무서장이니 나를 찾아보라고 해서 알게 된 것이지.”

“자네 신세를 많이 져서 잊을 수 없었던 모양이구먼.”

“응, 그런 일이 좀 있었어.”

“그런데 유엔군이 인천상륙작전에 성공하고 서울 탈환이 시간문제라는 소식이야.”

“어떻게 그걸 알았나?”

“내가 일제 라디오를 가지고 있는데 ‘미국의 소리방송’이 잘 나오고 있어.”

“그래? 이제 시간문제인 것 같아. 곧 유엔군이 진격해 오고 인민공화국 시대는 끝날 거야. 그때를 대비해서 우리가 준비할 일이 많은데…….”

“놈들이 도망가면서 무슨 일을 할지 알 수 없으니 조심 또 조심하지 않으면 큰일 나네.”

동욱은 대답 대신 고개를 끄덕였다. 변 약방의 말에 일리가 있었다. 아닌 게 아니라 "논의 벼 이삭을 센다. 콩과 팥, 수수의 숫자까지 세어 세금을 물린다."는 말이 나돌았다. 돼지와 닭을 잡아갔고, 의용군 모집을 위해서 가택수색을 하고, 성분조사를 한다며 시도 때도 없이 출두하라고 했으며, 하루가 멀다고 부역 차출을 했다.

아이들을 모두 인민학교에 보내라는 통지를 여러 번 했으나 응하는 사람들이 없었다. 공부하다 비행기 공습이 있으면 어찌하느냐고 물으니 방공호에 들어가면 된다고 쉽게 말해버리는 그들이었다. 언젠가는 동욱이 학교를 지나가다 보니 학교 운동장 한쪽 구석에 수십 명 아이들을 모아놓고 "장백산 줄기줄기 어쩌고……." 하는 노래를 가르치고 있었는데 배우는 아이들은 주변을 두리번거리며 건성으로 따라 부르고 있었다.

미군의 두 얼굴

인민군이 들어왔을 때는 모두 숨어버려서 학교, 병원, 시장, 가게 어느 하나도 문 여는 사람이 없었다. 이것이 공산주의의 한계였다. 그런데 유엔군이 들어온다는 소식이 들리자 어디에 가 있었는지 모를 사람들까지 다 나와서 모든 문을 활짝 열었다. 노점상이 생겨나고 사람들의 움직임이 활발했다. 이것이 민주주의의 장점이었다.

동욱은 이때다 싶어 감나무골 우물 옆에 있는 느티나무에다 방(榜)을 써 붙였다.

『대한의 젊은이는 내일 아침 8시에 느티나무 밑으로 모이시오.』

몇 명이나 모일지 몰랐지만, 숫자가 문제가 아니었다.

동욱이 다음 날 한 시간 전인 일곱 시에 느티나무 쪽으로 가 보니 벌써 몇 명이 모여 이야기를 나누고 있었다. 시간 전에 모인 자들을 세어보니 열일곱 명이나 되었다.

"여러분, 긴 이야기 나눌 시간이 없습니다. 우리가 지금 어떤 행동을 해야 할 것인가에 대해 좋은 의견 말씀해 주십시오. 내 생각으로는 첫째로 국군과 유엔군을 환영하고, 둘째로는 지난 몇 달 동안 놈들의 앞잡이 노릇 하며 우리를 괴롭혔던 자들이 행패를 부리며 도망가지 못하도록 감시하여야 하고, 셋째로는 죄 없이 끌려간 사람들을 수소문하여 살려야 합니다. 그들이 죽었는지 살았는지 모르지만……."

그때 어디선가 기관총 소리가 길게 들려왔다. 그 소리가 젊은이들의 가슴에 힘을 넣어주었다. '당신들 배후에 우리 용감한 국군이 있소.' 하는 소리처럼 들려왔다.

모두 동욱의 의견에 따르기로 했다. 열 명은 동네를 감시하며 국군을 환영하는 준비를 하기로 했고 나머지 일곱 명은 동욱과 함께 치안대와 내무서로 가 붙잡혀 간 사람들의 행방을 찾아 나서기로 했다.

모두 생각한 대로였다. 전에 내무서로 썼던 곳에 가 보니 텅 빈 곳에 서류 조각들이 금방 바람에 날려 갈듯 무질서하게 흩어져 있었다. 벽에 걸려있는 사진틀에 눈이 갔다. 인공기를 가운데 두고 김일성과 스탈린 사진이 삐딱하게 걸려있는 것이 초라해 보였다.

'무기를 가지고 있어도 좋으니 어느 한 놈쯤 있었더라면 훨씬 일이 재미있었을 텐데!' 하는 생각이 들었다. 그리고 얼마 전 이곳에서 수모를 당했던 일과 진중녀의 날카로운 목소리가 귀에 들려오는 듯한 착각이 들었다.

정찰기 한 대가 얕게 떠서 서서히 맴돌더니 삐라(전단지)를 뿌렸다. 모두 비행기를 보고 두 손 들고 만세를 불렀다. 전단지는 외국에서 인쇄하였는지 철자법이 틀린 채 그림과 함께 만들어져 있었다.

『이제 안심하라. 용감한 유엔군은 인천 상륙 후 서울을 수복하고

320

인민군들을 낙동강에서 섬멸하고 크게 승리하고 있다.』

그때였다. 저쪽에서 뛰어오는 한 여인이 있었다. 변 약방 부인이었다. 동욱은 웬일인가 싶어서 그녀에게 뛰어가 물었다.

"아주머니, 웬일이세요?"

그녀는 동욱을 보자 땅에 주저앉아 땅을 치며 통곡했다. 동욱은 불길한 일이 일어났다는 예감이 들었으나 엊그제 풀려난 변 약방을 집에서 보지 않았던가!

"아주머니 진정하세요. 무슨 일입니까? 네?"

"애들 아빠가 죽었어요."

"네? 그저께 집에서 보았었는데요?"

"어제 또 몇 놈이 와 몸도 잘 가누지 못하는 애들 아빠를 잡아갔어요."

"뭐라고요? 그게 정말입니까?"

놈들은 철수하면서 그동안 유치장에 있던 사람들을 새끼줄에 묶어 끌고 가 산성동 골짜기에서 총살했다는 것이며 변 약방이 거기에 끼어 죽었다는 거였다. 동욱은 하늘이 내려앉는 것 같았다. 풀려나 집에서 요양 중이겠거니 했는데 놈들의 마지막 발악의 희생물이 되다니 치가 떨렸다. 공주에 돌아와서 가장 말이 통하고 서로 의지했던 절친한 친구가 갑자기 유명을 달리하여 고인이 되었다는 말이 믿어지지 않았다. 목격자들의 말에 의하면 며칠 동안 먹지 못한 사람들을 새끼줄에 묶어 끌고 가는데도 반항하지 못하고 맥없이 당했다는 것이었다.

"누가 그런 말을 했습니까?"

"어제 총살시킨 것을 본 사람들이 애들 아빠를 봤다고 했어요."

"아주머니, 힘내세요. 저와 함께 그곳에 가서 시체를 확인하지 않고는 믿을 수가 없어요. 절대 변 서방은 그렇게 죽을 사람이 아닙니다. 길에서 이러고 있을 게 아니라 우리 그리로 가 봅시다. 그 말이 사실인지 아닌지."

동욱은 혼자서라도 현장에 가 사실 확인을 하지 않고는 믿을 수 없었다. 뛰면서 뒤돌아보니 저만치에서 변 약방 부인이 신을 벗어들고 쫓아오고 있었다.

모든 게 사실이었다. 도망치던 내무서원들이 하도 급겨서 새끼줄로 엉성하게 묶었는데도 몸을 가누지 못하는 사람들을 얼마나 급박했던지 언덕 위에 일렬로 세워놓고 따발총으로 한꺼번에 쏘아댄 다음 총 맞은 사람들뿐만 아니라 총에 맞지 않은 사람들까지도 싸잡아 대강 흙으로 덮고 나서 도망쳤다는 것이었다.

동욱은 어금니를 깨물었다. 두 손의 주먹을 불끈 쥐고 부르르 떨었다. 놈들이 해오던 짓으로 보아 넉넉히 짐작 가는 일이었다. 동욱은 덮여 있는 흙구덩이 속에 아직도 살아있는 사람이 한두 명 있을 것 같은 생각이 들었다. 동욱과 일행은 동네 청년들을 동원해 흙구덩이를 헤치고 시신들을 확인하는 작업을 시작했다. 엉성하게 흙을 덮은 것이었기에 이내 시제늘이 느러났다.

차마 눈뜨고 볼 수 없는 광경이었다. 사람의 시신 같지 않고 어떤 짐승을 죽여서 끌어 묻은 것 같았다. 옷은 다 해어져 살이 거반 드러났는데 뼈만 앙상했고 온몸이 피투성이인 데다 그 위에 흙이 묻어 있어 사람이랄 수 없었다. 상당수는 포개어 있었는데 엄청난 숫자였다. 동욱은 너무나 끔찍한 광경에 상을 찡그렸다. 인민을 위한다는 공산당의 거짓과 잔혹함이 그대로 드러났다. 둘러선 사람들도 지독한 냄새에 얼굴을 찡그리며 혀를 찼다. 땅을 치며 통곡하는 유족들도 있었다.

동욱은 교회 부흥회 때 부흥강사이던 이성봉 목사란 분이 직접 작사해서 불렀던 인간무상을 노래한 '허사가(虛事歌)'가 떠올랐다. 가사는 정확하게 생각나지 않았으나 "이팔청춘 소년들아 자랑치 마라. 저 적막한 공동묘지 널 기다린다."는 내용이었다. 동욱은 손을 대기 꺼리는 사람들을 제치고 앞장서 시체들을 하나씩 끌어내어, 먼저 살아 있는지 확인부터 하고 유족들이 찾기 쉽게 나란히 눕혔다. 한결같이 모두 맨발이었다.

제발 변 약방은 여기에 없기만 바랐다. 혹여 그가 이 속에 끼어 있다면 그는 안경을 끼고 있을까? 그렇지 못할 것이다. 대머리에다 안경도 없이 유난히 많던 구레나룻이 덥수룩할 것이다. 냉큼 알아보기에 힘들 것 같았다.

"여보세요! 서서 구경만 하지 말고 들어내어 놓은 시신들을 저쪽으로 가져가 나란히 뉘어 주세요."

함께 간 동지들은 답답했는지 우두커니 서서 끔찍한 장면을 구경하면서 피하기만 하려는 사람들에게 냅다 쏘아붙였다. 저편에서 목 놓아 우는 소리가 났다. 자기들이 찾던 시체가 나온 모양이었다.

모든 시신을 끌어올린 동욱이 언덕 위로 올라왔다. 몸에서는 땀이 흙과 범벅이 되어 눈뜨기조차 어려웠다.

"우리 그이는 이 속에 없나 봐요. 무서워서 자세히 못 보겠어요.

그냥 옷만 대강 봤어요.”

변 약방 부인이 힘없이 다가오며 울음 섞인 말을 했다.

“그렇게 보아서는 확실치 않을 겁니다. 나갔을 때 그 옷이 아닐 수도 있어요.”

동욱은 나란히 누워있는 시체들의 얼굴을 변 약방 부인과 함께 하나하나 확인하며 살폈다. 어차피 확실한 제 얼굴을 가지고 있는 사람은 없을 것이었다. 그 사이에 어떻게 들어서 알았는지 몰려와서 자기들이 찾던 시신을 붙들고 우는 사람들이 수없이 많았다.

변 약방의 시신은 끝내 없었다. 누가 보았다는 것은 비슷한 사람을 그렇게 오해한 것 같았다. 그렇다면 어디에 가 있을까? 그의 시신이 없는 것은 천만다행이었지만, 어디 가서 그의 시신을 찾는단 말인가?

동욱이 변 약방 부인과 함께 피곤한 몸을 이끌고 감나무골로 돌아오고 있었다. 그러고 보니 종일 먹는 것도 잊은 채였다. 공복에 허기를 느꼈지만, 밥이 넘어갈 처지도 아니었다. 해는 어느새 서쪽 봉황산 꼭대기에서 한 뼘 정도 떨어져 있었다.

동네 일이 궁금했다. 지금쯤 국군들이 들어와 질서를 회복하고 있는지, 반장 같은 악질 놈들이 지금쯤 어디에 가서 어떤 얼굴을 하고 있을지 궁금했다. 배가 고픈 것인지 아픈 것인지 알 수 없었다. 그러고 보니 아침노 섬심노 설렀나. 그런네 이세 웬일인가? 우물 옆 큰 느티나무 밑에 몇 사람의 청년들이 모여 있는데 변 약방의 모습이 거기 있지 않은가. 동욱은 자기가 헛것을 보는가 싶어 눈을 비벼 뜨고 확인, 또 확인했다.

“아주머니, 저기 서 있는 사람 변 서방 아닙니까?”

실의에 차 맥을 놓고 있던 변 약방 부인이 "네? 그이가 살아있어요?" 하더니 "여보! 여보!" 외치며 달려가고 있었다. 동욱도 따라서 달려갔다.

"이 사람아, 도대체 이게 어떻게 된 일인가? 우리는 지금 당신의 시체를 찾다 못 찾고 어디서 죽었나 걱정하며 오는 길인데……."

"그나저나 자넨 이 난리 통에 남의 부인과 함께 어디를 돌아다니는가?"

변 약방이 그런 와중에도 장난기 있는 웃음을 띠며 농담을 했다. 변 약방 부인은 남편을 부둥켜안고 죽은 남편이 살아오기라도 한 것처럼 한없이 울어댔다. 동욱은 변 약방 부부와 함께 그의 집으로 가서 자초지종을 들었다.

그날 놈들은 변 약방을 끌고 가 내무서 유치장에 어제 총살당한 사람들과 함께 가두었단다. 철수명령이 떨어졌는지 문서들을 소각하고 유치장에 있는 사람들을 끌어내 북으로 끌고 가려는데, 내무서장 진증녀가 변 약방을 보고는 "당신은 왜 여기 또 와 있소?" 하고 물어서 변 약방이 모르겠다는 의미로 고개를 두어 번 가로젓자 "당신은 집으로 가기요." 하며 큰소리치는 바람에 극적으로 풀려났다는 것이었다.

"그러면 그동안 당신은 어디에 가 있었던 거요?"

"그게 궁금할 거라. 믿어지지 않겠지만, 나는 당신이 다니는 교회에 몇 시간 가 있었어."

"뭐라고? 자네가 예배당에 가 있었다고?"

"왜? 나는 예배당에 가면 안 되는 사람인가?"

"예배당에 아무도 없었을 텐데?"

"그러니까 내가 갔지. 예배당에 못질해 놓고 못 들어가게 한 작자
가 바로 자네지?"

"어떤 놈들이 예배당 안에 있는 집기들을 가져갈까도 싶고 또 나쁜
놈들이 그 안에 들어가 더럽힐 것도 같아서 못질했지."

"그게 바로 한국 교회의 한계야. 누가 언제나 들어가 기도하는 게
중요한 거지, 그깟 집기들 가져가는 게 그리 대순가?"

"또 시작이구면. 여하튼 자네가 지금 살아있는 것은 하나님이 도우
신 것이 분명하네."

"나도 그렇게 생각하고 있어. 그래서 발걸음이 예배당으로 올라가
는 나를 보고 놀랐다네."

"그럼, 이제 예배당에 나하고 함께 다닐 거지?"

"그것은 좀 더 생각해 봐야지."

"예배당에 가는데 무슨 생각을 그리 많이 하는가?"

"예배당을 생각하는 게 아니야. 그 안에 있는 사람들을 생각하는
거지."

"완전한 사람이 어디 있나? 완전한 사람들이 모여 있는 교회는 세
상 어디에도 없어. 불완전한 죄인들이니까 교회가 필요한 거지."

"그건 그렇고. 자네, 그 내무서장과는 도대체 어떤 관계인가? 실토
하게."

변 약방 부인이 정성껏 지어주는 저녁밥을 동지들과 함께 먹고 동
욱은 집으로 돌아왔다. 온몸이 천근만근이었다. 제수한테 더운물을
끓여 달라고 해서 동욱은 목욕하고 자리에 누웠다. 심한 몸살이 이어

졌다. 사흘 동안 자리에 누워 앓은 몸살로 말미암아 동욱은 국군과 유엔군 입성의 환희와 감격을 누리는 기회를 놓치고 말았다.

동욱은 혼자서 감나무골을 내려와 시내로 향했다. 태양도, 공기도, 시간도 달랐다. 똑같은 땅과 사람들인데 왜 며칠 전과 사뭇 달라진 것일까? 나가야 할 사람들이 빠져나갔고 들어와야 할 사람들이 들어왔기 때문이었다. 역시 변화의 주체는 땅, 환경, 제도, 물질의 풍요가 아니라 바로 사람들이었다.

거리에는 사람들의 왕래가 제법 잦았다. 머리와 등에 무거운 보따리를 이거나 지고 돌아오고 있었다. 그들의 집과 가게는 무너졌고 불타고 파괴되었다. 그런데 그것을 탓하며 못살겠다고 울부짖는 사람은 거의 없었고 무너지고 불타 파괴된 곳 위에 새로 건설하려는 의욕에 불타고 있었다. 자유를 위하여 그 정도의 희생은 감내한다는 듯한 태도였다.

육중한 유엔군 탱크가 지나가고 있었다. 좁은 신작로에 하나 가득한 탱크의 몸체가 흔들거리며 지축을 흔들었다. 미군이 만면에 웃음을 띠며 그 위에 타고 있었다. 길가에 서서 손뼉 치며 좋아하는 사람, 만세를 부르는 사람, 태극기와 성조기를 펄럭이는 이도 있었다. 탱크 위의 미군들은 무엇인가를 사람들에게 연신 던졌고 아이들은 그 뒤를 따라가며 던져주는 것을 줍기에 바빴다.

동욱은 웬일인지 다른 사람들처럼 손뼉 치고 만세를 부를 마음이 아니었다. 많은 사람으로부터 소외된 느낌이었다. 동욱은 감나무골로 돌아오면서 한 손에 잡히는 껌을 만지작거리며 걸었다. 미끈한 감촉이 좋았다.

'왜 이것을 던졌을까? 만세를 부르며 태극기와 성조기를 휘두르며 환영하는 사람들에게 그들은 왜 이런 것을 던지는 것일까? 자기네들도 기쁘다는 뜻으로 한 짓인가? 그들은 좋을 때는 무엇을 던지는 습관이 있는가?'

어쩐지 어딘가 바라던 기대에 어긋난 느낌이 들었다. 글을 배우기 위해 선생님을 찾아갔다가 떡만 대접받고 돌아올 때의 기분이 이럴까?

동욱이 동네 어귀로 들어섰다. 전과 달리 많은 사람이 나와 있는 것이 보기 좋았다. 긴 동면에서 깨어나 봄 동산에서 자유롭게 뛰노는 것 같았다. 동욱은 모든 사람과 그동안 수고 많았다며 악수를 나누었다. 갑자기 동욱의 눈이 한 곳에 고정되면서 표정이 굳어졌다. 반장을 본 것이다. 그는 어색한 듯 한편 구석에 서서 동욱을 보고 계면쩍은 웃음을 웃었다. 동욱이 반장 앞으로 걸어갔다. 동욱이 자기를 향해 오는 걸 눈치 챈 반장은 당황해 하는 표정이 완연했다. 동욱이 그 앞에 가 서서 그를 노려보았다. 그는 눈길을 엉뚱한 곳으로 돌렸다. 한참 후 그가 무거운 입을 열었다.

"사람이 살다보면 그런 때도 있는 거 아닙니까? 내가 뭐 그놈들한테 협조한 것 같지만, 사실은 그게 아니었습니다. 내가 맡은 일이 반장이고 보니 자연히 그들에게 협조한 것처럼 보인 것뿐이었소. 나노 일이 이렇게 될 줄은 처음부터 짐작했던 거요. 그놈들이 어디 사람을 사람 취급이나 했습니까?"

사람의 인두겁을 쓰고 이렇게 뻔뻔스러울 수가 있는가? 어디 조용히 숨어 지낼 일이지 여기 나와 또 한몫하려 드는가 싶었다.

328

“선생을 끌고 가지 못하게 한 것도 바로 나였소.”

동욱은 분노가 치솟았다.

“아니, 반장 동무! 당신이 나를 빼 주었다면 그럼 끌려가 죽은 다른 사람들은 당신이 끌려가게 했다는 거 아니오? 반장 동무?”

그는 동욱의 말에 할 말을 잃고 입을 닫았다. 그의 이마에서 개기름이 흘러내렸고 지는 해를 받아 번쩍거렸다. 동욱이 반장의 얼굴에 주먹을 날렸다. 반장은 비틀거리며 땅에 쓰러졌다.

“이 비겁한 인간아! 이리 붙었다가 저리 붙었다 칠면조 같은 놈아! 차라리 잘못했으니 솔직하게 용서해 달라고 해!”

이튿날 오후였다. 어머니와 제수가 감나무골에서의 피란 생활을 끝내고 시내 집으로 들어가 살기 위해서 짐 정리를 하고 있었다. 동욱은 동네 사람들과 할 일이 있어서 시내에 나가 있었다. 정원과 정자는 무료한 오후를 감나무 밑에서 소일하고 있었다. 학교에 가지 않는 것도 하루 이틀이지 몇 달씩 학교에 가지 못하고 집에서 지내는 것도 큰 고역이었다. 정든 학교와 교실, 운동장, 동무들, 심지어 변소까지 학교가 그리웠다.

10월의 가을 하늘은 맑고 푸르렀다. 홍시감이 산들바람에 땅에 떨어져 흙이 묻었지만, 그 맛은 천하 일미였다. 전혀 떫지 않을 뿐 아니라 기막히게 달았다. 묻은 흙을 씻어내고 씨를 발라낸 후 얇은 껍질을 벗기고 감을 훑어 먹는 재미는 정말 일품이었다. 하루에 몇 개씩 ‘탁!’ 하고 떨어지는 소리가 나면 정원과 정자는 뛰어가 떨어진 홍시감을 먼저 차지하려고 야단법석을 떨었다.

갑자기 흑인 두 명과 백인 한 명, 모두 세 명의 미군이 열린 사립문 안으로 성큼 들어서는 바람에 정원과 정자는 깜짝 놀랐다. 짐 정리를 끝내고 마루에 앉아 콩 껍질을 까고 있던 작은엄마도 깜짝 놀라 부엌으로 들어가 숨었다. 정원은 왜 작은엄마가 숨어야 하는지 몰랐다. 그 미군들은 마루에 걸터앉아서 뭐라고 자기들끼리 떠들어댔다.

우선 부엌으로 피한 작은엄마가 뒷문으로 해서 안방으로 들어가 할머니 뒤에 몸을 숨겼다. 미군들은 부엌을 들여다보며 작은엄마를 찾았으나 없자 군홧발로 마루로 올라서더니 방문을 열어 젖혔다. 할머니는 문에 버티고 서서 안 된다고 연신 두 손을 저어댔다. 그들이 할머니를 뿌리치며 방안으로 들어가자 할머니가 크게 소리소리 질러댔다.

"사람 살려~! 사람 살려~! 도둑이야!"

그러나 그들이 끄떡도 않고 계속 방으로 들어서려 하자 할머니가 말했다.

"장롱 속으로 들어가 숨어라."

그리곤 연신 외쳐댔다.

"사람 살려! 사람 살려! 사람 살려!"

한 미군이 할머니의 가슴에 칼빈 총구를 들이대고 죽인다는 시늉을 하며 빌어내려 하자 할머니는 미군의 손을 물어뜯으며 필사석으로 항거했다. 두 미군이 할머니를 끌어내 마당으로 떠밀어 버렸다. 할머니는 일어나 미군의 다리를 잡아끌며 계속 소리 질렀다. 그러나 아무도 나타나지 않았다. 한 미군이 할머니를 끌고 내려가고 두 미군은 군홧발로 문을 힘껏 찬 다음 방안으로 들어갔다. 작은엄마는 엉겁

결에 장롱으로 들어가 숨었으나 곧 들켜서 그들에게 질질 끌려나올 수밖에 없었다.

감나무 뒤에 숨어서 이런 일을 목격하던 정원은 아무 일도 할 수 없었다. 정자는 "할머니! 할머니!" 하며 할머니에게 달려가 울었다. 정원은 미군들이 왜 행패를 부리며 야단인지, 할머니와 작은엄마는 왜 또 저렇게 결사적으로 버티는지 몰랐다.

결국 할머니는 마당에 던져진 채 일어나지 못했고 작은엄마는 세 군인에게 질질 끌려 내려가고 있었다. 정원은 들키지 않게 그 뒤를 따라갔다. 그들은 감나무골 언덕길을 내려가다가 전에 성냥공장이었던 폐가로 작은엄마를 끌고 들어갔다. 그 안에서 무슨 일이 일어났는지 정원은 볼 수도 알 수도 없었다. 그냥 가슴은 뛰고 다리가 후들거릴 뿐이었다. 얼마 후에 세 군인이 나와서 어디론가 가 버렸고 머리카락이 흐트러진 작은엄마가 저고리가 찢긴 채 옷을 추스르며 비틀비틀 폐가에서 나왔다.

정원이 "작은엄마! 작은엄마!" 하고 불렀으나 못 들었는지 아랑곳하지 않고 놈들을 찾기라도 할 양 실성한 사람처럼 맨발로 동네를 헤매고 다녔다. 가까이서 정원이 보니 작은엄마의 흰 저고리에 붉은 피가 묻어 있었다. 정원은 무슨 일이 일어났는지는 알 수 없었으나 떨리고 무서웠다.

누가 어디에다 신고했는지 저녁나절에 미군 헌병과 한국 헌병이 집에 찾아와 자초지종을 정원이 보고 설명하라고 할 때쯤 동욱이 집에 돌아왔다. 동네 사람들도 여러 명 구경하는 데서 정원이 두서없이 당황한 모습으로 말하는 것을 헌병들이 수첩에다 적었고 동욱은 무슨 일이 일어난 것을 그제야 알 수 있었다.

저녁 밥상이 차려졌는데 아무도 다가앉아 수저를 드는 사람이 없었고 아무 말도 하지 않았다. 제수 태숙은 방 한구석에 쪼그리고 고개를 무릎 사이에 끼고 앉아 있었고 어머니는 벽을 보고 누워 있는 채 아무 말이 없었으며 동욱은 한숨만 쉬고 있었다. 어디 가서 하소연할 곳도 없었다. 무거운 침묵의 시간이 깊어만 가고 있었다. 동욱은 낮에 탱크 위에서 껌을 던지던 미군과 얼마 전 당당하게 끌려가던 미군, 오늘 제수를 윤간한 미군들을 어떻게 이해해야 할지 몰랐다. 동욱은 그날 밤, 잠이 오지 않았다. 인민공화국 때에도 없었던 일이 그렇게 믿고 환영한 미군들에게 당한 일이 믿기지 않았고 그럴수록 누군지 모를 사람에게 서운하고 섭섭했다.

지금 당장 시내 집으로 옮겨가고 싶었다. 후미진 변두리 구석이라 대낮에 그런 일이 일어난 것으로 생각했다. 미군들이 후퇴할 때는 지엠시 트럭에 타고 내빼기에 바빠 코빼기도 구경 못했는데, 해방군으로 들어오면서 그들은 얼마나 한가하기에 여자를 찾아 나설 시간이 있었는지 그들 최고 책임자에게 동욱은 따지고 싶었다.

그 이튿날 아침, 집주인이 부산 피란처에서 돌아왔다. 동욱은 그들에게 너무나 신세를 많이 져서 고맙다는 인사를 여러 번 했다.

"식량을 낳이 축내서 쇠송합니나."

"무슨 그런 말씀을……. 저희가 없는 동안 집을 봐 주신 것만 해도 저희가 감사하지요. 집으로 가실 때 쌀 한 가마니 가지고 가세요."

고마운 분들이었다. 안 좋은 일과 나쁜 사람 다음에는 좋은 일과 착한 사람이 나타나는가 싶었다.

이사 가는 것처럼 짐이 많았다. 제수는 동욱과 눈을 마주치지 않으려고 안간힘을 쓰는 게 보였다. 어머니는 아무 일도 없는 것처럼 행동했다. 정원은 어른들의 그런 태연함이 꾸밈인지 삶의 지혜인지 잘 가늠할 수 없었으나 상당히 편리한 것은 사실이었다.

동욱의 재혼한 처가 없는 것 외에는 4개월 전 피란 갈 때와 꼭 같이 그들이 시내를 향해 내려갔다. 정원은 새어머니를 그동안 까맣게 잊고 있었다. 그리고 서운한 마음도 생겼다. 어렵더라도 같이 고생해야지, 몇 달 동안 친정에 가 있는 건 고생을 우리와 함께하지 않으려는 것으로 생각했다.

동욱은 넉 달 전에는 알 수 없는 내일이 상당히 불안하고 두려웠는데 지금은 그때 없던 상처는 생겼지만, 한결 평안한 느낌이 드는 것은 내일이 어둡지 않기 때문이라고 생각했다. 그때는 피해서 올라갔는데 지금은 알고 내려가는 차이라고나 할까!

길가에서 미군 몇 명이 통신장비를 가설하느라 전봇대를 성큼성큼 오르고 있었다. 그중 한 병사가 정원과 정자를 보고 손짓을 했다. 정원이는 그제 일 때문인지 그들을 보고 따라 웃을 수가 없었다. 그들이 그놈들 같았다.

"정원아! 저 미군들이 어떻게 저 높은 전봇대에 껑충껑충 오르는지 아니? 그들 군화 옆에 뾰족한 쇠가 있어서 전봇대를 찍으며 올라가는 거야."

어린 것의 상처를 풀어주기 위해서 동욱은 필요 이상으로 자상하게 설명까지 해주었고 그제야 생각났는지 주머니에서 껌을 꺼내 나누어 주며 "이것도 미군들이 준 거란다. 맛있지?" 했다.

한편, 정원의 새어머니가 집에 와서 기다리고 있었다. 정원은 새어머니 같지 않고 안면 있는 이웃집 아줌마 같은 느낌이 들었다. 새어머니는 몸 둘 바를 몰라 했는데 몇 개월 떨어져 있었던 생소함보다도 불러온 뱃속의 아이 때문이었다. 할머니는 큰 며느리를 못 본 체 외면하면서도, 불러온 배를 힐끔힐끔 쳐다보는 게 못마땅해 하는 눈치가 완연했다. 그리고 혼자 한마디 했다.

"저게 뉘 놈의 새끼여?"

피란 갔던 사람들이 모두 제자리로 돌아오면서 닫았던 교회도 문을 열었다. 동욱은 말은 안 했어도 좀 찜찜했다. 교회까지 세상이 어려울 때에는 문을 닫고 사정이 좋아지자 다시 문을 여는 것이 옳은 것인지 가늠되지 않았다. 내무서에서 교회 직원 명단을 올리라고 했을 때 이제 '예수 끝났다.'라고 했던 사람이 이제는 다시 '예수 시작'하는지 앞장서서 설쳐대고 있었다.

탈출(脫出)

『**수복 방위군** 38지대 및 대한청년단 공주군 부단장』

이것이 동욱이 처음 맡은 직책이었다. 대한청년단이 할 일은 너무나 많았다. 질서가 잡히지 않은 곳에서 경찰을 도와 안녕질서를 유지하고 각 지부를 담당 지휘해야 하며 6·25와 같은 일이 다시 일어나지 않도록 힘을 길러서 내 고장은 내가 지키는 것이 주 임무였다.

모든 단원이 생계를 유지하면서 여가를 이용해 일해야 하는 것이어서 경비나 운영비가 문제였다. 그렇다고 국가에서 자금을 조달해 주는 것도 아니고 순전히 자립 자치단체이기 때문에 보수 같은 건 생각할 수도 없었다.

부산까지 내려갔다가 서울을 수복하고 돌아온 이승만 대통령은 대한청년단 조직에 많은 관심을 보여 적은 양이지만 칼빈 소총과 권총을 지급하게 했다.

몇 달 동안 인민공화국의 학정을 직접 경험한 동욱은 반공하는 데 언제나 적극적으로 앞장섰다. 중앙 본부로부터 지리산 공비 토벌에 파견할 단원을 차출해 보내라는 공문이 하달되었다. 모든 단원이 모인 자리에서 누가 갈 것인가 결정하기 위한 모임을 했다. 모두 고개를 숙이고 선뜻 나서는 사람이 없었다. 시간은 흐르고 무거운 침묵이 계속되고 있을 때 일어나서 내가 가겠다고 자원해서 나선 사람은 가장 나이 많은 동욱이었다. 모두 얼굴을 붉히며 부끄러워했다.

동욱의 이름이 공주읍뿐 아니라 공주군 전체에 알려지기 시작했다. 동욱의 그런 태도는 교회에서도 드러났다. 믿으려면 확실하게 믿고 안 믿으려면 그만둘 일이지 이것도 저것도 아닌 어정쩡한 상태는 배척되어야 한다고 주장할 때 아무도 그 말을 막을 수 없었다.

교회에서 부흥회를 열고 그것을 알리는 현수막을 시내 한복판에 내걸기 위해 교회 청년들이 거리에 나갔는데, 전주에 올라가려는 사람이 없었다. 마침 지나가던 길에 그 상황을 보고 전주에 올라간 사람이 동욱이었다.

불의와 타협하고 자립정신 없는 사대주의 사상은 타파해야 한다고 언제 어디서든지 기회만 있으면 주장하고 다녔다. 적극적이고 과감한 사고와 행동! 그것이 동욱의 생활철학으로 굳어 있었다.

국군과 유엔군은 진격에 진격을 계속해서 38선을 넘어 북으로 북으로 승승장구 전진하고 있었다. 전쟁이 남기고 간 상처가 없는 집 없이 모두가 너무나 비참했다. 거리에는 부모 잃은 고아가 누더기를 걸치고 동냥하려 다녔고, 남편 잃은 여인들은 제각기 장사라도 하여 자식들을 먹이고 학교에 보내기 위해 광주리를 이고 시장과 길거리로 나가 앉았다.

수많은 사람의 죽음이 속속 드러났다. 시체들이 절인 생선처럼 우물 안에 쌓여있기도 했다. 폭격에 집이 없어진 사람들, 경찰과 군인 가족이라고 몰살당한 가정이 있었다. 젊은이들은 전쟁터에 나가 채 피어보지도 못한 생명을 초개처럼 나라에 바쳤다. 어디를 가나 배고 픔과 가족 잃은 슬픔 속에서 살아 남은 생생한 이야기들로 가득 차 있었다.

미군이 들어오면서 거리에는 양키 물건을 장사하는 사람들로 북적 거렸다. 학교 파하기가 무섭게 조그만 상자를 들고 길거리에 나가 양 담배와 껌 같은 것을 내놓고 팔거나 판을 둘러메고 거리에 나가 "양 담배! 양담배!"를 외치는 아이들도 많았다. 아예 장사에 재미가 들린 부모나 아이들은 학교 갈 생각을 접고 장사에 몰두하기도 했다.

'양갈보, 양색시, 양공주'라는 말도 나돌았다. 갈보는 '웃음을 팔며 천하게 노는 계집'을 말했다. 그러니까 양갈보는 서양사람을 상대하 는 갈보를 말하는 것이었고, 양색시와 양공주는 양갈보를 조금 순화 해서 비꼬는 말이었다.

미군이 들어오면서 자유는 얻었으나 물질제일주의와 퇴폐풍조들 이 함께 들어 온 것은 짚고 넘어가야 할 문제들이었다.

교회도 예외가 아니었다. 구제물품과 구호식량이 교회를 통해서 전달되자 구호물자를 얻기 위해서 교회에 나오는 사람도 생겨났고 그보다 구호물자 관리와 배분 과정에서 교회에 분란이 생겨났다. 곧 누가 구호물자를 더 많이 가져갔느니, 누가 좋은 것을 빼돌렸느니, 또 누구는 빠졌다는 등 격한 말과 감정싸움이 오가면서 신앙집단인 교회가 크게 변질되어 갔다. 복음전도를 위해서 고생하는 것을 기쁨 으로 알던 목회자 중 일부는 구호물자 때문에 돈에 관심을 두면서 돈 많이 주는 교회, 큰 교회에서 목회하는 것을 목회의 성공으로 믿는 경향이 생겨났다.

용감한 국군과 유엔군이 두만강과 압록강까지 북진하여 통일이 바로 눈앞에 보인다고 들떠 있다가, 중공군의 인해전술(人海戰術)에 밀려 후퇴에 후퇴를 거듭하게 되어 급기야 수도 서울이 다시 공산군의 위협을 받게 되었다. 수도 서울이 위협받게 되자 피란 대열이 또다시 대구, 부산 쪽으로 몰려가기 시작했다.

6·25 때는 여름이라 피란 가는 것이 그래도 수월했었는데 1·4 후퇴는 유달리 추웠던 한겨울이어서 훨씬 고통스러웠다.

동욱은 수복 후의 활동 때문에 그대로 공주에 머물러 있을 수 없었다. 사태가 심각해지면 가족들을 시골 고향으로 피란시키는 것이 좋겠다고 어머니에게 당부한 다음 단신으로 길을 떠났다.

멋모르고 인공 치하에서 살았던 사람들이 이번엔 서둘러 1·4 후퇴의 피란 대열에 앞장을 섰다. 몇 달 동안의 인공 치하 생활이 너무도 무서웠고 치가 떨렸기 때문이었다. 동욱도 이런 사람들 틈에 끼게 되었다. 동욱은 가족들과 함께 피란을 떠나지 못하는 것이 못내 서운한 데다 미안한 마음이 앞섰고 이것으로 어쩌면 영영 가족들과 다시 만나지 못할지도 모른다는 생각이 들자 발이 쉬 떨어지지 않았다. 동욱은 어머니에게 큰절을 올린 다음 집을 나섰다.

이날 저녁나절 동욱은 대전에 도착했다. 부산으로 내려가는 기차가 있는지 확인하기 위해 역으로 나갔다. 많은 열차가 전쟁 통에 망가져 버렸고 쓸 만한 것은 제한되어 피란민들로 큰 혼잡을 이루고 있었다. 이튿날 아침에 떠나는 기차표를 겨우 산 동욱이 저녁으로 설렁탕을 사 먹은 후 여관에 들려 하룻밤을 자기 위해서 거리로 나섰다. 한 젊은 여자가 동욱의 팔을 잡아끌며 애교 있게 말했다.

"아저씨, 하숙하고 가세요."

"하숙이라뇨?"

"하룻밤 쉬고 가시란 말이에요."

"하룻밤 자는 데 얼마입니까?"

"싸게 해 드릴 테니 가세요."

동욱은 싸다는 말이 솔깃해서 그 여자를 따라갔다. 그 여자는 조그만 판잣집이 쭉 나 있는 골목길로 꼬불꼬불 들어간 다음 한 곳에 서더니 허리를 굽혀 방문을 활짝 열고 벌컥 소리를 질렀다.

"빨리 나와요. 손님 오셨어요."

동욱이 여자 뒤에서 방안을 들여다보았다. 손바닥만 한 캄캄한 방에 한 남자가 자고 있다가 여자가 소리를 지르는 바람에 벌떡 일어나 나왔는데 얼떨떨해 했다.

"손님, 어서 들어오세요."

그녀가 동욱을 억지로 잡아끌어 들였다. 동욱은 할 수 없이 끌려들어 가 앉았다. 화장품 냄새와 퀴퀴한 냄새가 코를 찔렀다. 전쟁 통에 이렇게 해서라도 돈을 벌려고 안간힘을 다 쓰는 것이 한편 가상해 보였다. 그녀는 요를 펴고 나서 상냥스런 표정으로 말했다.

"손님, 어서 옷 벗으세요."

동욱이 일어나 외투와 겉옷을 벗었다.

"다 벗으시지 그러세요?"

"천천히 벗을 테니 걱정하지 말고 댁은 이제 나가시오."

"천천히가 뭐예요? 시간 없어요."

"시간이 없다니?"

"아니, 뭐 이런 사람이 다 있어?"

그녀가 매섭게 눈을 흘겼다.

"나는 좀 있다가 잘 테니 걱정하지 말고 나가요."

"아이, 그러지 말고 어서 이리 오세요."

여인이 동욱의 몸을 잡아끌며 포옹하려고 했다. 동욱은 그제야 그 여자가 하는 행동이 무엇을 의미하는지 짐작되었다.

"이거 놓지 못해!"

동욱이 더러운 벌레를 떼어내듯 뿌리쳤다.

"아니, 못 올 데라도 왔나? 왜 이러세요?"

"그럼, 여기가 올 데야?"

"왜, 여기가 못 올 데야? 다 사람이 하는 짓인데. 서로 좋은 게 좋은 것 아닌감? 그럼, 왜 하숙한다고 따라왔죠?"

"내가 언제 하룻밤 자고 갈 여관을 가자고 했지, 이런 데 간다고 했나?"

동욱은 얼굴이 확 달아올랐다.

"난, 가겠소."

동욱이 일어나 양복과 외투를 집어 들었다.

"가려면 돈 내놓고 가세요."

"돈? 무슨 돈을 내나? 잠도 자지 않았는데?"

"방에 들어와서 얼마 동안 있었으면 돈을 내야지 그냥 간단 말이야? 요즘 공짜가 어디 있어?”

그녀는 이제는 반말과 손가락으로 삿대질까지 해 가며 막가고 있었다. 동욱은 더 이상 있다가는 어떤 봉변을 당할지 알 수 없었다.

“그래, 내가 이 방에 들어왔던 방값이 얼마야?”

“얼마는 얼마에요. 다 내야죠.”

“뭐? 그 돈을 다 내란 말이야?”

동욱이 눈을 부릅뜨고 그녀를 때릴 듯이 팔을 드는 시늉을 했다.

“아니, 당신이 나를 치려고? 병신 같은 게…….”

“뭐, 병신?”

“그럼, 병신이 아니고 뭐야! 그냥 가려는 당신이 그럼 제대로 된 남자야?”

동욱은 기가 막혔다. 문을 열고 나가려고 문을 확 열었다. 문 앞에 남자 몇 놈이 버티고 서서 동욱을 노려보고 있었다. 동욱이 방을 나가 그냥 가려 하자 놈들이 동욱의 팔과 외투를 잡아끌며 아무 말 없이 손을 내밀었다. 돈 내놓고 가라는 것이었다. 동욱은 할 수 없이 그들이 요구한 돈을 주고 그곳을 도망치듯 빠져 밖으로 나왔다. 수많은 사람이 동욱을 쳐다보는 것 같아 창피했다. 언제부터 이 나라에 이런 직업이 생겨났으며 이렇게 되바라진 여자들이 있는가 생각하니 두려웠다.

서울이 놈들의 손아귀에 들어갔다는 소식이 들려왔다. 동욱은 집을 떠나온 지 하루도 안 됐는데 벌써 집이 그리웠다. 부산으로 내려가 봐야 실망할 일들만 기다릴 것 같은 느낌이 들었다.

동욱은 중공군이 밀려 내려오면 동지들과 함께 싸우다 전사하고 말자는 결의가 차오르면서 부산행 피란을 포기하고 집으로 돌아가기로 마음을 바꿨다. 한결 마음이 평안하고 안정되었다. 동욱은 차표를 되팔고 공주행 시외버스가 있는 공용주차장으로 향했다.

하루 만에 돌아온 집인데 몇 달 지난 것처럼 가족들이 반가웠다.

미군에게 크리스마스는 고향에서 보낼 것이라고 장담했던 맥아더 장군은 전쟁이 심각한 것을 시인했다. 그는 수십만의 중공군이 전쟁에 투입될 기미를 보이자 북·중 국경지대에 원자폭탄을 투하하자고 트루먼 대통령에게 강력히 건의한 바 있었으나 거부되었다. 그리고 끝내 유엔군 사령관에서 해임되고 예편됐다.

국군과 유엔군은 가까스로 중공군을 밀어내고 서울을 되찾았다. 미국 정부는 한국전에서 두드러진 성과가 안 보이자 휴전을 생각하고 있었다. 이런 눈치를 알아차린 이승만 대통령은 휴전 반대운동을 하면서 북진 통일을 강하게 주장했다. 전쟁은 38선 부근에서 소강상태를 보였고 미국은 휴전 협정을 맺기 위해 온갖 노력을 다하고 있었다.

1·4 후퇴 때 일어난 가장 큰일은 그동안 북한 공산주의 아래서 살고 있던 사람 중 일천만 명 가까운 많은 사람이 국군과 유엔군이 후퇴할 때 함께 남쪽으로 피란을 온 것이다. 이것이 김일성의 두 번째 한계였다. 6·25 남침 때 김일성은 비공식으로 서울에 내려왔었다는 말이 있었지만, 이승만 대통령은 노구를 이끌고 공개적으로 평양에 가서 대중 앞에 당당히 연설했다. 이것이 김일성의 세 번째 한계였다.

휴전협정이 조인되자 미국은 한 가정에 C−레이션(당시 미군의 전투
식량) 한 상자씩을 선물로 배급 주었다. 그 안에는 소고기 통조림, 초
콜릿, 비스킷, 커피, 껌 등 없는 게 없었다. 미국은 대단한 나라가 분
명했다. 생전 처음 보고, 처음 먹어 보는 물건들이 지천으로 나돌고
있었다. 휴전 후의 한국 경제는 미국에서 온 구호물자들이 주도하고
있었다. 옷과 양키물건 그리고 구호미로 나온 안남미, 밀가루, 분유,
버터와 치즈 등……

그런데 어느덧 국민의 입에서 자연스럽게 나오는 말은 이승만 대
통령이 독재정치를 한다는 거였다. 이 대통령은 잘하려고 하는데 나
이가 많아 실정에 어둡고 그 밑에 있는 놈들이 인의 장막을 치고 있
어 국민생활과 거리가 있는 것이라고 말들을 했다.

어느 날 저녁, 청년단 일을 맡고 있는 동지 한 사람이 집으로 찾아
와서 말했다.

"이번에 처음으로 읍 의원 선거가 시행되는데 부단장께서 출마해
주셨으면 하고 기대하는 동지들이 많습니다."

동욱은 웃으면서 고개를 내저었다. 이런 말 하는 사람들은 언제 어
디서나 있는 법. 몇몇 사람들의 선동에 끌려가서는 안 된다는 생각에
거절했다.

"부단장님 같은 분이 읍의 살림살이를 계획하고 감독하시면 믿을
수 있고 잘될 것이라고 말들 합니다."

그는 끈기 있게 매달리며 간청했다.

"나는 우선 그럴 만한 자격이 없는 사람입니다. 젊고 더 유능한 사
람들이 해야 할 일이죠."

"그런 점이 부단장님의 훌륭한 점이라는 겁니다. 모두 자기 명예를 위해 스스로 금전을 동원해서 출마하면서 자기가 제일이라고 우기는데, 부단장님은 자기가 부족하고 자격이 없다고 하시니 여러 사람이 그것이 진정한 자격자라고 말들을 하는 것입니다."

"나를 그렇게 생각해 주시는 것은 고맙지만, 나는 그럴 만한 여유도 없고 할 생각이 없습니다."

그 동지는 그날 돌아갔으나 며칠 동안 계속 찾아와 집요하게 설득하면서 자기는 추천하는 사람이 보낸 대표로 왔다고 했다.

"부단장님께서 출마만 하신다면 당선은 문제없습니다. 부단장님은 그냥 계시기만 하면 저희가 다 열심히 뛰겠습니다."

동욱은 내일 가부 결정을 알려주기로 약속하고 돌려보냈다. 그 길로 곧장 변 약방을 찾아 자초지종을 설명했다.

"이미 출마하기로 마음먹고 온 것 아닌가?"

"아닐세, 자네가 나가지 말라고 하면 나는 안 나가겠네."

"그럼 나하고 약속할 수 있나? 돈 쓰지 않고 깨끗한 선거를 할 자신이 있으면 나가게."

이튿날 동욱은 새벽기도회에 나가서 하나님께 기도하며 출마 여부를 물었고, 결국 읍 의원 선거에 출마했다. 여러 동지가 주동이 되어 사기 일처럼 선서 사무실을 만들고 벽보들 써 붙이는 등 열심을 내어 도왔다. 동욱은 처음에는 그들이 하자는 대로 따랐으나, 적극적인 자세로 선거운동에 참여하기로 마음을 고쳐먹었다. 만나는 사람들에게 두 손으로 악수를 하면 다들 "아무 염려 마십시오. 당선은 이미 결정되었습니다."라고 고맙게 덕담을 해 주었다.

양조장을 하는 후보는 막걸리를 돌렸고, 또 다른 후보는 고무신을 돌리는 등 금품이 오갔으나 동욱은 그럴 돈도 없었지만 깨끗한 선거로 모범을 보이기로 동지들과 이미 약속하고 결의한 바 있어 처음부터 깨끗한 선거로 일관했다. 벽보도 신문지에다 먹으로 썼다. 글씨가 잘 보이진 않았지만, 신문지 벽보만 보고도 사람들은 고개를 끄덕였다.

드디어 선거일이 되었다. 동욱은 투표소 안에서 투표용지를 펴들었다. 기호 밑에 이름들이 죽 나열되어 있었다. 동욱은 양심상 자신이 자신에게 투표할 수가 없었다. 동욱은 입후보자들의 이름을 하나씩 둘러보고 가장 신임이 가는 사람의 이름 밑에 투표했다.

깨끗한 선거, 돈 안 쓰는 선거라는 좋은 소문들이 퍼져나가 동욱은 초대 공주 읍 의원 선거에서 당당히 1등으로 당선되었다.

1·4 후퇴 후의 최대 변화는 북한에서 자유를 그리워하던 다수의 반공 세력과 역시 자유로운 신앙생활을 하지 못하던 신앙인들이 대거 남하한 일이었다. 남한에서 일대 변혁이 그들 때문에 시작되었는데 교회가 도처에 생겨났고 건설과 시장경제 등 모든 면에 무에서 유를 창조하는 활기를 불러일으키고 있었다.

본래 독실한 기독교 가정에서 태어난 김일성이 '종교는 아편'이라는 공산주의 사상을 악용하여 기독교 말살 정책을 쓴 것이 오늘 북한의 몰락을 가져온 직접적인 원인이 된 것이다.

김일성은 6·25 전쟁을 일으키면서 가장 중요한 자산을 잃었을 뿐 아니라, 그 중요한 자산을 남한에 넘겨버린 큰 실수를 한 것이었다. 종교를 말살시킴과 동시에 김일성 자신이 기독교에서 말하는 절대자 자리에 자신을 올려놓고 북한 공산주의를 북한 고유의 공산종교로 바꾸었다. 그러고는 종교 대신 권력자를 절대화시키는 군중심리를 최대한 이용하여 지구상 유례없는 절대 독재와 세습권력의 기틀을 잉태했다.

6·25 동란이 동족상잔(同族相殘)의 비극적인 전쟁이었지만, 대한민국의 남(南)과 북(北), 동(東)과 서(西)가 크게 한번 뒤섞여지는 놀라운 일들이 일어난 것이 전쟁의 장점으로 나타났다고도 하니 아이러니했다. 북에서 맨주먹으로 자유를 찾아 남쪽으로 내려온 이들은 신앙심이 돈독했고 생활력과 경제력이 강해 남한의 정치, 경제, 교육, 문화, 종교 등 전반에 새로운 활기를 불어넣었다.

동욱은 낙동강 전투에서 인민군 제3사단장 박일경이 전사했고 그의 처 진증녀는 김일성 내각에 들어가 문화공보부장(장관)이 되었다는 소식을 풍문으로 전해 들었다.

동욱은 초대 공주읍 의원이 되어 징계자격 위원장을 역임했고, 미션 스쿨인 공주 영명중·고등학교 이사장, 공주사범대학교 이사를 했으며, 반공단 공주지역 초대 부회장을 지내면서 불의와 타협하지 않고 올바른 길을 추구하는 일에 항상 앞장서서 사람들로부터 존경과 추앙을 받았다.

청렴하고 바른 생활을 했지만, 생활이 어려운 것을 변 약방은 동욱모트세 돕고 있있나.

이제 50줄에 들어선 동욱은 모든 일에 지쳐 있었다. 모든 것들로부터 탈출하고 싶어진 동욱은 아무도 자기를 알아보지 못하는 곳으로 조용히 떠날 준비를 하고 있었다.

가정과 가족으로부터 이탈하고 싶었고, 칭찬과 존경받는 사회로 부터도 떠나고 싶었으며 교회와 우정으로부터도 탈출하고 싶었다. 아무도 모르는 곳에 가서 몸으로 노동하며 조용히 사는 것이 꿈이었다. 정직하게 열심히 살면 생활이 안 되는 이 나라에서도 탈출하고 싶었다.

동욱의 50여 년 인생은 수없는 탈출의 연속이었다. 20대 젊은 나이에 가출하여 일본으로 갔다. 또 일본에서 북만주로도 갔다. 해방되자 북만주 호림에서 반기지도 않는 고국으로 탈출했다. 그 탈출 과정에서 수많은 죽음과 비극들을 보며 모든 것들부터 조용히 탈출하고 싶어졌다.

동욱은 그 고생을 같이하다가 훌쩍 먼저 떠나간 선미의 탈출이 원망스럽게 그리웠다. 그리고 먼저 간 동생 동민과, 인생을 채 한 해도 살아보지 못하고 죽은 작은아들 정구를 생각하며 눈시울을 붉혔다. 동욱은 구름 위 먼 하늘을 바라보았다. 살아온 50년이 저 멀리 손짓하며 가고 있었다.

네가 가는 것이 아니고 내가 보낸다.

붙들지 않겠다.

그냥 보내 주고 싶다.

따로 인사까지 하지 않아도,

아무 미련 없이,

그냥 가라고 떠나보내고 싶다.

미안해하지 않아도,

내일에 대한 약속을 주지 않아도,

나는 너를 그냥 보내고 싶다.

당신, 아무리 그래도 그렇게 떠나간 것은, 그것은 탈출이 아니라고
동욱은 말하고 있었다.

동욱 자신도 어떻게 사는 것이 잘 사는 것인지 방법을 모르고, 가
야 할 곳도 모른 채 끝까지 살아남기 위해 계속 탈출을 시도하고 있
었다.

끝이 어디인지도 모르면서…….

북오션은 책에 관한 아이디어와 원고를 설레는 마음으로 기다리고 있습니다.
책으로 엮기를 원하는 아이디어가 있으신 분은 이메일(bookrose@naver.com)
로 간단한 개요와 취지, 연락처 등을 보내주세요. 망설이지 말고 문을 두드리
세요. 길이 열릴 것입니다.

[그때 쓰지 못한 일기 **1**]

탈출

초판 1쇄 인쇄 | 2012년 4월 20일
초판 1쇄 발행 | 2012년 4월 30일
지은이 | 이용원
펴낸이 | 박영욱
펴낸곳 | 북오션

경영총괄 | 정희숙
책임편집 | 권기우
편집 | 이상모 · 주재명
기획 · 홍보 | 유나리 · 원종경
마케팅 | 최석진
표지 디자인 | 서정희
본문 디자인 | 박진희
디자인 | 최희선

주　소 | 서울시 마포구 서교동 468-2번지
이메일 | bookrose@naver.com
트위터 | @Book_ocean
페이스북 | bookocean
카　페 | http://cafe.naver.com/bookrose
전　화 | 영업문의 : 02-322-6709　　편집문의 : 02-325-5352
팩　스 | 02-3143-3964

출판신고번호 | 제313-2007-000197호

ISBN 978-89-93662-67-2 (03810)
　　　978-89-93662-68-9 (Set)